台灣現代文選

四版

向陽
林黛嫚
蕭蕭／編著

編輯凡例

一、本文選為製作嚴謹的現代文學選集，除提供大學院校做為現代文學的教材之外，也期待能提供各年齡層的普通讀者閱讀，做為補充文學養分的精神食糧。

二、執編本文選的主編皆在大學院校任教多年，教授現代文學課程，並在文學創作方面卓有聲名，散文部分由散文家蕭蕭主編，現代詩部分由詩人向陽主編，小說部分由小說家林黛嫚主編。

三、編選範圍以一九四九年以後在台灣發表或出版之文學作品，以名家名作為主，兼顧藝術性及可讀性，務期集中呈現五十年來台灣現代文學的發展脈絡及成績。

四、本文選由蕭蕭撰寫導言〈台灣文學的共構關係與交疊現象〉，以文選所收錄之作品，具體而完整地印證台灣文學的共構關係與交疊現象。

五、每篇收錄文選中的作品皆由主編撰寫「作者簡介」、「作品賞析」及「延伸閱讀」，務期方便讀者欣賞、習作與研究。「作者簡介」呈現作家生平概略與整體創作風貌；「作品賞析」深入淺出導讀文本；「延伸閱讀」則條列關於選文的重要評論篇目，提供進一步研究的參考。

編者簡介

向　陽

向陽，本名林淇瀁，台灣南投人，一九五五年生。中國文化大學東方語文學系日文組畢業，美國愛荷華大學International Writing Program（國際寫作計劃）邀訪作家，文化大學新聞研究所碩士，政治大學新聞研究所博士。曾任「自立報系」副刊主編、總編輯、總主筆、副社長，並曾任台北教育大學台灣文化研究所教授。曾獲吳濁流新詩獎、國家文藝獎、美國愛荷華大學榮譽作家、玉山文學獎文學貢獻獎、台灣詩人獎等獎項。著有學術論著《書寫與拼圖：臺灣文學傳播現象研究》，詩集《向陽詩選》、《向陽台語詩選》、《春天的短歌》等多種。

林黛嫚

林黛嫚，台灣南投人，一九六二年生，台灣大學中國文學系畢業，世新大學社會發展研究所碩士。曾任《中央日報》副刊中心主任兼〈中央副刊〉主編、全球華人文藝協會理事長，並曾於台北教育大學及世新大學教授現代文學，現任教於淡江大學中文系。曾多次獲得全國文學獎，作品入選八十八年年度散文選、八十九年年度散文選、八十九年年度小說選，並主編爾雅版年度小說選《復活——八十八至九十一年年度小說選》。著有短篇小說集《閒愛孤雲》、《也是閒愁》、《閒夢已遠》、《黑白心情》，散文集《本城女子》、《時光迷宮》、《你道別了嗎？》，長篇小說《今世精靈》、《平安》等。

蕭蕭

蕭蕭，本名蕭水順，台灣彰化人，一九四七年生。輔仁大學中文系畢業，台灣師範大學國文研究所碩士。曾獲《創世紀》創刊二十週年詩評論獎、第一屆青年文學獎、新聞局金鼎獎（著作獎）、五四獎（編輯獎）、新詩協會詩教獎等。擔任中學教職三十二年，並曾任明道大學中文系教授。

蕭蕭的詩，有關懷台灣風土人情之作，也有以簡潔而凝鍊的意象化入空白之境的作品。蕭蕭的散文以尊重生命作為主軸，常以「人」為中心點探討人與土地的關係，人與自然的和諧與對立。蕭蕭的評論，則以建構台灣詩學、台灣新詩美學，做為終身職志。著有《凝神》、《父王扁擔來時路》、《現代詩學》、《台灣新詩美學》等五十七種，編有《新詩三百首》、《台灣現代文選．散文卷》等三十三種。

台灣現代文選

目次

導言　琦君

散文

紅紗燈　3　琦君
湖水・秋燈——學校生活追記　14　張秀亞
人，不能真正逃出故鄉/腳印　21　王鼎鈞
日不落家　30　余光中
溫州街到溫州街　41　林文月
田園之秋——十一月七日　50　陳冠學
地篇　61　張曉風
三月合歡雪　69　陳列
年過五十　75　廖玉蕙

四　隨　82　林清玄
日出草原在遠方　94　陳幸蕙
汝　身　105　周芬伶
奶油鼻子——瓶鼻海豚　114　廖鴻基
髮結蝴蝶　122　張曼娟
漁　父　129　簡　媜
垂釣睡眠　148　鍾怡雯

新詩

孤峰頂上　159　周夢蝶
台　灣　165　陳秀喜
風景NO. 1／風景NO. 2　168　林亨泰
金龍禪寺　172　洛　夫
如果遠方有戰爭　175　余光中
窗　179　羅　門
電　鎖　182　商　禽
如歌的行板　185　瘂　弦

廣場 188 白萩
讓風朗誦 191 楊牧
大雁之歌——寫給碎裂的高原 198 席慕蓉
擬古 201 張錯
我不和你談論 204 吳晟
鏡子兩面 208 蕭蕭
國家 211 李敏勇
扛 214 蘇紹連
雨水台灣 218 陳義芝
島嶼邊緣 222 陳黎
小滿 226 向陽
在想像的部落 230 瓦歷斯・諾幹

小說

永遠的尹雪艷 237 白先勇
兒子的大玩偶 254 黃春明
一封未寄的情書 281 李昂

陪他一段 蘇偉貞 307
想我眷村的兄弟們 朱天心 327
少女小漁 嚴歌苓 348
消失的球 張啟疆 370
秀才的手錶 袁哲生 394

【導言】

台灣文學的共構關係與交疊現象

蕭　蕭

台灣是一個至少累積四百年的移民社會，直至二十一世紀的今天，仍然有多達二十萬名的「大陸新娘」，七萬名的「外籍新娘」，無數的外勞、偷渡客，陸續從空中、海上，合法或非法來到台灣，再加上自動入籍的歐美人士、神職人員，台灣文化、台灣文學，必須有寬廣的胸懷去接納，去磨合不同族群的生活習性。譬如說，最大族群的河洛人，操縱國家機器的執政者，最應該體認自己責任的重大：如何從經濟上協助原住民改善生活，如何從文化上尊重同為漢人卻語言不同、習俗微異的客家人，如何從政治上讓一九四九年來台的中國人認同這塊土地，免於恐懼，如何從教育上教導第五族群的外籍人士融入台灣生存環境。但就文學的發展而言，這種原住民、先住民、初移民、後移民，雜處一地的糾葛、衝突與妥協，民族性相異、語言不類所造成的矛盾與和解，其實就是文學豐富的資源與資產。

因此，一般論述台灣新文學的源流，大都會以「Y」字型來說明歷史的紋路。「Y」字型所顯示的是兩個源流匯整為一條大河，左邊那一畫象徵中國五四運動所引發的文學思潮，三〇年代、四〇年代的文學成就，由日據時代張我軍、一九四九年紀弦，陸陸續續帶來的衝激；右邊那一畫則是日據時代從「傳統詩、漢字、台灣語文」與「日語」所開鑿的滾滾大河，會合處正是台灣現代文學的起點。雖然，向陽認為：「總結日治時期的台灣新詩風潮，明顯地可以發現整個詩史其實匯合了三條伏流：一是由追風紹啟而迄於楊熾昌的日本新詩運動源流，二是來自張我軍引介的中國新詩源流，三是當年台灣左翼文學家主張的根生於台灣本土語言的台灣白話文運動源流❶。」這是向陽在「Y」字型右側源流上又依語文的使用細分為二，出現另一個小小的「Y」字型，可以視為大共構關係之上的另一個小共構。

此一現代文學的起點，依政治觀察而言，可以定為一九四九年十二月七日國民黨政府倉皇來台；依文學的實際發酵則可能往前推至一九四八年五月「銀鈴會」出刊中日文混合版《潮流》算起❷，或者延後到一九五一年十一月五日，紀弦、鍾鼎文、葛賢寧藉《自立晚報》副刊所發行的《新詩週刊》，或者一九五六年一月十六日以紀弦為首的「現代派」成立之時。但在敘論台灣現代文學的兩個根球之後，台灣文學的發展是否真的就匯整為一條大河長江，浩浩蕩蕩，奔入世界大海？細察文學的發展，不無疑問。

如果以「X」字型來敘論台灣文學，或許更能符合文學史發展的實際情況。「V」字型的上端仍代表文學的源流，來自不同的兩個根球，反「V」字型的下端則顯示一九四九年以後文學的發展，仍顯示出「現實主義」與「現代主義」（或者說「現實主義」與「超現實主義」、「鄉土派」與「現代派」）

❶ 向陽，〈暗晦的長廊〉，《長廊與地圖》（台北：向陽工坊，二〇〇四），頁三四。

❷ 呂興昌編訂，《林亨泰全集》第五冊《文學論述》卷二（彰化：彰化縣立文化中心，一九九八），頁三〇—三三。

兩股力量的較勁，我們稱之為美學上的「共構關係」。換言之，台灣現代文學的源流來自大漢、大和兩個政治實體，同時也開展出其後「鄉土派」與「現代派」的兩大共構實力，這也就是向陽《長廊與地圖》書中第三章「縱經與橫緯的抉擇——戰後台灣新詩風潮的開展」與第四章「在分水嶺上——鄉土派和現代派兩條路線的分枝」論述的重點。

二十世紀八〇年代之後，台灣文學的現代主義方興未艾，後現代主義卻已雀躍而來，形成後現代主義疊合著現代主義，雜糅著眾多西洋可以仿學的浪漫、新古典、象徵、意象、未來、女性諸主義，顯現出現實主義與超現實主義硬式的共構、軟式的滲透的奇特現象，真的是一方面印證台灣人民的移民性格，一方面顯映台灣文化的多元本質。

譬如介入紀弦現代派運動，操作大乘寫作方法，與寫作彰化二林濱海地區防風林而成就好詩〈風景之二〉的，是同一個「鄉土派」詩人林亨泰（一九二四～）。寫作充滿現實主義精神、人道主義關懷的〈阿火〉系列詩作，批判性強烈的〈廣場〉，與寫作「流浪者」圖象詩，充滿實驗性格，揚言今天的我應該殺死昨天的我，是同一個「現代派」詩人白萩（一九三七～）。這就是台灣新詩美學的建構現實，在現實主義的目的論，與超現實主義方法論的共構裡，呈現多角度、多方位、多象限的交疊又交疊的現象，因而完成台灣現代文學最燦亮的景觀❸。這也就是向陽《長廊與地圖》書中論述「七、八〇年代多元思潮的湧起」時，以〈互文相錯的地圖〉為題的原因❹。

❸ 蕭蕭，〈台灣新詩美學的建構現實〉，《台灣新詩美學》（台北：爾雅出版社，二〇〇四），頁四六五。

❹ 同❶，《長廊與地圖》（台北：向陽工坊，二〇〇二）第五章。

所以，「X」字型顯現的台灣文學，在共構的兩極（正「V」字型與反「V」字型的兩條斜線）之間，其實應該有眾多曲線交疊、眾多光影閃爍。

兩極共構，陰陽相對，是古老的《易經》原理；曲線交疊，光影閃爍，卻可能是新銳的液晶現實。《台灣現代文選》，朝著這樣的現實、這樣的理想與理念，去選取優異的代表作品。

新詩創作方面，我們提供陳秀喜本土味深濃的〈台灣〉，卻也可以看到〈孤峰頂上〉幾近不食人間煙火的周夢蝶。余光中觸鬚伸向〈如果遠方有戰爭〉，商禽卻在玩味生活中小小的〈電鎖〉。席慕蓉寄情於她的西北方〈大雁之歌〉的同時，李敏勇正在思考東南海島的〈國家〉。同樣出生於花蓮，同樣姓陳，陳義芝背負的是外省人第二代的包袱，他寫〈雨水台灣〉；土生土長，背負著將家園推向中心的陳黎，提供〈島嶼邊緣〉的思考。原住民泰雅族的瓦歷斯·諾幹，一樣在「部落」與「想像」間奔馳。

從台灣花蓮的海洋氣息走向西洋經典，那是前輩楊牧的悠遊。

從台灣南投的山林芬芳走向《楚辭》風範，這是中壯輩向陽的良知。

回頭細看散文作品，一樣呈現了繁複與多樣的殊異風格，如琦君與張秀亞是懷舊文學的代表，琦君長於記事，真而善；張秀亞擅於用溫厚的文字抒情，聖而美。她們兩位維繫著台灣與中國瘦細的那一條紅絲線。王鼎鈞則以鄉愁與腳印，證明國可滅而史不可滅，凡存在必留下痕跡。他們三位都是從中國大陸遷徙台灣，又從台灣移民美國，多少有些離散的感慨，卻語多保留，為溫柔敦厚留下典範。簡媜的〈漁父〉以女兒的身分寫父女之情，可以跟余光中的〈日不落家〉以父親身分寫父女之情，相互辯證，庶民與士民的生存條件，經驗與知識的生平背景，父女之情，生死之際，引人共鳴。林文月的〈溫州街到溫州街〉，則以兩位學者的相互珍重，帶出師生情緣的可貴，為亂世溫情刻畫動人記憶。

同樣是女性作家的散文，可以看出氣質與風格的相關，人與人的相異。張曼娟的〈髮結蝴蝶〉充滿年少青春的喜悅，廖玉蕙的〈年過五十〉則以自我調侃為大家帶來歡樂，這正是同樣出身東吳的兩位作家，不同特質所引發的不同笑容。周芬伶的〈汝身〉有著女性主義的覺醒，陳幸蕙的〈日出草原在遠方〉則跨出女性主義穩健的步伐，前者近距離觀察，後者遠距離想像，似乎都在隱喻著她們不同的成長背景。來自馬來西亞的鍾怡雯，年紀最輕，睡眠與失眠之間，可以幻化出多少精靈？或許也可以跟年少時的簡媜作個對照。

張曉風寫「地」，陳冠學寫「田」，一從文學、辭典中見真章，一從哲學、經驗裡見真理。以性別，以省籍，以地圖，以見識，他們兩位南轅北轍，大異其趣，正是共構美學最好的例證。同樣是東部花蓮的陳列與廖鴻基，上山、下海，不同的視野，不同的美學，卻同樣交疊著對台灣的深情，讓人動容。跳出台灣的山、海、田、地，林清玄的〈四隨〉，直探心靈，在凡常的事物中發現智慧，在凡常的街道裡靜觀領悟，他將散文推向超凡入聖的冥思空間，反身觀照自己，又是另一種新境界。

至於小說的精采，貼近常民生活而感時憂國的，悠遊心靈而綿密細緻的，護衛鄉土而不避俚俗的，窺探私人情慾而血脈賁張的，所在皆有。譬如〈永遠的尹雪艷〉已經是永遠的白先勇的標誌，雖然她生活在過去的回憶裡，卻不妨礙她曾經是台北人。就在這時，台灣鄉土的永遠標誌，如今已是宜蘭老頑童的黃春明，也已推出他的〈兒子的大玩偶〉相頡頏。時日推移，黃春明的鄉土標誌，又有袁哲生的〈秀才的手錶〉與之爭鋒。清楚而明白的共構存在。黃春明在空間上與白先勇爭奪版圖，在時間上還要跟後浪袁哲生競逐，分工而又合作，小說家繪製出歷史台灣的形貌，捏塑著常民台灣的身影。

女性作家的小說，好像是以李昂為一方，獨對蘇偉貞、朱天心，其實，〈一封未寄的情書〉與〈陪他一段〉、〈想我眷村的兄弟們〉，呈現的正是交疊的美學，編織異性之間情感的掙扎，華麗與悲涼的氛圍彌滿其中。唯有這樣的交疊、掙扎，才可以看出文學世界裡人性的共通，原來不分漳／泉、閩／客、原／漢、本省／外省，甚至於偷渡而來的嚴歌苓（不曾住居台灣）也以小漁的身分共織錦繡，為張愛玲是不是台灣作家的爭論，再添一筆。

當代台灣文學的共構關係與交疊現象，於焉成形，而《台灣現代文選》的編輯，提供了具體而完整的證例。

散文

蕭蕭編選・評析

紅紗燈

琦　君

小時候，我每年過新年都有一盞紅燈籠，那是外公親手給我糊的。一盞圓圓直直的大紅鼓子燈，兩頭邊沿鑲上兩道閃閃發光的金紙。提著它，我就渾身暖和起來，另一隻手捏在外公暖烘烘的手掌心裡，由他牽著我，去看廟戲或趕熱鬧的提燈會。

八歲那年，他卻特別高興地做了兩盞漂亮精緻的紅紗燈：一盞給我，一盞給比我大六歲的五叔。這兩盞燈，一直照亮著我們。現在，燈光好像還亮在我眼前，亮在我心中。

每年臘月送灶神的前一天，外公一定會準時來的。從那一天起，我的家庭教師也開始給我放寒假了。寒假一直放到正月初七迎神提燈會以後，足足半個月，我又蹦跳又唱歌又吃。媽媽說我胖得像一隻長足了的蛤蟆，鼓著肚子，渾身的肉都緊繃繃的。幾十里的山路，外公要從大清早走起，走到下午才到。我吃了午飯，就搬張小竹椅子坐在後門口等，下雨天就撐把大傘。外公是從山腳邊那條彎彎曲曲的田埂路上，一腳高一腳低地走來的。一看見他，我就跑上前去，抱住他的青布大圍裙喊：「外公，你來啦，給我帶的什麼？」

「紅棗糖糕，再加一只金元寶，外公自己做的。」

外公總說什麼都是他自己做的，其實紅棗糖糕是舅媽做的，外公拿它來捏成各色各樣的玩意兒，麻雀、兔子、豬頭、金元寶。每年加一樣新花樣。

「今年給我糊什麼燈？」

「蓮花燈、關刀燈、兔子燈、輪船燈，你要那一樣？」

外公說了那麼多花樣，實際上他總給我糊一盞圓筒筒似的鼓子燈。外公說他年輕時樣樣都會，現在老了，手不大靈活，還是糊鼓子燈方便些。我也只要鼓子燈，不小心燒掉了馬上再糊上一層紅紙，不要我等得發急。

外公的雪白鬍鬚好長好長，有一次給我糊燈的時候，鬍鬚尖掉進漿糊碗裡，我說：「外公，小心晚上睡覺的時候，老鼠來咬你的鬍鬚啊！」

「把我下巴啃掉了都不要緊，天一亮就會長出一個新的來。」

「你又不是土地爺爺。」我咯咯地笑起來。

「小春，你知道土地爺爺是什麼人變的嗎？」

「不知道。」

「是地方上頂好的人變的。」

「怎麼樣的人才是頂好的好人呢？」

外公瞇起眼睛，用滿是漿糊的手摸著長鬍子說：「小時候不偷懶，不貪吃，不撒謊，用功讀書，勤快做事。長大了人家有困難就不顧一切的去幫助他。」

「你想當土地爺爺嗎？外公？」

「想是想不到的，不過不管怎麼樣，一個人總應當時時刻刻存心做好人。」

好人與壞人，對八歲的我來說，是極力想把他們分個清楚的。不過我還沒見過什麼壞人，只有五叔，有時趁我媽媽不在廚房的時候，偷偷在碗櫥裡倒一大碗酒喝，拿個鴨肫乾啃啃，或是悄悄地去爸爸書房裡偷幾根加利克香煙，躲在穀倉後邊去抽；我問過外公，外公說：「他不是壞人，只是習慣學壞了，讓我來慢慢兒勸他，他會學好的。」

外公對五叔總是笑咪咪的，不像爸爸老沉著一張臉，連正眼都不看他一下。所以外公來了，五叔也非常高興。有時幫他劈燈籠用的竹子。那一天，我們三個人在後院暖洋洋的太陽裡，外公拿剪子剪燈上用的紙花，五叔用細麻繩紮篾籤子❶，我把甜甜的花生炒米糖，輪流地塞在外公和五叔的嘴裡。外公嚼起來喀啦喀啦的響，五叔說：

「外公，您老人家的牙真好。」

「吃蕃薯的人，樣樣都好。」外公得意地說。

「看您要活一百歲呢。」五叔說。

「管他活多大呢。我從來不記自己的年紀的。」

「我知道，媽媽說外公今年六十八歲。」

「算算看，外公比你大幾歲？」五叔問我。

❶ 篾籤子：小竹片。

「大六歲。」我很快地說。

「糊塗蟲，怎麼只大六歲呢？」五叔大笑。

「大十歲。」我又說。其實我是故意逗外公樂的，我怎麼算不出來，外公比我整整大六十歲。

「大八歲也好，十歲也好，反正外公跟你提燈的時候就是一樣年紀。」外公俯身拾起一粒木炭，在洋灰地上畫了一隻長長的大象鼻子，問我：「這是『阿伯伯』六字嗎？」

「不是『阿伯伯』，是『阿刺伯』六字，你畫得一點也不像。」我搶過木炭，在右邊再加個八字。說：「這是外公的年紀。」

五叔把木炭拿去，再在左邊加了一直說：「你老就活這麼大，一百六十八歲，好嗎？」

「那不成老人精了？」外公哈哈大笑起來，放下剪刀，又篤篤地吸起旱煙管來了。五叔連忙在身邊摸出一包洋火，給他點上。外公笑嘻嘻地問：「老五，你怎麼身邊總帶著洋火呢？」

「給小春點燈籠用的。」五叔很流利地說。

「才不是呢！你在媽媽經堂偷來，給自己抽香煙用的。不信你口袋裡一定還有香煙。」我不由分說，伸手在他口袋裡一摸，果真掏出兩根彎彎扁扁的加利克香煙，還有兩個煙蒂頭，小叔的臉馬上飛紅了。

「這是大哥不要了的。」五叔結結巴巴地說。

外公半晌沒說話，噴了幾口煙，他忽然說：「小春，把香煙剝開來塞在旱煙斗裡，給外公抽。」又回頭對五叔說：「你手很巧，我教你紮個關刀燈給小春，後天是初七，我們一起提燈去。」

「我不去，我媽罵我沒出息，書不念，只會趕熱鬧，村裡的人也都瞧不起我。」
「那麼，你究竟念了書沒有？」
「念不進去，倒是喜歡寫毛筆字。」
「那好，你就替我拿毛筆抄本書。」
「抄什麼書？」
「《三國演義》。」
「那麼長的書，您要抄？」
「咳，字太小，我老花眼看不清楚。你肯幫我抄嗎？抄一張字一毛錢，你不想多掙幾塊錢嗎？」
「好，我替您抄。」
五叔與外公這筆生意就這樣成交了。外公摸出一塊亮晃晃的銀元，給五叔去買紙筆。他還買回好多種顏色的玻璃紙給我糊燈。外公教他紮關刀燈，自己一口氣又糊了五盞鼓子燈：紅的、綠的、黃的、藍的，一盞盞都掛在廊前。五叔拿著糊好的關刀燈在我面前擺一個姿勢，眼睛閉上，把眉心一皺，做出關公的神氣。在五彩瑰麗的燈光裡，我看見五叔揚揚得意的笑。
提燈會那天下午，天就飄起大雪來。大朵的雪花在空中飛舞，本來是我最喜歡的，可是燈將會被雪花打熄，卻使我非常懊喪。外公說：「不要緊，我撐把大傘，你躲在我傘下面只管提，老五就拿火把，火把不怕雪打的。」
外公套上大釘鞋，五叔給我在蚌殼棉鞋外面綁上草鞋，三個人悄悄地從後門出去，到街上追上了提燈隊伍。媽媽並不知道，她知道了是決不許外公與我在這麼冷的大雪夜晚在外面跑的。

雪愈下愈大，風就像刀刺似的。我倚偎在外公身邊，一隻手插在他的羊皮袴口袋裡，提鼓子燈的手雖然套著手套，仍快凍僵了。五叔在我前面握著火把，眼前一長列的燈籠、火把，照得明晃晃的雪夜都成了粉紅色。大家的草鞋在雪地上踩得格支格支的響。外公的釘鞋插進雪裡又提起來，卻發出清脆的沙沙聲。我吸著冷氣，抬頭看外公，他的臉和眼睛都發著亮光。

「外公，你冷不冷？」我問他。

「越走越暖和，怎麼會冷，你呢？」

「外公不冷，我就不冷。」

「說得對，外公六十八歲都不冷，你還冷？」他把我提燈的手牽過去，我凍僵的手背頓時感到一陣溫暖。我快樂地說：「外公，我真喜歡你。」

「我也真喜歡你，可是你長大了要出門讀書，別忘了過新年的時候回來陪外公提燈啊。」

「一定的。等我大學畢業掙了大錢，就請四個人抬著你提燈。」

「那我不真成了土地公公啦？」他呵呵地笑了。

提燈隊伍穿過熱鬧的街心，兩旁的商店都劈劈拍拍放起鞭炮來。隊伍的最前面敲著鑼鼓，也有吹簫與拉胡琴的聲音；鬧轟轟地穿出街道，又向河邊走去，火把與紅紅綠綠的燈光，照在靜止的深藍河水中，岸上與河裡兩排燈火，彎彎曲曲，搖搖晃晃的向前蠕動著。天空仍飄著朵朵雪花，夜是一片銀白色，我幻想著彷彿走進海龍王的水晶宮裡去了。忽然前面一陣騷動，有人大聲喊：「不得了，有人掉進河裡去了。」

我吃了一驚，一時眼花撩亂。仔細一看，一直走在前面的五叔不知什麼時候已經不見了，我拉著外公著急地說：「怎麼辦呢？一定是五叔掉進河裡去了。」

外公卻鎮靜地說：「不會的，他這麼大的人怎麼會掉進河裡去呢？」

長龍縮短了，火把和燈籠都聚集在一起。在亂糟糟的喊聲中，卻聽見撲通一聲，有人跳進河裡去。我不由得趕上前面，擠進人叢，看見一個人拖著一個孩子濕淋淋地爬上岸來，仔細一看，原來是五叔。他抱著一個比他小不了多少的男孩子，把他交給眾人；我搶上一步，捏著五叔冰冷徹骨的雙手說：「五叔，你真了不起，你跳得好快啊。」

五叔咧著嘴笑，提燈隊的人個個都向他道謝。說他勇敢，肯跳下快結冰的水裡去救人。外公拈著鬍鬚連連點頭說：「好，你真好，快回去換衣服吧。」

五叔先回去了。外公仍牽我跟著隊伍，一直到把菩薩送進了廟裡才散。那時將近午夜，雪已經停止了，空氣卻越來越冷。外公把傘背上沉甸甸的雪抖落了，合上傘，在我的鼓子燈裡換上一枝長蠟燭。燈光又明亮了起來，照著雪地上我們倆一高一矮的影子，前前後後地搖晃著。提燈的人散去以後，我忽然感到一陣冷清，心裡想著最熱鬧的年快過完了，隨便怎樣開心的事兒，總歸都要過去的。我沒精打采地說：「外公，我們快回家吧，媽要惦記了。」

回到家裡，看見五叔坐在廚房裡的長凳上，叔婆在給他烤溼漉漉的棉襖，媽正端了一碗熱氣騰騰的酒給他喝，說是給他去寒氣的，這回他可以大模大樣地喝酒了。

我連忙問他：「五叔，你怎麼有膽子一下就跳進這麼冷的水裡呢，你本來會泅水嗎？」

「只會一點兒。那時我聽見喊有人掉下水去了。我呆了半天，忽然覺得前面的火把燒得這麼旺，燈籠點得這麼亮，這樣熱鬧快樂的時候，怎麼可以有人淹死在水裡呢？我來不及多想，就撲通一下跳進水去。在水裡起初我也很心慌，衣服濕了人就往下沉。可是我想到那個不會泅水的人快淹死了，他一定比我更心慌，我仰起頭，看見岸上有那麼多燈火，地上又是雪白的一片，我就極力往上看，往亮的地方看，那許多火把和燈光，好像給了我不少力氣，我還是把那個人找到，拖上來了。」

「你知道村子裡個個人都在誇獎你嗎？」外公問他。

「我知道，從他們的臉上，我看得出來。」

「那麼，把這碗酒慢慢的喝掉，喝得渾身暖暖的，以後別再喝酒了。」外公又端一碗酒給他說。

「我以後不再偷喝酒了，我要做個好人。」

「你本來就是好人嘛，外公說的，肯幫助人的就是好人。」我得意地說。

我的大紅鼓子燈還提在手裡，媽媽把它接去插在柱子上，又點起一枝大紅蠟燭，放在桌子正中，照得整個廚房都亮亮的。五叔望著跳躍的燭光，一對細長眼睛睜得大大地，他轉臉對外公說：「外公，我捧著火把跟大家跑的時候，忽然覺得燈真好，亮光真好，它照著人向前跑。照得我心裡發出一股暖氣，大家都在笑，都那麼快樂，所以我也跑，跟著大家一起吶喊。我才知道以前不該躲躲藏藏的做旁人不高興的事。外公，我以後再也不這樣了。」

外公笑起來滿臉的皺紋，外公好高興，他的瞇縫眼裡發出了光輝。他摸著鬍鬚說：「好，你說得真好，我要好好給你紮一盞燈，趕著十五提燈去。」

「我也要。」我喊。

「還少得了你的！」

外公叫媽媽找來兩塊大紅薄紡綢，又叫五叔幫他劈竹子，整整忙了兩天，他真的紮出兩盞玲瓏的六角形紅紗燈。每個角都有綠絲線穗子垂下來，飄啊飄的，下面還有四隻腳，可以提，又可以擺在桌上。原來外公的手藝這麼高，他的手一點沒有不靈活，以前只是為了趕工，懶得紮就是了。

兩盞紅紗燈並排兒掛在屋簷下面，照著天井裡東一堆西一堆的積雪，和臺階下一枝開得非常茂盛的臘梅花。在靜悄悄中散佈出清香。

五叔注視著那燈光說：「明天起，我給你抄《三國演義》。」

「別給我抄《三國演義》了，請老師教你讀書吧，讀一篇，你就抄一篇，你大哥書房裡那麼多的書。」

「老師教我讀什麼書呢？」

「《論語》，那裡面道理多極了。」

「《論語》，老師都教我背過了，只是覺得沒什麼意思。」

「我一句句打比喻解說給你聽，你就有興趣了。」

五叔點點頭。

正月初七已過，我的假期滿了，必須回到書房裡。外公叫五叔也陪我一同讀書。我們各人一張小書桌，晚上把兩盞紅紗燈擺在正中長桌上。我雖眼睛望著書本，心裡卻一直惦記十五的提燈會。五叔經外公一誇獎，書念得比我快，字寫得比我好。外公告訴我爸爸，爸爸還不相信呢。

十五提燈會，不用說又是最快樂的一晚。那個被五叔救起的男孩子特地跑來約他一同去。我呢，仍舊牽著外公的手，把美麗的紅紗燈提得高高的，向眾人炫耀。

提燈會以後，快樂的新年過完了，可是我覺得這一年比往年更快樂，什麼原因我卻說不出來。是因為外公給我與五叔每人做了一盞漂亮的紅紗燈嗎？還是因為看五叔在燈下用心抄書，不再抽煙喝酒，不再偷叔婆的錢了呢？

——選自《紅紗燈》（三民，一九六九）

◆作者簡介

琦君（一九一七～二〇〇六），本名潘希珍，浙江永嘉人。浙江杭州之江大學中文系畢業，曾任司法行政部編審科長、中國文化學院（今中國文化大學）副教授，中央大學、中興大學教授。琦君的創作以散文與小說為主，曾獲國家文藝獎、中山文藝獎、新聞局優良圖書著作金鼎獎、中國文藝獎章。重要的散文作品有《紅紗燈》、《三更有夢書當枕》、《桂花雨》、《細雨燈花落》、《千里懷人月在峰》、《留予他年說夢痕》、《煙愁》、《水是故鄉甜》等。

◆作品賞析

鄭明娳在〈談琦君散文〉中說到：「潘琦君的散文，無論寫人、寫事、寫物，都在平常無奇中含蘊至理，在清淡樸實中見出秀美；她的散文，不是濃妝豔抹的貴婦，也不是粗服亂頭的村俚美女；而是秀外慧中的大家閨秀。」這正是琦君的散文風格——溫潤婉約。琦君女士在〈靈感的培養〉中說到自己的文學觀：「我認為有志從事寫作，第一要有廣大的同情心，時時體驗人情，觀察物態，然後以溫柔敦厚之筆，寫出真善美的文章。」

夏志清談散文時曾說，記憶，在散文中是很重要的，琦君的作品大概是這句話最好的註腳。〈紅紗燈〉回憶的正是琦君八歲那年與外公、五叔參加提燈會的故事，巨細靡遺的記憶，瑣瑣碎碎的對話，都可以見證琦君女士真是懷舊文學的大家，其中還寓有五叔去惡向善的教化作用，也是正統散文的重要特質。〈紅紗燈〉以一喻萬，散文的平常無奇，散文的含蘊至理，都可從中領會。

◇延伸閱讀

1. 琦君，〈我的「紅紗燈」〉，《中央日報》，一九六九年十一月八日。
2. 洪醒夫，〈意中所有，筆下所無〉，《明道文藝》，一九七七年八月，頁一四七－一五〇。
3. 林文月，〈讀詞人之舟〉，《中央日報》，一九八一年八月五日。
4. 鍾玲，〈溫馨——「琦君說童年」賞析〉，《聯合文學》，一九九一年七月一日。
5. 李令，〈直接的流露、純真的表現——我讀琦君的散文〉，《中華日報》，一九九四年二月二十五日。
6. 隱地，〈讀「紅紗燈」〉，《琦君的世界》，（台北：爾雅），頁一三五－一四一。

湖水・秋燈——學校生活追記

張秀亞

一

湖，嵌在我讀書時的古城，湖水，溶漾在我的心裡，還有那盞美麗的古銅燈，燃燒在湖邊的小屋中，透過了窗子，照影在湖心。

湖邊有一叢叢的蘆葦，燃燒著亮綠的小火燄，和湖對岸的落日，像是融滙在一起。

湖水原是深淺不同的藍色，一種透明的絲綢一般的藍，偶爾被水禽的長喙啄破，更會被一片無意間飄來的孤雲漂白，而夜晚，湖心的燈光又多麼像一個永不熄滅的夢啊，浴在波心中的燈影，那份奇麗，使人心跳。

有一天我自湖邊經過，秋天更為湖光增加了幾分澹雅，因為樹葉的淺金與微白的草葉，使湖水更有一份明淨的美。

「秋天的湖上，正好是一篇故事，或寓言的絕好出生地。」西風悄悄的向我告訴，我又悄悄的向自己說，我一邊說著，看到我的影子走在湖水上，伴著一朵雲，一朵白色的鑲著落日餘暉的雲。

不多時，那雲濃縮成一小片，舒卷如同天鵝的翎羽，同時，閃發出更蒼白的亮光，像是一只銀色的湯匙，預備在秋湖中取一瓢飲。

那銀匙的光燦使我駐足，我佇立凝視，我這才發現，湖岸上那座小樓的窗子開啟了，一縷燈光，銀色的，帶一點秋草的淺黃、微綠，自那窗口流瀉下來，那燈影落在湖水上，就變成一把閃著銀色的匙子了，這還是我生平第一次看到的光的奇蹟。

燈已經亮了，我得趕快回到學校去，管宿舍的那位荷蘭修女姆姆，大概正在校門邊的石灰橋頭等待我們這些遲歸的學生呢——我一面這麼想著，耳邊似傳來修女手中那一大把銅鑰匙的玲玲清音。我遂向湖水和燈光黯然作別：

「晚安，湖水！」

「晚安，湖上的燈光！」

沒有回答，燈光在眨眼，湖水大概已經睡了，睡得很沉，一點聲息都沒有，在湖水的夢裡，它的顏色更深得近乎墨綠，那燈光就更顯得明亮了。

湖上的燈光，投影在我的心裡，一路上照亮了湖堤，伴隨著我走回學校。

二

自那晚從湖邊歸來後，一連串的考試，課外活動，校刊的編印，……使我把湖水淡忘了。

接著，是雙十節的假日，而又連著個星期天，我準備回家小住。那天下午，我的衣箱已整理好了，待歸的遊子，心情是那樣的輕快（在日記上我曾將那輕鬆的心情，譬喻作蒲公英的茸茸的翅膀）。窗外突然傳來叩敲的聲音，是家政系的唐，一個恬靜的女孩：

「有沒有遊興？」隨著聲音，她走進來了，一身珍珠灰色的衣裙，有點像湖上的水霧，伴著金屬般的笑。

「到哪裡去？」我也正想出去走走。

「湖邊哪！」她原來也是湖水的愛者。

「現在就去嗎？」

「五點鐘好不好？正好到湖邊去看斜陽。我和我們系的慧，到湖邊第三棵老柳樹下等你。」好可愛的女孩，好詩意的地點——湖邊第三棵老柳樹下面。

自然，那是一個難忘的黃昏，我在那天的日記上寫著：「我們今天有一個好黃昏。」我們有湖水，有斜陽，有柳樹，有歌聲，當然，還不止此……。

湖水原是靜靜的，只偶爾聽到一點細碎的音響，同時，水上，在那水蓼花俯身照影之處，湧現了一圈圈的水紋。

唐折了一枝柳條，敲擊著水面，一些細小的水珠，飛濺上她長長的髮梢：

「小魚在吸吮水草呢。」說著，她索性坐在湖邊的茂草裡，我同慧也在她的旁邊坐了下來，湖邊的草透發出沁涼的帶綠意的香味，上面點綴著疏疏落落的小紫花。

湖對岸，距那棟小樓不遠處，是一所古老的宅第，也許是被棄置的廢宅，可能是我們來得不巧，多少次路過湖邊，從未見到那兩扇沉重的門板開啟過，但門上微鏽的銅鐶，卻是映著日光，恢復了一些舊日的光輝，和門上微顯剝落的油漆，極富古典的意味。那門上畫的守門的神荼同鬱壘，遙遙看來，那微微帶點神祕意味的面孔，引起我們多少幽思與玄想。

湖邊小坐，天色逐漸暗了下來，但是湖面卻更顯亮麗了，因為遠天上的霞雲，由紫絳變為橘色、金黃，……這使我們想到李清照「落日鎔金」的句子，眼前的景象，豈止是鎔金呢，我們覺得那宛如一座間歇性的、富於色彩的火山，突然間爆發了，火熱的熔岩滾滾……，每一塊都瑰麗得眩人眼目，而這些熔岩又被明淨如盤的湖水全部承接住了，形成一大片華美無比的義大利碎石鑲嵌藝品……。

絢爛之後，繼之而來的是平淡，那日湖上的光景亦然……。霞雲的「熔岩」漸漸的凝住、褪淺了，湖面原來的澄碧顏色上，又調了一片蒼灰，這灰色漸漸的變為無色的琉璃，湖水又復歸於寂寞……。

我們的笑語也漸漸的疏落；湖水的一場繁華夢，也似給了我們一些啟示，但我們一時又說不清楚這份深沉的感受，尤其是這即將放假的日子，離別的前夕。

一位教我們「現代小說」的教授走來了，他同時也是精研莎士比亞的學者，他一年到頭那件灰色的長衫，使癯瘦的他看來更像一個湖邊的幽人，他的唇邊帶著悠長的嘆息，手中那枝白楊木手杖，一聲聲沉重而有力的擊破了湖邊的寂靜，我們都站了起來，他的唇邊展現出哲學意味的笑容——像湖水的波紋：

「你們好像很開心，玩吧，笑吧，孩子們，湖邊該是屬於你們的！」說著，他又一跛一跛的走了。

聽說他——這位天才的學者，大半生都在尋一個夢，在課堂上，他常是一半自嘲、一半自炫的向我們隱約透露過他追尋的幻夢，他的夢中好像也有秋天的湖，秋夕的燈，同燈邊一個人影，但這些和他始終保持著一段詩意的距離——他走遠了，我們心中的平靜與快樂好像也被他帶走了，從他佝僂的背影，我們讀到一個生命的故事，但這故事，是以朦朧的筆法，以燈影蘸著湖水寫成的，顏色是那樣的淺淡，但又是那樣的感人，直到現在，對這個故事，我似乎仍未完全了解。

幾個人的眼睛都黯然的望著湖面，好像希望湖水能為我們提供一下這位老教授生命故事的索引……。

漸漸的，湖心又亮了起來。

三

湖心的那點光亮，是鵝絨一般的金黃，鵝絨一般的柔潤，像一大朵奇妙的黃雲，燃亮在水上。這光景是那樣的美，那樣的感人，我們幾個都被鎮懾住了，默然不能作語，抬起頭來，原來那小樓的窗子被一隻手推開了，一盞鵝黃罩子的玻璃燈，使水面有了一場小小的美而無害的火災……。

唐推了我同慧一把：

「看！」但窗邊那個人影，倏忽就不見了，是一個女人的影子，但我們看不清她的身分同年齡……。

「呵，秋天的湖，秋夕的燈，燈邊的人影……，這與我們那位老師的故事有沒有連帶的關係呢？」多幻想的慧又在馳騁她的想像力了，我們也禁不住思索起來。

那晚，湖上的秋燈一直在亮著。

我們也很晚才回到學校。

也可以說，那晚湖邊小樓的燈光一直亮著，直到今天，——那盞燈，亮在我的心湖，直到今天。寂寞的秋日，我心中的那盞燈就格外明亮起來，閃現著淡淡的龍井茶似的光輝，伴著一個沒有開頭也沒有結尾的故事……。

——選自《與紫丁香有約》（九歌，二〇〇二）

作者簡介

張秀亞（一九一九～二〇〇一），河北滄縣人。輔仁大學西洋語文學系畢業，再入史學研究所研究。曾任重慶《益世報》編輯，先後任教於北平輔大、台中靜宜大學及台北輔仁大學，教授文學及翻譯課程二十五年。十四歲即開始寫作，寫作生涯長達七十年，著、譯作品達八十二種，千萬餘言，讀者遍及台灣、香港、大陸、東南亞及歐美各地華人地區。曾獲首屆中國文藝協會散文獎、首屆中山文藝獎散文獎、婦聯會首屆長詩獎等。美國國會於二〇〇一年將其生平事蹟列入國會記錄。著有散文集《三色堇》、《北窗下》、《曼陀羅》、《湖水・秋燈》、《與紫丁香有約》等。

作品賞析

「我寫作，是基於愛——對世界，我懷有溫愛；對人，我有一份愛心；對文字，我更有著不可遏止的愛好。愛，如同一陣和風，撩撥著我內心的弦索，發出了聲響——這心靈的微語就是我的文藝創作。」從這樣的剖白，可以看出張秀亞女士寫作的情操與風格。瘂弦認為張秀亞是美文大師，是現代美文的繼承者和發揚者：「張秀亞作品中的山，是沒有土石流的山，她寫的水，是不曾汙染的水，她描述的原野，是翻飛著白鷺鷥的原野，她筆下的城市和農莊，是一個充滿了愛和溫馨的世界。」瘂弦因此說張秀亞的散文，是台灣永遠的田園牧歌：「在這樣一個光怪陸離的時代，張秀亞那行雲流水、清新秀麗的田園文學，對我們仍有重大的啟發意義，對人們失去已久的、屬於心靈的純美素質，具有一種喚起、儆醒的作用。」這樣的聖美善真，正是張秀亞散文所企及的散文之美的境界。

〈湖水．秋燈〉，證明了美文的質素：高貴的靈魂，素淨的心，豐富的文采，優雅的美學。在這篇美文裡，我們可以感受到靜靜的湖水邊，青春的歡悅；青春的歡悅有時竟是表現在呼朋引伴的喜樂上，張秀亞跟友伴唐、慧的笑語，是湖水的靜與人聲之動的對稱之美，學子的青春與教授的故事是另一種對稱之美，在歡悅中留著淡淡的憂傷情思，美文更為雋永，記憶中更為深刻。

◈延伸閱讀

1. 藹如，〈抒情小品的創作技巧——談「湖水．秋燈」〉，《臺灣新生報》，一九七九年九月八日。
2. 杜萱，〈現代散文的特質與賞析〉，《國文天地》，一九八九年一月，頁九二－九五。
3. 封德屏，〈東西交會．古今融合——張秀亞散文論〉，《當代台灣散文文學研討會》，一九九七年三月三十日。
4. 于德蘭編，《甜蜜的星光——憶念張秀亞女士的文學與生活》（台北：光啟文化，二○○三）。

人，不能真正逃出故鄉

王鼎鈞

我找到了！我找到了！我一一找到了我想念的人。坦白的說，我本來很絕望，來年的蝴蝶怎能找到去年的花。我讀他們的信如讀敦煌殘卷，此心此情宜狂歌，宜痛飲，宜擂鼓，宜作雕刻。我要像婆娘一樣大哭，像守財奴數錢一樣細數今昔，像得手的小偷一樣暗中安慰。從前，小時候，見過兩個久別重逢的老頭子互相抓緊，興奮的叫道：「老小子，你還沒死啊！」我需要同樣粗鄙的語言。

中國的人口畢竟由五億增加到十億，泰山雖然石多，縫隙裡一線土壤即可成蟻穴。我不該設想他們早已死了，可是此刻，我不但覺得他們一一死而復生，連我自己也是再活一次。伴隨著這種感覺而生的一個念頭是，我們都仍需再死。他生未卜，此生未休，這一段奇異的人生如何度過？老師未教，牧師未講，愛人未叮嚀，朋友未切磋，父母未耳提面命。那流經我們心房心室的漩渦，書本上讀不到，電視上看不見，書記未記，社論未論，考證未考。

失而復得真好。我們的一生由許多人玉成，缺少那一個都不行，並不是缺少那一個都行。而今，彼此通信已是鐵打的事實，我仍覺恍惚，如醒中說夢，夢中說醒。樹的倒影落在水上，魚來吮吸鳥羽，但魚不知樹，樹不知水，鳥不知魚，魚不知鳥。紅漆漆過的棋枰上，馬車兵卒仍然在，只是換了位置。

世路如U，轉一個大彎回到原處，但兩端只能遙望，不能連接。

也許，必得我們互相抓緊，高叫老小子你還沒死。不，乍見翻疑夢。也許必得比鄰而居，兩家共享一棵綠楊，晨昏聽對方的雞鳴狗吠。不，雪泥鴻爪最易泯滅。也許必得我們相處日久，生嫌生怨，傷心失望，悔不當初，那時才清晰明確摸到了耶穌掌心的釘痕。世事無非如此：遺失比拾得真實，拳頭比紅唇真實，饑餓比飽足真實。但那一天還遙遠。在那一天來臨之前，我們先享受過渡。也許，焰火的迷人之處就在它會熄滅，而熄滅之前無可取代。也許，焰火的美麗就在它背後有個黑暗的天空。

所以目前我滿足，薄醉微醺似的滿足。目前窗外正有冷雨，雨把小水點灑在窗上，掛在窗玻璃上的水點像個孕婦一樣膨脹，下垂，貼著玻璃往下鑽，鑽進了以前水滴流過的軌道就慌張轉彎，左衝右突想鑽到窗子裡面來。在他們眼中，海外遊子大概就是這個形象吧。在我眼中呢，他們不是水，是水成岩，千層萬疊合成一體，龐大堅硬永不失蹤。岩上是海，海面上是漂浮的瓶子，瓶子裡有「我欲乘風歸去又恐瓊樓玉宇高處不勝寒」。

這一次，我發現，人不能真正逃出他的故鄉。任你在鄰國邊境的小鎮裡、說著家鄉人聽不懂的語言；任你改了姓名、混在第一大都市的一千萬人口裡；任你在太湖裡以船為家、與魚蝦為友，都可以從你的家鄉打聽到你的消息。有一個村子，村中原來的居民全部遷移了、流離了，村中換盡與他們素不相識的人家，這些後來的住戶竟能說出原有住戶的行蹤。原有的住戶儘管到了天涯海角，儘管和昔日歷史斬斷了關連，也像有什麼靈異祟著他附著他驅使著他，非向原來生長的地方掛個號留句話不可，即使那村子已經成為一片禾黍，地上的石頭地下的螻蛄也會對著來此尋親訪友的人自動呼叫起來。

不過這些人也是四十年沒回老家了，也是近幾年才跟老家的人通信。皇天在上，這些人也是輾轉四方，為子女找生地，為自己找死地。我們都是靠自己的缺點活下來，理想化為錢幣上磨損的人面，名聲不過是昇空飄搖的氣球。不敢心憂天下，只擔憂自己的兒女，不敢談澤被蒼生，只偷偷打聽幾個朋友。蝸牛無須為沒有房子住的人道歉。你不能希望老年的回憶等於年輕時期的想像，你只能希望老人的過去並不等於青年人的未來。

時代要每個人都做英雄，我們畢竟是凡夫俗子。四十年不回家的人必定有英雄氣概，那一點歸心即是凡心。浮生有涯，一語道盡，由常人變英雄，又由英雄還原為常人，造化撥弄，身不由己。每一次都變得你好辛苦。卸下頭盔，洗掉化妝，再照個相，在大遠景鏡頭下，我們是小螞蟻，在大特寫鏡頭中，我們是老妖怪，我們應該可以從這裡找到共同語言。

冷雨如箭，還在敲響窗子，打翻野菊。不久，窗上的雨點將化為雪花。我知道，那時，同樣的景色也將出現在以你為中心的大地上，十里不同風，百里不同俗，但是我們有同樣的冬天。關好窗戶吧，一塊兒度過：

一九二九不出手
三九四九凌上走
五九六九凍死狗

七九河開
八九燕來
九九耕牛滿地走

——選自《風雨陰晴》（爾雅，二〇〇〇）

腳印

王鼎鈞

鄉愁是美學，不是經濟學。思鄉不需要獎賞，也用不著和別人競賽。我的鄉愁是浪漫而略近頹廢的，帶著像感冒一樣的溫柔。

你該還記得那個傳說，人死了，他的鬼魂要把生前留下的腳印一個一個都揀起來。為了做這件事，他的鬼魂要把生平經過的路再走一遍。車中船中，橋上路上，街頭巷尾，腳印永遠不滅。縱然橋已坍了，船已沉了，路已翻修鋪上柏油，河岸已變成水壩，一旦鬼魂重到，他的腳印自會一個一個浮上來。

想想看，有朝一日，我們要在密密的樹林裡，在黃葉底下，拾起自己的腳印，如同當年揀拾堅果。花市燈如晝，長街萬頭鑽動，我們去分開密密的人腿揀起腳印，一如當年拾起擠掉的鞋子。想想那個湖！有一天，我們得砸破鏡面，撕裂天光雲影，到水底去收拾腳印，一如當年採集鵝卵石。在那個供人歌舞跳躍的廣場上，你的腳印並不完整，大半只有腳尖或只有腳跟。在你家門外窗外後院的牆外，你的燈影所及你家梧桐的陰影所及，我的腳印是一層鋪上一層，春夏秋冬千層萬層，一旦全部湧出，恐怕高過你家的房頂。

有時候，我一想起這個傳說就激動，有時候，我也一想起這個傳說就懷疑。我固然不必擔心我的一肩一背能負載多少腳印，一如無須追問一根針尖上能站多少天使，可是這個傳說跟別的傳說怎樣調和呢，末日大限將到的時候，牛頭馬面不是拿著令牌和鎖鍊在旁等候出竅的靈魂嗎，以後是審判，是刑罰，他那有時間去揀腳印；以後是喝孟婆湯，是投胎轉世，他那有能力去揀腳印。鬼魂怎能如此瀟灑、如此淡泊、如此個人主義？好，古聖先賢創設神話，今聖後賢修正神話，我們只有拆開那個森嚴的故事結構，容納新的傳奇。

我想，揀腳印的情節恐怕很複雜，超出眾所周知。像我，如果可能，我要連你的腳印一併收拾妥當。如果揀腳印只是一個人最末一次餘興，或有許多人自動放棄，如果事屬必要，或將出現一種行業，一家代揀腳印的公司。至於我，我要揀回來的不止是腳印。那些歌，在我們唱歌的地方，四處有拋擲的音符，歌聲凍在原處，等我去吹一口氣，再響起來。那些淚，在我流過淚的地方，熱淚化為鐵漿，倒流入腔，凝成鐵心鋼腸，舊地重臨，鋼鐵還原成漿還原成淚，老淚如陳年舊釀。人散落，淚散落，歌聲散落，腳印散落，我一一仔細收拾，如同向夜光杯中仔細斟滿葡萄美酒。

也許，重要的事情應該在生前辦理，死後太無憑，太渺茫難期。也許揀腳印的故事只是提醒遊子在垂暮之年作一次回顧式的旅行，鏡花水月，回首都有真在。若把平生行程再走一遍，這旅程的終站，當然就是故鄉。

人老了，能再年輕一次嗎，似乎不能，所有的方士都試驗過、失敗了。但是我想有個祕方可以再試，就是這名為揀腳印的旅行。這種旅行和當年逆向，可以在程序上倒過來實施，所以年光也彷彿倒流。以我而論，我若站在江頭江尾想當年名士過江成鯽，我覺得我二十歲。我若坐在水窮處、雲起時看虹，看上帝在秦嶺為中國人立的約，看虹怎樣照著皇宮的顏色給山化妝，我十五歲。如果我赤足站在當初看螞蟻打架看雞上樹的地方讓泥地由腳心到頭頂感動我，我只有六歲。

當然，這只是感覺，並非事實。事實在海關關員的眼中，在護照上。事實是訪舊半為鬼，笑問客從何處來。但是人有時追求感覺，忘記事實，感覺誤我，衣帶漸寬終不悔。我感覺我是一個字，被批判家刪掉，被修辭學家又放回去。我覺得緊身馬甲扯成碎片，舒服，也冷。我覺得香腸切到最後一刀，希望是一盤好菜。我有腳印留下嗎，我怎麼覺得少年十五二十時騰雲駕霧，從未腳踏實地？古人說，讀書要有被一棒打昏的感覺，我覺得「還鄉」也是，四十年萬籟無聲，忽然滿耳都是還鄉，還鄉，還鄉——你還記得嗎？鄉間父老講故事，說是兩個旅行的人住在旅店裡，認識了，閒談中互相誇耀自己的家鄉有高樓。一個說，我們家鄉有座樓，樓頂上有個麻雀窩，窩裡有幾個麻雀蛋。有一天，不知怎麼，窩破了，這些蛋在半空中孵化，幼雀破殼而出，還沒等落到地上，新生的麻雀就翅膀硬了、可以飛了。所以那些麻雀一個也沒摔死，都貼地飛行，然後一飛沖天。你想那座高樓有多高？願你還記得這個故事。你已經遺忘了太多的東西。忘了故事，忘了歌，忘了許多人名地名。怎麼可能呢，那些故事，那些歌，那些人名地名，應該與我們的靈魂同在，與我們的人格同在。你究竟是怎樣使用你的記憶呢。

……那旅客說：你想我家鄉的樓有多高？另一個旅客笑一笑，不溫不火，我們家鄉也有一座高樓，有一次，有個小女孩從樓頂上掉下來了，到了地面上，她已長成一個老太太。我們這座樓比你們那一座，怎麼樣？

當年悠然神往，一心想奔過去看那樣高的樓，千山萬水不辭遠。現在呢，我想高樓不在遠方，它就是故鄉，我一旦回到故鄉，會恍然覺得當年從樓頂跳下來，落地變成了老翁。真快，真簡單，真乾淨！種種成長的痛苦，萎縮的痛苦，種種期許種種幻滅，生命中那些長跑長考長歌長年煎熬長夜痛哭，根本沒有時間也沒有機會發生，「昨日今我一瞬間」，間不容庸人自擾。這豈不是大解脫，大輕鬆，這是大割大捨大離大棄，也是大結束大開始。我想躺在地上打個滾兒恐怕也不能夠，空氣會把我浮起來。

——選自《左心房漩渦》（爾雅，一九八八）

◆作者簡介

王鼎鈞，山東臨沂人，一九二五年生。一九四九年來台，曾任職於中廣公司、中國電視公司編審組長，亦曾擔任《中國時報》主筆、《人間副刊》主編，現旅居美國，專事寫作。曾獲行政院新聞局圖書著作金鼎獎、《中國時報》文學獎散文推薦獎、吳魯芹散文獎。曾嘗試評論、劇本、小說、散文、詩各種文體，自己最後定位於散文。重要的散文集包括：《開放的人生》、《人生試金石》、《我們現代人》、《左心房漩渦》、《隨緣破密》等。

◆作品賞析

常出版王鼎鈞作品集的詩人作家隱地認為：「（王鼎鈞）善用活潑的形式，淺近的語文，表達深遠的寄託，字裡行間既富理想色彩，也密切注意現實。」王鼎鈞自述時，說自己是「基督信徒，佛經讀者，有志以佛理補基督教義之不足，用以詮釋人生，建構作品。」說自己「閱歷不少，讀書不多，文思不俗，勤奮不懈。」曾仿佛家四弘誓願作成銘言，用於自勵，兼以勉人：「文心無語誓願通，文路無盡誓願行，文境無上誓願登，文運無常誓願興。」

〈人不能真正逃出故鄉〉、〈腳印〉是兩篇有著離散漂泊的心境、有著文化厚度的鄉愁作品。這不是一鄉一地的個人記憶，不是私密的情緒發洩，而是深沉的百年中國的苦難震撼，中國——台灣——美國，故鄉——異地——異鄉，一個知識份子，一個容易動情又能思考生命的哲士，低頭向命運又昂頭向命運的勇者的心痛，正如張春榮所說：「撫三岸時空於胸臆，置一己漂泊於今昔異域，遂成散文流域終極動人極雄辯的文字漩渦。」

◆延伸閱讀

1. 文船山，〈鄉愁是美學——《左心房漩渦》的情境〉，《中華日報》一四版，一九八九年十二月二十六日。
2. 曾英藝，〈豈止漩渦而已——評王鼎鈞《左心房漩渦》〉，《明道文藝》一八六期，一九九一年九月，頁一四六—一五一。
3. 郭明福，〈他把鮮血變成墨水——我讀《左心房漩渦》〉，《爾雅人》七二期，一九九二年九月十六日。
4. 蔡倩茹，《王鼎鈞論》，（台北：爾雅，二〇〇二）。
5. 亮軒，《風雨陰晴王鼎鈞——一位散文家的評傳》，（台北：爾雅，二〇〇三）。

日不落家

余光中

1

壹圓的舊港幣上有一隻雄獅，戴冕控球，姿態十分威武。但七月一日以後，香港歸還了中國，那頂金冠就要失色，而那隻圓球也不能號稱全球了。伊麗莎白二世在位，已經四十五年，恰與一世相等。在兩位伊麗莎白之間，大英帝國從起建到瓦解，凡歷四百餘年，與漢代相當。方其全盛，這帝國的屬地藩邦、運河軍港，遍布了水陸大球，天下四分，獨占其一，為歷來帝國之所未見，有「日不落國」之稱。

而現在，日落帝國，照豔了香港最後這一片晚霞。「日不落國」將成為歷史，代之而興的乃是「日不落家」。

冷戰時代過後，國際日趨開放，交流日見頻繁，加以旅遊便利，資訊發達，這世界真要變成地球村了。於是同一家人辭鄉背井，散落到海角天涯，晝夜顛倒，寒暑對照，便成了「日不落家」。今年我們的四個女兒，兩個在北美，兩個在西歐，留下我們二老守在島上。一家而分在五國，你醒我睡，不可同日而語，也成了「日不落家」。

幼女季珊留法五年，先在翁熱修法文，後去巴黎讀廣告設計，點唇畫眉，似乎沾上了一些高盧風味。我家英語程度不低，但家人的法語發音，常會遭她糾正。她擅於學人口吻，並佐以滑稽的手勢，常逗得母親和姐姐們開心，輕則解顏，劇則捧腹。可以想見，她的笑話多半取自法國經驗，首當其衝的自然是法國男人。馬歇・馬叟是她的偶像，害得她一度想學默劇。不過她的設計也學得不賴，我譯的王爾德喜劇《理想丈夫》，便是她做的封面。現在她住在加拿大，一個人孤懸在溫哥華南郊，跟我們的時差是早八小時。

長女珊珊在堪薩斯修完藝術史後，就一直留在美國，做了長久的紐約客。大都會的藝館畫廊既多，展覽又頻，正可盡情飽賞。珊珊也沒有閒著，遠流版兩巨冊的《現代藝術理論》就是她公餘、廚餘的譯績。華人畫家在東岸出畫集，也屢次請她寫序。看來我的「序災」她也有份了，成了「家患」，雖然苦些，卻非徒勞。她已經做了母親，男孩四歲，女孩未滿兩歲。家教所及；那小男孩一面揮舞恐龍和電動神兵，一面卻隨口叫出梵谷和摩娜・麗莎的名字，把考古、科技、藝術合而為一，十足一個博聞強記的頑童。四姐妹中珊珊來得最早，在生動的回憶裡她是破天荒第一聲嬰啼，一嬰開啼，眾嬰響應，帶來了日後八根小辮子飛舞的熱鬧與繁華。然而這些年來她離開我們也最久，而自己有了孩子之後，也最不容易回臺，所以只好安於「日不落家」，不便常回「娘家」了，她和么妹之間隔了一整個美洲大陸，時差，又早了三個小時。

凌越淼淼的大西洋更往東去，五小時的時差，便到了莎士比亞所讚的故鄉，「一塊寶石鑲嵌在銀濤之上」。次女幼珊在曼徹斯特大學專攻華滋華斯，正襟危坐，苦讀的是詩翁浩繁的全集，逍遙汗漫，優遊的也還是詩翁俯仰的湖區。華滋華斯乃英國浪漫詩派的主峰，幼珊在柏克萊寫碩士論文，仰攀的是這翠微，十年後逕去華氏故鄉，在曼城寫博士論文，登臨的仍是這雪頂，真可謂從一而終。世上最親近華氏的女子，當然是他的妹妹桃樂賽(Dorothy Wordsworth)，其次呢，恐怕就輪到我家的二女兒了。

幼珊留英，將滿三年，已經是一口不列顛腔。每逢朋友訪英，她義不容辭，總得駕車載客去西北的坎布利亞，一覽湖區絕色，簡直成了華滋華斯的特勤導遊。如此貢獻，只怕桃樂賽也無能為力吧。我常勸幼珊在撰正論之餘，把她的英國經驗，包括湖區的唯美之旅，一一分題寫成雜文小品，免得日後「留英」變成「留白」。她卻惜墨如金，始終不曾下筆，正如她的么妹空將法國歲月藏在心中。

幼珊雖然遠在英國，今年卻不顯得怎麼孤單，因為三妹佩珊正在比利時研究，見面不難，沒有時差。我們的三女兒反應迅速，興趣廣泛；而且「見異思遷」：她拿的三個學位依次是歷史學士、廣告碩士、行銷博士。所以我叫她作「柳三變」。在香港讀中文大學的時候，她的鋼琴演奏曾經考取八級，一度有意去美國主修音樂；後來又任《星島日報》的文教記者。所以在餐桌上我常笑語家人：「記者面前，說話當心。」

回臺以後，佩珊一直在東海的企管系任教，這些年來，更把本行的名著三種譯成中文，在「天下」、「遠流」出版。今年她去比利時做市場調查，範圍兼及荷蘭、英國。據我這做父親的看來，她對消費的興趣，不但是學術，也是癖好，尤其是對於精品。她的比利時之旅，不但飽覽佛朗德斯名畫，而且遍嘗各種美酒，更遠征土耳其，去清真寺仰聽尖塔上悠揚的呼禱，想必是十分豐盛的經驗。

2

世界變成了地球村，這感覺，看電視上的氣象報告最為具體。臺灣太熱，溫差又小，本地的氣象報告不夠生動，所以愛看外地的冷暖，尤其是夠酷的低溫。每次播到大陸各地，我總是尋找瀋陽和蘭州。「哇！零下十二度耶！過癮啊！」於是一整幅雪景當面摑來，覺得這世界還是多彩多姿的。

一家既分五國，氣候自然各殊。其實四個女兒都在寒帶，最北的曼徹斯特約當北緯五十三度又半，最南的紐約也還有四十一度，都屬於高緯了。總而言之，四個女兒緯差雖達十二度，但氣溫大同，只得一個冷字。其中幼珊最為怕冷，偏偏曼徹斯特嚴寒欺人，而讀不完的華滋華斯又必須久坐苦讀，難抵凜冽。對比之下，低緯二十二度半的高雄是暖得多了，即使嚷嚷寒流犯境，也不過等於英國的仲夏之夜，得蓋被窩。

黃昏，是一日最敏感最容易受傷的時辰，氣象報告總是由近而遠，終於播到了北美與西歐，把我們的關愛帶到高緯，向陌生又親切的都市聚焦。陌生，因為是寒帶。親切，因為是我們的孩子所在。

「溫哥華還在零下！」

「暴風雪襲擊紐約，機場關閉！」

「倫敦都這麼冷了，曼徹斯特更不得了！」

「布魯塞爾呢，也差不多吧？」

坐在熱帶的涼椅上看國外的氣象，我們總這麼大驚小怪，並不是因為沒有見識過冰雪，或是孩子們還在稚齡，不知保暖，更不是因為那些國家太簡陋，難以禦寒。只因為父母老了，念女情深，在記憶的深處，夢的焦點，在見不得光的潛意識底層，女兒的神情笑貌仍似往昔，永遠珍藏在嬌憨的稚歲，童真的幼齡——所以天冷了，就得為她們加衣，天黑了，就等待她們一一回來，向熱騰騰的晚餐，向餐桌頂上金黃的吊燈報到，才能眾辮聚首，眾瓣圍葩，輻輳成一朵烘鬧的向日葵。每當我眷顧往昔，年輕的幸福感就在這一景停格。

人的一生有一個半童年。一個童年在自己小時候，而半個童年在自己孩子的小時候。童年，是人生的神話時代，將信將疑，一半靠父母的零星口述，很難考古。錯過了自己的童年，還有第二次機會，那便是自己子女的童年。年輕爸爸的幸福感，大概僅次於年輕媽媽了。廈門街綠蔭深邃的巷子裡，我曾是這麼一位顧盼自得的年輕爸爸，四個女嬰先後裹著奶香的襁褓，投進我喜悅的懷抱。黑白分明，新造的靈瞳灼灼向我轉來，定睛在我臉上，不移也不眨，凝神認真地讀我，似乎有一點困惑。

「好像不是那個（媽媽）呢，這個（男人）。」她用超語言的渾沌意識在說我，而我，更逼近她的臉龐，用超語言的笑容向她示意：「我不是別人，是你爸爸，愛你，也許比不上你媽媽那麼周到，但不會比她較少。」她用超經驗的直覺將我的笑容解碼，於是學起我來，忽然也笑了。這是父女間第一次相視而笑，像風吹水綻，自成漣漪，卻不落言詮，不留痕跡。

為了女嬰靈秀可愛，幼稚可哂，我們笑。受了我們笑容的啟示，笑聲的鼓舞，女嬰也笑了。女嬰一笑，我們以笑回答。女嬰一哭，我們笑得更多。女嬰剛會起立，我們用笑勉勵。她又跌坐在地，我們用笑安撫。四個女嬰馬戲團一般相繼翻筋斗來投我家，然後是帶爬、帶跌、帶搖、帶晃，撲進我們張迎的懷裡——她們的童年是我們的「笑季」。

為了逗她們笑，我們做鬼臉。為了教她們牙牙學語，我們自己先兒語牙牙：「這是豆豆，那是餅餅，蟲蟲蟲蟲飛！」成人之間不屑也不敢的幼稚口吻、離奇動作，我們在孩子面前，特權似地，卻可以完全解放，盡情表演。在孩子的真童年裡，我們找到了自己的假童年，鄉愁一般再過一次小時候，管它是真是假，是一半還是完全。

快樂的童年是雙全的互惠：一方面孩子長大了，孺慕兒時的親恩；一方面父母老了，眷念子女的兒時。因為父母與稚兒之間的親情，最原始、最純粹、最強烈，印象最久也最深沉，雖經萬劫亦不可磨滅。坐在電視機前，看氣象而念四女，心底浮現的常是她們孩時，仰面伸手，依依求抱的憨態，只因那形象最縈我心。

最縈我心是第一個長夏，珊珊臥在白紗帳裡，任我把搖籃搖來搖去，烏眸灼灼仍對我仰視，窗外一巷的蟬嘶。是幼珊從躺床洞孔倒爬了出來，在地上顫顫昂頭像一隻小胖獸，令眾人大吃一驚，又哄然失笑。是帶佩珊去看電影，她水亮的眼珠在暗中轉動，閃著銀幕的反光，神情那樣緊張而專注，小手微汗在我的手裡。是季珊小時候怕打雷和鞭炮，巨響一迸發就把哭聲埋進婆婆的懷裡，嗚咽久之。

不知道她們的母親，記憶中是怎樣為每一個女孩的初貌取景造形。也許是太密太繁了，不一而足，甚至要遠溯到成形以前，不是形象，而是觸覺，是胎裡的顛倒蜷伏，手撐腳踢。

當一切追溯到源頭，渾沌初開，女嬰的生命起自父精巧遇到母卵，正是所有愛情故事的雛形。從父體出發長征的，萬頭攢動，是適者得岸的蝌蚪寶寶，只有幸運的一頭被母鳥接納。於是母女同體的十月因緣奇妙地開始。母親把女嬰安頓在子宮，用胚胎餵她，羊水護她，用臍帶的專線跟她神祕地通話，給她曖昧的超安全感，更賦她心跳、脈搏與血型，直到大頭蝌蚪變成了大頭寶寶，大頭朝下，抱臂交股，蜷成一團，準備向生之窄門擁擠頂撞，破母體而出，而且鼓動肺葉，用尚未吃奶的氣力，嗓音驚天地而動鬼神，又像對母體告別，又像對母親報到，洪亮的一聲啼哭，「我來了！」

3

母親的恩情早在孩子會呼吸以前就開始。所以中國人計算年齡，是從成孕數起。那原始的十個月，雖然眼睛都還未睜開，已經樣樣向母親索取，負欠太多。等到降世那天，同命必須分體，更要斷然破胎、截然開骨，在劇烈加速的陣痛之中，掙扎著，奪門而出。生日蛋糕之甜，燭火之亮，是用母難之血來償付的。但生產之大劫不過是母愛的開始，日後母親的辛勤照顧，從抱到揹，從扶到推，從拉拔到提掖，字典上凡是手字部的操勞，那一樣沒有做過？〈蓼莪〉篇說：「哀哀父母，生我劬勞。」其實肌膚之親、操勞之勤，母親遠多於父親。所以〈蓼莪〉又說：「母兮鞠我，拊我畜我，長我育我，顧我復我，出入腹我。欲報之德，昊天罔極？」其中所言，多為母恩。「出入腹我」一句形容母不離子，最為傳神，動物之中恐怕只有袋鼠家庭勝過人倫了。

從前是四個女兒常在身邊，顧之復之，出入腹之。我的肌膚白皙，四女多得遺傳，所以她們小時我戲呼之為「一窩小白鼠」。在丹佛時，長途旅行，一窩小白鼠全在我家車上，坐滿後排。那情景，又像是所有的雞蛋都放在同一隻籃裡。我手握駕駛盤，不免倍加小心，但是全家同遊，美景共享，卻也心滿意足。在香港的十年，晚餐桌上熱湯蒸騰，燈氛溫馨，四隻小白鼠加一隻大白鼠加我這大老鼠圍成一桌，一時六口齊張，美肴爭入，妙語爭出，嘰嘰喳喳喧成一片，鼠倫之樂莫過於此。

而現在，一窩小白鼠全散在四方，這樣的盛宴久已不再。剩下二老，只能在清冷的晚餐後，向國外的氣象報告去揣摩四地的冷暖。中國人把見面打招呼叫作寒暄。我們每晚在電視上真的向四個女兒「寒暄」，非但不是客套，而且寓有真情，因為中國人不慣和家人緊抱熱吻，恩情流露，每在淡淡的問暖噓寒，叮嚀添衣。

往往在氣象報告之後，做母親的一通長途電話，越洋跨洲，就直接撥到暴風雪的那一端，去「寒暄」一番，並且報告高雄家裡的現況，例如父親剛去墨西哥開會，或是下星期要去川大演講，她也要同行。有時她一夜電話，打遍了西歐北美，耳聽四國，把我們這「日不落家」的最新動態收集彙整。

看著做母親的曳著電線，握著聽筒，跟九千里外的女兒短話長說，那全神貫注的姿態，我頓然領悟，這還是母女連心、一線密語的習慣。不過以前是用臍帶向體內腹語，而現在，是用電纜向海外傳音。

而除了臍帶情結之外，更不斷寫信，並附寄照片或剪稿，有時還寄包裹，把書籍、衣飾、藥品、隱形眼鏡等等，像後勤支援前線一般，源源不絕向海外供應。類此的補給從未中止，如同最初，母體用胎盤向新生命輸送營養和氧氣：綿綿的母愛，源源的母愛，唉，永不告竭。

所謂恩情，是愛加上辛苦再乘以時間，所以是有增無減，且因累積而變得深厚。所以《詩經》嘆曰：「欲報之德，昊天罔極？」

這一切的一切，從珊珊的第一聲啼哭以前就開始了。若要徹底，就得追溯到四十五年前，當四個女嬰的母親初遇父親，神話的封面剛剛揭開，羅曼史正當扉頁。到女嬰來時，便是美麗的插圖了。第一圖是父之囊。第二圖是母之宮。第三圖是育嬰床，在內江街的婦產醫院。第四圖是搖嬰籃，把四個女嬰依次搖啊搖，沒有搖到外婆橋，卻搖成了少女，在廈門街深巷的一棟古屋。以後的插圖就不用我多講了。

這一幅插圖，看哪，爸爸老了，還對著海峽之夜在燈下寫詩。媽媽早入睡了，微聞鼾聲。她也許正夢見從前，有一窩小白鼠跟她捉迷藏，躲到後來就走散了，而她太累，一時也追不回來。

——選自《日不落家》（九歌，一九九八）

◆作者簡介

余光中（一九二八～二〇一七），福建永春人。台灣大學外文系學士、美國愛荷華大學藝術碩士。曾任教於台灣師範大學、政治大學、香港中文大學、高雄中山大學等校，並曾任中山大學榮譽退休教授。榮獲國家文藝獎、吳三連文藝獎（散文獎）、吳魯芹散文獎、《中國時報》文學獎新詩推薦獎、新聞局圖書金鼎獎主編獎等。著有詩集、散文集、評論集、翻譯作品等五十餘種。重要散文作品包括《左手的繆思》、《逍遙遊》、《聽聽那冷雨》、《記憶像鐵軌一樣長》、《日不落家》等。

◆作品賞析

「我認為散文可以提昇到更崇高、更多元、更強烈的境地，在風格上不妨堅實如油畫，遒勁如木刻，宏偉如建築，而不應長久甘於一張素描、一幅水彩、一株盆栽。」「我投入散文，是為了崇拜一枝難得充血的筆，一種雄厚如斧、野獷如碑的風格。」這是余光中的散文觀，已足以顯示散文的內在精神，余光中散文的特質所在。

天風海雨的想像，古往今來的馳騁，一揮百應的交響樂章，余光中散文的氣勢、氣魄，代表著文學界的陽剛之力，要與一般散文家的氣質、氣象所呈現的陰柔之美，共同撐起一片天。因此，即使是寫父女親情的家庭散文〈日不落家〉，余光中仍然要以香港歸還中國入題，談到英國的「日不落國」，再從「日不落國」的字面意義，聯想為「日落帝國」，又回到香港眼前的晚霞。失去香港的英國，「日不落國」將成為歷史，卻以「日不落家」代之而興，切入正題。

這篇親情散文，顯現的是抒情散文的韌力、彈性。將一個強調風格應該雄厚如斧、野獷如碑的散文家，置放在五個女人的家庭，未嘗不是上帝精心的安排，因而，散文的韌力、彈性，就靠父女親情去伸張、拉扯，語言、氣象、育嬰經驗、長途電話，原可婆婆媽媽唸不完的經，卻在約制的理性裡精練起來、收斂起來，韌力、彈性，於焉成形。家，永遠有太陽照耀的家，從題目開始，這種氣概就已架構出來，這種氣韻就已開始周流全文，甚至讀此文的讀者全身。

◇延伸閱讀

1. 鄭明娳，〈余光中散文論〉，收入黃維梁編《璀璨的五采筆——余光中作品評論集（一九七九—一九九三）》。（台北：九歌，一九九四），頁二五七—三〇三。
2. 雷銳，〈在文字的風火爐中煉丹——論余光中散文的幽默特色〉，收入黃維梁編《璀璨的五采筆——余光中作品評論集（一九七九—一九九三）》。（台北：九歌，一九九四），頁三一八—三三七。
3. 鍾怡雯，〈望鄉的牧神余光中〉，《亞洲華文散文的中國圖象（一九四九—一九九九）》。（台北：萬卷樓，二〇〇一），頁一一二—一三三。
4. 溫瑞安，〈散文的意象：雄偉與秀美——論余光中、葉珊的散文風格〉，《國文天地》，頁一一三—一二〇。

溫州街到溫州街

林文月

從溫州街七十四巷鄭先生的家到溫州街十八巷的臺先生家，中間僅隔一條辛亥路，步調快的話，大約七、八分鐘便可走到，即使漫步，最多也費不了一刻鐘的時間。但那一條車輛飆馳的道路，卻使兩位上了年紀的老師視為畏途而互不往來頗有年矣！早年的溫州街是沒有被切割的，臺灣大學的許多教員宿舍便散布其間。我們的許多老師都住在那一帶。閒時，他們經常會散步，穿過幾條人跡稀少的巷弄，互相登門造訪，談天說理。時光流逝，臺北市的人口大增，市容劇變，而我們的老師也都年紀在八十歲以上了，辛亥路遂成為咫尺天涯，鄭先生和臺先生平時以電話互相問安或傳遞消息；偶爾見面，反而是在更遠的各種餐館，兩位各由學生攙扶接送，筵席上比鄰而坐，常見到他們神情愉快地談笑。

三年前仲春的某日午後，我授完課順道去拜訪鄭先生。當時《清晝堂詩集》甫出版，鄭先生掩不住喜悅之情，教我在客廳稍候，說要到書房去取一本已題簽好的送給我。他緩緩從沙發椅中起身，一邊念叨著：「近來，我的雙腿更衰弱沒力氣了。」然後，小心地蹭蹬地在自己家的走廊上移步。望著那身穿著中式藍布衫的單薄背影，我不禁又一次深刻地感慨歲月擲人而去的悲哀與無奈！

《清晝堂詩集》共收鄭先生八十二歲以前的各體古詩千餘首，並親為之註解，合計四八八頁，頗有一些沉甸甸的重量。我從他微顫的手中接到那本設計極其清雅的詩集，感激又敬佩地分享著老師新出書的喜悅。我明白這本書從整理、謄寫，到校對、殺青，費時甚久；老師是十分珍視此詩集的出版，有意以此傳世的。

見我也掩不住興奮地翻閱書頁，鄭先生用商量的語氣問我：「我想親自送一本給臺先生。你哪天有空，開車送我去臺先生家好嗎？」封面有臺先生工整的隸書題字，鄭先生在自序末段寫著：「老友臺靜農先生，久已聲明謝絕為人題寫書簽，見於他所著《龍坡雜文．我與書藝》篇中，這次為我破例，尤為感謝。」但我當然明白，想把新出版的詩集親自送到臺先生手中，豈是僅止於感謝的心理而已；陶潛詩云：「奇文共欣賞，疑義相與析。」何況，這是蘊藏了鄭先生大半生心血的書，他內心必然迫不及待地要與老友分享那成果吧。

我們當時便給臺先生打電話，約好就在那個星期日的上午十時，由我駕車接鄭先生去臺先生的家。其所以挑選星期日上午，一來是放假日子人車較少，開車安全些；再則是鄭先生家裡有人在，不必擔心空屋無人看管。

記得那是一個春陽和煦的星期日上午。出門前，我先打電話給鄭先生，請他準備好。我依時到溫州街七十四巷，把車子停放於門口，下車與鄭先生的女婿顧崇豪共同扶他上車，再繞到駕駛座位上。鄭先生依然是那一襲藍布衫，手中謹慎地捧著詩集。他雖然戴著深度近視眼鏡，可是記性特別好，從車子一發動，便指揮我如何左轉右轉駛出曲折而狹窄的溫州街；其實，那些巷弄對我而言，也是極其熟悉的。在辛亥路的南側停了一會兒，等交通號誌變綠燈後，本擬直駛到對面的溫州街，但是鄭先生問：「現在過了辛亥路沒有？」又告訴我：「過了辛亥路，你就右轉，到了巷子底再左轉，然後順著下去就可以到臺先生家了。」我有些遲疑，這不是我平常走的路線，但老師的語氣十分肯定，就像許多年前教我們課時一般，便只好依循他的指示駕駛。結果竟走到一個禁止左轉的巷道，遂不得不退回原路，重新依照我所認識的路線行駛。鄭先生得悉自己的指揮有誤，連聲向我道歉。「不是您的記性不好，是近年來臺北的交通變化太大。您說的是從前的走法；如今許多巷道都有限制，不准隨便左轉或右轉的。」我用安慰的語氣說。「唉，好些年沒來看臺先生，路竟然都不認得走了。」他有些感慨的樣子，習慣地用右手掌摩挲著光禿的前額說。「其實，是您的記性太好，記得從前的路啊。」我又追添一句安慰的話，心中一陣酸楚，不知這樣的安慰妥當與否？

崇豪在鄭先生上車後即給臺先生打了電話，所以車轉入溫州街十八巷時，遠遠便望見臺先生已經站在門口等候著。由於我小心慢駛，又改道耽誤時間，性急的臺先生大概已等候許久了吧？十八巷內兩側都停放著私家小轎車，我無法在只容得一輛車通行的巷子裡下車，只好將右側車門打開，請臺先生扶鄭先生先行下車，再繼續開往前面去找停車處。車輪慢慢滑動，從照後鏡裡瞥見身材魁梧的臺先生正小心攙扶著清癯而微傴的鄭先生跨過門檻。那是一個有趣的形象對比，也是頗令人感覺溫馨的一個鏡頭。臺先生比鄭先生年長四歲，不過，從外表看起來，鄭先生步履蹣跚，反而顯得蒼老些。

待我停妥車子，推開虛掩的大門進入書房時，兩位老師都已端坐在各自適當的位置上了——臺先生穩坐在書桌前的籐椅上，鄭先生則淺坐在對面的另一張籐椅上。兩人夾著一張寬大的桌面相對晤談著；那上面除雜陳的書籍、硯臺、筆墨，和茶杯、菸灰缸外，中央清出的一塊空間正攤開著《清畫堂詩集》。臺先生前前後後地翻動書頁，急急地誦讀幾行詩句，隨即又看看封面看看封底，時則又音聲宏亮地讚賞：「哈啊，這句子好，這句子好！」鄭先生前傾著身子，背部微駝，從厚重的鏡片後瞇起雙眼盯視臺先生。他不大言語，鼻孔裡時時發出輕微的喀嗯喀嗯聲。那是他高興或專注的時候常有的表情，譬如在讀一篇學生的佳作時，或聽別人談說一些趣事時；而今，他正十分在意老友臺先生對於他甫出版詩集的看法。我忽然完全明白了，古人所謂「奇文共欣賞」，便是眼前這樣一幕情景。

我安靜地靠牆坐在稍遠處，啜飲杯中微涼的茶，想要超然而客觀地欣賞那一幕情景，卻終於無法不融入兩位老師的感應世界裡，似乎也分享得他們的喜悅與友誼，也終於禁不住地眼角溫熱濕潤起來。

日後，臺先生曾有一詩讚賞《清畫堂詩集》：

千首詩成南渡後，
精深雋雅自堪傳。
詩家更見開新例，
不用他人作鄭箋。

鄭先生的千首詩固然精深雋雅，而臺先生此詩中用「鄭箋」的典故，更是神來之筆，實在是巧妙極了。

其實，兩位老師所談並不多，有時甚至會話中斷，而呈現一種留白似的時空。大概他們平常時有電話聯繫互道消息，見面反而沒有什麼特別新鮮的話題了吧？抑或許是相知太深，許多想法盡在不言中，此時無聲勝有聲嗎？

約莫半個小時左右的會面晤談。鄭先生說：「那我走了。」「也好。」臺先生回答得也簡短。

回鄭先生家的方式一如去臺先生家時。先請臺先生給崇豪、秉書夫婦打電話，所以開車到達溫州街七十四巷時，他們兩位已等候在門口；這次沒有下車，目送鄭先生被他的女兒和女婿護迎入家門後，便踩足油門駛回自己的家。待返抵家後，我忽然冒出一頭大汗來。覺得自己膽子真是大，竟然敢承諾接送一位眼力不佳，行動不甚靈活的八十餘歲老先生於擁擠緊張的臺北市區中；但是，又彷彿完成了一件大事情而心情十分輕鬆愉快起來。

那一次，可能是鄭先生和臺先生的最後一次相訪晤對。

鄭先生的雙腿後來愈形衰弱；而原來硬朗的臺先生竟忽然罹患惡疾，纏綿病榻九個月之後，於去秋逝世。

公祭之日，鄭先生左右由崇豪與秉書扶持著，一清早便神色悲戚地坐在靈堂的前排席位上。他是公祭開始時第一位趨前行禮的人。那原來單薄的身子更形單薄了，多時沒有穿用的西裝，有如掛在衣架上似的鬆動著。他的步履幾乎沒有著地，全由女兒與女婿架起，危危顛顛地挪移至靈壇前，一路慟哭著，涕淚盈襟，使所有在場的人備覺痛心。我舉首望見四面牆上滿布的輓聯，鄭先生的一副最是真切感人：

六十年來文酒深交弔影今為後死者
八千里外山川故國傷懷同是不歸人

那一個仲春上午的景象，歷歷猶在目前，實在不能相信一切是真實的事情！臺先生走後，鄭先生更形落寞寡歡。一次拜訪之際，他告訴我：「臺先生走了，把我的一半也帶走了。」語氣令人愕然。「這話不是誇張。從前，我有什麼事情，總是打電話同臺先生商量；有什麼記不得的事情，打電話給他，即使他也不記得，但總有些線索去打聽。如今，沒有人好商量了！沒有人可以詢問打聽了！」鄭先生彷彿為自己的詩作註解似的，更為他那前面的話作補充。失去六十年文酒深交的悲哀，絲毫沒有掩飾避諱地烙印在他的形容上、回響在他的音聲裡。我試欲找一些安慰的話語，終於也只有惻然陪侍一隅而已。腿力更為衰退的鄭先生，即使居家也須倚賴輪椅，且不得不雇用專人伺候了。在黃昏暗淡的光線下，他陷坐輪椅中，看來十分寂寞而無助。我想起他〈詩人的寂寞〉啟首的幾句話：「千古詩人都是寂寞的，若不是寂寞，他們就寫不出詩來。」鄭先生是詩人，他老年失友，而自己體力又愈形退化，又豈單是寂寞而已？近年來，他談話的內容大部分圍繞著自己老化的生理狀況，又雖然緩慢卻積極地整理著自己的著述文章，可以感知他內心存在著一種不可言喻的又無可奈何的焦慮。

今年暑假開始的時候，我因有遠行，準備了一盒鄭先生喜愛的鬆軟甜點，打電話想徵詢可否登門辭行。豈知接電話的是那一位護佐，她勸阻我說：「你們老師在三天前突然失去了記憶力，躺在床上，不方便會客。」這真是太突然的消息，令我錯愕良久。「這種病很危險嗎？可不可以維持一段時日？會不會很痛苦？」我一連發出了許多疑問，眼前閃現兩週前去探望時雖然衰老但還談說頗有條理的影像，覺得這是老天爺開的玩笑，竟讓記性特好的人忽然喪失記憶。「這種事情很難說，有人可以維持很久，但是也有人很快就不好了。」她以專業的經驗告訴我。

旅次中，我忐忑難安，反覆思考著：希望回臺之後還能夠見到我的老師，但是又恐怕體質比較薄弱的鄭先生承受不住長時的病情煎熬；而臺先生纏綿病榻的痛苦記憶又難免重疊出現於腦際。

七月二十八日清晨，我接獲中文系同事柯慶明打給我的長途電話。鄭先生過世了。慶明知道我離臺前最焦慮難安的心事，故他一再重複說：「老師是無疾而終。走得很安詳，很安詳。」

九月初的一個深夜，我回來。次晚，帶了一盒甜點去溫州街七十四巷。秉書與我見面擁泣。她為我細述老師最後的一段生活以及當天的情形。鄭先生果然是走得十分安詳。我環顧那間書籍整齊排列，書畫垂掛牆壁的客廳。一切都沒有改變。也許，鄭先生過世時我沒有在臺北，未及瞻仰遺容，所以親耳聽見，也不能信以為真。有一種感覺，彷彿當我在沙發椅坐定後，老師就會輕咳著、步履維艱地從裡面的書房走出來；雖是步履維艱，卻不必倚賴輪椅的鄭先生。

我辭出如今已經不能看見鄭先生的溫州街七十四巷，信步穿過辛亥路，然後走到對面的溫州街。秋意尚未的臺北夜空，有星光明滅，但周遭四處飄著悶熱的暑氣。我又一次非常非常懷念三年前仲春的那個上午，淚水便禁不住地婆娑下流。我在巷道中忽然駐足。溫州街十八巷也不再能見到臺先生了。

而且，據說那一幢日式木屋已不存在，如今鋼筋水泥的一大片高樓正在加速建造中；自臺先生過世後，實在不敢再走過那一帶地區。我又緩緩走向前，有時閃身讓車輛通過。

不知道走了多少時間，終於來到溫州街十八巷口。夜色迷濛中，果然矗立著一大排未完工的大廈。我站在約莫是從前六號的遺址。定神凝睇，覺得那粗糙的水泥牆柱之間，當有一間樸質的木屋書齋；又定神凝睇，覺得那木屋書齋之中，當有兩位可敬的師長晤談。於是，我彷彿聽到他們的談笑親切，而且彷彿也感受到春陽煦暖了。

——原載一九九一·九·二十二《中國時報·人間副刊》

——選自《作品》（九歌，一九九三）

◆作者簡介

林文月，台灣彰化人，一九三三年生於上海。台灣大學中國文學研究所碩士，一九六九年赴日本京都大學人文科學研究所研究比較文學。曾任台灣大學中文系教授，美國華盛頓大學、史丹佛大學、加州柏克萊大學、捷克查理斯大學客座教授。現為台灣大學中文系退休名譽教授。林文月專攻六朝文學及中日比較文學，曾翻譯《源氏物語》、《伊勢物語》等日本古典名著。榮獲中興文藝獎章、《中國時報》散文獎推薦獎、國家文藝獎散文獎、行政院文化獎等。作品含括散文、評論、翻譯、兒童文學等。重要散文集有《遙遠》、《讀中文系的人》、《午後書房》、《交談》、《擬古》、《飲膳札記》等。

◆作品賞析

唐宋八大家之後，散文有其正統、主流的沉穩風格，現代散文家中，林文月恐怕就是這種風格的承繼者。雖然她曾多次模擬各種不同的體式，嘗試古今特異的技巧，但是在不離其宗的萬變手法裡，仍然有著特殊的溫婉，屬於純正的傳統，林文月式的氛圍。

特別是描寫臺靜農老師、鄭騫老師的文章，再也沒有比林文月更純淨的筆法了。林文月純淨、溫婉的筆調，就是適合兩位老師所代表的那個時代的文人風範。我也是臺老師、鄭老師的學生，遠遠感受傳統文人遺風，衷心嚮往，但卻無緣那樣親近、親炙老師，更年輕的學者恐怕只能在林文月的文字中想像那個時代、那樣的風範。幸好有林文月，留下這樣的身影、這樣的風範。只是每次快車上下辛亥路高架橋，總有一種罪惡的感覺，速度毀滅了溫州街深巷所代表的謙謙君子之風。

◆延伸閱讀

1. 何寄澎，〈真幻之際，物我之間——林文月散文中的生命觀照及胞與情懷〉，收入何寄澎編《當代台灣文學評論大系：散文卷》。（台北：正中，一九九三），頁二九一—三一四。
2. 陳芳明，〈她自己的書房——林文月的散文書寫〉，《中國時報》三七版，二〇〇〇年三月二十一—二十一日。
3. 羅宏益，〈擬古與創新——評林文月擬古散文之創作〉，《國文天地》，一九九五年二月，頁六〇—六六。

田園之秋——十一月七日

陳冠學

一開門便見到今天是個大晴日，天壁直垂到四邊，看不到一絲絲雲氣。

朝日斜照著，剛舂了一臼米，倒了出來，抬頭看見赤牛哥向屋後踱去。趕緊追了過去，生怕牠吃了草畦裡的草，菜畦裡的菜。大概是口渴了，牽回牛滌，提了一桶水，叫牠自己飲。

小白菜開花了，花梗抽出約有一尺半長，真是好風景！有幾隻蝴蝶聞香而至，大概早已下了卵了。忙過了舂米、伐薪之後，就可以搬出一張藤椅，坐在屋簷下看草鶺鴒、青苔鳥來菜畦間覓蟲了，再後就有報春鳥來唱了。

這小白菜，花梗抽得這樣快，幾乎是天天見的，怎得一夜之間抽出了一尺多長？自然的造化明明就在人的眼前進行，一點兒也不隱祕，可是你就偏偏看不見。

公雞做了父親，高興得一直伴著小雞，在四周圍當護衛，也不到麻黃樹下撿落米吃了。牠時時昂揚高啼，那過分雄壯的啼聲每每把小雞嚇著了。我試著喚母雞帶小雞一起到麻黃樹下去，母雞卻寧願在牛滌四周搶食；那兒多的是地裡的蟲和菌。

忽聽見有舂杵聲，回頭一看，見有一個陌生人坐在我的位子上舂著，不由一訝。行近去，乃是一個二十五、六歲模樣的年輕人，面貌俊秀，氣度非凡。我微笑表示，對方也微笑相應。

「此地是仙境或是人間？」我行到時，年輕人停了舂，拄著杵問。

「此地是舊時代，並非仙境。閣下誤入時間隧道，回頭走了幾十年罷了！」我笑著答。

「先生是隱士？」年輕人聞言略顯意外驚奇。

「不得不隱。」

「舂米而食，從來只在書上讀過，萬萬沒料到還有機會親眼看見。方纔來到樹下，一見以為到了桃源。這兩年來由北雲遊而南，見到過幾處美境，但不是傷閉，便是傷濕。這裡的豁朗和爽塏是南北僅見。而且東邊那一條山嶺，那兩座大山，襯著這片荒原和田野，一所平屋坐落在其中，配著幾株樹，造設實在好，宛然仙居。若有幸能在此住幾天，不知多好？」

「在下獨居，閣下不棄，歡迎之至！」

「真的？啊，太好了！多謝！」

於是年輕人起身和我握手——這時我纔發現地上靠樹頭放著一個背袋。

「貴姓？」我問。

「正義伸張的張。先生仙氏？」

「自我敷陳的陳。」我有意跟他開開玩笑。

正義伸張會意一笑，抬頭指著天上問：

「那些都是什麼鳥？」

「噢！那是雲雀。」

「噢！就是大名鼎鼎的雲雀嗎？竟有這麼多，幾乎蓋過了談話聲啦！天天都是這樣歌唱嗎？」

「自雨收以來，上午天天如此。下午有雲氣，沒有這樣熱烈。」

「這裡簡直該叫雲雀之鄉了！」

「差不多只能這麼命名。」

「這些都是什麼鳥？」伸張又指著地面問。

「噢！樹下的白斑嗎？那是痲雀。」

「有這麼多嗎？」

「大概有幾千隻，不算多。」

「單看著這些鳥屎，就教人覺得快樂。」

「這是真話。到了那一天，樹下看不到鳥屎，這個世界就悲哀了。」

於是正義伸張又坐了下去，拿起杵來要舂。

「張兄千萬不要客氣，一路辛苦，請先入內休息！」

「啊，請不要這樣稱呼我，賤庚纔二十八，就叫我伸張好啦！難得回到舊時代，讓我痛快舂幾臼罷！」

不得已只得拱手讓剛到的客人勞作了。其實伸張舂得不亦樂乎！但與其說他舂米快樂，還不如說從二十世紀走回十九世紀纔是他的真快樂。我這裡與外界雖只隔一鋪半路，卻在時間上隔了一個世紀。這裡歡迎一切二十世紀的來客，只要人們肯越過這一鋪半路。

趁著仲張春得興高，我走回廚房去料理午飯。想做幾樣像樣的菜，可是除了早上太平仔切的一塊串仔魚之外，沒有更好的食品，沒有蛋，沒有肉，沒有別的好東西。我一年到頭都依賴賣魚太平仔，串仔魚就是這裡能有的最上等食品了。既然變不出來，只有硬頭皮以串仔魚片為主菜，再佐以屋後自種的兩樣青菜，連湯也沒有，這便是我為仲張洗塵的頭一頓飯。仲張看模樣是個富裕人家子弟，但他在外雲遊，大概必能隨遇而安。午飯時，我一再自謝簡慢。仲張給我講了他從雲遊中聽來的一則故事：東海有個聖人，西海也有個聖人。有一天，西海的聖人特意不遠千里去訪問東海的聖人。兩個聖人一桌吃飯，隨從另處吃。隨從那一桌備辦得十分豐盛，隨從中的一個說：咱們吃得這樣好，他們兩個聖人豈不是吃的玉粒瓊漿了？何不窺個究竟？當下隨從們躡手躡腳從壁隙間向內窺視。只見兩個聖人對面坐著，桌上擺了兩個碟子，一碟擺著些許切片的仔薑，一碟擺著些許碎鹽。隨從們嚇了一跳，纔知道聖人確實與俗眾不同，吃的是真正的山珍海味。我聽了不覺哈哈大笑。伸張真真善為客，而我則不善為主。

中午教了孩子們前三個阿拉伯數字，還講了臺灣歷史的概略。仲張在一邊觀看，很感到興趣。他說這麻黃樹下確是理想的教室。

下課後仲張問我一向午後何所事？我說如今田事已了，只有一件事做。仲張問是何事？我說只剩鑑賞天地一事做。仲張睜大了眼睛笑了。仲張說，佛說四大皆空，而柏拉圖追求 Idea，道家談道，似乎都不措意於眼前的世界。我說本體原是虛構，現象纔是真實。鳥音是現象，其求偶或據地是本體，本體只是虛構，目的只在呈現現象。花色花香是現象，其引蜂誘蝶以傳花粉是本體，本體亦是虛構，目的亦在於呈現現象。故鳥音盈耳，花開爛漫，充耳不聞，視而無睹，是辜負造物予人一對耳朵一雙眼目一個聲光繽紛的世界。其實自佛、柏拉圖皆生活在現象中，教他真正離開了現象，那時纔會發現現象。彼等在現象中享福，反生妄想，這是愚蠢之至，造物將為之傷心悲歎，亦將為之哀憐矜憫。伸張聽了，思索了一會兒，大為擊節，說是曠古未有之奇論。因問自然科學之探索本體，如病理上追出細菌、濾過性病毒、生化真相，物理上發現各種波動與能力，化學上剖析出分子、原子、核子等等，是否也辜負了造物？我說科學並不否定現象，相反地，是肯定現象。但科學之弊在一發不能收煞地參造化。科學探入本體界，創造物質現象，狂暴地發展，恐終至要毀了整個現象世界的諧和。而且科學本質上是物質的，科學一味把世界物質化，而抹煞了精神現象，這是科學可憂慮處。伸張問現象為真實一說推至終極是什麼？我說其終極是現象世界為唯一的世界，也是完美的世界。伸張問何以說？我說若現象世界非唯一完美世界，何須此世界？伸張說如此言之，現象世界是客觀自存的世界，而非主觀所產的世界。我說是，現象是造物所造。伸張說佛說三界唯心、萬法唯識，叔本華說世界是我的表象，二家之說錯了？我說二家是妄說，人體渺小，安得妄言三界中萬法為一己心識所造，世界是我的表象？伸張說事實確是如此，但佛與叔本華之說又往往令人以為似是。我說似是而非。伸張說不透過人的心識，現象豈能產生？豈能存在？我說現象世界整體原就設計好造在那裡，心識與萬物之本體皆在造物手中。伸張說我明白了。我說君且申說之！伸張說推君之意，世界只有這一個，故吾人也只有此一生。我說正是此意。伸張又說此唯一世界是人在中心，此世界是為人造設，失了人此世界便無著落，這纔是真空，不止此世界空，舉一切世界皆空，故人是存有的核心，人是存有的最後目的最高目的。伸張因問人是目的其意義何在？我說在做為老天知己，做為天地之鑑賞者。伸張說豈不要人做老天之替手以參造化？我說這意思恐非 。伸張說若然科學恐怕違背造物之意？我說在某限度內是造物本意，出某限度外就不是了。又問現象世界是何造設？我說以君所見是何景象？伸張說譬如春生夏長秋收冬藏，現象世界是三分積極一分消極，消極是積極的手段。我說我的現象真實說大體如此。

伸張說他讀叔本華到否定意志，終覺叔本華難以自圓，那裡顯然有邏輯上的困難。但無人可以質疑，問我何所見。我說，叔本華病在短視。如人在中途見一群人跑馬拉松，見領先者就認他是第一名，叔本華之生存意志說類乎此。世界由無而有，這個吾人不能談，蓋不可理解。單自有說起，無生物時代是一個階段，這一階段何者為其中心動力可以不問；有生物時代又是一個階段，這一階段的中心動力自然是生存意志。但這是馬拉松中途，叔本華即於此看到生存意志，而倡其意志哲學。此時生存意志確是領先，但其腳後已有另一個接踵追來，叔本華似亦看到，只因尚差一肩，故叔本華只認得生存意志。這後來者乃是一股新動力，將來必然追過生存意志，成為新時代的主宰。為便於明白，且舉孔子的一句話來說明。孔子說：有殺身以成仁，無求生以害仁。在生存意志領先階段，孔子此語無異夢囈。但此時人類高貴精神已驤首趕前，生存一事已不復為生物界之絕對原則，人類精神業已昇起，就整個世界而言，已進入第四階段：無→物質→生命→精神。一階段有一階段之主宰，人類精神體中自不再容生存意志坐鎮，此時自然另換了一種動力。要解明此一動力，牽涉我的靈魂說。

伸張要我接下去講。

我說，動物若無靈魂，將與植物無異，只有生理的反應反射，而不能有感覺、知覺，更不能有感情與理智。靈魂與物質同為造物所造，同為構成生命體的材料。以水為例，其在吾人此刻身上之水分業已流轉於天地之間不知幾許年所，同一分子之水，其嬗遞於生命體中者，亦不知其幾千萬億回。假設嘗為構成樂聖貝多芬某一日間體液之水分，此時此刻適在你身上，此事未必不可能。同理，其他物質，如鐵如銀如銅，在吾人此刻身上者，或已流轉於過去千萬個生命體之中，與其他成素共同構成某一隻金甲蟲、某一隻蝦蟆、某一尾蚯蚓、某一尾蛇蟺，甚至各種植物之生理體。靈魂與水及任何礦屬原素無異，充斥於此世界之中，成為動物生命體循環應用之材料。靈魂之特性是具備現象世界之一切知識及人類所稱道德的、審美的、認知的本性。靈魂一旦附麗於某一生命體，其首務則聽命於該動物個體生存與種族繁殖之要求，藉該生物能動之生理構造而為之營生為之避害。故動物雖有能動的生理構造，實由於有靈魂方為可能。植物亦有能動者，如豬籠草等食蟲植物，但彼是單純的反應與反射，與動物之真能動畢竟不同。動物雖真能動，其生理構造有至簡單者，實與植物無甚差異，靈魂雖附麗其中，亦未能發揮其作用。惟有生理構造至為複雜，可靈活運用，靈魂方有作為。一駕駛員，但給以一塊木板，只能推拖擦地而行；若再加兩輪，便可推拖輾地而行；如再加一方向把手，則有轉向之便；若再加二輪，尤為便利；如再加牲畜拖拉或自動機器之安設，行遠載重，便可得心應手。靈魂在各種動物體中，情形與此完全類似。動物生理體與植物生理體相似，係全受叔本華所謂生存意志之支配，頑強執著於個體生存與種族延續之效應。靈魂附入之後，便立時確認該生理體中生存意志之頑強性；或換另一說法，靈魂立時認明所附動物體之第一要務或目的即在於生存與延續。故靈魂亦立時傾其靈知以附和生存意志之此一要求。靈魂投附動物體之第一剎那，是對該動物之機能做當下的透認。舉個例，有兩個蛋，一個為雞蛋，一個為鴨蛋，由人工電孵同時孵化。將剛孵出的雞雛與鴨雛一齊置諸水邊，雞雛必然退縮，鴨雛必然趨前。此事可看出靈魂對雞體與鴨體之對水關係的確切透認。鳥鷇羽翼未就之前猶然懼高，逮羽翼已就，則安之出於其性（靈知）。人類天生有懼高症，因靈魂早察知人體結構於墜落時不能保全——即察知人體非為一種能飛的結構。但高樓建築工、馬戲盪空演員、高空跳傘專家，可無懼高之症，此係經長期訓練，已取得靈魂之認可。靈魂於第一步驟既經對所附動物體做當下的全盤透認，其第二步驟便在於將該動物體做最有利的充分運作，務期達到最佳生存與延續。再舉個例，一隻蛀木蟲在枯木中，一隻食蛀蟲鳥在枯木外，食蛀蟲鳥之生理結構最合於在枯木上營生，其靈魂便知運用該鳥體，以嘴折小枝條插入蛀孔。而蛀蟲之靈魂則只知蛀蟲體軟，有客來犯，當盡力齧之，方能自衛。於是蛀蟲齧住小枝條，被該鳥抽出啄食。這裡是蛀蟲之生理結構大不如鳥，故雖同為靈魂，表現有優劣之別。但不論蛀蟲或食蛀蟲鳥，其靈魂皆不脫出生存意志執著之附和，其所動用於靈魂本具的全知者萬分不過一、二分，而且道德的、審美的、認知的本性則全無發用之機會。這個要待到附著於最優異的生理體即人類方纔見出。靈魂附麗於人體初期，亦即歷史學所謂的原始人之時期，其附和生存意志之執著，幾與一般動物無異；請注意「幾」字，這「幾」字則表示有微小的差異。由原始人進入舊石器時代，因人類腦構造之特出，人體手足分工合作之優異，及人類生活面之愈益寬闊，靈魂中的全知之發用漸多，而道德的、審美的、認知的本性亦逐漸顯露。不過大體而言，仍以附和生存意志之執著為主要。靈魂中的全知，哲學上稱為良知，即不待學而知的先天智識，常識上叫直感或第六感。試舉一例，如滿月嬰兒，大人雖不出聲，但以兇惡的面部表情對之，嬰兒必驚啼，此為人的先天知識，不待學而知者，亦即是靈魂之全知。人自出生時知索乳、知柔聲為好意、知惡聲為忮害，乃至知避高避深，懼黑暗懼幽閉，以至於知男女知生育，皆是靈魂全知之作用。靈魂全知之作用，幾成為人類行為之全盤基礎。而靈魂的本性，其首發大用者，是認知力。認知力在靈魂附和生存意志執著中，功用最宏，而且最為得力，但其較後的發展，遂至為虎作倀，成為人類罪惡之源泉，為宇宙中惟一罪惡的根源；蓋人類而外，靈魂之認知性皆不得發揮，故亦未得成其罪惡，罪惡乃是人類的特產。伴隨認知性之發用，靈魂之道德性與審美性亦漸顯露，此二性遂為制衡罪惡的二大力量。叔本華所謂否定意志，實係靈魂此二性之展現。

伸張頻頻點首，因說：非如此究明，叔本華否定意志之曖昧終不破。又問：人物性格差異何來？我說：全在生理結構、後天習染，與靈魂無關，靈魂是一般無二。伸張說，如此講，人死後，靈魂又還其無我之本初？我說正是如此。伸張說，與水、金、銀、銅、鐵等物質之瓦解而還歸自然全同？我說正是如此。伸張說，人能否無靈魂？我說人若無靈魂，其生存與活動皆頓失依據，即不可能。伸張說，人的靈魂與其他動物絕對無別？我說正是如此。伸張說，入於狗之靈魂亦可入於人？我說是。伸張又說，如此講來，佛家帶業輪迴之說錯了？我說當然錯了，凡宗教皆人類一廂情願的甘想。伸張問錯在何處？我說天地間豈容如許眾多陰魂不散！伸張說妙！我又說，且無去處，靈魂只充斥兩間，既無去處，而亦不他去。伸張說精闢之至！伸張又問，如此說人一生經歷俱在腦細胞中，死則化為烏有？我說正是如此，人生經歷關涉氣質，氣質不著靈魂。且靈魂全知，何須殘見？伸張說，全盤明曉了。

晚間談話，伸張問母愛。我說母愛是靈魂附和生殖意志之後態表現，其前態為男女之愛。問性慾。我說性慾純屬生理體中事。問靈魂之道德性與審美性是否須透過知？我說正須待透過知，不知其死，如何能哀？不知其苦，如何能憐？知是人內在的眼目，人無內在的眼目，則認知世界一團黑，道德世界一團黑，審美世界一團黑，開展不出來。知是此三世界的太陽，投以光明，而後三世界的現象豁然明朗。但一般動物雖認知性為腦結構所限，亦非全然無知。成語有云：兔死狐悲。動物悲同類是常見的事實。最後伸張說了一句極警策的話。伸張說，知是人禽之分界，但動物吃飽了即無事，人吃飽了方有事，此亦是人類可悲可厭處。

——選自《田園之秋》（前衛，一九八六版）

〔音　注〕

牄食：牄，國音ㄑㄧㄤˇ，臺音請（讀音）。禽類以腳爪翻抓地面找蟲穀吃的意思。

傷閉：傷，臺音箱（語音）。過分封閉的意思。

◆作者簡介

陳冠學（一九三四～二〇一一），台灣屏東人。師範大學國文系畢業。後投身教育，歷任初中、國中、高中、專科教師，一九八一年辭去教職，次年搬回屏東新埤鄉萬隆村老家耕讀為生。學術著作方面，曾出版過諸子、文字學等古典學術研究書籍。重要的散文集有：《田園之秋》、《訪草（第一卷）》、《訪草（第二卷）》、《藍色的斷想》等。其中《田園之秋》曾獲《中國時報》散文推薦獎、吳三連文藝獎，最為文壇重視。

◆作品賞析

陳冠學精研中國古代哲學思想，著有《論語新注》、《莊子新注》、《莊子新傳》等書；又曾致力於台灣拓荒歷史和台語的研究，著有《老台灣》、《台語之古老與古典》。歸隱田園之後，專注於散文創作，或許是因為長久接觸莊子思想的關係，散文作品頗有道家情懷，總是落實於自然的生活、田園的生物中。有人稱他是經歷「見山是山，見水是水」、「見山不是山，見水不是水」，又回到「見山還是山，見水還是水」的哲學農夫。

《田園之秋》是日記式的秋日田園紀錄，葉石濤為此書做這樣的定位：「陳冠學的《田園之秋》巨細靡遺地記錄了台灣野生鳥類、野生植物、生態景觀等的諸面貌的四季變遷，筆鋒帶有摯愛這塊土地的一股熱情。這是台灣三十多年來注重風花雪月未見靈魂悸動的散文史中，獨樹一幟的極本土化的散文佳作。」此處選錄的這一篇，除土地之愛以外，尚有哲學、靈魂的探討，田園與學術的融合，可以見識陳冠學心向田園伸張，胸向天地拓展，深耕廣耘的生命思考。

◆延伸閱讀

1. 何欣，〈析《田園之秋》〉，《自立晚報》，一九八三年三月十日。
2. 鄭穗影，〈吾友陳冠學先生〉，《文學界》七卷，一九八三年八月，頁一〇八－一二三。
3. 鄭明娳，〈受傷的戀土情結——評陳冠學《訪草》〉，《聯合文學》五三期，一九八九年三月，頁二〇一－二〇二。

地篇

張曉風

據說，古時的地字，是用兩個土字為基本結構，而土字寫作[illegible]。猛一看，忍不住怦然心跳，差不多覺得倉頡造了個「有聲音效果的字」，彷彿間只見宇宙洪荒，天地濛涌，一片又小又翠的葉子中氣十足的，迸的一聲竄出地面，人類嚇了一跳，從此知道什麼叫土地。

*

《爾雅》——一本最古老的字典——上面說：「地，底也，其體底下，載萬物也。」看著，看著，開始不服氣起來，分明是一本文字學的書嘛，怎麼會如此像詩，把地說成最低最低的萬物承載的搖籃，把地說成了人類的「底子」，世上還有比這更好的解釋嗎？

終於想通了，文字學家和詩人是一種人，一種咭咭呱呱跟在造物身後不停的指手畫腳，企圖努力向人解釋的人。

*

在中國語言裡，大地不但是有生命的，而且還有得非常具體。

譬如說「地毛」，地竟被看作是毛髮青盛的，地難道是一個肌膚實突的少年男子嗎？而地毛指的是一些「莎草」。下一次，等我行過草原，我要好好的看一下大地的汗毛。

＊

地也有耳，「地耳」指的是一種菌類，大略和木耳相似吧！大地的耳朵，它倚側著想聽些什麼呢？是星辰的對位？還是風水的和絃？

吃木耳的時候，我想我吃下了許多神祕的聲音。

另外有一種松茸，圓圓的叫「地腎」，奇怪，大地可以不斷的捐贈他的腎而長出新的來。

＊

有一種紅色的茜草叫做「地血」，傳說是人血所化生，想起來悸怖中又有不自禁的好奇和期待。有一天，竟會有一株茜草是另一種版本的我，屬於我的那株茜草會是怎樣的紅？殷憂的濃紅？浪漫的水紅？鬱憤的紫紅？沉實的棕紅？抑是歷歷不忘的斑紅？孰為我？我為孰？真令人取決不下。

＊

「地肺」是什麼？有時候指的是山，有時候指的是水中的浮島。在江蘇、在河南、在陝西，都有地方叫地肺，不管是以山或以島為肺葉，吐納起來都是很過癮的吧？

＊

「地骨」同時指石頭和枸杞，把石頭算作骨骼是很合理的，兩者一般的嶔崎磊落。喜歡石頭的人都可以把自己看作「摸骨專家」，可以仔細摸一摸大地的支架。可是把枸杞認作地骨卻不免令人驚奇，想來石頭作地骨取的是「寫實派」手法，枸杞作地骨應是「象徵派」手法。枸杞是一種紅色顆粒的補藥，大概服食後可以讓人擁有大地一般的體魄吧！枸杞也叫地筋，不管是「大地之筋」或「大地之骨」，我總是寧可信其有。

*

「地脂」是一篇道家的故事，據說有人偶然遇見，偶然試擦在一位老人的臉上，老人的皺紋頓時平滑如少年，世上有多少青春等待喚回，昨夜微霜初渡河，今晨的秋風裡凋了多少青髮？我們到何處去尋故事中的「地脂」呢？

*

「地脈」指的是河流，想來必是黃河動脈，長江靜脈吧？至於那些夾荷帶柳的小溪應該是細緻的微血管了。這樣看來喜瑪拉雅真該是大地的心臟了，多少血脈附生在它身上！只是有時想來又令人不平，如河川是血脈，血脈可不可以是河流呢？側耳聽處，那一帶是黃河冰澌？那一帶是錢塘浙潮？究竟是人在江湖？還是江湖在人？今宵可否煮一壺酒，於血波沸揚處聽故國的五湖三江？

*

「地脊」幾乎是一則給小孩猜的謎語，一看就知道是指山，山是多崢嶸秀拔的一副脊椎骨啊！永不風溼，永不發炎的挺在那裡，有所承當，有所負載的脊梁。

*

地也有嘴，叫「地喙」指的是深淵，聽說西域龜茲國的音樂是君臣靜坐於高山深谷之際，聽松濤相激，動靜相生，虛實相蕩而來，如果山是竹管，深淵便是鑿陷的孔，音樂便在竹管的「有」與孔穴的「無」之間流瀉出來，如果深淵是大地之口，那該是一張啟發了人間音樂的口。

＊

所有的民族都毫無選擇的必須愛敬大地，但在語彙裡使大地有血脈有骨肉，有口有耳有脊骨的，恐怕只有中國人吧。大地的眾子中如果說我們中國人最愛她，應該並不為過吧！

除了在語言裡把大地看作有位格有肢體的對象，其他中國語言裡令人稱奇的跟大地有關的語彙也說它不完！

＊

「地味」兩字令人引頸以待，急著想知道究竟說的是什麼。原來是指天地初生，地湧清泉的那份甘洌，聽來令人焦灼豔羨。恨不得身當其時，可以貪心連撈它三把，一掬盥面，一掬饜渴，一掬清心。

＊

「地丁」也頗費猜，千想萬想卻沒想到居然是指野花蒲公英，真是好玩。地丁是什麼意思？寫《本草綱目》的李時珍也說不清楚，我只好將之解釋為大地的小守衛兵，每年看到蒲公英，我忍不住竊然自喜，和他們相對瞬目：「喂！我知道你是誰，你們這些又忠心又漂亮的小衛兵，你們交班交得多麼好看，你們把大地守衛得多麼週密，你們是唯一沒有刀沒有鎗的小地丁。」那些傢伙在陽光下顯出好看的金頭盔，卻假裝沒聽見我說話，對了，我不該去逗他們的，他們正在正正經經的站崗呢！

＊

「地珊瑚」其實就是籐，算來該是一種綠色種的變色珊瑚了。世上的好事好物太多，有時不免把詞章家搞糊塗了，不知該用什麼去形容什麼，應該說「好風如水」呢？還是該說「好水如風」呢？應該說「人面如花」呢？還是說「花似人面」呢？「江山如畫」和「畫如真山真水」那一個更真切？而我一眼看到地珊瑚雖覺清機妙趣盈眉而來，卻也不免躍躍然想去叫珊瑚一聲「海籐」。

*

「地龍子」指的是蚯蚓，聽來令人簡直要噗哧一笑，那麼小小的蠕蟲，那能擔上那麼大的龍的名頭！但仔細一想，倒覺得地龍子比天龍可愛踏實多了。誰曾看過天龍呢？地龍卻是人人看過的，人生一世果能土裡來土裡去像一隻蚯蚓，不見得就比雲裡來雨裡去的龍為差，蚯蚓又叫「地蟬」，這傢伙居然又善鳴，不太能想像一隻像植物一樣活在泥土裡的動物怎麼開口唱歌？可是每次在鄉下空而靜的黃昏，大地便是一棵無所不載的巨樹，響亮的鳴聲單純的傳來，乍然一聽，只覺土地也在悠悠然唱起開天闢地的老話頭來。

*

「地行仙」常常是老壽星的美稱，仙人中也許就該數這種仙人最幸福，餐霞飲露何如餐穀飲水？第一次看一位長輩寫「天馬行地」四個字，立覺心折，俗話常說「雲泥之別」，其實雲不管多高多白，終有一天會托胎成雨水，會重入塵寰，會委身泥土而混然為一。求仙是可以的，但是，就做這種仙吧！

*

「地貨」是商業上的名詞，一切的蔬菜、水果、蘿蔔、山芋、荸薺全在內，我有時想開一家地貨行，坐擁南瓜的赤金、菜瓜的翡翠以及茄子的紫晶，門口用敦敦實實的顏體寫上「地貨行」三個大字

——想著想著，事情就開始實在而具體起來，彷彿已看見顧客伸手去試敲一枚大西瓜，而另一個正在捏著一隻吹彈得破的柿子，急得我快要失口叫了起來。

＊

「地聽」一詞是件不可思議的軍事行動，辦法是先掘一個深深的坑，另外再準備一個土甕，甕用薄皮封了口，看來有點像鼓。人抱著這種鼓甕躲在地坑裡，敵人如果想挖地道來襲，甕就會發出聲音。這雖然是戰爭的故事、生死交關的情節，可是聽來卻詩意盎然。又有一種用皮做的「胡祿」，人躺在地下把它當枕頭枕著，也可以遠遠聽到行軍之聲，大地到底怎麼回事？怎麼會有這麼多神奇？

＊

「輿地」兩字是童話也是哲學，中國人一向有「天為蓋，地以載」的觀念，大地是用來載人的。但是，那一種載法呢？中國人選擇了「車子」的形象，大地一下子變成一輛娃娃車，載著歷世歷代的人類，在茫茫宇宙中穩然前行。我想到神往處，恨不得縱身雲外，把這可愛的、以萬木為流蘇以千花為瓔珞的娃娃車（而且是球型的，像灰姑娘赴王子晚宴所乘的那一輛），好好的看它個飽。

＊

「地銀」指的是月光下閃亮發光的河流，「地鏡」也類同，指湖泊水塘。生平不耐煩對鏡，也許大千世界有太多可觀可嘆可喜可酖之景，總覺對鏡自賞是件荒謬的事。但有一天，當我年老，我會靜靜的找到一方鑲滿芳草的澤畔，低下頭來，梳我斑白的頭髮，在水紋裡數我的額紋。那時候，我會看見雲來雁往，我會看見枯荷變成蓮蓬，蓮子復變成明夏新葉，我會怔怔然地望著大地之鏡，求天地之神容許我在這一番大鑑照中看見自己小小如戲景的一生，人生不對鏡則已，要對，就要對這種將朝霞夕嵐歲月年華一併映照的無邊無際的大鏡。

——選自《再生緣》（爾雅，一九八二）

作者簡介

張曉風，筆名曉風、桑科、可叵，江蘇銅山人，一九四一年生於浙江金華。東吳大學中文系畢業，曾任教於東吳大學、香港浸會學院、陽明大學，二〇一二年當選立法委員，隔年辭任。創作領域跨越散文、小說、戲劇、兒童文學四大區塊，著作共三十餘種。曾獲中山文藝獎、國家文藝獎、《中國時報》文學獎、《聯合報》文學獎、吳三連文藝獎、洪建全兒童文學獎等，十大傑出女青年。重要散文集有《愁鄉石》、《步下紅毯之後》、《你還沒有愛過》、《再生緣》、《我在》、《你的側影好美！》等。

作品賞析

張曉風創作以散文為主，散文天地廣闊如人生，淡時有淡味、濃時有濃情，懷舊時動人心肺，創新時則摧人肝膽，她認為「從前，有一個王子……」的故事所以好聽的關鍵，其實不在王子，而在「從前」，一切故事之所以好聽，其實都是因為包含了歲月走過的聲音。曾昭旭認為「曉風之所以為曉風，毋寧在她內裡的愛」。這種愛應該是超越洋溢的宇宙情懷，才能具體落實在世上的一切眾生，這樣的愛，其實是所有作家都該擁具，特殊的是「曉風以其親身，印證了作一個赤誠的民族主義者與作一個虔摯的基督徒之兩不相妨且兩相成全，印證了落實具體的愛之表現與超越普遍的愛之根源的實為一體」。

〈地篇〉從《爾雅》釋「地」：「地，底也，其體底下，載萬物也。」興起好奇的念頭，地，為什麼是最低最低的萬物承載的搖籃？地，人類的「底子」？因此發展出許多有關「地」的奇想：地毛、地耳、地腎、地血、地肺、地骨、地脂、地脈、地脊、地喙、地味……這些詞彙來自辭書、字典，張曉風藉此飛縱自己的想像力，上天入地，通古透今，完成「地人合一」的奇特散文。以「地耳」來說，張曉風知道它是一種菌類，馬上聯想到「木耳」，一轉又想到我吃下的是不是「許多神祕的聲音」。以「地骨」而言，可以是石頭，也可以是枸杞，張曉風的聯想竟是：石頭作地骨，取的是「寫實派」手法；枸杞作地骨，取的是「象徵派」手法，因為枸杞是補藥，「可以讓人擁有大地一般的體魄」！

◆延伸閱讀

1.余光中，〈亦秀亦豪的健筆——我看張曉風的散文〉，收入何寄澎編《當代台灣文學評論大系：散文卷》。（台北：正中，一九九三），頁三六七—三八〇。

2.鍾怡雯，〈我在／不在中國〉，《亞洲華文散文的中國圖象（一九四九—一九九九）》。（台北：萬卷樓，二〇〇一），頁三四—四七。

3.林怡芳，〈有以與人的採蓮女子——張曉風的散文世界〉，《國文天地》一一九期，一九九五年四月，頁三七—四五。

三月合歡雪

陳列

即使到了四月，雪季仍會逗留在臺灣的某些高山上，這，我是知道的。但是今年三月初，我取道大禹嶺去合歡山，過了海拔約兩千八百公尺以後，目睹滿山遍野豐滿的雪在太陽下閃爍生輝，猶不免感到十分詫異。

因積雪過深，往霧社的越嶺路交通仍斷。沿途中，前前後後，大概有將近二十部車子埋陷在深雪裡，包括兩輛計程車和一部大巴士。雪還在車頂上慢慢融。有一班在演練作戰的士兵裹著厚重的衣服，戴著遮陽的墨鏡和包住整個頭的毛線罩，散躺在路邊危崖下的雪地上。

所有的山巒谷地因厚雪的堆積而柔和起伏，透亮的一片白茫茫，其間只時而出現一些靜靜佇立的蒼鬱冷杉林，以及偶爾嶙峋凸露出的一角黑褐色的破裂板岩。豔陽兀自熱烈照耀。絲毫無雲的藍天。極熱和極冷奇妙地結合成一種很清朗的氣勢，與顯得極其純粹的色塊、線條、形狀一起發著光，一起陪伴我孤獨的踱步，和著冷冽的氣息與味道，一一沁入我的心底。

我有時穿過山壁間忽冷了起來的陰影，有時走在坦然耀眼的雪坡上方。南湖大山和中央尖山在左，凸出於很遠的天邊群山外，全面積雪的合歡主峰在右，隔著也積了雪的合歡溪上游，巍巍然的奇萊北峰則在不遠的前方一直引領著我。腳下窸窸窣窣的聲音迴盪在整個絕對無聲的寒山間；心緒似乎時近時遠，在一種極其清澄的喜悅裡晃漾。

三隻金翼白眉在路旁的四棵冷杉間跳躍。我有時停下腳步，揉一個小雪球，讓它急急滾下很深很深的也積了雪的山谷。

合歡東峰北坡下松雪樓的屋頂，雪約二尺厚，門戶甚至於也仍被擋住了一小截。我將背包安頓好之後，又回去雪地散步。

下午四時多，陽光從合歡主峰銀白的斜稜上方射下來。但熱力正迅速減低。大山的影子在雪地和一些山林間緩慢移動。一陣可能是被夕陽催起的霧，在很遠很深的谷地浮移，輕輕飄過一處密林的上方，飄過寒訓部隊覆滿了雪的營舍和操場，捲起散漫的白煙。從望遠鏡裡，可以見到幾個走動的士兵成小黑點在雪霧中忽隱忽現。

雪幾乎掩埋了一切，但也使這個高山世界變得異樣的單純和安靜。我時而停下腳步，如冷杉般定定地站立，希望去把握或認知這充塞於天地間的單純和安靜的奧義。

四隻岩鷚不知何時，竟然出現在我身後只露出車頂行李架的一部箱形車上。牠們時而嚶嚶吟叫，時而抬頭悠然四下顧盼，圓胖的身體在微風中張揚著灰中帶有赤褐斑紋的羽翼，好像與我一樣在守候一個雪中寒日索漠卻又輝煌的結束。

我和牠們保持在大約一丈多的距離，互望了十來分鐘。但是當我更為靠近時，牠們就飛走了，隱入附近一處山彎後的暮色裡。

暗影聚合得很快，消失了遠遠近近的許多山和谷。冷氣刺人。我辛苦爬上一處大斜坡，再讓自己滑下來。雪花四濺，屁股也濕了。然後，我滿足地回山莊去。

隔天，我一大早就醒了。室溫攝氏一度。奇萊北峰的身軀凜凜然，正漸明顯地襯映在東方淺灰藍的曙色中。而它的北坡外，未被大山遮住的天際遠處，以橘紅為主色的一長幅朝霞橫披延展，彩紋搖盪，不停息地相互渲染。我站在山莊的後門口，全身顫抖，凝視這高山的日子如何悄悄地從那豐潤顏彩層出不窮的幽微湧動中走出來，張望光影漸漸敷抹過所有的溪壑和數千個繞在我四周的山頭。雪地上的寒光閃閃透亮，從我腳邊開始，一直閃耀至千餘公尺外奇萊峭壁下鬱綠的森林邊。

我再去雪地徘徊時，發現經過一夜的冷凍，雪地表層都硬化了，甚至結成薄冰。足音清脆，在空山間傳得很遠。五、六隻烏鴉在合歡東峰高處一小片密閉的冷杉上方盤旋和起落，不時發出大略三種截然不同的叫聲。

我又爬上山坡去滑了兩次雪。由於雪硬，手腕割了好幾道傷痕，雨褲也破了。

太陽昇至奇萊北峰的稜線上。

我回去山莊煮咖啡，時而抬頭看山。

厚厚地積在屋頂上的雪，昨天融化了一些後，有的來不及滴落而被夜裡的冷氣凍結成許多枝尖削的冰柱，高高垂懸在屋簷邊。此時則又開始融化了，先是一滴一滴的落，然後轉為快速連續而下，在陽光的照射裡有如亮麗的銀珠串，淅淅瀝瀝地在窗口的雪上響個不停。後來，有的冰柱整枝掉落，碎片甚至撞到我的身上來，驚起在窗外漫步的金翼白眉。

這些臺灣特有的鳥，真是貌如其名啊；雙翼銀藍中泛著金黃，眉毛既白且長。牠們有時一隻、兩隻或是三、五隻，在堆疊至窗口的雪上與窗外不遠處的幾棵冷杉間來回飛躍棲停。牠們毫不畏懼人，經常自在地走到我伸手可及的地方，尾部上下擺動，和我那麼靠近，使我感到莫名的歡喜。然而牠們卻無平常的熱鬧喧譁，而只偶爾低沉鳴叫，叫聲中似乎還透著些微的寒涼和寂寞。

我不清楚牠們是整個冬季都待在這個冰天雪地裡，或是在遷降之後最近才回來，但牠們卻使我想到，對所有的野地生命而言，寒冬畢竟是相當殘忍的季節。在雪封的大地裡，絕大部分的生命是沉滯靜止的，有的甚或死亡了，如昆蟲，有的則長期睡在重雪下，將身體的功能降到最低，如箭竹、虎杖和高山鼠類，或者如一些鳥類乾脆出走他地。所有的動物和植物，都在大自然的寂靜裡感受著生存的嚴苛。

不過，春天總會來的。春分距此時只有十九天了。這些金翼白眉的低鳴和雪滴的聲音，或者也可能是一種和聲，一種生命的節奏吧。這和聲與節奏在冰雪上回響，和遠近不一的各個高山深谷相呼應，一起呼喚生機的重臨。

今年合歡群峰的春天也許真的來遲了。然而高山上的春天本就不是一下子來的。暖陽和冷風一再地交替著分別照顧和吹拂之後，雪層才會逐漸消融；然後梅雨到來，解凍的水緩慢地點滴滲入岩隙，冷杉和枯灰了的箭竹則開始萌出嫩芽，小草急速發葉和成長；五、六月之後，某些植物趕緊開花，蟲卵也已孵化，而我這兩天當中不曾見到的酒紅朱雀、鷦鷯、深山鶯、栗背林鴝等，則將呼朋引伴回到這青蔥連綿的高山草原上互比歌喉。

昨天，有兩位在這個地區作鳥類調查的研究生，以不敢置信的語氣對我說，他們竟然會在小奇萊黑水塘附近的雪地樹林裡發現一群以中低海拔為主要棲息地的紅山椒。

或許，這一切都是宇宙大地的祕密吧，是時序的祕密，風雲的祕密，大自然的祕密。

金翼白眉繼續在我的身邊走動，融化的雪更是不斷滴答著，時間的光影在雪地裡行走。一切都是美，都是令人安心、憧憬和快樂的秩序與奧祕。我喝了一口咖啡，抬起頭來，遠遠望見北邊南湖大山和中央尖山積雪的稜脈附近，正有一絲薄雲浮走。

——選自《中國時報・人間副刊》，一九九二年十一月二十八日

作者簡介

陳列，本名陳瑞麟，台灣嘉義人，一九四六年生。淡江大學英文系畢業，曾任教於花蓮花崗國中。一九七二年因「叛亂犯」罪名被捕入獄，一九七六年出獄後以自耕農為生，並從事寫作。九〇年代投身政治，歷任民進黨花蓮縣黨部執行長、主任委員，曾膺選為國大代表。二〇〇九年至二〇一〇年間擔任國立東華大學駐校作家。曾獲《中國時報》文學獎散文首獎及推薦獎。創作文類以散文為主，重要的散文集有：《地上歲月》、《永遠的山》。

作品賞析

陳列出版的散文集不多，其寫作的觀點是：「我儘量避免寫遠離社會現實的囈語謊言，但同時又深信

文學應有它之所以是文學的藝術美質，是不該受到犧牲或迫害的。我在這塊土地上生活、走動，經歷見聞的某些人和事物曾令我感動、不安或憤懣。我的散文，大抵是這一類情思的紀錄。」《地上歲月》、《永遠的山》就是這種描繪台灣土地的紮實作品，寫實主義為其主精神，但卻以精細的觀察、藝術的手法，湧現令人感動的質素。

〈三月合歡雪〉的高山經歷，正是讀者難以企及的地方，陳列實際走訪、紀錄，存其真，發揮想像，這樣的特質更是其他散文家未嘗有的經驗。換言之，陳列所寫的是我們應該熟悉卻又十分陌生的台灣，真實的體驗，真實的台灣，讓人期望從文字中得到神遊的滿足。「雪」是亞熱帶的我們所好奇的，陳列的散文滿足了我們的好奇，開啟了我們的視窗，更重要的是啟示我們：雪封的大地裡，生命沉滯靜寂，我們可以感受到生存的嚴苛，但卻從金翼白眉的鳴叫、雪滴的聲音，好像可以呼喚生機的重臨。這樣奇特的生命經歷，是陳列散文中特殊的金屬聲音，低沉的音波震撼著我們。

◆延伸閱讀

1. 王威智，〈台灣本土人物傳——陳列其人其文〉，《台灣時報》二二版，一九九四年十一月三日。
2. 郭明福，〈讓人心柔念淨——評陳列《地上歲月》〉，《文訊》四四期，一九八九年，頁四六—四八。
3. 何雅雯，〈永遠的山〉，收入文訊雜誌社編《一九九八年文學年鑑》，（台北：行政院文建會，一九九九），頁二七五—二七六。

年過五十

廖玉蕙

年過五十的心情，真是百味雜陳，說也說不清。黃昏時分，我日日踞坐電腦桌前，將自己童稚、少年及中年的光燦笑容一一掃瞄進蘋果電腦裡，夕陽在護目鏡裡一點一點沉落，電腦螢幕的深處，反射出一張既悵惘又失落的面容。Photoshop 裡的橡皮擦，除去了照片裡伊人的皺紋，卻抹不去現實人生中的黑瘢。樂觀竟然和失眠共存！失眠居然和發胖比肩，發胖奇異地與皺紋共生，皺紋又弔詭地和慈眉善目如影隨形！……五十歲後的女人，就是以這樣光怪陸離的矛盾，遲緩而乏力地和歲月拔河，且注定向老邁一路傾斜過去，無論周遭的人如何信誓旦旦地稱讚你看起來依然年輕。

年過半百後，心境有了奇妙的轉變。許多以往錙銖必較的，如今漫不經心，譬如友誼或愛情；有些昔日滿不在乎的，現在怵目心驚，譬如皺紋或贅肉。改考卷時，最痛恨學生在文章裡動輒稱呼「五十老嫗」「半百老翁」，看電視時，最討厭主播不時重播獨居老人萎死家中、多日無人聞問的畫面。十八歲的時候，曾經因為厭惡年老色衰，發誓絕不苟活，決定只要年過三十，即刻引火自焚或切腹自盡，效法日本武士道精神，留下雖然未必燦爛卻仍舊富於青春的容顏。所以，三十歲過得最久、最纏綿，一直捨不得鬆口，忝顏延長到接近三十又五，才悻悻然改口道：「燦爛不必一定年輕，成熟往往更具風韻」；四十歲後，還能和親朋笑談肌肉日漸鬆弛、記憶逐漸模糊，五十過後，明顯開始避談與衰老相關話題，只一味向人展示歸納分析能力！可心底老不安寧，明明自幼就丟三落四，現在只要一找東西，便慌張地以為老年癡呆症忽焉來臨。

年過半百，心腸變得像鋼鐵一樣堅硬，卻又易碎如透明的水晶。生命裡的原則大體底定，固然不大願意接受委屈，也從未想到佔便宜。以往，每到暑假，總和一干成績被當的學生纏綿悱惻。這些年，再沒有做過到教務會議去承認分數計算錯誤以拯救出局學生的行徑。吃了秤鉈鐵了心！視學生提前出局為另類轉型。雖然沒有以關機或拒接電話來杜絕求情，但是，凡來關說者，我一律跳脫攸關分數的所有黏纏辯證，立刻轉移焦點，逕自切入「危機即是轉機」的勸勉，絕不讓對方有可乘之機。然而，嚴詞拒絕過後，一想到家長的焦慮、學生的悔恨，心裡往往糾結拉扯，不是食不下嚥，就是在暗夜裡睜眼到天明。生活裡小小的溫情，經常被擴大為了不得的善意；人際間的扞格，又常常被縮小成無意間的擦槍走火。學生情感受挫，紅著眼眶到研究室來尋求援助時，我的眼淚總是多過自來水，非但無法善盡開導的重責，還哭得比學生更傷心！到頭來，甚至還得勞煩學生反過來安慰、輔導，並賭咒、發誓一定莊敬自強，請老師切莫淚淋淋！

年過五十，了然個體獨立的理論，夸夸宣言不再干涉兒女的行動，刻意維持開放、開明的假象，卻在兒女遲歸時，焦慮得差點兒撞牆！在他們考不上大學時幾乎抓狂！這時，才恍然大悟人們以「婆婆媽媽」來形容瑣碎囉唆的行徑，並非刻意汙衊女性，的確是其來有自。原本溫柔優雅的女性，年過五十，還能維持從容身段者幾希！養兒不再防老，養兒的最大功效，在培養大人動心忍性。五十歲的女人多半擁有業已成年、卻依然幼稚的兒女，這種可大、可小的彈性，被孩子們耍弄得淋漓盡致！當不肯接受約束時，他們會即刻搬出民法中的「成年」定義來爭取自由；需要金錢資助時，卻又馬上降回依人小鳥，口口聲聲親情無價、母愛至上，揭櫫同舟絕對必須共濟！父母和兒女兩造交鋒，最容易見證臺灣民主開放教育的成效。兒女伶俐、便給的口齒和父母夾纏、矛盾的邏輯，恰恰是五十歲母親情緒崩潰的元凶，也是民主進步的見證。五十歲的女人成天在斷絕母子關係和修葺親情間苦苦掙扎！花最多時間在賭咒、發誓和悔恨上，轉眼卻又被兒女不經意的甜蜜輕易收服。

年過五十，雖不至於萬念俱灰，卻真是心如止水。再沒有小鹿亂撞的激情，只有笑看、旁觀的怡然。人生諸多情緣俱皆化為涓涓流水，既無過不去的敵人，自然也談不上莫逆，真誠服膺所謂的「君子之交淡如水」！對美麗有幾近病態的喜愛，對醜陋卻也無所謂能不能忍受。年過五十，完全明白人生無法求全的缺憾，逐漸能易位思考，對荒謬微笑、和遺憾握手！以往，自認聰慧靈敏、身手矯捷，總想不明白，何以開車行經收費站，十有九次，怎麼先生老選擇最長的隊伍等候！忍不住建議他見縫插針，改變跑道；而他一貫我行我素，擇一而棲，不肯輕易更換。他的理由是：

「橫豎總會輪到，選擇了，便得安心鵠候，不要三心二意。否則，臨時更換跑道，擾亂了行車的秩序不說，還得擔負相當的風險。」

對這樣的說詞，我一貫嗤之以鼻，以為虛詞詭辯，不過是為反應遲鈍找藉口罷了！歲月無聲流去，他一逕慢條斯理，個性躁急的我卻在移動的光陰中逐漸領略了不疾不徐、按部就班的不易。一日，在收費站前的長龍中，忽然頓悟，丈夫不肯更換跑道原來是一項值得稱頌再三的德行，否則以我的暴烈、懶惰與苟且習性，若另一半缺少耐性，怕早就連夜潛逃無蹤，細數起來，收費站前的車陣哪有我的缺點來得多！

年過半百，對個人的要求越來越少，對公義的追求卻越來越熱烈。因為知道人性的脆弱，所以，對別人逐漸有了同情的理解；也因為洞悉人性的弱點，理解沒有了制度，難以規範人心，所以，對社會的制度及公義越發求全。年少時的獨善其身，有了「姑息養奸」的新解，威權體制下被壓抑的情緒，隨著閱歷的增長悄悄蓄積成爆發力十足的多管閒事：投書、打電話抗議、貼海報、寫文章論辯……就只差沒綁白布條上街頭抗爭，熱血奔騰、桀傲不馴強過青春期的少年！

年過半百後，忽然萌生前所未有的好奇心與求知慾，推開保守、摒棄成見，銳意和新世界接軌！不認輸地追趕新資訊，頑強地和日益消退的腦力抗爭！我低聲下氣向兒女請益，只為操作電腦軟體；孜孜向學生叩問，只是不願被時代遠遠拋棄！我勇敢嘗試上網教學，讓鍵盤替代黑板、螢光幕取代教室；利用最新電腦科技，以文字和圖片儲存最最古老的記憶。我像海綿一樣，急急吸水，哪管水源來自何方！然而，匍匐前行之際，畢竟還是難免頻頻回顧。吐納之時，雖偶露疲態，顯得氣喘吁吁，卻不改顧盼自雄、旁若無人，完全不去想人生伊於胡底。

年過五十，以平均年齡分析，生命已向頹勢逐漸歪斜。以人生歷練歸納，智慧經驗正臻高地。五十歲，說老，不算太老；說年輕，可不年輕！以往在筵席，總是敬陪末座，如今步步高升，距離首席不到幾張椅。負責俛首稱是的時代已然過去，最新任務是絞盡腦汁開闢話題。生活的重心逐漸由情感的斟酌轉移到器官的救濟。一桌子吃飯，總有不識相的人開始為你計算卡洛里；當你體態略顯豐腴，即刻有人建議你到健身俱樂部去鍛鍊身體；當你步履稍微蹣跚，立即有人提醒你應該及時休息。可我才不甘心老在這未老先衰的議題裡打轉，春陽和煦、夏日鷹揚、秋高氣爽、冬月映雪，四季各有其輝煌燦爛，若放眼不見繁花盛景，豎耳聽不到鶯啼燕囀，開口只道八卦短長，如何能跟蘇東坡一樣，在晴時多雲偶陣雨的人生風雨中，從容地策杖吟嘯徐行！

年過五十，雖然越來越貪生怕死，卻從未認真從事攸關延長壽命的任何活動，五穀依舊不分、四體越發不勤。飯桌上，絕不煞風景地拒絕肥碩欲滴的蹄膀，平日喝咖啡像倒開水，電腦桌前一坐便是大半天。乾眼症跟著五十肩，胃痛加上失眠，我都視之為天將降大任的考驗。啊！年過半百，其實已胸無大志，一點也不想兼善天下，既沒有本事做大官，也不想聽國父的話去做大事，只偷偷祈求一點點的榮華，一些些的富貴，少少的美貌和一位跑不掉的丈夫。

——選自《五十歲的公主》（二魚，二〇〇二）

◈作者簡介

廖玉蕙，台灣台中人，一九五〇年生。東吳大學中國文學博士，曾擔任《幼獅》期刊編輯，曾任教於中正理工學院、東吳大學、世新大學、台北教育大學等校。作品包括散文、小說、繪本、學術論著，但以散文為大宗。曾獲中國文藝協會文藝獎章、中山文藝獎散文創作獎、中興文藝獎散文獎章、吳魯芹散文獎等。重要散文集有《閒情》、《今生緣會》、《嫵媚》、《如果記憶像風》、《五十歲的公主》、《對荒謬微笑》等。

作品賞析

廖玉蕙的散文集是有笑聲的書，因為她相信「大時代裡，即使是小人物，也有屬於他自己、卻又返照他人說不完的故事」。因此她的散文作品裡，隨處可以見到她的父母、她的丈夫、她的兒女和學生，精采的演出，真的見證她所說的「人生行道上處處俱是驚詫與歡喜」，讓我們感受到無可救藥的快樂主義者的思想和行徑。但是，當她以社會萬象的觀察者、批判者出現時，或許就如陳義芝所說「她以憨、癡對抗人世的假面浮淺，不惜將尷尬的幕後景象搬到台前，讓人看翩翩彩翼起舞的歡愉，也看蝴蝶倉皇換裝之前的痛」。

〈年過五十〉雜糅了可笑的言語與可悲的心境，年過五十的讀者看此文彷彿看見自己，年未過五十的讀者看此文彷彿看到自己的父母，總是心有戚戚焉，那「戚戚」二字，竟是同感，也是悲悽。比起廖玉蕙其他的篇章，〈年過五十〉缺少了熱鬧的故事，鋪排的情節，性格的人物，智慧的對白，但卻多了一些老練的經驗，沉潛的哲思，甚至於一些修辭法的應用，如對比的「Photoshop 裡的橡皮擦，除去了照片裡伊人的皺紋，卻抹不去現實人生中的黑瘢。」排比兼頂真的「樂觀竟然和失眠共存！失眠居然和發胖比肩，發胖奇異地與皺紋共生，皺紋又弔詭地和慈眉善目如影隨形！」只是，對比、排比兼頂真的修辭文句之後，仍然可以領會那言語無奈裡的嘲諷意味，可以聽到躲在幕後的廖玉蕙忍不住的噗哧聲。

延伸閱讀

1. 龍應台，〈一個二十三歲的孩子〉，《中國時報》一九版，一九九六年六月二十四日。

2.張春榮，〈對荒謬微笑——讀廖玉蕙《嫵媚》〉，《文訊》一四三期，一九九七年，頁一八—一九。

3.王邦雄，〈文到入情端不朽——《嫵媚》與生命婉約的對話〉，《九歌》雜誌一九七期，一九九七年八月十日。

4.王錫章，〈如果記憶像風〉，《國語日報》一二版，一九九七年四月八日。

四 隨

林清玄

隨喜

在通化街入夜以後，常常有一位乞者，從陰暗的街巷中冒出來。乞者的雙腿齊根而斷，他用厚厚包著棉布的手掌走路。他雙手一撐，身子一頓就騰空而起，然後身體向一尺前的地方撲跌而去，用斷腿處點地，挫了一下，雙手再往前撐。

他一走路幾乎是要驚動整條街的。因為他在手腕的地方綁了一個小鋁盆，那鋁盆綁的位置太低了，他一「走路」，就打到地面咚咚作響，彷彿是在提醒過路的人，不要忘了把錢放在他的鋁盆裡面。

大部分人聽到咚咚的鋁盆聲，俯身一望，看到時而浮起時而頓挫的身影，都會發出一聲驚詫的歎息。但是，也是大部分的人，歎息一聲，就抬頭彷彿未曾看見什麼的走過去了。只有極少極少的人，懷著一種悲憫的神情，給他很少的布施。

人們的冷漠和他的鋁盆聲一樣令人驚訝！不過，如果我們再仔細看看通化夜市，就知道再悲慘的形影，人們已經見慣了。短短的通化街，就有好幾個行動不便、肢體殘缺的人在賣獎券，有一位點油燈彈月琴的老人盲婦，一位頭大如斗四肢萎縮攤在木板上的孩子，一位軟腳全身不停打擺的青年，一位口水像河流一般流淌的小女孩，還有好幾位神智紛亂來回穿梭終夜胡言的人……這些景象，使人們因習慣了苦難而逐漸把慈悲蓋在冷漠的一個角落。

那無腿的人是通化街裡落難的乞者之一，不會引起特別的注意，因此他的鋁盆常是空著的。他為了引起人們的注意，有時故意來回迅速的走動，一浮一頓，一頓一浮……。有時候站在街邊，聽到那急促敲著地面的鋁盆聲，可以聽見他心底多麼悲切的渴盼。

他恆常戴著一頂斗笠，灰黑的，有幾莖草片翻捲了起來，我們站著往下看，永遠看不見他臉上的表情，只能看到那有些破敗的斗笠。

有一次，我帶孩子逛通化夜市，忍不住多放了一些錢在那游動的鋁盆裡，無腿者停了下來，孩子突然對我說：「爸爸，這沒有腳的伯伯笑了，在說謝謝！」這時我才發現孩子站著的身高正與無腿的人一般高，想是看見他的表情了。無腿者聽見孩子的話，抬起頭來看我，我才看清他的臉粗黑，整個被風霜淹漬，厚而僵硬，是長久沒有使用過表情的那種。後來，他的眼睛和我的眼睛相遇，我看見了這一直在夜色中被淹沒的眼睛，透射出一種溫暖的光芒，彷彿在對我說話。

在那一刻，我幾乎能體會到他的心情，這種心情使我有著悲痛與溫柔交錯的酸楚。然後他的鋁盆又響了起來，向街的那頭響過去，我的胸腔就隨他頓挫頓浮的身影而搖晃起來。

我呆立在街邊，想著，在某一個層次上，我們都是無腳的人，如果沒有人與人間的溫暖與關愛，我們根本就沒有力量走路，不管在任何時候任何地方，我們見到了令我們同情的人而行布施之時，我們等於在同情自己，同情我們生在這苦痛的人間，同情一切不能離苦的眾生。倘若我們的布施使眾生得一絲喜悅溫暖之情，這布施不論多少就有了動人的質地，因為眾生之喜就是我們之喜，所以佛教裡把布施、供養稱為「隨喜」。

這隨喜，有一種非凡之美，它不是同情、不是悲憫，而是因眾生喜而喜，就好像在連綿的陰雨之間讓我們看見一道精燦的彩虹升起，不知道陰雨中有彩虹的人就不會有隨喜的心情。因為我們知道有彩虹，所以我們布施時應懷著感恩，不應稍有輕慢。

我想起經典上那偉大充滿了莊嚴的維摩詰居士，在一個動人的聚會裡，有人供養他一些精美無比的瓔珞，他把瓔珞分成兩分，一分供養難勝如來佛，一分布施給聚會裡最卑下的乞者，然後他用一種威儀無匹的聲音說：「若施主等心施一最下乞人，猶如如來福田之相，無所分別，等於大悲，不求果報，是則名曰具足法施。」

他甚至警策的說，那些在我們身旁一切來乞求的人，都是位不可思議解脫菩薩境界的菩薩來示現的，他們是來考驗我們的悲心與菩提心，使我們從世俗的淪落中超拔出來。我們若因乞求而布施來植福德，我們自己也只是個乞求的人，我們若看乞者也是菩薩，布施而懷恩，就更能使我們走出迷失的津渡。

我們布施時應懷著最深的感恩，感恩我們是布施者，而不是乞求的人；感恩那些穢陋殘疾的人，使我們警醒，認清這是不完滿的世界，我們也只是一個不完滿的人。

「一切菩薩所修無量難行苦行，志求無上正等菩提，廣大功德，我皆隨喜。如是虛空界盡、眾生界盡、眾生煩惱盡，我此隨喜無有窮盡。」

我想，懷著同情、懷著悲憫，甚至懷著苦痛、懷著鄙夷來注視那些需要關愛的人，那不是隨喜，唯有懷著感恩與菩提，使我們清和柔軟，才是真隨喜。

隨業

打開孩子的餅乾盒子，在角落的地方看到一隻蟑螂。

那蟑螂靜靜地伏在那裡，一動也不動，我看著這隻見到人不逃跑的蟑螂而感到驚詫的時候，突然看見蟑螂的前端裂了開來，探出一個純白色的頭與觸鬚，接著，牠用力掙扎著把身軀緩緩地蠕動出來，那麼專心、那麼努力，使我不敢驚動牠，靜靜蹲下來觀察牠的舉動。

這蟑螂顯然是要從牠破舊的軀殼中蛻變出來，牠找到餅乾盒的角落脫殼，一定認為這是絕對的安全之地，不想被我偶然發現，不知道牠的心裡有多麼心焦。可是再心焦也沒有用，牠仍然要按照一定的程序，先把頭伸出，把腳小心的一隻隻拔出來，一共花了大約半小時的時間，蟑螂才完全從牠的殼用力走出來，那最後一刻真是美，是石破天驚的，有一種縱躍的姿勢。我幾乎可以聽見牠喘息的聲音，牠也並不立刻逃走，只是用牠的觸鬚小心翼翼的探著新的空氣、新的環境。

新出殼的蟑螂引起我的歎息，牠是純白的幾近於沒有一絲雜質，牠的身體有白玉一樣半透明的精純的光澤。這日常引起我們厭恨的蟑螂，如果我們把所有對蟑螂既有的觀感全部摒除，我們可以說那蟑螂有著非凡的驚人之美，就如同是草地上新蛻出的翠綠的草蟬一樣。

當我看到被牠脫除的那汙跡斑斑的舊殼，我覺得這初初鑽出的白色小蟑螂也是乾淨的，對人沒有一絲害處。對於這純美乾淨的蟑螂，我們幾乎難以下手去傷害牠的生命。

後來，我養了那蟑螂一小段時間，眼見牠從純白變成灰色，再變成灰黑色，那是轉瞬間的事了。隨著蟑螂的成長，牠慢慢地從安靜的探觸而成為鬼頭鬼腦的樣子，不安的在餅乾盒裡騷爬，一見到人或見到光，牠就不安焦急的想要逃離那個盒子。

最後，我把牠放走了，放走的那一天，牠迅速從桌底穿過，往垃圾桶的方向遁去了。

接下來好幾天，我每次看到德國種的小蟑螂，總是禁不住的想，到底這裡面，那一隻是我曾看過牠美麗的面目，被我養過的那隻純白的蟑螂呢？我無法分辨，也不須去分辨，因為在滿地亂爬的蟑螂裡，牠們的長相都一樣，牠們的習氣都一樣，牠們的命運也是非常類似的。

牠們總是生活在陰暗的角落，害怕光明的照耀，牠們或在陰溝、或在垃圾堆裡度過牠們平凡而骯髒的一生。假如牠們跑到人的家裡，等待牠們的是克蟑、毒藥、殺蟲劑，還有用牠們的性費洛姆做成來誘捕牠們的蟑螂屋，以及隨時踩下的巨腳，擊空打擊的拖鞋，使牠們在一擊之下屍骨無存。

這樣想來，生為蟑螂是非常可悲而值得同情的，牠們是真正的「流浪生死，隨業浮沉」，這每一隻蟑螂是從那裡來投生的呢？牠們短暫的生死之後，又到那裡去流浪呢？牠們隨業力的流轉到什麼時候才會終結呢？為什麼沒有一隻蟑螂能維持牠初生時純白、乾淨的美麗呢？

這無非都是業。

無非是一個不可知的背負。

我們拚命保護那些瀕臨絕種的美麗動物，那些動物還是絕種了。我們拚命創造各種方法來消滅蟑螂，蟑螂卻從來沒有減少，反而增加。

這也是業，美麗的消失是業，醜陋的增加是業，我們如何才能從業裡超拔出來呢？從蟑螂，我們也看出了某種人生。

隨順

在和平西路與重慶南路交口的地方，每天都有賣玉蘭花的人，不只在天氣晴和的日子，他們出來賣玉蘭花，有時是大風雨的日子，他們也來賣玉蘭花。

賣玉蘭花的人裡，有兩位中年婦女，一胖一瘦；有一位削瘦膚黑的男子，懷中抱著幼兒；有兩個小小的女孩，一個十歲，一個八歲；偶爾，會有一位背有點彎的老先生，和一位白髮蒼蒼的老婦，也加入販賣的陣容。

如果在一起賣的人多，他們就和諧的沿著羅斯福路、新生南路步行擴散，所以有時候沿著和平東西路走，會發現在復興南路口、建國南路口、新生南路口、羅斯福路口、重慶南路口都是幾張熟悉的臉孔。

賣花的不管是老人還是孩子，他們都非常和氣，端著用濕布蓋好以免玉蘭枯萎的木盤子從面前走過，開車的人一搖手，他們絕不會有任何的瞋怒之意。如果把車窗搖下，他們會趕忙站到窗口，送進一縷香氣來。在綠燈亮起的時候，他們就站在分界的安全島上，耐心等候下一個紅燈。

我自己就是大學教授、交通專家所詛咒的那些姑息著賣玉蘭花的人，不管是在什麼樣的路口，遇到任何賣玉蘭花的人，我總是忘了交通安全的教訓，買幾串玉蘭花，買到後來，竟認識了羅斯福路、重慶南路口幾位賣玉蘭花的人。

買玉蘭花時，我不是在買那些清新怡人的花香，而是買那生活裡辛酸苦痛的氣息。

每回看到賣花的人，站在烈日下默默拭汗，我就憶起我的童年時代為了幾毛錢在烈日下賣枝仔冰，在冷風裡賣棗子糖的過去。在心裡，我可以貼近他們心中的渴盼，雖然他們只是微笑著挨近車窗，但在心底，是多麼希望，有人搖下車窗，買一串花。這關係著人間溫情的一串花才賣十元，是多麼便宜，但便宜的東西並不一定廉價，在冷氣車裡坐著的人，能不能理解呢？

幾個賣花的人告訴我，最常向他們買花的是計程車司機，大概是計程車司機最能理解辛勞奔波的生活是什麼滋味，他們對街中賣花者遂有了最深刻的同情。其次是開小車子的人。最難賣的對象是開著豪華進口車，車窗是黑色的人，他們高貴的臉一看到玉蘭花販走近，就冷漠的別過頭去。

有時候，人間的溫暖和錢是沒有關係的，我們在烈日焚燒的街頭動了不忍之念，多花十元買一串花，有時在意義上勝過富者為了表演慈悲、微笑照相登上報紙的百萬捐輸。

不忍？

是的，我買玉蘭花時就是不忍看人站在大太陽下討生活，他們為了激起人的不忍，有時把嬰兒也背了出來，有人批評他們把孩子背到街上討取人的同情是不對的。可是我這樣想：當媽媽出來賣玉蘭花時，孩子要交給保母或傭人嗎？當我們為烈日曝曬而心疼那個孩子，難道他的母親不痛心嗎？

遇到有孩子的，我們多買一串玉蘭花吧！不要問什麼理由。

我是這樣深信：站在街頭的這一群沉默賣花的人，他們如果有更好的事做，是絕對不會到街上來賣花的。

設身處地的為苦惱的人著想，平等的對待他們，這就是「隨順」，我們順著人的苦難來滿他們的願，用更大的慈和的心情讓他們不要在窗口空手離去，那不是說我們微薄的錢真能帶給賣花的人什麼利益，而是說我們因有這慈愛的隨順，使我們的心更澄澈、更柔軟，洗滌了我們的汙穢。

「一切眾生而為樹根，諸佛菩薩而為華果，以大悲水饒益眾生，則能成就諸佛菩薩智慧華果。」

我買玉蘭花的時候，感覺上，是買一瓣心香。

隨緣

有一位朋友，她養了一條土狗，狗的左後腳因被車子輾過，成了瘸子。

朋友是在街邊看到這條小狗的，那時小狗又髒又臭，在垃圾堆裡撿拾食物，朋友是個慈悲的人，就把牠撿了回來，按照北方習俗，名字越俗賤的孩子越容易養，朋友就把那條小狗正式命名為「小癩子」。

小癩子原是人見人惡的街狗，到朋友家以後就顯露出牠如金玉的一些美質。牠原來是一條溫柔、聽話、乾淨、善解人意的小狗，只是因為生活在垃圾堆，牠的美麗一直未被發現吧。牠的外表除了有一點土，其實也是不錯的，牠的癩，到後來反而是惹人喜愛的一個特點，因為牠不像平凡的狗亂縱亂跳，倒像一個溫馴的孩子，總是優雅的跟隨牠美麗的女主人散步。

朋友對待小癩子也像對待孩子一般，愛護有加，由於她對一條癩狗的疼愛，在街閭中的孩子都喚她：「小癩子的媽媽。」

小癩子的媽媽愛狗，不僅孩子知道，連狗們也知道，她有時在外面散步，巷子裡的狗都跑來跟隨她，並且用力的搖尾巴，到後來竟成為一種極為特殊的景觀。

小癩子慢慢長大，成為人見人愛的狗，天天都有孩子專程跑來帶牠去玩，天黑的時候再帶回來。由於愛心，小癩子竟成為巷子裡最得寵的狗，任何名種狗都不能和牠相比。也因為牠的得寵，有人以為牠身價不凡，一天夜裡，小癩子狗被抱走了，朋友和她的小女兒傷心得就像失去一個孩子。巷子裡的孩子也惘然失去最好的玩伴。

兩年以後，朋友在永和一家小麵攤子上認到了小癩子，牠又回復在垃圾堆的日子，守候在桌旁撿拾人們吃剩的肉骨。

小癩子立即認出牠的舊主人，人狗相見，忍不住相對落淚，那小癩子流下的眼淚竟滴到地上。

朋友又把小癩子帶回家，整條巷子因為小癩子的回家而充滿了喜慶的氣息，這兩年間小癩子的遭遇是不問可知的，一定受過不少折磨，但牠回家後又恢復了往日的神采。過不久，小癩子生了一窩小狗，生下的那天就全被預約，被巷子裡，甚至遠道來的孩子所領養。

做過母親的小癩子比以前更乖巧而安靜了，有一次我和朋友去買花，牠靜靜跟在後面，不肯回家，朋友對牠說了許多哄小孩一樣的話，牠才脈脈含情的轉身離去，從那一次以後，我再也沒有看過小癩子了，牠是被偷走了呢？還是自己離家而去？或是被捕狗隊的人所逮捕？沒有人知道。

朋友當然非常傷心，卻不知道在什麼時間什麼地點可以再與小癩子會面。朋友與小癩子的緣分又是怎麼來的呢？是隨著前世的因緣，或是開始在今生的會面？

一切都未可知。

但我的朋友堅信有一天能與小癩子再度相逢，她美麗的眼睛望著遠方說：「人家都說隨緣，我相信緣是隨願而生的，有願就會有緣，沒有願望，就是有緣的人也會錯身而過。」

——民國七十五年八月一日

——選自《鳳眼菩提》（九歌，一九八七）

◆作者簡介

林清玄（一九五三～二〇一九），台灣高雄人。世界新聞專科學校電影技術科畢業（今世新大學廣播電視電影學系），曾任《中國時報》系編輯及記者，海外版主編。曾創辦《電影學報》，擔任《新象藝訊》總編輯，《新聞人週報》總主筆。連獲《中國時報》散文獎及報導文學獎、《聯合報》散文首獎、《中華日報》文學獎首獎、《中央日報》文學獎首獎、金鼎獎、中山文藝獎、國家文藝獎、吳三連文藝獎等。著有散文、電影劇本、報導文學、評論集等，多達一百五十部，重要者如：《鴛鴦香爐》、《白雪少年》、《迷路的雲》等。另有佛學散文菩提系列（台北：九歌），影響最為深遠。

◆作品賞析

在「文藝青年」階段，林清玄一樣熱衷於西方存在主義和現代主義文學，崇拜尼采、叔本華，喜歡高空走索的人、濃雲中的閃電。但影響他最深的是：紀伯倫、赫塞、泰戈爾，這時他體認到：優秀的作品不在於文學的艱深與華麗，寫作的形式無足輕重，要緊的是把思想傳達得優美準確、明白如話，讓所有的人都能瞭解。三十歲時，讀了印度的名著《奧義書》，被其中一句話深深震動：「一個人到了三十歲要把全部的時間用來覺悟，否則就是一步步走向死亡。」從此他開始接觸佛家經典、閉關、思索，重新定位人生。其後，林清玄寫作的主題設定在：「愛與美」，認為這是人生最值得追求的寶物；相信任何一個平常人都可以通過努力使靈性達到更高的境界。

〈四隨〉是菩提系列的佛學散文，隨喜、隨業、隨順、隨緣，從日常生活中學得自在，那樣淺顯，那樣容易明白，好像佛性無所不在，好像隨處可以悟得智慧，這就是林清玄的親和柔軟，讀者的福氣。如「隨喜」，談的是佛教裡的佈施、供養，因為「我們的佈施使眾生得一絲喜悅溫暖之情，這佈施不論多少就有了動人的質地。」所以佈施不是同情，不是悲憫，而是因眾生喜而喜，此之謂「隨喜」。如「隨業」，講的是蟑螂初生之美，如果人類不以蟑螂的「惡習」去看待這個小生命，這個純白的小生命跟其他瀕臨絕種的生命一樣可貴；可見，生為蟑螂有牠的「隨業浮沉」，人呢？一樣有其不可知的背負。這時，作為讀者的我們能不憬醒？

◆延伸閱讀

1. 張大春，〈「菩提」多辛苦〉，《中國時報》，一九八七年十月十六日。
2. 張春榮、謝美玉，〈構築菩提以成蓮花——讀林清玄「菩提系列」十書〉，一九九三年。
3. 沈怡，〈林清玄訴說光明的所在〉，《聯合報》，一九九六年七月十七日。
4. 林本炫，〈打開林清玄的門窗〉，《中國時報》，一九九六年九月十二日。

日出草原在遠方

陳幸蕙

從我的許願泉前起程，昨日行為的殘餘，我已親手予以厚葬，在星光下一條乾燥的溝裡。做為指南針的星辰，正爍亮如花；日出草原在遠方……

再見了，自殺坡，以及坡上所有豔麗如鱔的葛藤們，我不再是自己的奸細，陰謀著一次又一次流沙、陷阱與騙局的設計了。

經驗的灰燼既已掩埋一段貧血壞疽的歷史，假面的告白也即將精裝成冊，鄭重焚燬——這精神上困難且痛苦的割禮啊，當它終於完成漫長的執行作業，我也將向傳說中的不倦島出發，如堅持遠航的哥倫布，遙指生命地圖上一處從未被涉足的新大陸，去登基成為未來歲月的立法者。

人生是一則廣大無邊的笑話，我豈不知？但是在信仰與理想的篝火旁露營，我願意從事自己的文藝復興。

是生活如此授旗、授權於我，我怎能自甘永遠拋錨在那想哭泣的心境，如當年我那必須被拯救的母親？

也不擬再重複那軟弱、諂媚的祭壇行為了。

如今，未來，以及一向！

當顛覆歷史、向自己復仇的時刻到來，那正是我撰寫人生溫柔論的開始！

●

於是，就在地底這狹窄的樹脂玻璃密室，我第一次發現了天堂的可能，溫習著子宮的記憶，標示出自己生命中好望角的位置。

計畫名稱：隔絕實驗。
目　的：研究人類在星際旅行時長期獨居所可能造成的影響。
實驗時間：一百三十天。
進度編號：第一百零七天。
密室深度：地表八十公尺以下。
空間大小：三平方公尺。
溫　度：攝氏十度。
生存環境特質：無計時工具。與聲音、陽光、人類完全隔絕。
生命現象：骨骼鈣含量減少。
　　免疫系統衰退。
　　對時間的感覺喪失。

月經停止。

……

而當鈴木博士以及他所率領的研究小組，在地面上經由監測系統進行觀察，且逐一記下我——這三十六歲女性實驗對象——的各種生理反應細節時，我也正在這幽居地底的時光中，細細領受自我復仇儀式裡，每一瞬間的菁華。

啊，我的地獄，我的天堂，我悠寂清空的密室歲月，我治療受傷真理的地方，以及，我收復曾經淪陷的春日心情的橋頭堡！原來，當往日緊攬不放的一切，便這麼橫心捨了，捨至無可捨處，滄桑之感的後面，竟背書著微笑的印記。

做為一名志願參與「隔絕實驗」，且無從預知實驗後果的女性，當告別昨日遺蛻的時刻來臨，且鈴木博士的研究計畫正物色一名理想的實驗對象——在一種知性考量而非抒情衝動的情況下，我選擇了這為科學實驗獻身的不尋常行為，做為重建主體自由的開始，去為自己的生命進行一次意義非凡的破繭。

肉體的人身，豈不只是一種未完成狀態？每一次殘酷的成熟，豈不也隱含自我車裂的因子，可能引爆椎心刺骨的劇痛？但孤立在藍鋼般的天空下，身為一名女性，當縱聲狂笑的命運，正以其強悍的嘲諷姿態，就蹲踞在我前方，對照著我在現實中的狼狽以及骨子裡的脆弱時，我必須徹底與自己格鬥一次，才能真正坼天裂地，迸開那長久以來心靈裏足的長綾。

意義為行動織錦。

因之在「隔絕實驗」公開徵求的多名應徵者中，鈴木博士所親自主持的「體能、意志力與持久性評估」，乃成為我順利出列的依據。短期的指導、訓練以及各項前置作業逐一完成後，我終於深入了這從未被深入的甬道，抵達這從未被抵達的黑洞——學術研究的、人類身體的、自己心靈的——去負責揭曉一樁未知的答案。

●

雄闊壯碩的黑暗，以及厚軟而飽富彈性的寂靜，便是我懸浮飄泊的宇宙。沒有陸地，沒有海洋；沒有重量，沒有方向；沒有生，沒有死；也無所謂不朽……

在狹仄密閉卻又如此漫無憑依的空間，曾經，沮喪、低潮、虛無，以及歇斯底里的感覺，如一支潛伏多時的輕裝部隊，試圖偷偷接近我，在撲殺它們與被它們撲殺的緊急現實中，我必須圈選一種。

我經常想起動物園裡焦灼繞檻而行的黑猩猩——的確，孤獨閉鎖且由隔絕的標籤所彌封的世界，委實具有一種逼人發狂的高度危險在！食物、陽光、空氣、水，以及愛，對於人的生存固有其不可或缺的價值，但高於它們更其基本且真正維生的存活元素，卻恐怕還是所謂的「意義」吧！一旦意義存在，且成為仰靠，人便找到了他的上帝！於是我開始明白，自殺者所需要的，其實並不是勇氣，而只是絕望！當存在意義已在大霧中迷失，再也找不到回家的路，奔赴大霧之後的懸崖，乃成為人向生命示愛的最後姿勢。

我畢竟不曾趨近懸崖。

不曾選擇與意志決裂。

意義——小我、大我的意義——終如大量清新微鹼的薄荷蘇打水，於緊急時刻兜頭淋下，稀釋且洗滌了我精神耗弱沮喪的酸濃度。在這場自己與自己的戰爭中，我支持了聰明且較具理性的一方。世界仍然與我同在！我為自己的黑暗點燈，從胸腔與睡夢中取火，把乾淨的心跡拭亮之後，一段一段，獻給自己。

感謝鈴木博士為我在洞中放置了約兩百本左右的書籍、各式營養罐頭食物、足夠飲用的蒸餾淨水、簡單的照明器具、袖珍的語言學習機，以及輕軟的柔道服。

無從判知日夜更迭的情況下，我勤研英語會話，藉柔道體操保持肌肉舒活，為每一本讀過的書籍編號，追憶陽光之下所曾發生過的哀歡悲欣，揣想出洞之際，自己這極其風景的臉上所可能有的新表情。

極長極長時段的清醒與睡眠，便這樣單純地交替接力著，且一一拼貼出我幽居密室的規律生涯。時鐘面貌，早已攤成一張軟搭之麵餅，恰似達利名畫「記憶之持續」所顯示的那樣。然而，大段大段丈量生命自由的寬幅以及精神自由的縱深，就在這樹脂玻璃所圍成的小小正方體內，我卻首次微妙地感受到宛若六月田野的遼闊溫柔，彷彿看見一棵樹的微笑，重新歸納出幸福感的品味法……

這形似囚籠的空間啊——

我無法不想起自己曾著手編造一只囚籠的過往。

無法不嗟歎終生都被拘禁在另一只無形囚籠中的母親。

無法不悵憾為母親打造那只囚籠、經常藉暴力以證明他生物優勢的父親。

也無法不去思索，在希望與幻滅並存的愛情世界裡，人，究竟可以期望什麼以及經營什麼？

曾經，豈不是一枚含藏淚水的字眼，洗滌著已逝歲月的蒼茫？若愛是一種建築，那麼誰來解釋，精緻牢固的作品，為何如此稀少？

●

由於閱讀母親一生，在很長的一段時間裡，我完全無法也不忍去定義「女性」這名詞。與父親共度的二十年婚姻，於她，豈不只是一場附有性生活的僕傭生涯而已？

雖然，在會計事務所任職的父親，有著相當清癯斯文的外表，待人也堪稱溫和有禮，然而，當他毆辱母親、扯散她梳攏的長髮、挑剔荷包蛋蛋黃硬度不夠，乃至洗腳水過於溫涼……時，粗亂的拳腳點子裡，卻總顯出那樣一種令人不敢置信的蠻力與凶暴。

我相信父親不曾聽過尼采的狂言——「男人到女人身邊，請務必帶根鞭子」——但他卻把這句話的精義，發揮得淋漓盡致，且更為透徹！

為什麼呢？

多年之後，當我如此自問，且尋求一合理的解答，我才終於明白，從傳統男性社會一路行來的父親，終其一生都是輕蔑女性的。更由於母親操持家務、生兒育女的工作，並不包含在任何統計價值內，宰制一家經濟命脈的父親，遂更把母親視為寄生在自己生存之上的依賴人口，他對她享有絕對的管轄、統治與使用之權，卻完全不必予以尊重與——愛。

而母親，從婚姻細狹的鎖孔裡看人生的母親，卻也在東方女性典型的啞忍態度中，接受並默許了這樣的人生。

她從未準備自己的快樂。

在沉默中順從，是她一生的歌。

世世代代的母親這樣教她唱，她也教給了我。

但是，在戰後成長，西方女性運動的浪潮，卻已將我推至離母親很遠很遠的一處岸邊了。當母親背著人躲在自己的角落暗泣，我雖也被一種既鈍且厚的痛感所襲，但卻並不能同意且同情在傳統觀念籠罩下，她始終逆來順受、無能自我拯救的作法，因而也始終未曾實際有效地去昇華她個人的憂傷。——那樣一株卑微的耐寒植物！常常，我暗忖：人間，不能有另一種氣候？另一種溫度？另一種活法？

自詡為一名新時代的女性，我拒絕這樣一種封閉陳黯，沒有生長，也沒有興奮喜悅的人生。

我拒絕如此洗劫尊嚴、剝削自由的婚姻。

拒絕如此無法掌握生活自主權的女性生涯！

我與母親不同！

然而，當我突然在丈夫的外遇事件中滅頂，一種被命運偷襲、被愛情欺詐的感覺彌天蓋地湧來，瞬間噬沒我；設法自我保護的驚痛中，我才終於明白——在理論的領域，你固可以輕鬆地振振有詞，以當然爾的想像，把自己舉得天高，但一旦落入現實層面，當真正的考驗劈面打來，你卻往往比誰都跌得更低，也更一蹶不振！

新時代的新女性，是的，但我終究又展現了什麼不同的女性尊嚴，提出了什麼不同的新作法？比起母親，以及她的那個時代，這一代的女性，究竟，又成長了多少？

懷著一種被遺棄的恐懼，並且，為了維持虛幻的自尊，不願被這個世界貼以「婚姻失敗者」的標籤，我一直倔強卻又極其卑微地採取委屈求全的姿態，極力瓦全一段已經玉碎的感情，強自粉飾那曖昧虛空且極不誠實的婚姻，隱忍著種種戕害尊嚴的精神淩遲，對丈夫日夜罕歸的作法，持屈辱的許可主義……直到筋疲力竭、迫近病變邊緣，我再也無力肯定自己的存在及存在價值為止。

那真是生命中最艱困的一段日子。

自我欺騙使得人生貶值，而我所以逗留在一場已經破產的愛情中遲遲不肯離去，只因為我害怕失去一向熟稔的生活秩序，害怕去面對一場我所不曾預期的人生，害怕打開大門，去邂逅一段全新的未知。

但是，新時代的女性！畢竟，我與母親不同！

我所受過的完整教育，我所處的時代環境，我的個人意識、價值觀，以及女性主義思潮，這些主客觀因素交替作用，激盪成一股強大驅力，絕不容許我自陷太久，也不容許母親的故事或她的附庸性格，在我人生當中複製。在藍鋼般的天空下，我知道我必須尋找自己的路——更好或更壞的一條路，繼續開步行走。

若愛的建築已然坍塌成墟，再也無能重整挽回——那麼，我自問，認取了那毫無希望的殘骸之後，為什麼我不能勇敢地把背向著它？

也許，我仍深愛我的丈夫？那在愛情花園裡驟然離我而去的男子？

也許！

但歌德說：「我愛你，但這與你有什麼關係呢？」

大痛之後，情緒的渣滓沉澱之後，猶豫不決的天花發作結痂之後，我終於決定放下虛偽無效的堅強，不再遮掩或逃避那需要塗以理性碘酒的傷口。就在那曾經跌倒的地方，我親手布置了一座小小的墓園，豎立一方淡忘的石碑，獻上一束寬宥的鳶尾花，安靜地轉身離去……

●

然後，從我的許願泉前起程，我選擇來到這最黑最深最難於跋涉攀登的谷底，去預告重見天日的明日，反動著一段毫不精采自由的歲月——母親的，以及我的——治療受傷的真理與記憶，向軟弱的過去進行溫柔的復仇。

大死一番，大活現成，這何等華麗且理性的瘋狂啊！

重整旗鼓的心情，正躍躍等待「出土」。氣銳神全的新生，也正在寂靜黑暗的地底脈脈醞釀。

冬眠與春蟄，可以是相同的一首歌。

天堂和地獄，竟有著孿生的面貌。

我不必再去計算與陽光重逢的日子，一輪磅礡的愛已在新的地平線上緩緩昇起。日出草原在遠方，等我。

而當屬於鈴木博士的「隔絕實驗」、屬於我的這喜劇性的內在工作，終於在淚光與微笑中殺青，久被封閉的洞口，如瓶蓋開啟；在藍鋼般的天空下，風，與陽光，以及歡迎的人群，為一名走過「地獄」的女子，套上七彩花環——這重新向人生註冊的水手，將拭亮生鏽的錨，面對另一處海洋，從容起航。

去邂逅另一座地獄，也許天堂。

——選自《愛自己的方法》（爾雅，一九九六）

作者簡介

陳幸蕙，湖北漢口人，一九五三年生於台灣。台灣大學中文研究所碩士，曾任教於北一女、國防管理學院、清華大學中語系等，中年即離開職場專事寫作。曾獲《幼獅文藝》散文獎、中山文藝散文獎、《中國時報》文學獎散文評審獎、梁實秋文學獎散文獎等，是台灣第十三屆十大傑出女青年。重要散文作品有《群樹之歌》、《交會時互放的光亮》、《把愛還諸天地》等。

作品賞析

擅長以自鑄的清新意象，描繪人倫之際的關係，從生活小事物提煉出粲然的心得，陳幸蕙一直以這樣的散文家形象，贏得讚歎。離開教職後，陳幸蕙曾投入極多的心力關注青少年的成長，諄諄叮嚀，以委婉之筆為青年尋找美夢，實踐理想的人生。不過，作為一位女性散文家，陳幸蕙的個性與文風，綿綿溫柔中帶有一股勁健之力，可以說是以抒情散文鼓吹女性獨立自主的女權主義者。〈日出草原在遠方〉就是一篇這樣的作品。

〈日出草原在遠方〉中作者將自己設想為「隔絕實驗」中的女子，在無計時工具，與聲音、陽光、人類完全隔絕，地表八十公尺以下的密室中，一個女子如何在無所依傍中生存？在這樣的空間中，她會喚起時間之流裡什麼樣的記憶？文中所敘，全然是作者自己的想像，從參加實驗的喜悅（滄桑之感的後面，竟背書著微笑的印記），到同理心的發現（動物園繞檻而行的猩猩），最後點醒女性自我的拘囿（無形囚籠中母親的一生）。合理的推想，絕妙的聯繫，自我的覺醒，女性的勇健，忽而在意想中，忽而又出乎意想之外，具有小說的懸疑、高潮，又有娓娓細話家常的親切。這是陳幸蕙散文的魅力。

◆延伸閱讀

1. 蕭蕭，〈評介陳幸蕙著：青少年的四個大夢〉，《爾雅人》，一九九三年三月二十日。
2. 顏崑陽，〈古典美感的映現——論陳幸蕙散文的性相〉，《文學家》，一九八六年四月。
3. 余光中，〈光芒轉動的水晶球——悅讀陳幸蕙〉，《中國時報》，二〇〇二年八月七日。
4. 吳鳴，〈自剖的自剖——企劃寫作下的內在邏輯〉，《民生報》，一九八九年九月九日。
5. 李瑞騰，〈對萬物樂觀、含情〉，《中華日報》，一九八八年八月四日。

汝身

周芬伶

她經歷了水晶日、水仙日、火蓮日、苦楝日終於完成了女身。

・水晶日・

從小她對身體與觸覺特別靈敏。生長在亞熱帶的孩子，終年承受高溫蒸燻和火辣陽光烤射，使她的身體像海蚌一樣柔軟敏感，受到沙粒雜質便緊張蠕動，只為形成珍珠般的鑑照；而熱帶植物和狂風暴雨所引發的瘋狂猙獰想像，使她的觸覺超越了視覺和聽覺，觸覺於她如呼吸，是聯結世界的美好方法。

孩子們愛與水有關的一切事物：貝殼、帆船、捕魚網、釣竿和水手帽。他們脫光上身在河流中泳動自己發明的姿勢，水中沉浮著如甘蔗皮般的黑皮膚和如甘蔗肉般的白皮膚。有時他們涉水游過浮有布袋蓮的溪流，一面拔扯花朵與莖葉，一面探測河水的深度；有時他們在海邊戲水，與捲遠捲近的海潮瘋狂地追逐。孩子的肉身令人想起有著清涼的風，競放的幸運草和有風箏飛翔的草原。肉身即是玩具或是遊戲的主體，他們需要不時推拉塞擠，時而匐伏在樹叢裡，時而攀爬到樹上，在這冒險的過程裡，流血和流淚是經常發生的細節，但要不了五分鐘，他們的身體又像初生的小獸，急著要奔跑追逐。

當然他們也知道自己身體的脆弱，只要掉一顆牙就能使他們恐懼得不敢起床，而真正的病痛來到時，又不時嚷著：「我要出去，我要出去。」當他們聽到同齡的小孩病死或溺死時，臉色蒼白，噩夢不斷，彷彿替那個同伴死一回，尖銳地感受到肉身的痛苦和死亡的恐懼，可是藏在衣服底下有呼吸有血流的肉身，渴望著被保護，但又渴望著冒險。

她永遠記得小學時穿著的那件緊束腰腹與大腿的黑色燈籠短褲，平時被隱匿在短裙下，上體育課時就暴露在眾目睽睽之下，大多數的女孩習以為常，但她卻感到如赤身露體般的恥辱，她總是蜷縮在偏僻的一角，打躲避球時常常在操場上大哭起來。

大多數的時刻，她覺得身體是愉悅自由的，整個夏天她穿著圓領無袖的白棉布衣裙，是內衣也是外出服，因為不斷搓洗，變成牙白色而特別柔軟，像一團雲彩溫柔地包圍。她喜歡騎腳踏車，小小的短裙飛揚著露出黑色的燈籠褲，鬆緊帶在她的腰間與大腿勒出殷紅色的勒痕，騎車時感到些微疼痛，可是那並不妨礙她的愉悅與自由。當車飄飄前行時，她覺得世界很實在又很縹緲，風中有種纏綿的溫度，她全身的肌膚就像白色的草原，沒有邊際，沒有阻隔，只有茸草的清香和明淨的天空，而世界就像水晶一般透明而澄澈。

她是經由湘湘才明瞭女人身體的種種細節和美妙。對她而言，湘湘是一切美的標準和極致，所有人與她相比，都會太高太矮太胖太瘦太醜太缺乏說服力，她身高一六二，體重四十六公斤，有什麼比這更好的比例，她的鵝蛋臉在別人身上是平庸，在她身上即是俊俏。她的杏眼桃腮和飽滿稍闊的嘴唇都是獨一無二，但是這些也只能形容她百分之一千分之一的美，她有一種精神的美模糊不定的神祕感，只有她能感覺。

喜歡畫畫的她，怎麼畫也是跟湘湘一模一樣的臉孔，但畫筆也只能表達一二，那未能表達的部分恆然使她迷惑心醉。她甚至看不到湘湘的缺點，其實她的皮膚有點粗黑，小腿有個圓疤，但那都不妨礙她整體的美感。

她深為自己熱情的注視所迷惑，為什麼視線總是隨著她的身體移轉，到底是什麼神奇的吸引力發生在她們之間，應該說是發生在她身上，一個人孤獨地啜飲著美的迷狂與痛苦。

她同時感覺到自己身體的變化，渾圓的手臂和大腿，身上凹凹凸凸的曲線，胸前並浮著一股濃濃的乳香，她故意漠視這些，彷彿那是陌生人的身體。寧願被盲目的激情引導到神祕的國度，那裡繁花似錦，芳菲如醉，濃密的樹林裡充滿鳥叫蟲鳴，她就像那隻迷亂的蝴蝶，不知來自何方，不斷往花叢撲去，或者蝴蝶只是想成為花朵的一部分，因此才有如花瓣般的身姿和色彩；或者，蝴蝶是花朵的影子，更陰暗更震動，它是天使與邪魔的混合物，是花朵沉默的靈魂。

她常渴望自己有雙翅膀，凡人的身體多麼平庸醜陋，除了湘湘，她看到少女的蒼白與自卑，中年人發著油臭的雙手和肚子，老年人的腐朽之氣，這些都令她無法忍受，想逃遁到無人的世界。

她的世界是如此狹小容不下任何醜陋的事物，只有湘湘，令她覺得值得存活。可惜湘湘無法了解她的熱情，也無法回應她的渴求。或許這樣的渴求無人可以了解，連她自己也不了解，因而陷入深深的痛苦中。

多年之後，她才了解她是在湘湘的身上尋找自己的影子，或者說是女人的影子，湘湘就是女人與神的化身。而那段青春的歲月，為了逃避自己已然女人的肉身，藉湘湘遺忘自己，藉湘湘形塑女人的影像，當湘湘逐漸遠去時，她覺得替湘湘活著，並知道肉體沒有界限，縱使生離死別也不能造成界限，肉體的交換融合跟細胞分裂一樣複雜，一個人身包融了許多人的肉體，那使靈魂感到擁擠與沉重的感覺，只是因為另一個人身隱形地加入。

・火蓮日・

而當一個真正的人身加入另一個人身，那又不是擁擠與沉重所能說明的。

起初像得惡疾，不斷嘔吐又暈眩無力，食欲不振，唾液酸苦，沒有一個地方對勁，有時覺得大概是快死了，說不出的難過與憂傷。

佛教的觀念認為肉體的死亡，會經歷大體的分解和意識的分解，這個過程如火焚身。蘊育生命的過程，母體也會經歷一次大分解大焚身，這分解以胎兒脫離母體時最痛苦，生的痛苦與死的痛苦是類似的，但死亡的痛苦已漸漸被了解，生育的痛苦仍是不解之祕，因為女人不敢說，不能忍受這種痛苦的女人將被視為恥辱。

她是在生產時，才在床上聽到上一代的女人訴說生產的痛苦，每個人的痛苦差異很大，那些神經纖細、內向敏感的人往往是難產的不幸者，而那些神經強旺、勞動足夠的婦女，有的只覺得「一陣痠麻，不知不覺就生出來了」。

不論什麼樣的痛苦都被隱匿，以至於未婚的女孩對這種痛苦一無所知，她到生產時，才知道「女人是被矇騙長大的」，那不知來自何方的被支解被撐脹的痛楚，亦無止盡地延續，就像千軍萬馬在她身上踐踏而過，而產房只能以地獄來形容，到處是鬼哭神號，等待床位的孕婦被棄置在走廊上，高高擎起的雙腿和巨腹，令人想到刀俎上的雞鴨，床位與床位之間，只有一條布簾相隔，這裡的哭嚎連接那裡的哭嚎，近處的痛苦連接遠處的痛苦，陪伴的親人有人撫著佛珠，有人陪著哭嚎。

「不要碰我！」一個孕婦痛苦地呢喃。

肉體分解的痛苦，任何的觸摸只有更加強產婦的痛苦，吵雜與哭泣讓意識更加混亂，一如臨終之人。

她在經歷一天一夜的掙扎後被宣布難產，事實上她早已進入半昏死的狀態，全身的皮膚血管破裂，意識進入黑暗地帶。在剖腹生產手術中，她彷彿聽到基督嚴厲的宣判：「妳因教唆亞當偷嚐禁果，此後逐出樂園，世世代代女人將因懷孕而遭受無人能解之痛。」

在強力的麻醉下，她進入時空的另一次元，那裡的顏色非人間所有，像陷進一大塊的愛玉凍中，另有無數把刀將愛玉切割成不同形狀的塊狀物，世界是由塊與塊銜接而成。數不清的裂痕與吐納，冰冷的時間與空間凍結成一塊分不開的巨大冰岩，無止盡地切割又切割。她想那是意識的圖形與分解的過程，比肉體的分解更細緻更光怪陸離。以至於當產婦看到初生嬰兒不覺嚶嚶哭泣，那其中有大半是為自己為生命而哭。

我們的身體會帶來這麼大的痛苦，令人無法想像，人身與人身的融合和分解，生產是具體的展現，而其中的神祕仍無法訴說。少女含納優美的靈魂與人身，孕婦分裂新美的嬰兒，相對之下，愛情與性愛的經驗多麼抽象而微弱，女人因此感到深深的孤獨。

‧苦楝日‧

女人身體的老去意味著性魅力的消失。那草原的清香、牛乳的芳香和母體的幽香離她漸漸遠去。只有在某個怔忡的時刻，那從她身體含納而入的人身和分裂的人身，仍不斷在呼喚她的名字。而她已記不清他們的名字，不記得也不重要，她已決心一一釋放他們，讓自己得到徹底的自由。

老去的女人不再需要逃避男人的注視，不再需要層層包裹自己的身體。她記得小時候，許多老去的女人就在家門口水溝邊，赤裸著上身清洗她們的身體，皮膚像被車輪輾過的糟泥巴，顯現強而有力的刻紋和斑點，下垂如袋的乳房，每個老去的女人都是一個樣子，回到某種平等、自由和愛。

不用再忍受生育與月經的痛苦，不用嫉妒其他的女人，也不用再與世界爭鬥，因為歲月讓一切下垂與下降，而你只有用自己的智慧上升。老女人的智慧是頑童般的俏皮與狡黠，她擅長迴避直接的質詢與爭鬥，以困惑無辜的表情抵擋所有的是非，她的眼光與舌頭變得更為尖利，因為要隨時面對年輕人的輕侮。只有在很少的時刻她露出慈祥的表情，許多人以為那是老年人的寬容，事實上，那是被釋放之後與生命和解的態度。

她從此可以放心地在曠野上行走，在男人堆裡橫眉冷視。沒有人會再搶奪她的美色與肉體，因為她早已一一將它們釋放。

她的祖母就是這樣，七十幾歲了，無論到哪裡去都要動用自己的雙腿，熱中各種旅遊計畫，她對吃更講究，採集各種養生的藥草，研製健康食品。她更喜歡園藝和養動物，女人天生與植物花草接近，年輕時愛花草只為愛美，年老時愛花草，只為享受栽種與植物生長的喜樂，草木的死死生生那樣的自然容易，令老去的女人內心感到安慰，原來死去也可以這麼自然美麗。

她的祖母的死去就像一棵樹木的倒塌，有一天她摔倒在地上，就再也沒有爬起來過。她注視祖母業已平靜的肉體，臉上露出嬰兒般的笑靨，她彷彿看到祖母走進深密的叢林中，在草原的那一端隱沒，那裡有一顆星星亮了又暗了，她回到生命的初始而非歸入生命的終結。

近年她漸漸感到身體有了秋意，肌膚呈現樹木的紋理，並散發苦楝樹的果實氣味，生命多麼甜蜜又多麼憂傷，她迎風而立，臉上展露神祕的笑容。

——選自《汝色》（二魚，二〇〇二）

作者簡介

周芬伶，台灣屏東人，一九五五年生。政治大學中文系學士，東海大學中文研究所碩士，現任東海大學中文系教授。創作形式除散文、小說外，尚有兒童文學、口述歷史之書，並成立「十三月戲劇場」，擔任舞台總監，編著劇本。曾獲中山文藝獎、吳魯芹散文獎等。重要散文集有《絕美》、《熱夜》、《戀物人語》、《汝色》等。

作品賞析

周芬伶相信寫作的行動是「企圖在虛妄之中開出花朵」，因此，她利用散文形式，對情慾、情緒、情感等私密事件進行鑽探。早期的情愛、溫暖、幸福，近期的覺醒、獨立、追索，都可在她的散文中發現。陳芳明在評述《汝色》散文集時說：「自剖性的散文，在文學發展史上並非罕見。但是，像周芬伶這樣敢於把不堪的、禁忌的思維呈現出來，可能就是台灣女性散文值得注意的現象。背對著溫柔、婉約的傳統女性風格，她選擇了正視自己的欲望與感覺，採取挑戰與挑釁的態度，跨越男性設立的準則規範，而創造一個完全屬於女性私密的空間。她無需顧慮道德裁判，無需計較形象包裝，更無需在乎世俗眼光，極其自然地寫出她的生命經驗。」

「她經歷了水晶日、水仙日、火蓮日、苦楝日終於完成了女身。」這是〈汝身〉散文的第一行。汝身就是女身，可見這篇散文要以自己的覺醒覺醒女性；女身就是汝身，是否也有意以女性的覺醒點化男性？或許就如周芬伶「散文觀」所言：「我並非刻意流入陰暗歧異之處，而是在尋求真理的過程中，黑與白，明與暗，美與醜，正與奇，兩極相激，在原始意識中，本來就是二元對立的世界，這是生命本身具有的戲劇性。」這篇散文以水晶、水仙、火蓮、苦楝四物，暗示女人一生少年、青年、生子、老年的生命歷程，以及生命掙扎之後的覺悟。「水晶、水仙」是天然、本質的美，「火蓮、苦楝」卻是冶鍊後的「絕美」，這是另一種「二元對立」。〈汝身〉因而閃爍著散文的意象美，也閃現了千年來傳統散文的理性美，但是卻是傳統散文所缺乏的女性覺醒。

◆延伸閱讀

1. 李癸雲，〈寫作的女人最美麗——周芬伶散文綜論〉，收於陳義芝主編《周芬伶精選集》。（台北：九歌，二〇〇二），頁一五一—二八。
2. 陳芳明，〈夜讀周芬伶〉，收於周芬伶著《熱夜》。（台北：遠流，一九九六），頁五—一二。
3. 趙滋蕃，〈以天、清新與美挑戰〉，收於周芬伶著《絕美》。（台北：九歌，一九九五），頁七—一六。

奶油鼻子——瓶鼻海豚

廖鴻基

1

「尋鯨計劃」開始的前幾個航次，當船隻遠遠與一群海豚接觸，那時，我並不懂得如何來分辨看起來全像一個模子印出來的尖嘴海豚。船上有經驗的研究生會用英文喊出在船前跳躍、游走的海豚俗名。沒錯，我是聽到了"Butter nose"（奶油鼻子）這個名詞。

是喔，是喔！一下下露出水面的嘴喙及額隆，是那麼油亮光鮮而且短巧可愛，真是一群滑膩黏溜的奶油鼻子。

2

後來，再遇見這個種類的一群海豚時，我學會分辨了。多麼得意的腔調，我指著牠們用中文高喊：「啊——奶油鼻子！」

我發現研究生們因為我這一聲喊嚷而轉頭看我，一臉狐疑、詫異，好像在說：「哪來的新名詞？」

原來是瓶鼻海豚——Bottle nose！不曉得是他們講得不好？還是我聽得不好？

之後，再碰到牠們時，很奇怪的是，儘管我已經知道牠們叫瓶鼻海豚，但是第一個浮現在我腦子裡的名詞仍然是奶油鼻子。

3

奶油鼻子是海洋育樂世界裡常見的明星，在表演水池裡，牠們隨著訓練員的手勢及哨音，做各種花俏的跳躍及類似馬戲表演的高難度特技動作。每一個項目表演完成後，牠們會從訓練員手裡得到一條魚做為獎賞。

表演場裡，牠們是那樣溫馴、逗趣而且平易近人。

但是，當我在海上與牠們幾番接觸後，我深深覺得，牠們在水池子裡是戴著面具表演、是被迫扮演著不是自己的另一種角色，像歡場女子的笑靨往往只浮露在濃妝豔抹的表皮上。短暫表演過後，牠們就得在有限的空間裡徘徊躑躅。奶油鼻子似乎也懂得，那是不得不的生活。

4

在海上，牠們是如此的不同！

牠們野性十足、機伶敏感，而且不會讓船隻稍稍靠近。我們經常尾隨一群奶油鼻子，即使經過了兩個小時，牠們仍然和剛發現時一個模樣，只要船隻稍微靠緊，牠們便下潛不見蹤影，三、五分鐘過後，牠們浮出一段距離。

氣就氣在那段不短不長的距離，彷彿牠們在表演時用來取悅觀眾的聰黠全用來在海上戲耍船隻，那是教人放棄可惜、想攀又攀不著的迷離距離。

就這樣，我們經常一陣追、一陣等，我們必須極有耐心的等待；而牠們似乎更有耐性。

牠們始終這樣不厭其煩地反覆逗弄船隻，黑龍船長常常被惹出火氣而破口大罵：「幹——裝猶欸、變猴戲……。」那真是賊頭賊腦的一群「搞怪」海豚。我常常覺得牠們在一段距離外觀察我們、嘲笑我們，遠遠把玩、考驗著我們的修養和耐性。

倒是研究生們很興奮，他們說：「從來沒看過野生的。」我原本以為奶油鼻子是一種最通俗、最容易見到及親近的海豚。

5

「尋鯨計劃」期中發表會前幾天，我們整理一個月來所拍得的照片，這期間所發現的六種鯨豚，大約都拍到了近身特寫照片，獨獨所有奶油鼻子的照片，都只是拍到點點小小、賊頭賊腦滑膩黏溜的遠景照片。

啊，誰說牠們平易近人？說牠們溫馴可愛？比較起來，其他種海豚也許一開始接觸時，也和奶油鼻子一樣採取和船隻隔開一段距離的策略，但通常在船隻尾隨一段時間後，或者在我們吹口哨、拍掌鼓噪用聲音傳達我們的善意之後，牠們在確認船隻沒有惡意下，通常就會改變行為態度，而和船隻有了和善的對應。只有奶油鼻子！只有奶油鼻子不慌不忙，從頭到尾保持一貫的慎戒或者說一貫的耍弄態度。

我們曾經跟蹤一群奶油鼻子起碼超過了一個小時，各種可能表達善意的方法我們都試過了，口哨吹了又吹、響了又響，牠們理都不理，仍然那一副陰沉樣子，只把嘴尖、額隆少許露出在遠遠海面。

船長吹響一陣沙啞的口哨後喘著氣說：「無法度咧，再吹下去強要斷氣了。」

研究生說，野生的瓶鼻海豚很兇，很少人敢下水和牠們同游。

6

過去討海時，有一次收完延繩釣回航途中，看到十數隻遠遠游在船頭。一陣子後，不見了，以為牠們是離開了。

沒料到，就在船舷邊，一陣嘩啦水聲突起，那是駭人的近距離聲響，猛一回頭，是一隻牛一樣胖碩的巨獸，幾乎撞觸到船欄，躍起在舷牆邊。

牠身上有些刮痕，像個歷盡滄桑的沙場武士，牠瞪看著我，兇狠、狡黠，十分展現牠突襲、挑釁的氣勢。

7

有一次搭飛機上臺北，在松山機場下機後走向出口，走道屋簷外十數架龐大客機頂著鼻尖朝向簷內，隆隆響著引擎音爆，彷彿壓藏著的無限動力隨時就要爆發，就要脫韁衝出。我突然興起一股似曾相識的知覺。

走著、走著，一直走到出口閘門外才想起來，這些飛機像極了一群野生的奶油鼻子。

8

奶油鼻子應該個性火爆、孤僻，牠們很少像其他種海豚那樣集結成大群體，牠們總是十來隻一群，像是極富侵略性、破壞性的小游擊隊，也像是血氣方剛的青少年狂飆族，牠們四處襲擾，四處拈惹生事。

資料上說，牠們經常侵犯別種海豚，而有許多雜交種的記錄。

計畫末期，秋風漸起陣陣拂刮海面，陽光燦麗熟黃，空氣中隱約一股孕育熟成的氣息。

那一天，我們在石梯港外海遇見一群花紋海豚，那是至少有兩百隻以上的大群體。這群花紋海豚和過去遇見的不同，牠們分離成七、八隻一組，幾乎放眼可見的所有海域全是牠們的小組群體。

小群體裡總有一、兩隻翻腹仰游，其餘五、六隻猴急地在四周湧動，牠們大力拍尾，激起片片水花。牠們應該是在交尾，牠們在逞勇、示威，以博得交尾的機會。

這頭一片熱情水花，一段距離外，又見一圈激情浪漫。整個海域全籠罩在一片纏綿溶融的氣息裡。

應該不干奶油鼻子的事，這是花紋海豚的交配盛會，但是，兩、三隻奶油鼻子一組，匆匆忙忙，牠們在激情的各個圈圈間忙碌穿梭，像是百花盛開季節在花朵間穿刺忙著採花蜜的蜂蝶。

牠們是採花賊，色瞇瞇模樣，這頭碰一下，那頭沾一下，彷彿終於逮到機會的毛躁小伙子，強要在別人的歡愛場合裡沾點甜頭。

我好像看到牠們狎邪的表情，那樣粗魯、急躁地到處拈花惹草。

9

計畫結束前，終於遇上了一群約五十隻左右的奶油鼻子，群體中有許多母子對，我知道這是一次近距離接觸牠們的大好機會。船隻緊緊跟住牠們，緩緩旁行。我站在船尖鏢臺上。

先是一陣高頻尖銳的哨聲綿綿刺在耳膜上，像是耳鳴，嗶嗶剝剝，像是大鐵鍋裡翻炒著砂礫，又像是刀鋒刮在凹凸不平的玻璃上，那聲音讓人有點暈眩。

看到了！是兩隻壯碩的奶油鼻子擦過船尖，在鏢臺下躍出水面。這是兩個月計劃中奶油鼻子第一次主動靠近船隻。兩隻躍起後，輕巧地拍落水花，不知牠們是如何辦到的，拍落水面的剎那旋即翻身朝牠切入的方向飛快離去。

又一陣耳鳴爆響，另兩隻刺切進入船尖下，牠們翻身轉向極快，一下船左、一下船右，在船尖前彎繞蛇行。我在鏢臺上左探、右探，眼光抓緊騎在牠的背上，但常常被牠騰翻甩落如何也跟不上牠。

我很想高聲大喊：「看嘛——牠只是野一點並不那麼壞。」

看嘛，看嘛！最多時，我數到五隻，牠們也願意和船隻親近。

像五條銹紅色絲巾在水面下御風飄搖。牠們在鏢臺下立體疊游，匯聚成尖椎型的群體，替船尖穿刺水流。我覺得是五匹駿馬在船頭拉車開路，縱然手上沒有轠繩，我也可以感受到臨風奔騰的快感。嘈嘈囔囔的聲音一直貼響在耳膜，不曉得牠們在說些什麼？有一隻翻身浮上水面，身體左右搖擺翻轉，一下左眼看我，一下換成右眼看我。彼此在飛快的速度上默默對看。

牠的眼神裡沒有挑釁、沒有侵略、沒有狡黠粗暴，我看到的是笑容，是頑皮真摯的笑容。我感覺到內臟都在融化，牠的眼神、笑容全像一泓清水流入胸腔，我好想放下相機高聲狂嘯——這才是我心目中真真實實的奶油鼻子。

10

沒有偽裝和面具，牠們隨意離去。遠遠的，那隻和我在船前心神交融的奶油鼻子，用驚人的爆發力跳出驚人的高度，連續三次，像是在跟我說：「再見了！我的！朋友！」

——選自《鯨生鯨世》（晨星，一九九七）

◆作者簡介

廖鴻基，台灣花蓮人，一九五七年生。高中畢業後，原為一般職場上班人，三十五歲那年決定轉行，成為職業討海人。後來，他主持「台灣尋鯨小組」，出海調查鯨類，其他成員包括漁民、影像工作者和文字工作者。又成立「黑潮海洋文教基金會」，為關懷台灣海洋生態而奮鬥。曾獲《中國時報》文學獎散文評審獎、吳濁流文學獎小說正獎、《聯合報・讀書人》最佳書獎。著有散文集《討海人》、《漂流監獄》、《來自深海》，報導文學《鯨生鯨世》。

◆作品賞析

廖鴻基長年與大海為伴，以漁人的眼光、獨特的海上經驗，創作出真正屬於海島台灣的海洋文學。一般散文家從陸塊欣賞海洋，廖鴻基則深入海上，從海洋觀察台灣，異於常人的視野，為大家開啟新的視窗。那種洶湧幽邃的海洋場景是否有著另一種世故人情，海面上瑰麗的天光雲影又隱藏著什麼樣的無常？永無止境的搖盪生活透露著什麼樣的悲辛？廖鴻基的出航就像是農夫下田，為我們挖掘出生命之所需。

〈奶油鼻子〉是他用親切的筆調，動人的技巧，為花東地區海洋裡的鯨豚仔細作傳的篇章之一。廖鴻基可以說是為這些海洋中的巨大精靈，描繪身影的第一人，讓我們在陸地上、想像裡，也可以嗅聞海洋與鯨豚的氣息，因而，觸動心靈，願意奔赴海洋，親近海洋，親近海洋中的哺乳類脊椎動物，讚歎生命的神奇。

◆延伸閱讀

1. 蔣勳，〈鏗鏘撞擊的「鐵魚」〉，收入廖鴻基《討海人》。（台中：晨星，一九九九年），頁二四七—二四九。
2. 彭瑞金，〈翻版的《老人與海》——期待海洋文學〉，《討海人》。（台中：晨星，一九九九年），頁二三九—二四六。
3. 東年，〈海洋台灣與海洋文學〉，《聯合文學》一五四期，一九九七年八月，頁一六六—一六八。

髮結蝴蝶

張曼娟

直到現在，年紀漸往三十上數了，看見騎單車、放風箏，或一群追跑而過的孩子，聽見笑聲如風，掠過耳畔。那樣悅耳、熟悉，總令我不禁怦然心動，以為會與童稚的自己相遇。

一旦相遇，我會問紮著麻花辮的小女孩：妳開心嗎？

有時候，是不開心的。當牆外傳來同伴的嬉戲聲，我卻必須端坐，讓母親將兩條毛茸茸的辮子梳得光潔。多麼焦急啊！就像紗門外，撲著翅膀的紫色粉蝶兒。儀容整齊才可以出門，是母親的規矩。因此，我們母女二人，常要花費許多時間，梳理那頭秀髮。打出生起，從未經斧鉞的胎毛，特別細軟柔弱，我無法明白，母親是怎樣仔細避免弄疼她的小女兒，只因頸部僵硬而覺厭煩。也無法了解，在短絀的經濟情況下，母親努力使孩子乾乾淨淨地站在人前，為的是教導我們自尊自重。

挨到辮子編好，我跳起身子，推開紗門，直奔出去。有時與蝴蝶翩翩錯身，也不覺得稀奇。

小時候，沒有蝴蝶館、蝴蝶谷一類的名詞。蝴蝶是鄰居，住在我家小庭院；住在路旁的草堆中；住在學校的鞦韆架。特別的季節裡，巴掌大的鳳蝶，色彩炫麗，成雙作對地從窗邊飛過。有時，不經意地飛進教室，孩子們興奮而屏息。在流瀉的陽光、瀰漫的花香中，老師打開另一邊窗戶，讓牠們離開。這樣奇妙的「經過」，在孩子瞳中煥發光彩。

不上課的時候，看到鳳蝶，定要追跑一場，口裡還嚷嚷著：「梁山伯啊！祝英台！」卻沒想到，奔跑跳躍，飄起的短裙也像彩翼；辮梢的花結正如展翅蝴蝶。

曾迷信一則傳說：把聖誕紅的花瓣夾起來，到了春天，便蛻變為蝶。有好一陣子，課本裡夾滿花瓣，悄悄地看著它的色彩由紅到黑。而我並不貪心，只等待一隻蝴蝶。也沒有完全失望，打開課本，果然見到彩蝶誕生，翩然飛起，儘管那只是一場蝴蝶夢，卻美麗得令人感激。

被蝶蠱惑的日子，出了一次意外。那是在五歲的夏日午後，雨剛停歇，沿著一條髒臭的水溝去幼稚園。水溝約莫一公尺寬，雨後便漲起來，時常飄浮殘餚或家禽家畜的屍體。我每次都保持著適當距離通過，因它令我想到死亡。那天，出神地追著一隻鮮黃色蝴蝶，跑著離溝愈來愈近，愈來愈近，終於，撲通！栽進溝裡。那水溝的深度嚒，恰巧足夠淹死一個五歲小女孩。

泡在冰涼的水中，緊抓著溝邊緣，我放聲喊救命。第一次體會到無助與絕望。

記不得是什麼人把我拉上來的，好像是個年輕男子，他說：「趕快回家去！小妹妹！」我是要回家，卻走不快。雨鞋裡裝滿了水，不僅沉重，還會嘰哩咕嚕響個不停。走著，開始傷心地哭泣，因為發現到方才差點死去。

對水的恐懼，直到今日。只是談起那次浩劫，已轉變了心情。據說，李白捉月下了水，那樣風流倜儻的人物，如此，捕蝶下水，也可視為韻事一樁了。

剛進小學，常和母親鬧：「為什麼要上一年級！我不要！我不要去學校，都沒有點心吃。」最後一句話，雖然說得小聲，不免令做父母的臉上無光。然而，五歲半入小學，眾人都很能體諒我的年幼無知。

只是，有時年幼無知得太過分，我會作出老師沒交代的功課；或者，乾脆把別人的作業簿帶回家，自己的卻不知去向。為了應付我，上課是老師的頭痛時間。我也有頭痛時間，那是在下課以後，頑皮的男生扯住我的辮子當成韁繩，使勁猛拉，令我突然後仰，因拉扯與疼痛而摔倒。其他的女生用板擦擊退男生，扶我起來。每次都以為自己會哭起來，結果總是沒有。強烈的憤怒掩蓋了自憐，我真恨那些壞男生；更恨自己與眾不同的辮子。

這樣的惡作劇，斷續地發生了好幾年，母親不得不在我的髮式上變花樣。紗巾、緞帶和絨線，為我織就公主般的夢境。辮子垂在腰際，羨慕及讚美，使我不再怯弱自卑。

情況終究是要改變的，在一次不經意的巧合下，我甩頭時，髮辮打在一個男生臉上，他驚愕地摀臉喊疼。長久以來的鬱結得到紓解，我的「辮子功」遠近馳名，便開始與男生展開對抗。

數不清有多少次大小衝突，最嚴重的一次，是把石膏粉調在水桶中，白糊糊的一桶，對準某個男生兜頭澆下。男生當場哭起來，我們全都傻了，以為他會像石膏像一樣僵在走廊上。片刻之後，他跳起身子，嚎叫著：「我要告老師！我要告老師！」乒乒乓乓地跑下樓去了。

那段日子真不好過，好似小辮子被人捏在手中，提心弔膽地。我們怎麼也猜不透，受害者到底「告」老師了沒有；不小心眼光相遇，便心虛得厲害，其實，他並不是最壞的男生。因歉疚與愧悔，使我劍拔弩張的心性收斂許多。

而眷村中孩子間的遊戲，讓我更像個女孩。扮家家酒，撿拾各種葉片花草，洗洗切切，燉煮炒煎，彷彿永遠也不厭煩。那時，十分甘願地守住灶旁的方寸地方，等待小男生背著劍從遠處來，採一把松針當麵線。

結束以後，一同到村外清澈的河溝，捧個小筒，盛裝男生抓到的大肚魚和小蝌蚪。青蛙的成長過程，絕不是在課本上學習的；而是那片廣闊的自然教室。

逐漸地，女孩們不耐守著花花葉葉、鍋碗盤盆。父母為我們買來溜冰鞋，還沒練好呢，接著又是呼拉圈，腰上還掛不住；卻又來了樂樂球、迷你高蹺……就在家門口，父母子女舉家同樂，揚起的笑聲，成為黃昏中溫馨的回憶。

尤其是練腳踏車這件事，最能看出鄰里間情感的深厚。大人們只要看見孩子費力地跨上車，總要幫著推上一程，不管那是誰家的孩子。當其他的孩子都能騎在車上，呼嘯而過，我仍在觀望階段。在人前露出不在意的神情，四下無人之際，不免躍躍欲試。某個下午，鄰居的年輕媽媽，嗓門響亮地，要替我推車。在她的鼓勵下，我騎了一段路，非常穩當，幾乎要歡呼。突然聽見那媽媽鼓掌喝采，在我身後，距離很遠的地方。很遠？我回轉頭，才發現她早鬆了手……就在同時，人仰車翻，前功盡棄。

在愈摔愈勇的苦練下，我終於成為一個優良駕駛人，肇事率一向都是零。女生們都喜歡坐在後座，由我載著，在村子裡兜風，最後，還是出事了！那天，載了個同伴，騎到人煙稀少的村邊，同行還有兩三輛車。到了該轉彎的地方，晃出個小小孩兒，連煞車都來不及，只得強扭龍頭，迎面躲不開的是一大片磚牆。在那千鈞一髮之際，我大聲叫後座跳車，一邊扳住煞車。後座的重量猛地消除，就在嘩然而起的驚叫聲中，車子像箭一樣，加速撞向牆壁。

我趴在地面上，好一會兒都不能思想，只看見許多光點，忙碌地跑來跑去，並紛紛掉落……真是慘痛經驗，既慘且痛。

唯一引以自豪的，是在那「性命攸關」的一瞬間，竟能鎮定地指揮同伴脫險，足見是有些義烈古風的。同時，長大以後，迷糊、懵懂加上轉不過的腦筋，又常懷疑地想起那次撞牆事件，不由自主地。

小學的最後一個暑假，親朋好友都把眼光放在我的身上，不！是放在我的長髮上。國中註冊前，母親耗用更多時間，為我梳理。若干年來，洗髮吹風則是父親的工作，那必須要有耐心。不知道他們是否已覺疲憊，我是早就已經不耐煩了。

剪髮之前，同伴們都預測我將流多少淚，並且說他們同學曾在剪髮時，如何傷心的哭泣。但，這些都影響不了我；我有自己的想法。剪去長髮，對我有個不凡的意義：小女孩長大了！不是值得歡慶的嗎？

坐在美容院，還向一旁看熱鬧的同伴眨眼睛。當所有的頭髮裹在泡沫中，並攏在頭頂上，看著鏡中的自己，突然想起過往的幾個夏日。炎熱的黃昏，沐浴以後，母親將我的髮盤成髻，固定在頂上。露出光潔的額頭，天生成不必妝點的一雙鳳眼，大而明澈。紮不住的絨髮掛垂頸上，武俠片正風行時，鄰居的爺爺奶奶，總說我像那個可以飛起來的俠女。

聽見剪刀響起來的聲音，驀地感覺心慌。剪髮師笑盈盈地把剪下的辮子舉起來給我看，我勉強牽扯嘴角，一點也不開心；倒是腦後輕鬆多了。

拿著黑亮柔軟的那截髮辮回家，清楚地知道，我的童年，就這樣結束了。一股難喻的惆悵，揉在暮色裡，層層加深。

搬離村子好些年了，偶爾經過，才發現昔時覺得無限寬敞的廣場、草地，其實只是那樣狹隘的空間。可是，仍是獨一無二、不可取代的，因它曾容納色彩繽紛的孩提夢想。

有風的季節，便想起緩緩上升的風箏，總像旗子一樣，掛滿在電線上，經風一夜吹襲，紛紛不知去向。童稚的我，甚至癡心地想，風箏也許化為蝴蝶，在黎明時刻，破空而去。

誰知道呢？也許，真的化為蝴蝶。飛在小女孩的髮梢上，成一個美麗的、永恆的結。

——選自《緣起不滅》（皇冠，一九八六）

◆作者簡介

張曼娟，河北豐潤人，一九六一年生。世界新專報業行政五專部（今世新大學傳播管理學系）、東吳大學中文系畢業，東吳大學中文研究所碩士、博士。曾任教於香港中文大學，曾任東吳大學中文系教授，並擔任「紫石作坊」總策劃。曾獲全國學生文學獎小說首獎、教育部文藝創作小說第一名、中華文學獎第一名、中興文藝獎章。重要散文集有《緣起不滅》、《百年相思》、《人間煙火》、《風月書》、《夏天赤著腳走來》等。

◆作品賞析

張曼娟的散文普遍受到廣大青年讀者的喜愛，有如現代詩裡的席慕蓉，小說界的瓊瑤。風靡的程度還包括她新小說中的古典奇幻情節，古詩詞的新型說解之類的書籍，總是充滿著青春的活力與喜悅。

〈髮結蝴蝶〉正是書寫小女生雀躍、活潑的那種青綠與春意，從路上偶然看到一個紮著麻花辮的小女孩，開始回憶自己童年生活中的蝴蝶與蝴蝶結，整篇文章中，「蝴蝶」成為童年青春喜悅的象徵，處處飛舞，串聯著多少眷村往事，人情溫馨！尤其是那些美麗的幻想，諸如聖誕紅花瓣夾在書頁，會變成翩翩彩蝶；緩緩上升的風箏也許化為蝴蝶，在黎明時刻，破空而去；蝴蝶飛在小女孩的髮梢上，成一個美麗的結。全文緊緊扣著蝴蝶與蝴蝶髮結的喜悅，洋溢的青春，翔飛的笑容。

◆延伸閱讀

1. 林燿德，〈從張曼娟現象談起〉，《自由青年》，一九八九年二月，頁二〇－二三。
2. 柯志宏，〈張曼娟的散文世界〉，《傳習》，一九九四年，頁一四七－一五一。
3. 蕭旭岑，〈張曼娟「女性觀點」寫專欄〉，《民生報》，一九九八年八月二十七日。
4. 江中明，〈小說散文渡海，張曼娟又跨步〉，《聯合報》，一九九九年一月二十四日。
5. 楊渡，〈人間到處有碼頭：看張曼娟的小說〉，《文訊》，一九八六年十月，頁一九〇－一九三。

漁父

簡媜

父親，你想過我嗎？

「雖然只做了十三年的父女就恩斷緣盡，他難道從來不想？」我常自問。然而，「想念」是兩個人之間相互的安慰與體貼，可以從對方的眉眸、音聲、詞意去看出聽出感覺出，總是面對面的一樁人情。若是一陰一陽，且遠隔了十一年，在空氣中，聽不到父親喚女兒的聲音；在路途上，碰不到父親返家的身影，最主要的，一個看不到父親在衰老，一個看不到女兒在成長，之間沒有對話了，怎麼去「想」法？若各自有所思，也僅是隔岸歷數人事而已。父親若看到女兒在人間路上星夜獨行，他也只能看，近不了身；女兒若在暴風雨的時候想到父親獨臥於墓地，無樹無簷遮身，怎不疼？但疼也只能疼，連撐傘這樣的小事，也無福去做了。還是不要想，生者不能安靜，死者不能安息。

好吧！父親，我不問你死後想不想我，我只問生我之前，你想過我嗎？

好像，你對母親說過：「生個囝仔來看看吧！」況且，你們是新婚，你必十分想念我——哦！不，應該說你必十分想看看用你的骨血你的筋肉塑成的小生命長得是否像你？大概你覺得「做父親」這件事很令人異想天開吧！所以，當你下工的時候，很星夜了，屋頂上竹叢夜風安慰著蟲唧，後院裡井水的流咽沖淡蛙鼓，雞塒已寂，鴨也閉目著，你緊緊地掩住房裡的木門，窗櫺半閉，為了不讓天地好奇，把五燭光燈泡的紅絲線一拉，天地都躺下，在母親的陰界與你的陽世之際醞釀著我，啊！你那時必定想我，是故一往無悔。

當母親懷我，在井邊搓洗衣裳，洗到你的長褲時，有時可以從口袋裡掏出一包酸梅或醃李，這是你們之間不欲人知的體貼，還不是為了我！父親，你一個大剌剌的莊稼男人，突然也會心細起來，我可以想像你是何等期待我！因為你是單傳，你夢中的我必定是個壯碩如牛的男丁。

可是，父親，我們第一次謀面了，我是個女兒。

·日日哭

母親的月子還沒有做完，你們還沒有為我命名，我便開始「日日哭」——每天黃昏的時候，村舍的炊煙開始冒起，好像約定一般，我便淒聲地哭起來，哭得肝腸寸斷似地，讓母親慌了手腳，讓阿嬤心疼，從床前抱到廳堂，從廳堂搖到院落，哭聲一波一波傳給左鄰右舍聽。啊！父親，如果說嬰兒看得懂蒼天珍藏著的那一本萬民宿命的家譜，我必定是在悔恨的心情下向你們哭訴，請你們原諒我、釋放我、還原我回身為那夜星空下的一縷遊魂吧！而父親，只有你能了解我們第一次謀面後所遺留的尷尬：我愈哭，你愈焦躁，你雖褓抱我，親身挽留我，我仍舊抽搐地哭泣。終於，你惱怒了，用兩隻指頭夾緊我的鼻子，不讓我呼吸，母親發瘋般掰開你的手，你畢竟也手軟心軟了。父親，如果說嬰兒具有宿慧，我必定是十分歡喜夭折的，為的是不願與你成就父女的名分，而你終究沒有成全我，到底是什麼樣的靈犀讓你留我，恐怕你也遺忘了。而從那一次——我們第一次的爭執之後，我的確不再哭了，竟然乖乖地聽命長大。父親，我在聆聽自己骨骼裡宿命的聲音。

・前　尋

我畏懼你卻又希望親近你。那時，我已經可以自由地跑於田埂之上、土堤之下、春河之中。我非常歡喜嗅春草拈斷後，莖脈散出來的拙香，那種氣味讓我覺得是在與大地溫存。我又特別喜愛尋找野地裡小小的蛇莓，翻閱田埂上每一片草葉的腋下，找豔紅色的小果子，將它捏碎，讓酒紅色的汁液滴在指甲上，慢慢浸成一圈淡淡的紅線。我像個爬行的嬰兒在大地母親的身上戲耍，我偶爾趴下來聽風過後稻葉窸窸窣窣的碎語，當它是大地之母的鼾聲。這樣從午後玩到黃昏，漸漸忘記我是人間父母的孩兒。而黃昏將盡，竹舍內開始傳出喚我的女聲——阿嬤的、阿姆的、隔壁家阿婆的，一聲高過一聲，我蹲在竹叢下聽得十分有趣，透過竹幹縫看她們焦慮的裸足在奔走，不打算理，不是惡意，只是有一點不能確信她們所喚的名字是不是指我？若是，又不可思議為什麼她們可以自訂姓名給我，一喚我，我便得出現？我喚蛇莓多次，蛇莓怎麼不應聲而來呢？這時候，小路上響起這村舍裡唯一的機車聲，我知道父親你從市場賣完魚回來了，開始有點怕，抄小路從後院回家，趕快換下髒衣服，塞到牆角去，站在門檻邊聽屋外的對話：

「老大呢？」你問，你知道每天我一聽到車聲，總會站在曬穀場上等你。阿嬤正在收乾衣服，長竹竿往空中一矗，衣衫紛紛撲落在她的手臂彎裡，「迌迌到不知曉回來，叫半天，也沒看到囝仔影。」我從窗櫺看出去，還有一件衣服張臂黏在竹竿的末端，阿嬤仰頭稱手抖著竹竿，衣服不下來。是該出去現身了。

「阿爸。」扶著木門，我怯怯地叫你。

阿嬤的眼睛遠射過來，問：「藏去哪裡？」

「我在眠床上睏。」說給父親你聽。你也沒正眼看我，只顧著解下機車後座的大竹簍，一色一色地把魚啊香蕉啊包心菜啊雨衣雨褲啊提出來，竹簍的邊縫有一些魚鱗在暮色中閃亮著，好像魚的魂醒來了。地上的魚安靜地裹在山芋葉裡，海洋的色澤未褪盡，氣味新鮮。

「老大，提去井邊洗。」你踩熄一支煙，噴出最後一口，煙裊裊而升，如柱，我便認為你的煙柱擎著天空。

我知道你原諒我的謊言了，提著一座海洋與一山果園去井邊洗，心情如魚躍。

我習慣你叫我「老大」，但是不知道為何這樣稱呼我？也許，我是你的第一個孩子；也許，你稍稍在自我補償心中對男丁的想望；也許，你想征服一個對手卻又預感在未來終將甘拜下風。你雖為我命名，我卻無法從名字中體會你的原始心意；只有在酒醉的夜，你醉歪的沙發上，用沙啞而挑戰的聲音叫我：「老——大，幫——我脫鞋——」非常江湖的口氣。我遲疑著，不敢靠近你那酒臭的身軀，你憤怒：「聽到沒？」我也在心底燃著怒火，勉強靠近你，抬腳，脫下鞋，剝下襪子，再換腳。你的腳趾頭在日光燈下軟白軟白地，有點沖臭，把你的雙腳扶搭在椅臂上，提著鞋襪放到門廊上去，便衝出門溜去稻田小路上坐著。我很憤怒，朝墨黑的虛空丟石頭，石頭落在水塘上：「得攏！」月亮都破了。只有這一刻，我才體會出你對我的原始情感：畏懼的、征服性的，以及命定的悲感。

然而，我們又互相在等待、發現、尋找對方的身影。

夏天的河水像初生育後的母乳，非常豐沛。河的聲音喧嘩，河岸的野薑花大把大把地香開來，影響了野蕨的繁殖慾望，蕨的嫩嬰很茂盛，一莖一莖綠賊賊地，採不完的。不上學的午後，我偷偷用鐵釘在鋁盆沿打一個小孔，繫上塑膠繩，另一頭綁在自己的腰上，拿著穀篩，溜去河裡摸蛤蜊。「撲通！」下水，水的壓力很舒服，我不禁「啊啊啊！」地呼氣。河砂在腳趾縫搔癢、流動，用腳指一掘，就踩到蛤蜊了，摸起來丟在鋁盆，「咚！咚！咚！」蛤蜊們在盆裡水中伸舌頭吐砂，十分頑皮，我一粒一粒地按它們的頭，叫它們安靜些。有時，篩到玻璃珠、螺絲釘、鈕釦，視為珍寶，尤其鈕釦。我可以辨認是哪一家孀子洗脫的釦子，當然不還她，拿來縫布娃娃的眼睛。啊！我沒有家，沒有親人，沒有同伴，但擁有一條奔河，及所有的蛤蜊、野蕨、流砂。這時候，遠方竹林處傳來你的摩托車聲，絕對是你的，那韻律我已熟悉。我想，我必須躲起來，不能讓你發現我在玩水。但是這一段河一覽無遺，薑葉也不夠密，我只得游到路洞中去藏，等待你的車輪輾過。我有種緊張的興奮，想嚇你，當你的車甫過時，大聲喊你：「阿——爸啊！」然後躲起來，讓你只聞其聲不見其人，偷看你害怕的樣子：你也許會沿著河搜索，以為我溺斃了，剛剛是回魂來叫你，你也許會哭，啊！我想看你為我哭的樣子……來了，車聲很近了，準備叫，「轟轟轟……」，車輪輾過洞的路表，河波震得我痲痲的，我猛然從水中竄出，要叫，剎那間心生懷疑，車行已遠……那兩個字含在嘴裡像含著兩粒大魚丸，喘不過氣，我長長地歎一口氣，把那兩字吐到河水流走。叫你「阿爸」好像很不妥貼，不能直指人心，我又該稱呼你什麼，才是天經地義的呢？一身子的水在牽牽掛掛，滴到河裡像水的嬰啼，我帶著水潛回河中，不想回家去幫你提魚提肉，連對「父親」的感覺也模糊了。夏河如母者的乳泉，我在載浮載沉。然而，為何是你先播種我，而非我來哺育你？或者，為何不能是互不相識的兩個行人，忽然一日錯肩過，覺得面熟而已？我總覺得你藏著一匹無法裁衣的情感織錦，讓我找得好苦？

遲歸的夜，你的車聲是天籟中唯一的單音。我一向與阿嬷同床，知道她不等到你歸來則不能睡，有時聽到她在半睡之中自歎自艾的鼻息，也開始心寒，怕你出事。你的車聲響在無數的蛙鳴蟲唧之中，我才鬆了心，與世無爭。你推開未拴的木門進入大廳，跨過門檻轉到阿嬷的房裡請安，你們的話中話我都聽進耳裡，你以告解的態度說男人嗜酒有時是人在江湖不得不，有時是為了心情鬱促。阿嬷不免責備你，家裡釀的酒也香，你要喝幾罈就喝。也免得妻小白白擔了一段心腸。這時，阿姆燒好了洗澡水，也熱了飯湯，並請你親自去操刀做生魚片。一切就緒，你來請阿嬷起身去喝一點薑絲魚湯。掀起蚊帳，你問：

「老大呢？」

「早就睏去囉。」

你探進來半個身子，撥我的肩頭，叫：

「老大的——老大的——起來吃さしみ！」

我假裝熟睡，一動也不動（心想：「再叫呀！」）。

「老大的——」

「睏去了，叫伊做啥？」阿嬤說。

「伊愛吃さしみ。」

做父親的搖著熟睡中女兒的肩頭，手勁既有力又溫和，彷彿帶著一丁點權威性的期待，及一丁點怕犯錯的小心。我想我就順遂你的意思醒過來吧！於是，我當著那些蛙們、蟲群、竹叢、星子、月牙……的面，在心裡很仁慈地對著父親你說：「起來吧！」

「做啥？阿爸。」我裝著一臉惺忪問你。

「吃さしみ。」說完，你很威嚴地走出房門，好像仁盡義至一般。

但是，父親，你尋覓過我，實不相瞞。

・手溫

那是我今生所握過，最冰冷的手。

＊

「青青校樹，萋萋芳草」的驪歌唱過之後，也就是長辮子與吊帶裙該換掉的時候。那一日，正是夏秋之間田裡割稻的日子，每個人都一頭斗笠、一手鐮刀下田去了。田土乾裂如龜殼，踩在腳底自然升起一股土親的感情。稻穗低垂，每一顆穀粒都堅實飽滿，閃白閃白的稻芒如弓弦上的箭，隨時要射入村婦的薄衫內，好搔得一駝紅癢。空氣裡，儘是成熟的香，太陽在裸奔。

父親，你刈稻的身軀起伏著，如一頭奔跑中的豹。你的鐮刃聲擦過我的耳際，你的闊步踩響了我左側的裂土，你全速前進，企圖超越我，然後會在平行的時候停下來，說：「換！」然後我就必須成為你左側的敗將，目送你豹一般往前刈去，一路勢如破竹。但是，父親，我決心贏你。我把一望無際的稻浪想像成戰地草原，要與你一決雌雄。我使盡全力速進，刈聲脆響，挺立的稻桿應聲而倒，不留遺言。我聽見你追趕的鐮聲，逼在我的足踝旁、眉睫間、汗路中、心鼓上，我喘息著，焦渴著，使刀的勁有點軟了，我聽到你以一刈雙棵的掌式逼來，刈聲如狼的長嗥，速度加快，我不由得憤怒起來，撐開指掌，也用同樣的方式險進，以拚命的心情。父親，去勝過自己的生父似乎是一件很重要的事情，你能了解嗎？

當我抵達田埂邊界，挺腰，一背的溼衫，汗水淋漓，我握緊鐮刀走去，父親，我終於勝過你，但是不敢回頭看你。

日落了，一畦田的穀子都已打落，馬達聲停止，阿嬤站在竹林叢邊喊每個人回家晚飯。田裡只剩下父親你和我，你正忙著出穀，我隨手束起幾株稻草，鋪好，坐下歇腳，摳摳掌肉上的繭，當我摘下斗笠搧風時，你似乎很驚訝，停下來：

「老大，妳什麼時候去剪掉長頭毛？」

「真久囉。」我摸摸那汗溼透的短髮，有點不好意思，彷彿被你窺視了什麼。

「做啥剪掉？」

「讀國中啊！你不知道？」

「哦。」

你沉默地出好穀子，挑起一籮筐的穀子走上田埂回家，不招呼我，沉重的背影隱入竹林裡。我躺下，藏在青桿稻草裡的蛤蟆紛紛跳出來，遠處的田有人在燒乾稻草，一群虎狼也似的野火奔竄著、奔竄著，把天空都染紅了半邊。我這邊的天，月亮出來了，然而是白夜。

父親，我了解你的感受，昔日你褓抱中那個好哭的紅嬰，今日已搖身一變了。這怎能怪我呢？我們之間總要有一個衰老，一個成長的啊！

但是，一變必有一劫。田裡的對話之後，我們便很少再見面了。據說你在南方澳，漁船回來了，漁獲量就是你的心事；據說你在新竹，我在茶園裡摘四季豆的時候，問：

「阿嬤，阿爸去哪？」

「新竹的款！」

「做什麼？」

「小捲。講是賣小捲。」

「你有記不對沒？你上次講在基隆。」

「不是基隆就是新竹，你阿爸的事我哪會知？」

基隆的雨季大概比宜蘭長吧！雨港的簷下，大概充斥著海魚的血腥、批魚商的銅板味，及出海人那一身洗也洗不掉的鹽餿臭。交易之後，穿著雨衣雨鞋的魚販們，抱起一筐筐的鮮魚走回他們自己的市場，開始在尖刀、魚俎、冰塊、山芋葉、溼鹹草，及秤錘之間爭論每一寸魚的肉價，父親，你是他們中的一員，你激動的時候就猛往地上吐檳榔汁，並操伊老母……雨天，我就這樣想像。想到心情壞透了，就戴上斗笠，也不披簑衣，從後院雞舍的地方爬上屋頂，小心不踩破紅瓦片，坐在最高的屋墩上，極目眺望，望穿汪洋一般的水田、望盡灰青色的山影，雨中的白鷺鷥低飛，飛成上下兩排錯亂的消息，我非常失望，囁嚅著：「阿爸！」、「阿爸！」天地都不敢回答。

再見到你，是一個寤寐的夜，我都已經睡著了，正在夢中。突然，一記巨響——重物跌落的聲音，改編了夢中的情節，我驚醒過來，燈泡的光刺著我的睡眼，我還是看到你了，父親。你全身爬進床上衣櫃的底部，雙拳捶打著木板床，兩腳用力地蹭著木板牆壁，壁的那一面是擺設神龕的位置，供桌、燭臺、香爐，及牌位都搖搖作響，阿嬤束手無策，不知該救神還是救人？你又掙扎著要出來，龐大的身軀卡在櫃底，你大聲地呼嘯著、咆哮著、痛罵一些人名……我快速地爬下床，我知道緊接著你會大吐，把酒腥、肉餿、菜酸臭，連同你的鐔底心事一起吐在木板床上，流入草蓆裡。

父親，我奪門而去，夜露吮吸著我的光臂及裸足，我習慣在夜中行走，月在水田裡追隨我，我抓起一把沙石，一一扔入水田，把月砸破，不想讓任何存在窺見我心底的悲傷。整個村子都入睡了，沉浸在他們簞食瓢飲的夢中。只有田裡水的鬧聲，沖破土堤，夜奔到另一畦田；只有草叢間不倦的螢火蟲，忙於巡邏打更。父親，夜色是這麼寧謐，我的心卻似奔潰的田土，淚如流螢。第一次，我在心底下定決心：

「要這樣的阿爸做什麼？要這樣的阿爸做什麼？」

父親，我竟動念棄絕你。

*

七月是鬼月，村子裡的人開始小心起來，言談間、步履間，都端莊持重，深怕失言惹惱了田野中的孤魂，更怕行止之際騷擾到野鬼們的安靜——在七月，他們是自由的、不縛不綁不必桎梏，人要禮讓他們三分。小孩子都被叮嚀著：江底水邊不可去哦，有水鬼會拖人的腳；天若是黑，竹林腳千萬不要去哦，小鬼們在抽竹心吃，有聽見沒？第二天早晨去竹叢下看，果然落了一地的竹籜，及吸斷的竹心渣。鬼來了，鬼來了。

七月十四，早晨，我在河邊洗衣，清早的水色裡白雲翠葉未溶，水的曲線曼妙地獨舞著，光在嬉鬧，如耀眼的寶珠浮於水面，我在洗衣石上搓揉你的長褲，阿爸，一扭，就是一灘的魚腥水滴入河裡，魚的鱗片一遇水便軟化，紛紛飄零於水的線條裡。阿爸，你的車聲響起，近了，與我擦背而過，我蹲踞著，也不回頭看你了，反正，你是不會停下來與我說話的。我把長褲用力一拋，「叭」入河，用指頭鉤住皮帶環，兩隻褲管直直地在水裡飄浮，水勢是一往無悔的，阿爸，我有一兩秒的時間遲疑著，若我輕輕一放指，長褲就流走了。但我害怕，感覺到一種逝水如斯的顫慄，彷彿生與死就在彈指之間。我快速地把長褲收回來，扭乾每一滴水，將它緊緊地塞進水桶裡。好險！撿回來了，阿爸！

但是阿爸，你的確是一去不返了。

那日，夜深極了，阿爸你還未回來，廳堂壁上的老鐘響了十一下，我尚未闔眼。遠處傳來一聲聲狗的長嗥，陰森森的月暝夜，我想像總有一點聲音來通風報信吧！當我渾渾噩噩地從寤寐之中醒來時，有人用拳頭在敲木門：「動」、「動」、「動」……

一個警察，數個遠村帶路的男人，說是撞車了，你橫躺在路邊，命在旦夕，阿爸。

阿嬤與阿姆隨去後，我踅至沙發上呆住，老鐘「滴答」、「滴答」，夜是絕望的黑，蟲聲仍舊唧唧，如蒼天與地母的鼻鼾。我環膝而坐，頭重如石磨，所有的想像都是無意義的暴動，人生到此，只有癡癡呆呆地等待、等待，老鐘「滴答、滴答、滴答、滴答……」時間的咒語。

隱隱約約有哭聲，從遠遠的路頭傳來，女人們的。你被抬進家門，半個血肉模糊的人，還沒有死，用鼻息呻吟著、呻吟著。我們從未如此尷尬地面對面，以致於我不敢相認，只有你身上穿著的白襯衫我認得，那是我昨天才洗過晾過疊過的。阿姆為你褪下破了的血衫，為你拭血，那血汩汩地流。所有的人都面容憂戚，但我已聽不見任何哭聲，耳殼內只迴蕩著老鐘的擺聲及你忽長忽短的呻吟——天就要亮了，像不像一個不願回家的稚童搖著他的博浪鼓在哭？我端著一臉盆的汙血水到後院井邊去，才呼吸到將破的夜的香，但是這香也醒不了誰了。上方的井水一線如瀉，注亂下方池裡的碎月，我端起臉盆，一潑，血水酹著這將蕪的家園，「天啊！」我說，臉盆墜落，咕咚咚幾滾，覆地，是上天賜下來的一個筊杯嗎？我跪在石板上搓洗染血的毛巾，血腥一波一波刺著我的鼻，這濃濁、強烈、新鮮的男人的血，自己阿爸的。搓著搓著，手軟了，坐在溼漉漉的青石上，面對著井壁痛哭，壁上的青苔、土屑、蝸牛唾糊了一臉，若有一命抵一命的交易，我此刻便換去，阿爸。

天快亮的時候，他們再度將你送去鎮上就醫，所有的人走後，你呻吟一夜的屋子空了，也虛了，只留下地上的斑斑碧血。那日是七月十五日，普渡。

我在井邊淘洗著米，把你的口糧也算進去的。昨夜的血水沉澱在池底，水色絳黑，我把髒的水都放掉，池壁也刷洗過，好像刷掉一場噩夢，好像什麼事也沒發生過，把上井的清水釋放出來，我要淘米，待會兒家人都要吃我煮的飯，做田的人活著就應該繼續活著，阿爸。

河那邊的小路上，一個老人的身影轉過來，步子遲緩而佝僂，那是七十歲的大伯公，昨晚，他一起跟去醫院的。我放下米鍋，越過竹籬笆穿過鴨塘邊的破魚網奔於險狹的田埂上，田草如刀，鞭著腳踝，鞭得我顛仆流離，水田漠漠無垠，也不來扶，跳上小路的那一刻，我很粗暴地問：

「阿爸怎麼樣？」

「啊……啊……啊……」他有嚴重的口吃，說不出話。

「怎麼樣？」

「啊……啊……伊……伊……」

就在我憤怨地想撲向他時，他說：

「死……死了……」

他蹣跚地走去，搖搖頭，一路囁嚅著：「沒……沒救了……」我低頭，只看見水田中的天，田草高長茂盛，在晨風中搖曳，搖不亂水中天的清朗明晰，我卻在野地裡哀痛，天！

那是唯一的一次，我主動地從伏跪的祭儀中站起來，走近你，俯身貪戀你，拉起你垂下的左掌，將它含在我溫熱的兩掌之中摩挲著、撫摸著你掌肉上的厚繭、跟你互勾指頭，這是我們父女之間最親熱的一次，不許與外人說（那晚你醉酒，我說不要你了，並不是真的），拍拍你的手背，放好放直，又回去伏跪。當我兩掌貼地的時候，驚覺到地腹的熱。

・後　尋

死，就像一次遠遊，父親，我在找你。

從學校晚讀回來時，往往是星月交輝了。騎車在碎石子路上，經過你偶去閒坐的那戶竹圍，不免停車，將車子依在竹林下，彎進去，燈火守護著廳廳房房，正是人家晚膳的時刻。曬穀場上的狗向我吠著，我在他們的門外竚立，來做什麼呢？其實自己也不清楚，就只是一種心願罷了，來看看父親你是否在他們家閒坐而已。那家婦人開了門，原本要延請我入室，似乎她也記得我正在服喪，頭髮上別住的粗麻重孝，令她遲疑而不安，她雙手合起矮木門，只現出半身問我：「啥麼事？」我尷尬而不敢有慍，說：「真久沒看到妳，我阿爸過身，多謝妳幫忙。」我轉身要走了，她叫住我，說：「是沒棄嫌才跟妳講，去別人家，戴的孝要取下來，壞吉利。」父親，東逝水了，東逝水了，我是岸土上奔跑追索的盲目女兒，眾生人間是不會收留你的了。

天倫既不可求，就用人倫彌補，逆水行舟何妨。父親，你死去已逾八年。

「你真像我的阿爸！」我對那人說。有時，故意偏著頭睇著眼覷他。

「看什麼？」他問。

「如果你是我阿爸，你也認不得我了。」

「哦？」

「你死的時候三十九歲，我十三歲；現在我二十一歲了，你還是三十九歲。」

「反正碰不到面。」

癡傻的人才會在情愫裡摻太多血脈連心的渴望，父親，逆水行舟終會覆船，人去後，我還在水中自溺，遲遲不肯上岸，岸上的煙火炎涼是不會褓抱我的了，我註定自己終需浴火劫而殘喘、罹情障而不癒、獨行於荊棘之路而印血，父親，誰叫我對著天地灑淚，自斷與你的三千丈臍帶？我執迷不悟地走上偏峰斷崖，無非是求一次粉身碎骨的救贖。

‧撿骨

第十一年，按著家鄉的舊俗，是該為你撿遺骨了。

「寅時，自東方起手，吉」，看好時辰，我先用鮮花水果祭拜，分別喚醒東方的「皇天」、西面的「后土」，及沉睡著的你，阿爸。

墓地的初晨，看慣了生生死死的行伍，也就由著相思林兀自款搖，落相思的雨點；由著風低低的吼，翻閱那地上的冥紙、草履、布幡。雀在雲天，巡邏或者監視，這些永恆夢國的侍衛們，時時清查著，誰是新居者，誰是寂寞身後的人？馬纓丹是廣闊的夢土上，最熱情的安慰，每一朵花都是胭脂帶笑的；野蔓藤就是情牽了，挽著「故閨女徐木蘭之墓」及「龍溪顯祖考妣蘇公媽一派之佳城」這二老一少，不辭風雨日暮；紫牽牛似托缽的僧，一路掌著琉璃紫碗化緣，一路誦「大悲咒」，冀望把夢土化成來世的福田。

「武罕顯考圭漳簡公之墓」，你的四周長著帶刺的含羞草，一朵朵粉紅色花是你十一年來字不成句的遺言，阿爸。三炷清香的虛煙裊裊而升，翳入你靈魂的鼻息之中，多像小時候，我推開房門，搖搖你的腳丫，說：「喂，起來囉，阿爸！」你果真從睡中起身，看我一眼。

「時辰到了。」挖墓的工人說。

按禮俗，掘墓必須由子嗣破土。我接過丁字鎬，走到東土處，使力一掘，禁錮了十一年的天日又要出現了，父親，我不免癡想起死回生，希望只是一場長夢而已。

三個工人合力扒開沙石，棺的富貴花色已隱隱若現，我的心陣痛著，不知道十餘年的風暴雨虐、螻蟻啃嚙，你的身軀骨肉可安然化去，不痛不癢？所謂撿骨，其實是重敘生者與死者之間那一椿肝腸寸斷的心事，在陽光之下重逢，彼此安慰、低訴、夢迴、見最後一面、共享一頓牲禮酒食，如在。我害怕著，怕你無面無目地來赴會，你死的時候傷痕纍纍。

拔起棺釘，上棺嘎然翻開，我睜開眼，借著清晨的天光，俯身看你：一個西裝筆挺、玄帽端正、革履完好、身姿壯碩的三十九歲男子寂靜地躺著，如睡。我們又見面了，父親。

啊！天，他原諒我了，他原諒我了，他知道我那夜對蒼天的哭訴，是孺子深深愛戀人父的無心。父親，喜悅令我感到心痛，我真想流淚，寬恕多年來對自己的自戕與恣虐，因為你用更溫柔敦厚的身勢裸抱了我，視我如稚子。如果說，你不願腐朽是為了等待這一天來與人世真正告別、為至親解去十一年前那場噩夢所留下的繩索，那麼，有誰比我更應該迎上前來，與你心心相印、與你舐犢共宴？父親，我伏跪著，你躺著，這一生一死的重逢，雖不能執手，卻也相看淚眼了，在鹹淚流過處，竟有點頭石初悟的地坼天裂之感，我們都應該知足了。此後，你自應看穿人身原是髑髏，剔肉還天剔骨還地，恢復自己成為一介逍遙赤子；我也應該舉足，從天倫的窗格破出，落地去為人世的母者，將未燃的柴薪都化成炊煙，去供養如許蒼生。啊！我們做了十三年的父女，至今已緣盡情滅，卻又在斷滅處，拈花一笑，父親，我深深地賞看你，心卻疼惜起來，你躺臥的這模樣，如稚子的酣眠、如人夫的靦腆、如人父的莊嚴。或許女子賞看至親的男子都含有這三種情愫罷！父親，濤濤不盡的塵世且不管了，我們的三世已過。

「合上吧！不能撿。」工人們說。

我按著葬禮，牽裳跪著，工人鏟起沙石置於我的裙內，當他們合上棺，我用力一撥，沙石墜於棺木上，算是我第二次親手葬你，父。遠遊去吧！你二十四歲的女兒送行送到此。

所有的人都走後，墓地又安靜起來，突然，想陪你抽一支煙，就插在燃過的香灶上。煙升如春蠶吐絲，雖散卻不斷，像極人世的念念相續。墓碑上刻著你的姓名，我用指頭慢慢描了一遍，沙屑黏在指肉上，你的五官七竅我都認領清楚，如果還能乘願再來，當要身體髮膚相受。

不知該如何稱呼你了？父親，你是我遺世而獨立的戀人。

——選自《只緣身在此山中》（洪範，一九八六）

◆作者簡介

簡媜，本名簡敏媜，台灣宜蘭人，一九六一年生。台灣大學中文系畢業。曾任廣告公司文案專員、《聯合文學》主編、大雁書店創辦人、遠流出版公司大眾讀物部副總編輯、實學社編輯總監，現專事寫作。曾獲吳魯芹散文獎、《中國時報》文學獎、國家文藝獎等。作品以散文為主，重要的散文集有：《水問》、《只緣身在此山中》、《月娘照眠床》、《下午茶》、《夢遊書》、《胭脂盆地》、《女兒紅》、《紅嬰仔》、《天涯海角》等。

◆作品賞析

散文界的孫中山，我曾這樣看待簡媜。簡媜的散文一出手就已顯示不凡的視野，跳脫前輩散文大師的既有窠臼，文路的鋪陳，思路的開拓，每一篇都展現龐大的架構，在這樣龐大的架構中，隨意蔓延花葉，讓人隨時發現驚喜，忍不住逗留讚歎，卻又急於前尋在龐大的架構中必定存有的珍寶，而且，真的在眾多驚喜中仰望到一顆稀世的珍寶、或者可以俯拾一地渾圓的珍珠。簡媜的散文一直在追尋新穎的角度，絕不遵循既有的規範，也不重蹈自己的腳印。

〈漁父〉一文，長達萬字，十三年的父女恩緣，十一年的死別思戀，或許不是萬字長文可以細述周全，但對於當時二十四歲年紀的簡媜，這樣的功力（不是這樣的長度）已足以讓人敬佩。文章從反問父親：「你想過我嗎？」開始，這一問，其實已道盡自己想念之深，其後，傻傻追問，未生之前想我嗎？既死之後如何想我？非理性的追索，更透露自己的思念。「前尋」、「後尋」兩大節的追憶，細數父女之間似無若有的情愫，接納與拒絕的心路歷程，而傳統鄉下人親情的傳遞，農莊生活的實錄，甚至於喪葬習俗，盡在其中，親情與世情，抒懷與記史，雙雙成就於萬字長文。

◆延伸閱讀

1. 鄭明娳，〈從《私房書》探簡媜的心室秘笈〉，收入何寄澎編《當代台灣文學評論大系：散文卷》。（台北：正中，一九九三），頁四九一－五〇二。
2. 何寄澎，〈一半壯士一半地母——論簡媜《女兒紅》〉，收入陳義芝編《台灣文學經典研討會論文集》。（台北：聯經，一九九九），頁四〇〇－四一一。
3. 胡錦媛，〈或狼或義或散文或小說——讀簡媜《女兒紅》〉，《聯合文學》一四六期，一九九六年十二月，頁一四五。
4. 陳義芝，〈啣文字結巢——評簡媜的《夢遊書》〉，《文訊》三三期，一九八九年十月，頁六一－六二。

垂釣睡眠

鍾怡雯

一定是誰下的咒語，拐跑了我從未出走的睡眠。鬧鐘的聲音被靜夜顯微數十倍，清清脆脆的鞭撻著我的聽覺。凌晨三點十分了，六點半得起床，我開始著急，精神反而更亢奮，五彩繽紛的意念不停的在腦海走馬燈。我不耐煩的把枕頭又掐又捏。陪伴我快五年的枕頭，以往都很盡責的把我送抵夢鄉，今晚它似乎不太對勁，柔軟度不夠？凹陷的弧度異常？它把那個叫睡眠的傢伙藏起來還是趕走了？

我耍起性子狠狠的擠壓它。枕頭依舊柔軟而豐滿，任搓任捶，雍容大度地容忍我的魯莽和欺凌。此時無數野遊的睡眠都該已帶著疲憊的身子各就其位，獨有我的不知落腳何處。它大概迷路了，或者誤入別人的夢土，在那裡生根發芽而不知歸途。靜夜的狗嗥在巷子裡遠遠近近的此起彼落，那聲音隱藏著焦躁不安，夾雜幾許興奮，像遇見貓兒蓬毛挑釁，我突發奇想，牠們遇見我那蹺家的壞小孩了吧！

我便這樣迷迷糊糊的半睡半醒，間中偶爾閃現淺薄的夢境，像一湖漣漪被一陣輕風吹開，慢慢的擴散開來。然而風過水無痕，睡意只讓我淺嚐即止，就像舔了一下糖果，還沒嚐出滋味就無端消失。然後，天亮了。鬧鐘催命似地鬼嚎。

我從此開始與失眠打起交道，一如以往與睡眠為伍。莫名所以的就突然失去了它，好像突然丟掉了重要零件的機器。事先沒有任何預兆，它又不是病，不痛不癢，嚴重了可以吃藥打針；既不是傷口，抹點軟膏耐心等一等，總有新皮長出完好如初的時候。它不知為何而來，從何處降。壓力、病變、環境太亮太吵、雜念太多，在醫學資料上，這些列舉為失眠的諸多可能性都被我否定了。然而不知緣起，就不知如何滅緣。可惜不清楚睡眠愛吃什麼，否則就像釣魚那樣用餌誘它上鉤，再把它哄回意識的牢籠關起來。失眠讓我錯覺身體的重心改變，頭部加重，而腳下踩的卻是海綿。感覺也變得遲鈍，常常以血肉之軀去頂撞家具玻璃，以及一切有形之物。不過兩三天的時間，我的身體變成了小麥町──大大小小的瘀傷深情而脆弱，一碰就呼痛，一如我極度敏感的神經。那些傷痛是出走的睡眠留給我的紀念，同時提醒我它的重要性。它用這種磨人脾性損人體膚的方式給我「顏色」好看，多像情人樂此不疲的傷害。然而情人分手有因，而我則莫名的被遺棄了。

每當夜色翻轉進入最黑最濃的核心，燈光逐窗滅去，聲音也愈來愈單純、只剩嬰啼和狗吠的時候，我總能感受到萎縮的精神在夜色中發酵，情緒也逐漸高昂，於是感官便更敏銳起來。遠處細微的貓叫，在聽覺裡放大成高分貝的廝殺；機車的引擎特別容易發動不安的情緒；甚至遷怒風動的窗簾，它驚嚇了剛要蒞臨的膽小睡意。一隻該死的蚊子，發出絲毫沒有美感和品味的鼓翅聲，引爆我積累的敵意，於是乾脆起床追殺牠。蚊子被我的掌心夾成了肉餅，榨出無辜的鮮血。我對著那美麗的血色發呆，習慣性的又去瞄一瞄鬧鐘。失眠的人對時間總是特別在意，哎！三點半了！時間行走的聲音讓我反應過度，對分分秒秒無情的流失尤其小心眼。我想閱讀，然而書本也充滿睡意，每一粒文字都是蠕動的睡蟲，開啟我哈欠和淚腺的閘門。難怪我掀開被子，腳跟著地的剎那，恍惚聽見一個似曾相識的聲音在冷笑：「認輸了吧！」原來失眠並不意味著擁有多餘的時間，它要人安靜而專心的陪伴它，一如陪伴專橫的情人。

我趿上拖鞋，故意拖出叭噠叭噠的響聲，不是打地板的耳光，而是拍打暗夜的心臟。心有不甘的旋亮桌燈，溫暖的燈光下兩隻貓兒在桌底下的籃子裡相擁酣眠。多幸福啊！能夠這樣擁抱對方也擁抱睡眠。我不由十分羨慕此刻正安眠的眾生、腳下的貓兒、以及那個一碰枕頭就能接通夢境的「以前的我」。眼皮掛了十斤五花肉般快提不起來了，四天以來它們闔眼的時間不超過十二個小時，工作量確實太重了。黃色的桌燈令春夜分外安靜而溫暖。這樣的夜晚適宜窩在床上，和眾生同在睡海裡載浮載沉。

或許粗心的我弄丟了開啟睡門的鑰匙吧！又或者我突然失去了泅泳於深邃睡海的能力；還是我的夢囈干犯眾怒，被逐出夢鄉。總而言之，睡眠成了生活的主題，無時無刻都糾纏著我，因為失去它，日子像塌陷的蛋糕疲弱無力。此刻我是獵犬，而睡眠是兔子，牠不知去向，我則四處搜尋牠的氣味和蹤跡，於是不免草木皆兵，聲色俱疑。眾人皆睡我獨醒本就是痛苦，更何況睡意都已悉數凝聚在前額，它沉重得讓我的脖子無法負荷。當然那睡意極可能是假象，儘管如此，我仍乖乖的躺回床上。模糊中感到鈍重的意識不斷壓在身上，甜美的春夜吻遍我每一寸肌膚，然而我不肯定那是不是「睡覺」，因為心裡明白身心處在昏迷狀態，但同時又聽到隱隱的穿巷風聲遊走，不知是心動還是風動，或是二者皆非，只是被睡眠製造的假象矇騙了。那濃稠的睡意蒸發成絲絲縷縷從身上的孔竅游離，融入眾多沉睡者煮成的無邊濃湯裡。

就這樣意志模糊的過了六天，每天像拖個重殼的蝸牛在爬行。那天對鏡梳頭時，赫然發現一具近似吸血殭屍的慘白面容，立時恍然大悟，原來別人說我是熊貓只是善意的謊言。此時剛洗過的頭髮糾結成條，額上垂下的劉海懸一排晶亮的水珠，面目只有「猙獰」二字可形容。頭髮嫌長了，短些是否較易入眠？太長太密或許睡意不易滲透，也不易把過多的睡意排放出去，所以這才失眠的吧！

到第七天，我暗忖這命定的數字或會賜我好眠，連上帝都只工作六天，第七天可憐的腦袋也該休息了。我聽到每一個細胞都在喊睏，便決定用誘餌把兔子引回來。那是四顆粉紅色、每顆直徑不超過零點五公分的夢幻之丸，散發著甜美的睡香，只要吃下一粒，即能享有美妙的好夢。

然而我有些猶豫，原是自然本能的睡眠竟然可以廉價購得。小小的一顆化學藥物變成高明的鎖匠，既然睡眠之鑰可以打造，以後是否連夢境也能夠一併複製，譬如想要回味初戀酸酸甜甜的滋味，就可以買一瓶青蘋果口味的夢幻之水；那瓶紅豔如火的液體可以讓夢飛到非洲大草原看日落；淡黃色的是月光下的約會；藍色的呢！是重回少年那段歲月，嚐嚐早已遺忘的憂鬱少年那種浪漫情懷吧！

我對那幾顆小小的東西注視良久。連自己的睡眠都要仰仗外力，那我還殘存多少自主，這樣活著憑的是什麼？然而我極想念那隻柔順可愛的兔子，多想再度感受夢的花朵開放在黑夜的沃土。睡眠是個舒服的繭，躲進去可以暫時離開黏身的現實，在夢工場修復被現實利刃劃開的傷口。我疲弱的神經再也無法承受時間行走在暗夜的聲音。醒在暗夜如死刑犯坐困牢房，尤其月光令人發狂地恐慌。陽光升起時除了一絲涼淡淡的希望，伴隨而來是身心俱累的悲觀，彷彿刑期更近了，而我要努力撐起鈍重的腦袋，去和永無止盡的日子打仗。

我掀開窗簾，從沒看過那麼刺眼的陽光，狠狠刺痛我充血的眼睛，便刷的一聲又把簾子拉上。習慣了蒼白的月光和溫潤微涼的夜露，陽光顯得太直接明亮。黑夜來臨，我站在陽臺眺望燈火滅盡的巷子，彷彿一粒洩氣的氣球，精神卻不正常的亢奮起來，如服食過興奮劑，甚至可以感覺到充血的眼球發光，像嗜血的獸。

我想起大二時那位仙風道骨的書法老師。上課第一節照例是講理論，第二節習作。正當同學把濃黑的注意力化作墨汁流淌到紙上，筆尖和宣紙作無聲的討論時，突然聽到老師低沉的聲音說：「唉！我足足失眠兩個星期了。」我訝然抬頭，還撇壞了一筆。老師厚重鏡片後的眼神閃現異光，那是一頭極度渴睡的獸。我正好和他四目相接，立刻深深為那燃燒著強烈睡慾的眼神所懾，那是被睡意醃漬浸透、形神都淪陷的空洞，或許是吸收了太多太多的夜氣，以致充滿陰冷的寒意。然而他上起課來仍是有條有理，風格流變講得井然有序，而我現在終於明白他不時用力敲打自己的腦部、揉太陽穴，一副巴不得戳出個洞來的狠勁，其實是一種極度無奈的沮喪。他是在叩一扇生理本能的門，那道門的鑰匙因為芸芸眾生各持一把，丟掉了借來別人的也無濟於事，便那麼自責的又敲又戳起來。

然則如今我終於能體會他的無奈了。可怕的是我從自己日趨空洞的眼神，看到當年那瞬間的一瞥復又出現。晝伏夜出的朋友對夜色這妖魅迷戀不已，而願此生永為夜的奴僕。他們該試一試永續不眠的夜色，一如被綁在高加索山上，日日夜夜被鷲鷹啄食內臟的普羅米修斯，承受不斷被撕裂且永無結局的痛苦。然而那是偷火種的代價和懲罰，若是為不知名的命運所詛咒，這永無止境的折難就成了不甘的怨懟而非救贖，如此，普羅米修斯的怨魂將會永生永世盤桓。

失眠就是不知緣由的懲罰。那四顆夢幻之丸足以終止它嗎？我聽上癮的人說它是嗎啡，讓人既愛又恨，明知傷身，卻又拒絕不了，因為無它不成眠。這樣聽來委實令人心寒，就像自家的鑰匙落入賊子手裡，每晚還要他來給自己開門。於是我便一直猶豫，害怕自己軟弱的意志一旦肯首，便墜入深淵永劫不復了。

睡眠的慾望化成氣味充斥整個房間，和經過一冬未曬的床墊、棉被濃稠地混合，在久閉的室內滯留不去，形成房間特有的氣息。我以為是自己因失眠而嗅覺失靈的緣故。一日朋友來訪，我關上房門後問：「你有沒有聞到睡眠的味道？」他露出不可思議、似被驚嚇的眼神，我才意識到自己言重了。

就像我沒有想到會失眠一樣，睡眠突然倦鳥知返。事先也沒有任何預示，我迴避鏡子許久了，一如忘了究竟有多少日子是與夜為伴，以免嚇著自己，也害怕一直叨念這一點也不稀罕的文明病，終將為人所唾棄。何況失眠不能稱為「病」吧！如此身旁的人會厭惡我一如睡眠突然離去。而朋友一旦離開就像逝去的時間永不回頭，他們不是身體的一部分，亦非血濃於水的親密關係，更不會像丟失的狗兒會認路回家。

那天清晨，自深沉香醇的夢海泅回現實，急忙把那四顆粉紅色的夢幻之丸埋入曇花的泥土裡。也許，它們會變成香噴噴的釣餌，有朝一日再度誘回迷路的睡眠；也可能長出嫩芽，抽葉綻放黑色的夜之花，像曇花一樣，以它短暫的美麗溫暖暗夜的心臟。

——原載一九九七年十月七、八日《中國時報》
——選自《垂釣睡眠》（九歌，一九九八）

◆作者簡介

鍾怡雯，廣東梅縣人，一九六九年生於馬來西亞。台灣師範大學國文研究所博士，曾任《國文天地》雜誌主編，現任元智大學中國語文學系教授。曾獲《中國時報》文學獎散文首獎及評審獎、《聯合報》文學獎散文首獎、九歌年度散文獎、吳魯芹散文獎、梁實秋文學獎、華航旅行文學獎、《中央日報》文學獎散文獎、《星洲日報》文學獎散文推薦獎及首獎、新聞局圖書金鼎獎等。著有散文集《河宴》、《垂釣睡眠》、《聽說》、《我和我豢養的宇宙》等。

◆作品賞析

早期的鍾怡雯沉湎在她原鄉的雨林地景，南洋的生活圖景，蘊含深厚的人文情感，歷史文化的關照。後來她毅然離開，選擇一些不起眼的生活素材，增加語言的敘事性和趣味性，發掘平淡中的理趣，以語言釀製詩的質感，進而創造一個遊刃事理中的靈魂。有時還專注於日常生活的構成事物：化妝品、首飾、家具、跑車、還有寵物與纏人的病痛，記下作者以靈魂豢養自身的宇宙，有著女子的細膩與鍾怡雯獨有的時空觀照。同是散文家的簡媜如此稱許：「豐沛的想像與獨特的敘述魅力，使尋常事物展露異彩，鍾怡雯無疑地是新生代中極亮眼的散文新星。她的潛力足以呼風喚雨。」詩人焦桐則以為：「鍾怡雯散文心思細膩，構思奇妙，通過神祕的想像，常超越現實邏輯，表現詭奇的設境，和一種驚悚之美，敘述來往於想像與現實之間，變化多端，如狐如鬼。」

〈垂釣睡眠〉就像在大海中釣魚一樣，要將出走的「睡眠」垂釣出來，換言之，這是一篇描寫失眠之苦的文章，將睡眠擬人化、異樣化，寫出自己六天失眠的經驗，從內在心理的培養、意志的模糊，外在燈光的誘惑、夢幻之丸的可能成效，掙扎、攀爬，多樣的譬喻，猶未能垂釣睡眠，就在這時，睡眠突然倦鳥知返，正是一種詭奇的設境，彷彿讀者也陪著她，在如夢似幻間，穿越想像的雨林。

◆延伸閱讀

1. 李奭學，〈散文哪吒〉，《中央日報》一八版，二〇〇一年七月十二日。
2. 焦桐，〈善變的花腔女高音——鍾怡雯《聽說》〉，《中央日報》一二版，二〇〇〇年十一月十三日。
3. 唐捐，〈吾貓即宇宙，宇宙變寵物——《我和我豢養的宇宙》〉，《中央日報》一五版，二〇〇二年七月三日。
4. 徐國能，〈安樂之書——評《我和我豢養的宇宙》〉，《聯合報》二三版，二〇〇二年七月十四日。

新詩

向陽編選・評析

孤峰頂上

周夢蝶

恍如自流變中蟬蛻而進入永恆
那種孤危與悚慄的欣喜！
髣髴有隻伸自地下的天手
將你高高舉起以寶蓮千葉
盈耳是冷冷襲人的天籟。

擲八萬四千恆河沙劫於一彈指！
靜寂啊，血脈裡奔流著你
當第一瓣雪花與第一聲春雷
將你底渾沌點醒——眼花耳熱！
你底心遂繽紛為千樹蝴蝶。

向水上吟誦你底名字
向風裡描摹你底蹤跡；
貝殼是耳，纖草是眉髮
你底呼吸是浩瀚的江流
震搖今古，吞吐日夜。

每一條路都指向最初！
在水源盡頭。只要你足尖輕輕一點
便有冷泉千尺自你行處
醍醐般湧發。且無須掬飲
你顏已酡，心已洞開。

而在春雨與翡翠樓外
青山正以白髮數說死亡；
數說含淚的金檀木花
和拈花人，以及蝴蝶
自新埋的棺蓋下冉冉飛起的。

踏破二十四橋的月色
頓悟鐵鞋是最盲目的蠢物！
而所有的夜都鹹
所有路邊的李都苦
不敢回顧：觸目是斑斑刺心的蒺藜。

恰似在驢背上追逐驢子
你日夜追逐著自己底影子；
直到眉上的虹采於一瞬間
寸寸斷落成灰，你纔驚見
有一顆頂珠藏在你髮裡。
從此昨日的街衢；昨夜的星斗
那喧囂；那難忍的清寂
都忽然發現自己似的
發現了你。像你與你異地重逢
在夢中，劫後的三生。

烈風雷雨魑魅魍魎之夜
合歡花與含羞草喁喁私語之夜
是誰以猙獰而溫柔的矛盾磨折你？
雖然你底坐姿比徹悟還冷
比覆載你的虛空還厚而大且高……

沒有驚怖，也沒有顛倒
一番花謝又是一番花開。
想六十年後你自孤峰頂上坐起
看峰之下，之上之前之左右
簇擁著一片燈海——每盞燈裡有你。

◇作者簡介

周夢蝶（一九二一～二〇一四），本名周起述，河南淅川人。安陽中學畢業後進入河南開封師範就讀，唯因戰亂輟學，後入宛西鄉村師範復學，又因戰亂隨青年軍來台，一九五九年起在台北市武昌街騎樓下擺設書攤，專賣詩集、詩刊及文哲圖書，為台北市創造了獨特的文化街景，迄一九八〇年因胃潰瘍結束書攤生活。

周夢蝶有「孤獨國」詩人美譽，他的人清臞消瘦，淡泊名利，生活素樸單純，儼然當代都會隱者。他的詩亦如其人，融有老莊之開曠、儒者之雅風、佛家之慈悲，因而形成特立於台灣詩壇的孤高風格，一如鏡花水月，饒富禪旨。著有《孤獨國》、《還魂草》、《十三朵白菊花》等。一九九七年以其詩藝成就獲得「國家文藝獎」。

◆作品賞析

〈孤峰頂上〉是《還魂草》的壓軸之作，表現作者波瀾起伏的心路終於平靜的歷程，顯出追求圓一的本意。

翁文嫻認為，周夢蝶在〈孤峰頂上〉固然是追求內外一致的心路歷程，不過作者所肯定的，並非做一個高遠的隱士，而是發現了有一切「人」的特性的自己。周夢蝶正視平凡，因此能實實在在寫出他的雜念和悲苦。就如〈孤峰頂上〉說的：「從此昨日的街衢；昨夜的星斗／那喧囂；那難忍的清寂／都忽然發現自己似的／發現了你。像你與你異地重逢／在夢中，劫後的三生。」

〈孤峰頂上〉展現周夢蝶執著、深情、赤誠、有所不為的狷者性格，是《還魂草》悲苦精神的總結。詩末說：「看峰之下，之上之前之左右／簇擁著一片燈海——每盞燈裡有你。」代表作者嚮往、追尋的極致。周夢蝶自己詮釋這首詩，說它可以用廚川白村所言「文學是苦悶的象徵」來說明寫作動機。因為日常生活天天讀書，內心很寂寞，又每天受感情的折磨，所以才讀佛經、寫抒情詩來滋潤生活。此說可供參考。

◆延伸閱讀

1. 曾進豐，《周夢蝶詩研究》（臺灣師大國文研究所碩士論文），一九九六年。
2. 翁文嫻，〈看那手持五朵蓮花的童子──讀周夢蝶詩集「還魂草」〉，《創作的契機》，（台北：唐山出版社，一九九八），頁二六三－二八三。
3. 余光中，〈一塊彩石就能補天嗎：周夢蝶詩境初窺〉，《中央日報・副刊》，一九九〇年一月六日。
4. 洛夫，〈試論周夢蝶的詩境：兼評「還魂草」〉，《青溪》，一九六八年八月，頁一五四－一五七。

台灣

陳秀喜

形如搖籃的華麗島
是　母親的另一個
永恆的懷抱
傲骨的祖先們
正視著我們的腳步
搖籃曲的歌詞是
他們再三的叮嚀
稻　草
榕　樹
香　蕉
飄逸著吸不盡的奶香

海峽的波浪衝來多高
颱風旋來多強烈
切勿忘記誠懇的叮嚀
只要我們的腳步整齊
搖籃是堅固的
搖籃是永恆的
誰不愛戀母親留給我們的搖籃

◆作者簡介

陳秀喜（一九二一～一九九一），台灣新竹人。日治時期新竹女子公學校畢業，長期擔任「笠詩社」社長，亦為台灣筆會會員。

陳秀喜早年以日文寫作，中年以後才自修中文，用中文創作新詩。著有詩集：《覆葉》、《樹的哀樂》、《灶》、《玉蘭花》等，一九九七年新竹文化中心都其詩文為《陳秀喜全集》。

◆作品賞析

〈台灣〉寫於一九七三年，本詩出以簡單的比喻法，用「搖籃」帶出海洋台灣的歷史情境，並以堅定的口吻和「稻草」、「榕樹」、「香蕉」等台灣的特產，點染了寧靜安詳的氣氛，縱然在實際的社會裡，此情此景已是追憶，徒然提供給我們百年後的想像，可是詩中「只要我們的腳步整齊」這種眾志成城的懷抱，也藉此寄託。本詩後由梁景峰改詞，題為〈美麗島〉，李雙澤作曲，在七〇年代民歌運動時期傳唱，成為民歌經典之一。

陳秀喜的詩作善於運用母親意象，洋溢無私的母愛，論者因而視她為舖養文苑的大地之母。她的詩，感性而有明確的目標，道理聞見都指向現實，而其敘述常常閃爍著蹇澀情思和素淡色調，充滿強韌的生命力。

◆延伸閱讀

1. 李敏勇，〈死與生的抒情：杜潘芳格和陳秀喜的詩〉，《台灣詩季刊》創刊號，一九八三年六月，頁三七—四三。
2. 李元貞，〈陳秀喜詩中的母性意象〉，《新竹風》第三期，一九九一年十月五日，頁二七三—二七八。
3. 鄭慧如，〈陳秀喜詩中的倫理與自我〉，《竹塹文獻》第三期，二〇〇二年一月，頁一六—三七。

風景 No. 1

林亨泰

農作物　的
旁邊　還有
農作物　的
旁邊　還有
農作物　的
旁邊　還有

陽光陽光晒長了耳朵
陽光陽光晒長了脖子

風景 No. 2

防風林 的
外邊 還有
防風林 的
外邊 還有
防風林 的
外邊 還有

然而海 以及波的羅列
然而海 以及波的羅列

◇作者簡介

林亨泰，另有筆名亨人、桓太，一九二四年生，台灣彰化人，台灣師範大學教育系畢業，曾任中學教師、東海大學、台中商專、中山醫學院、建國工專等大專院校講師，現已退休。

林亨泰自日治時期就已開始創作，並接觸日本與歐美現代主義作家作品，一九四七年加入「銀鈴會」，踏上新詩創作之路，參與《ふちぐさ》（緣草）與《潮流》詩刊。五〇年代之後，他又先後參與「現代派運動」，提出並發表了許多前衛的詩論與詩作，成為台灣現代主義理論與書寫的先行者；一九六四年，他與桓夫、詹冰、錦連、吳瀛濤、白萩等人共同創辦「笠詩社」，主編《笠》詩刊，鎔現代主義與台灣本土寫實精神於一爐。他的詩在理性和感知之中具有相當前衛的現代視野，也具有強烈的現實批判觀點；他的論述則深具洞見，每能引領詩壇風潮。著有日文詩集《靈魂の產聲》，中文詩集《林亨泰詩集》、《爪痕集》，評論《尋找現代詩的原點》、《現代詩的基本精神》等。

二〇〇四年以他「始於批判」、「走過現代」、「定位本土」的創作歷程及其詩藝，獲得「國家文藝獎」。

◆作品賞析

〈風景 No. 1〉及〈風景 No. 2〉原載於一九五九年十月出版的《創世紀》詩刊十三期。這兩首詩取法於未來派而有所轉化，追求一種在無底沉默中的永恆感動。

〈風景 No. 1〉及〈風景 No. 2〉以語言的結構形式寫出了林亨泰所觀照的世界的結構形式，期待以詩的結構形式來吻合世界的結構形式。兩首詩的首節用一樣的迴環設計，卻產生不同的意義：農作物是向內延伸的，防風林是向外擴展的；防風林是為了護持農作物而種植，也必然受到以海為極限的阻隔。於是這兩首詩也等於一題雙寫，農作物給人熱烈的期盼，防風林給人不安的隱憂，「陽光陽光晒長了耳朵／陽光陽光晒長了脖子」正寫出農人等待盼望的形象，而防風林本身的抗拒意味，與海、波的威脅架勢，形成對峙關係。兩首〈風景〉便如此把泛泛之景轉化為精神上的風景。

延伸閱讀

1. 江萌，〈評「風景（其二）」一詩的示意〉，《創世紀》詩刊，一九七三年九月一日，頁一二一一六。
2. 呂興昌，〈語言的苦門——小論林亨泰詩的幾個面向〉，《台灣現代詩經緯》，（台北：聯合文學，二〇〇一），頁一二九一一五八。
3. 紀弦，〈談林亨泰的詩〉，《林亨泰研究資料彙編》，（彰化：彰化縣立文化中心，一九九四），頁一四一二九。

金龍禪寺

洛夫

晚鐘
是遊客下山的小路
羊齒植物
沿著白色的石階
一路嚼了下去

如果此處降雪

而只見
一隻驚起的灰蟬
把山中的燈火
一盞盞地

◆作者簡介

洛夫（一九二八～二〇一八），本名莫洛夫，湖南衡陽人。淡江大學外文系畢業，一九五四年與張默、瘂弦共同創辦《創世紀》詩刊，擔任總編輯多年。退休後，定居於加拿大，專事文藝創作，曾任加拿大漂木藝術家協會榮譽會長。

洛夫是台灣超現實主義的提倡者和實踐者，曾被詩壇譽為「詩魔」。他寫詩、譯詩、教詩、編詩數十年，著作甚豐，著有詩集、散文集、評論集等共五十二冊，早期的名作如《石室之死亡》、《魔歌》、《時間之傷》等都廣受詩壇重視。他的詩，早年多以戰爭、死亡為主題，詩質稠密；後期入日常生活所感所思，風格漸趨清晰。整體上來說，洛夫的詩能從現實現象之中發掘理趣，又富奇特多轉折的意象變換，表現手法多變，於晦澀朦朧之處，自有可供回味之趣。

獲有「國家文藝獎」等多種獎項。

◆作品賞析

〈金龍禪寺〉寫於一九七〇年，收入《魔歌》。此詩表現水墨畫一般空靈而忘機的興會。當時洛夫從越南西貢軍事顧問團服務期滿回台，生活安逸，下午經常獨自到內湖山上玩，回家後再把途中偶得的意象組合成詩。金龍禪寺就在內湖山上。第一節以「晚鐘」和「羊齒植物」為主語，「小路」和「石階」為補語，透過擬人和濃縮法，點出向晚金龍禪寺遊人漸稀的情形。第二節只出以一句，「如果此處降雪」，「此處」指向心靈，隱喻開悟之意。第三節以景語「一隻驚起的灰蟬／把山中的燈火／一盞盞地／點燃」作結，凸起全詩高潮。

〈金龍禪寺〉、〈有鳥飛過〉、〈隨雨聲入山而不見雨〉都是洛夫同一年寫的、有中國水墨畫意味的短詩。共同點是結構簡單、現實和夢境交錯，從心境的投射出發，保持和讀者的適切距離，因而不受時空限制。

◆延伸閱讀

1. 蕭蕭，《詩魔的蛻變——洛夫詩作評論集》，（台北：詩之華，一九九一）。
2. 龍彼德，〈大風起於深澤——論洛夫的詩歌藝術〉，《台灣文學觀察雜誌》，一九九一年十一月，頁一二〇—一三九。
3. 簡政珍，〈洛夫作品的意象世界〉，《中外文學》，一九八七年六月。全文亦見《七十六年文學批評選》，（台北：爾雅），頁一五—七二。

如果遠方有戰爭

余光中

如果遠方有戰爭，我應該掩耳
或是該坐起來，慚愧地傾聽？
應該掩鼻，或應該深呼吸
難聞的焦味？　我的耳朵應該
聽你喘息著愛情或是聽榴彈
宣揚真理？　格言，勳章，補給
能不能餵飽無饜的死亡？
如果有戰爭煎一個民族，在遠方
有戰車狠狠地犁過春泥
有嬰孩在號啕，向母親的屍體
號啕一個盲啞的明天
如果一個尼姑在火葬自己

寡慾的脂肪炙響一個絕望
燒曲的四肢抱住涅槃
為了一種無效的手勢。　如果
我們在床上，他們在戰場
在鐵絲網上播種著和平
我應該惶恐，或是該慶幸
慶幸是做愛，不是肉搏
是你的裸體在臂中，不是敵人
如果遠方有戰爭，而我們在遠方
你是慈悲的天使，白羽無疵
你俯身在病床，看我在床上
缺手，缺腳，缺眼，缺乏性別
在一所血腥的戰地醫院
如果遠方有戰爭啊這樣的戰爭
情人，如果我們在遠方

◆作者簡介

余光中（一九二八～二〇一七），福建永春人。台灣大學外文系學士、美國愛荷華大學藝術碩士，曾任台灣師範大學英語系教授、政治大學西語系主任、香港中文大學中文系教授、高雄中山大學文學院院長、中山大學榮譽退休教授。

余光中於一九四八年進入廈門大學外文系時開始發表新詩，一九四九年轉入台大外文系之後馳騁詩壇與文壇，先後主編《藍星》、《文星》、《現代文學》等重要刊物，並總《中華現代文學大系》之大成，有「詩壇祭酒」之譽。他的詩，風格多變，題材廣闊，且能於語言的翻新、節奏的調製之上，創新精進，自成豐饒繁複之姿。他的著述繁多，遍及現代詩、散文、評論與翻譯，且多卓然有成，主要著作有詩集《蓮的聯想》、《敲打樂》、《在冷戰的年代》、《夢與地理》、《余光中詩選Ⅰ》、《余光中詩選Ⅱ》、《白玉苦瓜》、《高樓對海》、《五行無阻》等多種。

獲有「國家文藝獎」等多種獎項。

◆作品賞析

此詩選自《在冷戰的年代》，創作動機是以愛情之私己來對照戰爭之浩劫。當時文革正劇，越戰方酣，正如余光中說的：「新聞圖片裡聞得到僧尼自焚的焦味。」所以詩人結合了戰爭、愛情和死亡，反映了緊繃的、濃烈的、不安的思想，表現了他的時代感和使命感。

此詩飽含人道關懷，把敘述焦點從雙人牀拉到戰場上，從小我的框架出發，投身於大我的苦難，與自我進行激烈而真誠的對話。愛與死交互指涉，在余光中的詩作裡很少見。同時，一轉《蓮的聯想》浪漫高華的愛情觀，此詩之情愛趨向冷靜深刻，「如果遠方有戰爭，我應該掩耳／或是該坐起來，慚愧地傾聽？」是易地而處的惻然叩問，於是一開始便埋下兩條線，而雙主題的呈現、對比手法的運用，也適時彰顯詩人的入世精神。

◆延伸閱讀

1. 陳幸蕙，《悅讀余光中：詩卷》，(台北：爾雅，二〇〇二)。
2. 黃維樑編，《火浴的鳳凰》，(台北：純文學出版社，一九七九)。
3. 黃維樑編，《璀璨的五彩筆》，(台北：九歌，一九九四)。

窗

羅門

猛力一推　雙手如流
　總是千山萬水
　總是回不來的眼睛

遙望裡
你被望成千翼之鳥
棄天空而去　你已不在翅膀上
聆聽裡
你被聽成千孔之笛
音道深如望向往昔的凝目

猛力一推　竟被反鎖在走不出去
　　　　　的透明裡

◆作者簡介

羅門（一九二八～二〇一七），本名韓仁存，海南文昌人。空軍飛行官校肄業、美國民航中心畢業，曾任民航局高級技術員、民航業務發展研究員，後專事寫作。

羅門從事詩創作逾五十年，曾任「藍星詩社」社長、世界華文詩人協會會長，他擅長詩、詩論、藝評，對於都市文明、戰爭、死亡、永恆、內心「第三自然」等題材，尤多表現，是台灣最早注視到都市文明現象的詩人之一。著有詩集《曙光》、《第九日的底流》、《曠野》、《全人類都在流浪》等十七種、論文集七種、《羅門創作大系》書十種。

曾以詩〈麥堅利堡〉獲菲律賓總統金牌，其他則有「中山文藝獎」等多種獎項。

◆作品賞析

〈窗〉發表於一九七〇年代，結合了鄉愁與事義，是羅門早年表現思考性的好詩。

在這首詩裡，「窗」相當於「眼」。「猛力一推」，可以指時光匆匆；「雙手如流」的「流」則有兩義：一是放眼望去，指的目光之流，一是時光如流之意。「千山萬水／總是回不來的眼睛」，暗喻回鄉路遙及有家歸不得的苦楚。第二節的「你」把鄉愁推往更抽象的層面，於是地理鄉愁和文化鄉愁遂藉著詩人的遠眺浮現。「你被望成千翼之鳥／棄天空而去　你已不在翅膀上」，寫的是空間的遼遠。「千翼之鳥」乃以鳥的千翼形容思鄉遊子遠望的千睫；「你已不在翅膀上」，說的是思鄉的心情已飛到想像之外。「你被聽成千孔之笛／音道深如望向往昔的凝目」，略謂對家鄉的孺慕乃是來自對昔日的難捨。末節「猛力一推　竟被反鎖在走不出去／的透明裡」呼應首句，並綰合層次、大小不同的兩個空間，是個有力的結尾。

◆延伸閱讀

1. 張漢良等，《門羅天下》，（台北：文史哲，一九九一）。
2. 林燿德，《羅門論》，（台北：師大書苑，一九九一）。
3. 陳大為，《羅門都市詩研究》，自費出版，一九九七年。
4. 陳鵬翔，〈論羅門的詩歌理論〉，《中外文學》，二三卷三期，一九九四年，頁一〇五－一一八。

電鎖

商禽

這晚，我住的那一帶的路燈又準時在午夜停電了。

當我在掏鑰匙的時候，好心的計程車司機趁倒車之便把車頭對準我的身後，強烈的燈光將一個中年人濃黑的身影毫不留情的投射在鐵門上，直到我從一串鑰匙中選出了正確的那一支對準我心臟的部位插進去，好心的計程車司機才把車開走。

我也才終於將插在我心臟中的鑰匙輕輕的轉動了一下「咔」，隨即把這段靈巧的金屬從心中拔出來順勢一推斷然的走了進去。

沒多久我便習慣了其中的黑暗。

◆作者簡介

商禽（一九三〇～二〇一〇），本名羅燕，四川珙縣人。曾應美國愛荷華大學「作家工作室」之邀，赴美遊學兩年。他在十五歲時遭國民黨軍隊拉伕入伍，來台後，於三十八歲以上士退伍，曾擔任碼頭工人、園丁、麵販，其後歷任《文藝月刊》、《青年戰士報》副刊主編、《時報周刊》主編，後以《時報周刊》副總編退休。

商禽為「現代派」健將，加入「創世紀詩社」之後又是重要的超現實主義詩人，他的詩善於轉化超現實主義技巧，又能面對無可奈何的人生現實，刺探人性最幽微的面向，在形式上則開散文詩形式實驗之風，成為大家。著有詩集《夢或者黎明》、《夢或者黎明及其他》、《用腳思想》、《商禽・世紀詩選》等。

◆作品賞析

〈電鎖〉是商禽用超現實手法寫成的名詩。

「我從一串鑰匙中選出了正確的那一支對準我心臟的部位插進去」、「將插在我心臟中的鑰匙輕輕的轉動了一下『咔』」，在現實裡都是離奇而令人心驚的，不過在修辭上，卻具有精確、銳利的效果。「我從一串鑰匙中選出了正確的那一支對準我心臟的部位插進去」，說的是投射在門上的身影和鑰匙孔的重疊；「將插在我心臟中的鑰匙輕輕的轉動了一下『咔』」，據此延展，指的是深夜回家的自己一邊開門、一邊和內心對話。

詩人陳義芝認為，〈電鎖〉這首詩：「視焦由遠到近，空間由大到小，主景則在門上那一個中年人濃黑的身影、人影心臟位置的鑰匙孔。計程車頭射出的強光與一整條街停電的黑暗，在視覺上形成一強烈的對照。『咔』那一聲更將時時挑觸現代人在現實世界不得不壓抑的心。」

◇延伸閱讀

1. 李英豪，〈變調的鳥：論商禽的詩〉，《批評的視覺》，（台北：文星書店，一九六六），頁一八九－一九七。
2. 許悔之，〈人的壓力：讀商禽「用腳思想」〉，《文訊》一五期，一九九〇年四月，頁四七－四八。
3. 唐捐，〈帶商禽去當兵——向阿米巴弟弟推介「夢或者黎明及其他」〉，《文訊》一七七期，二〇〇〇年七月，頁三八－三九。
4. 商瑜容，《商禽詩藝的實踐之道》（中山大學中國文學系碩士論文），二〇〇三年。

如歌的行板

瘂弦

溫柔之必要
肯定之必要
一點點酒和木樨花之必要
正正經經看一名女子走過之必要
君非海明威此一起碼認識之必要
歐戰，雨，加農砲，天氣與紅十字會之必要
散步之必要
溜狗之必要
薄荷茶之必要
每晚七點鐘自證券交易所彼端

草一般飄起來的謠言之必要。旋轉玻璃門

之必要。盤尼西林之必要。暗殺之必要。晚報之必要
穿法蘭絨長褲之必要。馬票之必要
姑母遺產繼承之必要
陽臺、海、微笑之必要
懶洋洋之必要

而既被目為一條河總得繼續流下去的
世界老這樣總這樣：——
觀音在遠遠的山上
罌粟在罌粟的田裡

◆作者簡介

瘂弦，本名王慶麟，一九三二年生，河南南陽人。美國威斯康辛大學東亞研究所碩士。曾任幼獅文化公司總編輯、《聯合報》副刊主編、《聯合文學》總編輯。現已退休，專事寫作。

瘂弦擅長詩及文學評論，他的詩，關注基層社會悲苦小人物，能於現實之中取材，又能在語言上脫陳出新，加以轉化，此外對於歷史、文化以及懷鄉題材，也多有著墨。他的詩，在語言表現出融合西方語法和中國語言優點的特殊情調，節奏則流利而具有音樂美感，因此可讀可誦，展現迷人韻味。他也是戰後台

灣重要編輯人之一，獎掖詩壇、文壇後進無數。著有《瘂弦詩集》、《中國新詩研究》、《瘂弦自選集》等。

作品賞析

〈如歌的行板〉原發表於一九六四年四月的《筆匯》雜誌。描寫中年人的心情。沒有執著、堅持，只有隨俗、妥協，反諷中還暗示出最後的底線：「而既被目為一條河總得繼續流下去的」。「如歌的」和「行板」都是音樂術語。「如歌的」記在譜首速度術語之後或樂曲中間，以表達樂曲的風格。「行板」是表達速度的術語，行板的速度約如步行的速度。瘂弦用「如歌的行板」為題，暗示他心中的人生步調。

這首詩最著稱的是它的音韻和句式。前面兩節出現的十九個「之必要」，配合句型和結構的變化，含括各種凌亂而有機的人生境遇，終以「而既被目為一條河總得繼續流下去的」：每個人有每個人應走的路的啟發。而「×××之必要」這種句式，自瘂弦創了之後，便廣為襲用。

延伸閱讀

1. 李元洛，〈清純而雋永的歌：瘂弦詩作欣賞〉，《創世紀》詩刊，一九八九年四月，頁一〇三—一〇七。
2. 沈奇，〈對存在的開放和語言的再造——瘂弦詩歌藝術論（上）（中）（下）〉，《幼獅文藝》，一九八四年十月，頁八二—八五。

廣場

白萩

所有的群眾一哄而散了
　　　回到床上
去擁護有體香的女人

而銅像猶在堅持他的主義
對著無人的廣場
振臂高呼

只有風
頑皮地踢著葉子嘻嘻哈哈
在擦拭那些足跡

作者簡介

白萩，本名何錦榮，一九三七年生，台灣台中人。台中商職高級部畢業，曾為「現代派」成員、「藍星詩社」主幹、《創世紀》詩刊編輯、台灣現代詩人協會理事長及「笠詩社」的發起人，並曾主編《笠》詩刊。

白萩自一九五二年開始創作，詩風多變，具有現代主義的理性，也具有寫實主義的批判性，他早年致力新詩繪畫性、音樂性與思想性的實驗，語言精鍊素樸，能敏銳表現心靈深處的痛感，也能對人間社會的弱勢階級表現人道精神，而又具有對不公的批判性格。作品廣被譯為各國文字，在國際間享有盛譽。著有詩集《蛾之死》、《風的薔薇》、《天空象徵》、《香頌》、《詩廣場》、《白萩詩選》、《觀測意象》、《風吹才感到樹的存在》、《自愛》等。

曾獲「吳三連文學獎」、台中市「大墩文學貢獻獎」等多種獎項。

作品賞析

〈廣場〉原發表於一九八二年《陽光小集》詩雜誌第九期。

學者鄭慧如分析〈廣場〉一詩時指出，本詩用了從中間寫起的手法，一來直扣題目，開出一層不定象的空間，其次暗托位於廣場中心、萬眾瞻仰的銅像，去冷笑群眾不可靠的擁戴。

第二段刻意作賤象徵權威的銅像，以「而銅像猶在堅持他的主義／對著無人的廣場／振臂高呼」洩出三個作意：第一以銅像的眾叛親離應和第一段群眾的「一哄而散」，下了論斷之筆；第二，用廣袤空間、固定姿勢、威風八面、沒有生命的銅像，對照狹小空間、體態柔軟、隨人俯仰、具有性誘惑的女體，暗指高壓的政體比不過懷柔的身體，下了諷喻之筆。第三，銅像和群眾互相照應，下了影射之筆。

第三段合筆雙寫，以廣場上風和葉子的嬉鬧，既諷喻又論斷地透出不屑之意，用輕快口吻作結。

延伸閱讀

1. 李魁賢，〈白萩論〉，《笠》，一九六九年八月十五日，頁三七－五一。
2. 趙天儀，〈白萩論——試論白萩的詩與詩論〉，《時間的對決——台灣現代詩評論集》，（台北：富春，二〇〇二），頁一三三－一五二。
3. 鄭炯明，〈臺灣現代詩的典範——簡論白萩的詩〉，《笠》，一九九五年二月十五日，頁九二－九七。

讓風朗誦

楊牧

1

假如我能為你寫一首
夏天的詩，當蘆葦
劇烈地繁殖，陽光
飛滿腰際，且向
兩腳分立處
橫流。一面新鼓
破裂的時候，假如我能
為你寫一首秋天的詩
在小船上擺盪

浸濕十二個刻度
當悲哀蜷伏河床
如黃龍，任憑山洪急湍
從受傷的眼神中飛升
流濺，假如我能為你

寫一首冬天的詩
好像終於也為冰雪
為縮小的湖做見證
見證有人午夜造訪
驚醒一床草草的夢
把你帶到遠遠的省分
給你一盞燈籠，要你
安靜地坐在那裡等候
且不許你流淚

2

假如他們不許你
為春天舉哀
不許編織
假如他們說
安靜坐下
等候
一千年後
過了春天
夏依然是
你的名字
他們將把你
帶回來，把你的
戒指拿走
衣裳拿走
把你的頭髮剪短
把你拋棄在我
忍耐的水之湄

你終於屬於我

你終於屬於我
我為你沐浴
給你一些葡萄酒
一些薄荷糖
一些新衣裳
你的頭髮還會
長好，恢復從前的
模樣，夏依然是
你的名字

3

那時我便為你寫一首
春天的詩，當一切都已經
重新開始——
那麼年輕，害羞

在水中看見自己終於成熟的
影子，我要讓你自由地流淚
設計新裝，製作你初夜的蠟燭
那時你便讓我寫一首
春天的詩，寫在胸口
心跳的節奏，血的韻律
乳的形象，痣的隱喻
我把你平放在溫暖的湖面
讓風朗誦

◆作者簡介

楊牧（一九四〇～二〇二〇），本名王靖獻，年輕時另用筆名葉珊，台灣花蓮人。美國柏克萊加州大學文學博士，曾任教於麻州大學、台灣大學、普林斯頓大學、華盛頓大學、東華大學，並曾任中央研究院中國文哲研究所特聘研究員兼所長、東華大學中國語文學系及華文文學系榮譽教授暨講座教授。

楊牧出道時就以現代詩和散文馳名，他的詩作語言精鋭、筆法細膩，風格於婉約中帶有古樸曠放的美感，在節奏的處理上，善於調製迷人韻律，小說家王文興譽他創立了現代詩的新秩序：主題發展完整，內部組織猶如鐘錶，繁複而嚴密，韻律完美，具有高度音樂性。著有詩集《燈船》、《傳說》、《瓶中稿》、《有人》、《完整的寓言》、《時光命題》、《涉事》、《楊牧詩集I》、《楊牧詩集II》等多種。曾獲「國家文藝獎」、「吳三連文學獎」等多種獎項。

◆作品賞析

〈讓風朗誦〉完成於一九七三年，後收於《瓶中稿》。楊牧以複沓的、行吟的語調，歌頌四季都無法阻隔的不渝愛情。

即使不難為〈讓風朗誦〉找出主題，但是它的價值仍然在表現性情中人的直覺感發。它以精心設計的形式矗立在那裡，所以不見得要告知主題或意義，便自然和讀者交融。詮釋像〈讓風朗誦〉這樣「楊牧風」的詩作，讀者至少必須有一個迥異於平日讀詩的方法：重複朗誦，來感受因節奏導致的細微情感變化。如此便可得知：本詩固然是以愛為重心，更以「假如我能為你寫一首」及其切割句型為主軸，逼顯出符號化了的抒情本質。

本詩三節之中，首節夏代表白熱的戀情，末節春代表起死回生的希望，第二節冬是個轉折，隱喻愛情必經的種種試煉。由是，從灼熱的現實感受，到深廣的人生體悟、冷峻的哲學思考，而以春的重逢和愛的不死收結，全詩止於對青春和愛情的詠歎上。

本詩因某些不習見的隱喻或楊牧的個人私語而顯得晦澀。首節的「當蘆葦／劇烈地繁殖，陽光／飛滿腰際，且向／兩腳分立處／橫流。一面新鼓／破裂的時候」可以看做男女歡情的隱喻。第二節的「葡萄酒」、「薄荷糖」、「新衣裳」象徵新生。第三節的「血的韻律」代表熱情的標誌；「乳的形象」說的是豐饒的感情；「痣的隱喻」則指向共同的記憶。

◆延伸閱讀

1. 向陽，〈樹的真實——論楊牧「傳說」〉，《台灣文學經典研討會論文》，一九九九年。
2. 張惠菁，《楊牧》，（臺北：聯合文學，二〇〇二）。
3. 何雅雯，《楊牧詩文研究》（臺灣大學中文研究所碩士論文），二〇〇一年。

大雁之歌

——寫給碎裂的高原

席慕蓉

祖先深愛的土地已經是別人的了
可是　天空還在
子孫勇猛的軀體也不再能是自己的了
可是　靈魂還在
黃金般貴重的歷史都被人塗改了
可是　記憶還在

我們因此而總是不能不沉默地注視著你
每當你在蒼天之上緩緩舒展雙翼就會
刺痛我們的靈魂掀開我們的記憶
背負著憂愁的大雁啊
你要飛向那裡？

作者簡介

席慕蓉，本名穆倫·席連勃，一九四三年生於四川，蒙古察哈爾盟明安旗人。台灣師範大學美術系畢業，布魯塞爾皇家藝術學院畢業，曾任新竹師範學院美勞教育系教授，現為專業作家、畫家。

席慕蓉工於油畫，以婉轉寫情的清麗詩作崛起詩壇，散文也有盛名。她的詩，早期以清新、婉約著稱，近年則醉心於蒙古歷史與文化的重建，詩境遼遠開闊，有北方蒼茫風格。著有詩集《畫詩》、《七里香》、《無怨的青春》、《河流之歌》、《邊緣光影》、《迷途詩冊》、《席慕蓉·世紀詩選》等多種。

曾獲「比利時皇家金牌獎」、「布魯塞爾市政府金牌獎」、歐洲美協兩項銅牌獎、「金鼎獎」最佳作詞及「中興文藝獎章新詩獎」等獎項。

作品賞析

〈大雁之歌——寫給碎裂的高原〉是席慕蓉表現文化鄉愁的作品。「高原」指的是蒙古高原。異於早年以情詩取勝的清麗風格、不食人間煙火的生命情調，席慕蓉在連續幾部專題散文的寫作之餘，把歷史和地緣等文化標題帶入新詩寫作中，而以清明取代清麗，以陳述取代描摹，以說理取代意象，迥異於《七里香》、《無怨的青春》時代的肌理與色澤。

這首詩表現迫抑的思鄉情懷，並未和所寫素材拉開審美距離。首節是三個相同句式、同一意義層次的句子，意謂主觀的族群認同可以凝聚向心力，抵抗時移勢異、政權遞嬗等外在環境的遷變。第二節強調精神力量，更想像大雁背負歷史的重擔，飛向未知的遠方，以憂心高原的未來作結。詩境恬澹、純淨、蕭散而略帶感傷。

◆延伸閱讀

1. 白少帆、王玉斌，〈蒙古族女詩人席慕蓉〉，《現代台灣文學史》，遼寧大學出版社，一九八七年，頁八六〇—八六九。
2. 蕭蕭，〈青春無怨，新詩無怨〉，《文藝月刊》，一九八三年七月，頁一〇二—一一二。
3. 孟樊，〈台灣大眾詩學——席慕蓉詩集暢銷現象〉，《當代青年》一卷六期、一卷七期，一九九二年六月，頁四八—五二。

擬古

張錯

行行重行行
最難消遣卻是歇息
出梅季節的滂沱大雨
仍然躲在無數冗熱午後
茂盛芒草長在院子裡
以撩人姿態，至於燎原後的河畔草
早已在等待或者期盼後化成灰燼

諾言無法履行就是謊言
生離不復相見就是死別
原來阻隔的不是道路
乃是兩顆無法互信的心！

那晚我趕乘夜車
想起一首夢幻蝴蝶，夜雨
敲窗的歌
愛情卻是我永恆信仰
雖然道路阻長，會面未知
我的黑夜，永遠是你的白天。

◇作者簡介

張錯，原名張振翱，另有筆名翱翱，一九四三年生，廣東惠陽人。美國西雅圖華盛頓大學比較文學博士，現任美國洛杉磯南加州大學東亞語言文化系及比較文學系教授。

張錯於一九六〇年代開始寫詩，曾與王潤華、林綠、陳慧樺、淡瑩等人共創《星座》詩刊。他的詩風，兼具豪放與婉約、沉靜與悲壯，在抒情的基調上展現人生漂泊的無奈和滄桑。一九七〇年代末期竭力追尋抒情聲音及民族風格，一九八〇年代詩風定型。著有詩集《錯誤十四行》、《雙玉環怨》、《漂泊者》、《春夜無聲》、《檳榔花》、《滄桑男子》等多種。

◇作品賞析

〈擬古〉命題饒具興味，表面似指詩中某些句子轉化自古詩——例如「行行重行行」援自《古詩十九首》、「最難消遣卻是歇息」化自李清照詞〈聲聲慢〉的名句：「乍暖還寒時節，最難將息」、「茂盛芒草長在院子裡／以撩人姿態，至於燎原後的河畔草／則早已等待或者期盼後化成灰燼」則取自「離離原上草，一歲一枯榮，野火燒不盡，春風吹又生」——然而此詩不妨理解為命意上的擬古：即「仿古人的古意、真醇」之謂，整首詩其實是以文字的慘勝掩飾愛情的慘敗，所以望之儼然，舉輕若重。

本詩主題在第二節才顯現。用獨白法，情傷之餘，張錯喃喃地呈現、創造某種意緒。他把對愛情的信仰融入對古典詩詞的憧憬裡，來超越言說的脆弱、短暫與渺小，進而找到自己的存在位置。題曰「擬古」，乃由於此詩不是為了丈量那些已經存在的事物，而意在彰顯生命的永恆刻度。

延伸閱讀

1. 王晉民，〈張錯和林燿德的詩〉，《台灣當代文學史》，廣西人民出版社，一九九四年，頁六五九—六七九。
2. 陳大為，〈是夢太韌，還是刀太軟——「張錯詩選」的一種讀法〉，《中央日報・副刊》，一九九九年六月七日。
3. 張錯，〈沉默的回顧——「張錯詩選」後記〉，《洪範季刊》六一期，一九九九年五月三十一日。
4. 楊牧，〈劍之於詩——「張錯詩選」代序〉，《洪範季刊》六一期，一九九九年五月三十一日。

我不和你談論

吳晟

我不和你談論詩藝
不和你談論那些糾纏不清的隱喻
請離開書房
我帶你去廣袤的田野走走
去看看遍處的幼苗
如何沉默地奮力生長

我不和你談論人生
不和你談論那些深奧玄妙的思潮
請離開書房
我帶你去廣袤的田野走走
去撫觸清涼的河水

如何沉默地灌溉田地

我不和你談論社會
不和你談論那些痛徹心肺的爭奪
請離開書房
我帶你去廣袤的田野走走
去探望一群一群的農人
如何沉默地揮汗耕作

你久居鬧熱滾滾的都城
詩藝呀！人生呀！社會呀
已爭辯了很多
這是急於播種的春日
而你難得來鄉間
我帶你去廣袤的田野走走
去領略領略春風
如何溫柔地吹拂著大地

◆作者簡介

吳晟，本名吳勝雄，一九四四年生，台灣彰化縣人，屏東農專畜牧科畢業，美國愛荷華大學國際寫作計畫訪問作家，曾任溪州國中生物科教師，現專事耕讀。

吳晟擅長詩及散文，寫作題材集中於農村生活體驗、自然人文關懷、親友情感抒發等。他的詩，在平淡中蘊藏深厚感情，在淺白中寓有強烈批判，對於社會現實、土地倫理，尤多關注。著有詩集《飄搖裡》、《吾鄉印象》、《向孩子說》、《吳晟詩選》等，散文集《農婦》、《店仔頭》、《無悔》、《不如相忘》、《筆記濁水溪》等。

◆作品賞析

〈我不和你談論〉原刊於一九八二年五月的《中外文學》，也是吳晟第一本詩集《飄搖裡》的序詩，主旨是表達自己側重生活與自然的詩觀，並為自己的新詩創作立下大致的方向。

第一節暗示真正的詩藝不只是在文字上的追求，做為一個詩人，更應該離開侷限的空間，體會大自然的力量。第二節從詩藝延入人生，藉著「不談論玄奧的思潮」，暗示詩人應該敞開胸懷。第三節再從人生伸入社會，以熱愛鄉土來取代詩人對社會的深度關懷，讓生命真實而豐盈。第四節收結全詩，再次強調以大自然的和煦能量來化解種種爭辯，喚醒我們的心靈。

詩人林廣分析〈我不和你談論〉，有一段精闢的看法，說：「吳晟並不是不和我們談論詩藝、人生、社會，他是希望我們在自然與鄉土之中，找到心靈的依歸，這樣才不會在糾纏不清的隱喻、深奧玄妙的思潮與名利的爭奪中迷失方向。再從反面來思考，「不和你談論」其實是另一種更深層的談論。作者有意無意藉著某種否定，來隱藏他的思緒，但是我們可以從意象的轉折，體會他真正想傳達的意念。」

◆延伸閱讀

1. 宋田水，《吾鄉印象中的鄉土美學——論吳晟》，（台北：前衛，一九九五）。
2. 莊紫蓉，〈田埂上的詩人：吳晟專訪〉，《台灣文藝》一七二期，二〇〇〇年十月。
3. 施懿琳，〈從隱逸到激越——論吳晟詩的政治關懷〉，《台灣現代詩經緯》，（台北：聯合文學，二〇〇一），頁二七一—三一四。

鏡子兩面

蕭蕭

鏡子(A)

發現對面是一片空　白
無物可照
那晚，鏡子開始懷疑
我，曾經存在嗎？

那些曾經在我心上喜心上怒的
如今又在哪一面鏡子的外面哀樂？

鏡子(B)

照看外面空無一物

無晴，無雨
無男，無女
無聲，無色
無情，無義

鏡子坦開胸腹手腳，睡了一個大覺

◆作者簡介

蕭蕭，本名蕭水順，一九四七年生，台灣彰化人。台灣師範大學國文研究所碩士。曾任再興中學、景美女中、北一女中、南山中學教師，輔仁大學、東吳大學講師，明道大學中文系教授，《詩人季刊》、《台灣詩學季刊》主編。

蕭蕭的詩，有社會面向的作品，關懷台灣風土人情；有美學面向的作品，擅長駕馭文字、安置文字，企圖在空間上伸展到無極之處，再以簡潔而凝鍊的意象化入空白之境，所以能予人禪境的寧謐、禪悟的欣喜，著有詩集《悲涼》、《緣無緣》、《雲邊書》、《皈依風皈依松》、《凝神》等。另有《現代詩學》、《台灣新詩美學》等五十七冊著作，編輯《新詩三百首》、《台灣現代文選・散文卷》等三十三種書籍。

◆作品賞析

〈鏡子兩面〉選自《凝神》。其創作主旨為：一物必有兩面以上的視野，鏡外觀鏡，鏡內觀物，終有異同。

像蕭蕭詩中常表現的意趣一樣，〈鏡子兩面〉飽含禪意。藉著對現實生活不同角度的觀照，詩人保持和萬物對話，嘗試走出習慣的侷限，重新闡釋鏡子存在的意義。這首詩中，鏡子才是主體，而不是忠實反映形貌的客體。〈鏡子(A)〉發現「無物可照」，遂懷疑自己「曾經存在嗎？」〈鏡子(B)〉更進一步，「照看外面空無一物」，了無掛礙地「坦開胸腹手腳，睡了一個大覺」。這種表現兩面以上存在情境的詩作，尚有〈山壁二景〉、〈鞦韆兩架〉、〈晨露兩滴〉、〈醉酒二態〉，詩人總是從主觀詮釋者退讓為風景的一角，所以萬物便自我朗現，呈顯生命榮枯起伏的多重面貌。

◆延伸閱讀

1. 李癸雲，〈風景與自我——蕭蕭「世紀詩選」導讀〉，《與詩對話——台灣現代詩評論集》，（台南：台南縣文化局，二〇〇〇），頁五三—七五。
2. 陳政彥，《蕭蕭詩學研究》（中央大學中國文學研究所碩士論文），二〇〇二年。
3. 陳巍仁，〈羚羊如何睡覺〉，《皈依風皈依松》，（台北：文史哲，二〇〇〇），頁一三—三一。

國家

李敏勇

我的國家
只隱藏在我心裡

沒有鐵絲網
沒有警戒兵

用樹葉編成的旗幟
飄揚在風中

樹身就是旗桿
遍布島嶼的土地

有鳥的歌唱在樹林裡
隨著風的節拍回應自然的呼吸

作者簡介

李敏勇，另有筆名傅敏，一九四七年生，台灣屏東人。中興大學歷史系畢業，曾任《笠》詩刊主編、「台灣文藝」社長、台灣筆會會長、鄭南榕基金會董事長，以及現代學術研究基金會董事長。

李敏勇一九六〇年代末寫作迄今，擅長詩、隨筆、評論，題材著重於生活經驗，主張藝術與社會批判兼顧、美與淑世精神並重，他的詩具有明晰的意象、冷澈的思索，與對台灣土地的關愛。著有詩集《暗房》、《鎮魂歌》、《野生思考》、《戒嚴風景》、《傾斜的島》、《心的奏鳴曲》等，另有小說、散文、評論、研究集等多種。

作品賞析

〈國家〉原刊於一九九七年一月二十二日的《台灣日報・副刊》，後收入《心的奏鳴曲》，乃有感於台灣的「國家」條件、思考國家的願景而作。以抒情的語言技巧，每節兩句的舒緩節奏，作者藉著「樹葉」、「樹身」、「鳥的歌唱」等和緩的大自然表記，代替「國旗」、「旗桿」、「國歌」等國家機器的象徵，間接表示對現實生活必須面對的國家有所不滿，而逸離了直接的控訴或呼告，也未以特定的歷史事件作為敘述對象。

〈國家〉表現詩人勇於介入現實，勇於反省思索的襟抱，透露對自由的嚮往。此詩看待醜惡的態度是沉重而有所保留的。詩人固然期盼「沒有鐵絲網／沒有警戒兵」，其實一面禱告，一面脫逸現實，把國家當作理想的存在，所以一開頭就說：「我的國家／只隱藏在我心裡」，如此一來，國家的困境便得以掙脫，而小我的存在也得以強化。

◆延伸閱讀

1. 李魁賢，〈論李敏勇的詩〉，《詩人坊》，一九八三年四月，頁五一—五八。
2. 陳明台，〈抒情的變貌——淺論李敏勇的詩〉，《抒情的變貌：文學評論集》，（台中：台中市文化局，二〇〇〇），頁三三—三五。
3. 吳潛誠，〈政治陰影籠罩下的詩之景色——評介李敏勇詩集「傾斜的島」〉，《感性定位——文學的想像與介入》，（台北：允晨文化），頁一〇〇—一一一。
4. 李永熾，〈詩人的政治論述〉，《自由時報．副刊》，一九九二年十一月三十日。

扛

蘇紹連

你今日會在這裡吃飯
想想，是誰給你的
你的嘴巴吞噬了多少別人的血汗
農夫為你想吃的那口飯而工作
屠戶為你想吃的那塊肉而工作
廚師為你想吃的那道菜而工作
如果現在給你條手帕
你要為他們擦去額頭上的汗
還是擦去你自己嘴角邊的油漬

你今日會在這裡居住
想想，是誰給你的

你舒舒服服的躺在多少別人的背上
他們喘不過氣來，為你鋪軟床
他們喘不過氣來，為你添鮮花
如果現在為你畫一幅畫像
你要裸體如赤膊的工人
還是錦衣緞袍如貴族

你說你有給他們錢啊
有錢就能使喚別人扛起你嗎
你錯了，別人扛起你
其實是把你當作一副棺木
好把你扛去埋葬

◆作者簡介

蘇紹連，另有網路筆名米羅・卡索，一九四九年生，台灣台中人。台中師範學院畢業，國小教師退休，現專事寫作。

蘇紹連自一九六八年寫作迄今，為「後浪詩社」創社者之一，九〇年代參加《台灣詩學季刊》，目前負責該刊網路版版主。他的詩善於使用超現實筆法，表現現實人生的悲劇本質，早年以散文詩形式受到矚目，近期則面對台灣鄉鎮生活、兒童心靈和生命問題進行批判；此外也在網路數位詩的實驗和表現上開拓新路。著有詩集《茫茫集》、《童話遊行》、《河悲》、《驚心散文詩》、《我牽著一匹白馬》、《隱形或者變形》、《台灣鄉鎮小孩》、《雙胞胎月亮》、《行過老樹林》、《孿生小丑的吶喊》等多種。

獲有「創世紀詩獎」、台中市「大墩文學貢獻獎」等多種獎項。

◆作品賞析

〈扛〉原發表於一九八四年三月的《台灣詩季刊》。詩的主旨，在演繹「一日之所需，百工斯為備」，直指人必須固本尋根，詩末更以悲愴的語氣，指斥某些自以為有錢就能支使別人、不知感恩的狂徒。

蘊藏在〈扛〉淺白的直述句中的，是詩人為普遍的社會現象焦灼的心情。四小節的句型相似，形式固定，但以排比句凸顯的緊張結構，全靠第一、第三小節的最後幾句來舒緩。翻轉這首詩的控訴語調，蘇紹連的溫熱與柔情，正表現在「如果現在給你條手帕／你要為他們擦去額頭上的汗」、「如果現在為你畫一幅畫像／你要裸體如赤膊的工人」裡，因此本詩洋溢的是關心弱勢者的人道情懷，提醒讀者對於社會多一點感恩，多一些關愛。

◆延伸閱讀

1. 李癸雲，〈蘇紹連詩中的存在悲劇感〉，《與詩對話——台灣現代詩評論集》，（台南：台南縣文化局，二〇〇〇），頁一三一—一六三。

2. 林燿德，〈黑色的自由書：蘇紹連風格概述〉，《文藝月刊》，一九八六年十月，頁四四—五八。

3. 蕭蕭，〈蘇紹連的生命主軸與藝術工程〉，《自立晚報・副刊》，一九九九年五月二十七—六月五日。

雨水台灣

陳義芝

水牛靜伏
清溪緩緩流過牠的足蹄腹背
如台灣，磐石安置大海中
牛毛般的雨水降下
落在牠褐黑的土地
多汗孔的肌膚

反芻去冬飽溢的穀香
雨中，牛把頭沉入水裡再歡喜抬起
平遠的視界順命安時
沿著田埂和泥畦
像農夫於午間進食時蹲坐樹下

自青草嚼舌的河岸
描繪霧雨蒼蒼的春原

犁耙牽引
一畝畝一頃頃的田土踢腿翻身
睜開童濛的睡眼了
攝氏十五度吹東北季風
祖先明示立春
溝水湧向田央，地氣上騰
萌芽的稻種如頑皮的孩子
被木鏝輕輕摟進懷裡

早熟的甘蔗懷藏甜蜜的心事
白胖的蘿蔔渴望除去厚重的泥襖
當香蕉展笑臉，鳳梨吐出青澀的愛意
天地和同美麗的正月
雨水從曆書下到田裡

從童年的夢流至筆下

濁水溪旁的龍眼漸開出細白小花
高雄芒果準備好交接蜂吻
屏東蓮霧呵，早早就訂了初夏之約
而我——來自遠方
正子時之交，乘亂風而起
原本就是雨水
最親的兄弟

◆作者簡介

陳義芝，一九五三年生於台灣花蓮，祖籍四川。香港新亞研究所文學碩士，高雄師範大學國文研究所博士。曾任《聯合報・副刊》主任，現任教於台灣師範大學國文學系。

他年輕時與詩友創辦《詩人季刊》，開始起步，兼擅散文、評論。他的詩風格儒雅，微帶古典浪漫情懷，近期以來詩風轉變，以身體、情欲為主題，表現現代人的情感幽微面。著有詩集《青衫》、《新婚別》、《不能遺忘的遠方》、《不安的居住》、《我年輕的戀人》與散文集、論著等多種。

曾獲「中山文藝獎」、「《時報》文學推薦獎」、「台灣詩人獎」等多種獎項。

作品賞析

〈雨水台灣〉原發表於《聯合報・副刊》，後收入《不能遺忘的遠方》及《新婚別》。寫的是對台灣的鄉情。余光中認為此詩有泥味、土氣，尤其「犁耙牽引／一畝畝一頃頃的田土踢腿翻身／睜開童濛的睡眼了」這幾句，真能道出泥土的感覺。

此詩以雨水為引，順勢帶出對台灣務農的記憶。「水」是這首詩的主要意象，包括雨水、溪水、汗水、溝水、墨水，為〈雨水台灣〉生發出新氣象，間接表達祖籍四川、長於台灣的陳義芝不具排他性的原鄉記憶。因許多回顧的姿態，此詩帶領讀者回到陳義芝成長的時空，以自然元素牽動人文景觀，更跳開自我中心的發聲方式，以微觀的焦距和放大的顯影來暢吐鄉土和自然的精彩肌理，這是〈雨水台灣〉成功之處。

延伸閱讀

1. 瘂弦，〈學院的出走與回歸——讀陳義芝「不安的居住」〉，《中央日報・副刊》，一九九八年一月。
2. 楊牧，〈雪滿前川——讀陳義芝詩集「青衫」〉，《聯合報・副刊》，一九八四年十月二十日。
3. 余光中，〈從嫘祖到媽祖——讀陳義芝的「新婚別」〉，《聯合報・副刊》，一九八九年八月。
4. 林燿德，〈幽幽吐出一株雪香的蘭——論陳義芝的詩〉，《文藝月刊》，一九八六年十一月，頁四八－五八。

島嶼邊緣

陳黎

在縮尺一比四千萬的世界地圖上
我們的島是一粒不完整的黃鈕釦
鬆落在藍色的制服上
我的存在如今是一縷比蛛絲還細的
透明的線，穿過面海的我的窗口
用力把島嶼和大海縫在一起

在孤寂的年月的邊緣，新的一歲
和舊的一歲交替的縫隙
心思如一冊鏡書，冷冷地凝結住
時間的波紋
翻閱它，你看到一頁頁模糊的

過去，在鏡面明亮地閃現

另一粒祕密的鈕子——
像隱形的錄音機，貼在你的胸前
把你的和人類的記憶
重疊地收錄、播放
混合著愛與恨，夢與真
苦難與喜悅的錄音帶

現在，你聽到的是
世界的聲音
你自己的和所有死者、生者的
心跳。如果你用心呼叫
所有的死者和生者將清楚地
和你說話

在島嶼邊緣，在睡眠與

甦醒的交界
我的手握住如針的我的存在
穿過被島上人民的手磨圓磨亮的
黃鈕釦，用力刺入
藍色制服後面地球的心臟

◆作者簡介

陳黎，本名陳膺文，一九五四年生，台灣花蓮人。台灣師範大學英語系畢業，曾任花崗國中教師、東華大學中文系兼任助理教授，現已退休。

陳黎詩風多樣，他的詩作企圖融合本土與前衛、島嶼與世界，從寫實到超現實，從現代到後現代，都多所嘗試，字裡行間，流露對人類、土地與歷史的思索，其語言也流利自如，機鋒迭出。著有詩集《廟前》、《動物搖籃曲》、《小丑畢費的戀歌》、《親密書》、《家庭之旅》、《小宇宙》、《島嶼邊緣》、《貓對鏡》等多種。曾獲「國家文藝獎」、「吳三連文學獎」等多種獎項。

◆作品賞析

〈島嶼邊緣〉完成於一九九三年，後收入同名的詩集中。「島嶼邊緣」本指詩人所居的花蓮。不過這首詩寫的不是花蓮，而是把自己放在花蓮這台灣的邊緣，再把台灣放在世界的邊緣，用比喻突出幾個重要意象：台灣是一粒不完整的黃鈕釦、周邊的海洋是藍色制服、「我」是一縷線、集體記憶是另一粒祕密的扣子；最後，我的文學表現如針。由是，一方面台灣因和整個地球空間的連結而顯得微渺，一方面，因不等比例調整了自己的存在，詩人便從島嶼邊緣出發，以筆為針，加入自己細微的聲音，重建自己和整個島嶼的主體，這也就是詩裡說的：「把你的和人類的記憶／重疊地收錄、播放」，直到「穿過被島上人民的手磨圓磨亮的／黃鈕釦，用力刺入／藍色制服後面地球的心臟」。

◆延伸閱讀

1. 王威智編，《在想像與現實間走索：陳黎作品評論集》，（台北：書林，一九九九）。
2. 吳潛誠，〈閱讀花蓮：地誌書寫——楊牧與陳黎〉，《更生日報》，一九九七年十一月九日。

小滿

向陽

一隻青蛙撲通跳下池塘
打破樹上烏鴉的睡意
荷葉跟著驚顫幾下
水面的漣漪一圈圈
把靜寂擴散了出去
蓮花孤獨地坐著
燠悶的夏日午后
連雲們都懶得來相陪
一行螞蟻運搬著麵包屑
頗富節奏地走過土丘
頗富節奏地走過土丘

一行螞蟻運搬著麵包屑
連雲們都懶得來相陪
燠悶的夏日午后
蓮花孤獨地坐著
把靜寂擴散了出去
水面的漣漪一圈圈
荷葉跟著驚顫幾下
打破樹上烏鴉的睡意
一隻青蛙撲通跳下池塘

◈作者簡介

向陽，本名林淇瀁，一九五五年生，台灣南投人。文化大學新聞研究所碩士，政治大學新聞研究所博士，曾任《時報周刊》主編、《自立晚報》副社長兼總主筆，並曾任中興大學台灣文學研究所副教授、台北教育大學台灣文化研究所教授。

向陽早年創立《陽光小集》，主持編務，鼓動詩運。作品含括新詩、散文、評論、兒童文學，其新詩創作以台語詩和十行詩最具特色，近年投注於「網路詩」的經營。他的詩風揉和寫實主義和現代主義技巧，轉折多方，而在形式上則具有典範傾向，是現代詩中新格律的堅持者。著有詩集《十行集》、《土地的歌》、

《歲月》、《四季》、《向陽詩選》、《向陽台語詩選》等多種。

曾獲「國家文藝獎」、「吳濁流新詩獎」、愛荷華大學榮譽作家等多種獎項。

◆作品賞析

〈小滿〉選自《四季》，以首尾相啣如環的形式，表現並時的、無始無終的存在現象。

中國農民曆在一年之中分十二節、十二氣，即一月內有一節一氣，而統稱以二十四節氣，意味著農民每年都必須經歷四季寒暑的辛勤播種耕耘，才能豐收。小滿原為二十四節氣之一，是夏季的第二個節氣，在立夏之後、芒種之前，為穀類即將盈滿之際，故稱小滿。向陽在《四季・後記》說，《四季》創作之初，他就想透過二十四節氣的輪序，來刻繪四季不明顯的台灣，反映一九八〇年代台灣的民俗四季和現實四季。因為就民俗四季來說，台灣民間的節慶仍留有古風，而多數人仍會擇日而行；就現實四季來說，則民俗四季正加劇沒落，生態環境備受破壞，政經社會也秩序混亂。通過詩作內容的或詠或諷，或賦或興，配以題目的「堅守古制」，或也象徵一九八〇年代台灣四季的矛盾色彩。

不過〈小滿〉突出於《四季》的二十四首詩之上，卻和這種類似慶典的創作動機略無相關，而是因為作者出以清冷的意緒，處理「螞蟻走過土丘」、「荷塘內的漣漪、蓮花和荷葉」、「樹上打瞌睡的烏鴉」、「一隻青蛙噗通跳下池塘」這些並置的疊景，藉小滿彰顯節氣的這種詩的「微言大義」不強烈，因而詩的負荷比較不重，詩中的現實就不太現實。更因用字醒眼而響亮，頗富理趣，給人透明而安穩之感。

◆延伸閱讀

1. 林燿德，〈遊戲規則的塑造者：綜論向陽其人其詩〉，《一九四九以後》，（台北：爾雅，一九八六），頁八一－一一二。
2. 鄭良偉，〈從選詞、用韻、選字看向陽的台語詩〉，《臺灣文藝》，一九八六年三月，頁一二九－一四七。
3. 鄭愁予，〈為詩獎拔起高峰的一首詩：向陽的「霧社」〉，《中國時報》，一九八四年十月二十七日。
4. 蕭蕭，〈向陽的詩，蘊蓄台灣的良知〉，《台灣詩學季刊》三三期，二〇〇〇年，頁一四一－一六〇。

在想像的部落

瓦歷斯・諾幹

那時，我們又重回到歷史的起點
天還未明，島嶼仍在沉睡
有麋鹿遠來憩息，垂首飲水
部落的草舍有釀米酒的香味
圍場上竹竿高高擎起
長老安坐上席等待祭典
孩童還在模仿獵人的行止
在場外彷彿追趕憤怒的山豬
空氣沉穩地盪漾靜穆的顏彩
只要第一支祭舞奮起
秋天我們將有豐美的收穫

那時，我們又回到島嶼的起點
溪流活潑地降下山谷
平原仍舊有翠綠的草地
誰也看不到熾烈的烽火
族人敬重典律與祭典
夫婦嚴守親愛的真義
長輩當如沉穩的山脈
我們有簡單而樸素的律則
宛如森林裡四季的遞變
尊重大自然的心靈
肯定溫和而復有情愛

我們又重回到愛的起點
森林上演的弱肉強食
使族人慢慢摸索相互敬重
唯有疼惜自己的同胞
內心才充溢無可言喻的喜樂

陽光無私地散放光芒
月亮溫柔地照見黑夜
只有坦誠的相交相往
族人的繁衍才能更見茁壯
春天的聲音在山林間迴盪
過不久，雨水就要滋潤部落

◆作者簡介

瓦歷斯・諾幹，泰雅族人，漢名吳俊傑，一九六一年生於台灣台中。台中師專畢業，曾任國小教師。曾主持台灣原住民文化運動刊物《獵人文化》及台灣原住民人文研究中心。

瓦歷斯・諾幹作品涵蓋詩、散文、評論、報導文學，他的詩作運用原住民的歌謠和韻律，展現異於漢族詩人的想像和音韻，以及雄渾而驃悍的文字風格。著有詩集《山是一座學校》、《伊能再踏查》、《想念族人》、《戴墨鏡的飛鼠》等多種。

曾獲「《聯合報》文學獎」、「聯合文學小說新人獎」、「台北文學獎」散文首獎、「陳秀喜詩獎」、文學年金、年度詩獎等獎項。

◆作品賞析

〈在想像的部落〉勾勒瓦歷斯・諾幹理想中的原住民質素、氛圍和遠景。複沓句：「那時，我們又重回到歷史的起點」以變奏的方式貫串全詩。首節帶出獵山豬、釀米酒、豐收祭、上顏彩等原住民的傳統民俗活動；第二節用反義指出對恢復原住民文化尊嚴的企盼；「我們有簡單而樸素的律則／宛如森林裡四季的遞變」隱約指向坦然面對環境變遷之意；第三節重申愛與公義的重要性；末節直言自己理想的部落以理想的人格素質為依歸，人與人應該彼此疼惜、無私而坦誠地交往。

在語言上，〈在想像的部落〉素樸無華，是瓦歷斯・諾幹一貫的詩作表現；就內容來看，也可以視為作者對原住民文化的反省。如同桃花源般的「想像的部落」，就作者殷殷盼望的語氣聽來，存在古老的或已逝的國度裡，和「現實中的部落」老於世故的人們，無論思想或言行上，似乎距離很遠。從這個角度來說，用「直抒胸臆」來理解這首詩也並不盡然完整，因為率真的文字中隱含瓦歷斯・諾幹出於為原住民建構文化藍圖所導致的避忌；這方面，從「我們又重回到愛的起點」當可推見消息。

延伸閱讀

1. 魏貽君，〈地牛踩不斷的番刀——試論瓦歷斯・諾幹九二一地震前後的部落發聲策略轉折〉，《台中縣作家與作品論文集》，（台北：文建會，一九九四），頁二三五－二七一。
2. 李敏勇，〈森林，愛和自由的夢〉，《台灣文藝》，一九九六年八月二十日。
3. 伊象菁，〈原住民文學中邊緣論述的排除與建構——以瓦歷斯・諾幹與利格拉樂・阿𡠄為例〉（靜宜大學中國文學系碩士論文），二〇〇一年。

小說

林黛嫚編選・評析

永遠的尹雪艷

白先勇

一

尹雪艷總也不老。十幾年前那一班在上海百樂門舞廳替她捧場的五陵年少，有些頭上開了頂，有些兩鬢添了霜；有些來臺灣降成了鐵廠、水泥廠、人造纖維廠的閒顧問，但也有少數卻升成了銀行的董事長、機關裡的大主管。不管人事怎麼變遷，尹雪艷永遠是尹雪艷，在臺北仍舊穿著她那一身蟬翼紗的素白旗袍，一逕那麼淺淺的笑著，連眼角兒也不肯皺一下。

尹雪艷著實迷人。但誰也沒能道出她真正迷人的地方。尹雪艷從來不愛擦胭抹粉，有時最多在嘴唇上點著些似有似無的蜜絲佛陀；尹雪艷也不愛穿紅戴綠，天時炎熱，一個夏天，她都渾身銀白，淨扮得了不得。不錯，尹雪艷是有一身雪白的肌膚，細挑的身材，容長的臉蛋兒配著一副俏麗甜淨的眉眼子，但是這些都不是尹雪艷出奇的地方。見過尹雪艷的人都這麼說，也不知是何道理，無論尹雪艷一舉手、一投足，總有一份世人不及的風情。別人伸個腰、蹙一下眉，難看，但是尹雪艷做起來，卻又別有一番嫵媚了。尹雪艷也不多言、不多語，緊要的場合插上幾句蘇州腔的上海話，又中聽、又熨貼。有些荷包不足的舞客，攀不上叫尹雪艷的檯子，但是他們卻去百樂門坐坐，觀觀尹雪艷的風采，聽她講幾句吳儂軟語，心裡也是舒服的。尹雪艷在舞池裡，微仰著頭，輕擺著腰，一逕是那麼不慌不忙的起舞著；即使跳著快狐步，尹雪艷從來也沒有失過分寸，仍舊顯得那麼從容、那麼輕盈，像一毬隨風飄蕩的柳絮，腳下沒有扎根似的。尹雪艷有她自己的旋律。尹雪艷有她自己的拍子。絕不因外界的遷異，影響到她的均衡。

尹雪艷迷人的地方實在講不清、數不盡。但有一點卻大大增加了她的神祕。尹雪艷名氣大了，難免招忌，她同行的姊妹淘醋心重的就到處嘈起說：尹雪艷的八字帶著重煞，犯了白虎，沾上的人，輕者家敗，重者人亡。誰知道就是為著尹雪艷享了重煞的令譽，上海洋場的男士們都對她增加了十分的興味。生活悠閒了，家當豐沃了，就不免想冒險，去闖闖這顆紅遍了黃浦灘的煞星兒。上海棉紗財閥王家的少老闆王貴生就是其中探險者之一。天天開著嶄新的開德拉克，在百樂門門口候著尹雪艷轉完檯子，兩人一同上國際飯店十四樓摩天廳去共進華美的消夜。望著天上的月亮及燦爛的星斗，王貴生說，如果用他家的金條兒能夠搭成一道天梯，他願意爬上天空去把那彎月牙兒掐下來，插在尹雪艷的雲鬢上。尹雪艷吟吟的笑著，總也不出聲，伸出她那蘭花般細巧的手，慢條斯理的將一枚枚塗著俄國烏魚子的小月牙兒餅拈到嘴裡去。

王貴生拚命的投資，不擇手段的賺錢，想把原來的財富堆成三倍、四倍，將尹雪艷身邊那批富有的逐鹿者一一擊倒，然後用鑽石瑪瑙串成一根鍊子，套在尹雪艷的脖子上，把她牽回家去。當王貴生犯上官商勾結的重罪，下獄槍斃的那一天，尹雪艷在百樂門停了一宵，算是對王貴生致了哀。

最後贏得尹雪艷的卻是上海金融界一位熱可炙手的洪處長。洪處長休掉了前妻，拋棄了三個兒女，答應了尹雪艷十條條件；於是尹雪艷變成了洪夫人，住在上海法租界一棟從日本人接收過來華貴的花園洋房裡。兩三個月的工夫，尹雪艷便像一株晚開的玉梨花，在上海上流社會的場合中以壓倒群芳的姿態綻發起來。

尹雪艷著實有壓場的本領。每當盛宴華筵，無論在場的貴人名媛，穿著紫貂，圍著火狸，當尹雪艷披著她那件翻領束腰的銀狐大氅，像一陣三月的微風，輕盈盈的閃進來時，全場的人都好像給這陣風薰中了一般，總是情不自禁的向她迎過來。尹雪艷在人堆子裡，像個冰雪化成的精靈，冷豔逼人，踏著風一般的步子，看得那些紳士以及仕女們的眼睛都一起冒出火來，這就是尹雪艷：在兆豐夜總會的舞廳裡、在蘭心劇院的過道上，以及在霞飛路上一棟棟侯門官府的客堂中，一身銀白，歪靠在沙發椅上，嘴角一逕掛著那流吟吟淺笑，把場合中許多銀行界的經理、協理，紗廠的老闆及小開，以及一些新貴和他們的夫人們都拘到跟前來。

可是洪處長的八字到底軟了些，沒能抵得住尹雪艷的重煞。一年丟官、兩年破產，到了臺北來連個閒職也沒撈上。尹雪艷離開洪處長時還算有良心，除了自己的家當外，只帶走一個從上海跟來的名廚司及兩個蘇州娘姨。

二

尹雪艷的新公館落在仁愛路四段的高級住宅區裡，是一棟嶄新的西式洋房，有個十分寬敞的客廳，容得下兩三桌酒席。尹雪艷對她的新公館倒是刻意經營過一番。客廳的家具是一色桃花心紅木桌椅，幾張老式大靠背的沙發，塞滿了黑絲面子鴛鴦戲水的湘繡靠枕，人一坐下去就陷進了一半，倚在柔軟的絲枕上，十分舒適。到過尹公館的人，都稱讚尹雪艷的客廳布置妥貼，叫人坐著不肯動身。打麻將有特別設備的麻將間，麻將桌、麻將燈都設計得十分精巧。有些客人喜歡挖花，尹雪艷還特別騰出一間有隔音設備的房間，挖花的客人可以關在裡面恣意唱和。冬天有暖爐，夏天有冷氣，坐在尹公館裡，很容易忘記外面臺北市的陰寒及溽暑。客廳案頭的古玩花瓶，四時都供著鮮花。尹雪艷對於花道十分講究，中山北路的玫瑰花店常年都送來上選的鮮貨。整個夏天，尹雪艷的客廳中都細細的透著一股又甜又膩的晚香玉。

尹雪艷的新公館很快的便成為她舊雨新知的聚會所。老朋友來到時，談談老話，大家都有一腔懷古的幽情，想一會兒當年，在尹雪艷面前發發牢騷，好像尹雪艷便是上海百樂門時代永恆的象徵，京滬繁華的佐證一般。

「阿因，看看乾爹的頭髮都白光嘍！儂還像枝萬年青一式，愈來愈年輕！」

吳經理在上海當過銀行的總經理，是百樂門的座上常客，來到臺北賦閒，在一家鐵工廠掛個顧問的名義。見到尹雪艷，他總愛拉著她半開玩笑而又不免帶點自憐的口吻這樣說。吳經理的頭髮確實全白了，而且患著嚴重的風濕，走起路來，十分蹣跚，眼睛又害砂眼，眼毛倒插，常年淌著眼淚，眼圈已經開始潰爛，露出粉紅的肉來。冬天時候，尹雪艷總把客廳裡那架電暖爐移到吳經理的腳跟前，親自奉上一盅鐵觀音，笑吟吟的說道：

「哪裡的話，乾爹才是老當益壯呢！」

吳經理心中熨貼了，恢復了不少自信，眨著他那爛掉了睫毛的老花眼，在尹公館裡，當眾票了一齣「坐宮」，以蒼涼沙啞的嗓子唱出：

我好比淺水龍，
被困在沙灘。

尹雪艷有迷男人的工夫，也有迷女人的工夫。跟尹雪艷結交的那班太太們，打從上海起，就背地數落她。當尹雪艷平步青雲時，這起太太們氣不忿，說道：憑你怎麼爬，左不過是個貨腰娘。當尹雪艷的靠山相好遭到厄運的時候，她們就嘆氣道：命是逃不過的，煞氣重的娘兒們到底沾惹不得。可是十幾年來這起太太們一個也捨不得離開尹雪艷，到了臺北都一窩蜂似的聚到尹雪艷的公館裡，她們不得不承認尹雪艷實在有她驚動人的地方。尹雪艷在臺北的鴻翔綢緞莊打得出七五折，在小花園裡挑得出最登樣的繡花鞋兒，紅樓的紹興戲碼，尹雪艷最在行，吳燕麗唱「孟麗君」的時候，尹雪艷可以拿到免費的前座戲票，論起西門町的京滬小吃，尹雪艷又是無一不精了。於是這起太太們，由尹雪艷領隊，逛西門町、看紹興戲，坐在三六九裡吃桂花湯糰，往往把十幾年來不如意的事兒一股腦兒拋掉，好像尹雪艷周身都透著上海大千世界榮華的麝香一般，薰得這起往事滄桑的中年婦人都進入半醉的狀態，而不由自主都津津樂道起上海五香齋的蟹黃麵來。這起太太們常常容易鬧情緒，尹雪艷對於她們都一一施以廣泛的同情，她總耐心的聆聽她們的怨艾及委屈，必要時說幾句安撫的話，把她們焦躁的脾氣一一熨平。

「輸呀，輸得精光才好呢！反正家裡有老牛馬墊背，我不輸，也有旁人替我輸！」

每逢宋太太搓麻將輸了錢時就向尹雪艷帶著酸意的抱怨道。宋太太在臺灣得了婦女更年期的癡肥症，體重暴增到一百八十多磅，形態十分臃腫，走多了路，會犯氣喘。宋太太的心酸話較多，因為她先生宋協理有了外遇，對她頗為冷落，而且對方又是一個身段苗條的小酒女。十幾年前宋太太在上海的社交場合出過一陣風頭，因此她對以往的日子特別嚮往。尹雪艷自然是宋太太傾訴衷腸的適當人選，因為只有她才能體會宋太太那種今昔之感。有時講到傷心處，宋太太會禁不住掩面而泣。

「宋家阿姊，『人無千日好，花無百日紅』，誰又能保得住一輩子享榮華、受富貴呢？」

於是尹雪艷便遞過熱毛巾給宋太太揩面，憐憫的勸說道。宋太太不肯認命，總要抽抽搭搭的怨懟一番：

「我就不信我的命又要比別人差些！像儂吧，尹家妹妹，儂一輩子是不必發愁的，自然有人會來幫襯儂。」

三

尹雪艷確實不必發愁，尹公館門前的車馬從來也未曾斷過。老朋友固然把尹公館當做世外桃源，一般新知也在尹公館找到別處稀有的吸引力。尹雪艷公館一向維持它的氣派。尹雪艷從來不肯把它降低於上海霞飛路的排場。出入的人士，縱然有些是過了時的，但是他們有他們的身分，有他們的派頭，因此一進到尹公館，大家都覺得自己重要，即使是十幾年前作廢了的頭銜，經過尹雪艷嬌聲親切的稱呼起來，也如同受過誥封一般，心理上恢復了不少的優越感。至於一般新知，尹公館更是建立社交的好所在了。

當然，最吸引人的，還是尹雪艷本身。尹雪艷是一個最稱職的主人。每一位客人，不分尊卑老幼，她都招呼得妥妥貼貼。一進到尹公館，坐在客廳中那些鋪滿黑絲面椅墊的沙發上，大家都有一種賓至如歸、樂不思蜀的親切之感，因此，做會總在尹公館開標，請生日酒總在尹公館開席，即使沒有名堂的日子，大家也立一個名目，湊到尹公館成一個牌局。一年裡，倒有大半的日子，尹公館裡總是高朋滿座。

尹雪艷本人極少下場，逢到這些日期，她總預先替客人們安排好牌局；有時兩桌，有時三桌。她對每位客人的牌品及癖性都摸得清清楚楚，因此牌搭子總配得十分理想，從來沒有傷過和氣。尹雪艷本人督導著兩個頭乾臉淨的蘇州娘姨在旁邊招呼著。午點是寧波年糕或者湖州粽子。晚飯是尹公館上海名廚的京滬小菜：金銀腿、貴妃雞、搶蝦、醉蟹——尹雪艷親自設計了一個轉動的菜牌，天天轉出一桌桌精緻的筵席來。到了下半夜，兩個娘姨便捧上雪白噴了明星花露水的冰面巾，讓大戰方酣的客人們揩面醒腦，然後便是一碗雞湯銀絲麵作了消夜。客人們擲下的桌面十分慷慨，每次總上兩三千。贏了錢的客人固然值得興奮，即使輸了錢的客人也是心甘情願。在尹公館裡吃了、玩了，末了還由尹雪艷差人叫好計程車，一一送回家去。

當牌局進展激烈的當兒，尹雪艷便換上輕裝，周旋在幾個牌桌之間，踏著她那風一般的步子，輕盈盈的來回巡視著，像個通身銀白的女祭司，替那些作戰的人們祈禱和祭祀。

「阿囡，乾爹又快輸脫底嘍！」

每到敗北階段，吳經理就眨著他那爛掉了睫毛的眼睛，向尹雪艷發出討救的哀號。

「還早呢，乾爹，下四圈就該你摸清一色了。」

尹雪艷把個黑絲椅墊枕到吳經理害了風濕症的背脊上，憐恤的安慰著這個命運乖謬的老人。

「尹小姐，你是看到的。今晚我可沒打錯一張牌，手氣就那麼背！」

女客人那邊也經常向尹雪艷發出乞憐的呼籲，有時宋太太輸急了，也顧不得身分，就抓起兩顆骰子啐道：

「呸！呸！呸！勿要面孔的東西，看你霉到啥個辰光！」

尹雪艷也照例過去，用著充滿同情的語調，安撫她們一番。這個時候，尹雪艷的話就如同神諭一般令人敬畏。在麻將桌上，一個人的命運往往不受控制，客人們都討尹雪艷的口采來恢復信心及加強鬥志。尹雪艷站在一旁，叼著金嘴子的三個九，徐徐的噴著煙圈，以悲天憫人的眼光看著她這一群得意的、失意的、老年的、壯年的、曾經叱咤風雲的、曾經風華絕代的客人們，狂熱的互相廝殺、互相宰割。

四

新來的客人中，有一位叫徐壯圖的中年男士，是上海交通大學的畢業生；生得品貌堂堂，高高的個兒，結實的身體，穿著剪裁合度的西裝，顯得分外英挺。徐壯圖是個臺北新興的實業鉅子，隨著臺北市的工業化，許多大企業應運而生，徐壯圖頭腦靈活，具有豐富的現代化工商管理的知識，才是四十出頭，便出任一家大水泥公司的經理。徐壯圖有位賢慧的太太及兩個可愛的孩子。家庭美滿，事業充滿前途，徐壯圖成為一個雄心勃勃的企業家。

徐壯圖第一次進入尹公館是在一個慶生酒會上。尹雪艷替吳經理做六十大壽，徐壯圖是吳經理的外甥，也就隨著吳經理來到尹雪艷的公館。

那天尹雪艷著實裝飾了一番，穿著一襲月白短袖的織錦旗袍，襟上一排香妃色的大盤扣；腳上也是月白緞子的軟底繡花鞋，鞋尖卻點著兩瓣肉色的海棠葉兒。為了討喜氣，尹雪艷破例的在右鬢簪上一朵酒杯大血紅的鬱金香，而耳朵上卻吊著一對寸把長的銀墜子。客廳裡的壽堂也布置得喜氣洋洋。案上全換上才鉸下的晚香玉，徐壯圖一踏進去，就嗅中一陣沁人腦肺的甜香。

「阿囡，乾爹替儂帶來頂頂體面的一位人客。」吳經理穿著一身嶄新的紡綢長衫，佝著背，笑呵呵的把徐壯圖介紹給尹雪艷道，然後指著尹雪艷說：

「我這位乾小姐呀，實在孝順不過。我這個老朽三災五難的還要趕著替我做生。我忖忖：我現在又不在職，又不問世，這把老骨頭天天還要給觸霉頭的風濕症來折磨。管他折福也罷，今朝我且大模大樣的生受了乾小姐這場壽酒再講。我這位外甥，年輕有為，難得放縱一回，今朝也來跟我們這群老朽一道開心開心。阿囡是個最妥當的主人家，我把壯圖交給儂，儂好好的招待招待他吧。」

「徐先生是稀客，又是乾爹的令戚，自然要跟別人不同一點。」尹雪艷笑吟吟的答道，髮上那朵血紅的鬱金香顫巍巍的抖動著。

徐壯圖果然受到尹雪艷特別的款待。在席上，尹雪艷坐在徐壯圖旁邊一逕慇懃的向他勸酒讓菜，然後歪向他低聲說道：

「徐先生，這道是我們大師傅的拿手，你嘗嘗，比外面館子做的如何？」

用完席後，尹雪艷親自盛上一碗冰凍杏仁豆腐捧給徐壯圖，上面卻放著兩顆鮮紅的櫻桃。用完席成上牌局的時候，尹雪艷走到徐壯圖背後看他打牌。徐壯圖的牌張不熟，時常發錯張子，才是八圈，已經輸掉一半籌碼。有一輪，徐壯圖正當發出一張梅花五筒的時候，突然尹雪艷從後面欠過身伸出她那細巧的手把徐壯圖的手背按住說道：

「徐先生，這張牌是打不得的。」

那一盤徐壯圖便和了一副「滿園花」，一下子就把輸出去的籌碼贏了大半。客人中有一個開玩笑抗議道：

「尹小姐，你怎麼不來替我也點點張子，瞧瞧我也輸光啦。」

「人家徐先生頭一趟到我們家，當然不好意思讓他吃了虧回去的嘍。」徐壯圖回頭看到尹雪艷正朝著他滿面堆著笑容，一對銀耳墜子吊在她烏黑的髮腳下來回的浪盪著。

客廳中的晚香玉到了半夜，吐出一蓬蓬的濃香來。席間徐壯圖喝了不少熱花雕，加上牌桌上和了那盤「滿園花」的亢奮，臨走時他已經有些微醺的感覺了。

「尹小姐，全得你的指教，要不然今晚的麻將一定全盤敗北了。」
尹雪艷送徐壯圖出大門時，徐壯圖感激的對尹雪艷說道。尹雪艷站在門框裡，一身白色的衣衫，雙手合抱在胸前，像一尊觀世音，朝著徐壯圖笑吟吟的答道：
「哪裡的話，隔日徐先生來白相，我們再一道研究研究麻將經。」
隔了兩日，果然徐壯圖又來到了尹公館，向尹雪艷討教麻將的訣竅。

五

徐壯圖太太坐在家中的籐椅上，呆望著大門，兩腮一天天削瘦，眼睛凹成了兩個深坑。
當徐太太的乾媽吳家阿婆來探望她的時候，她牽著徐太太的手失驚叫道：
「噯呀，我的乾小姐，才是個把月沒見著，怎麼你就瘦脫了形？」
吳家阿婆是一個六十來歲的婦人，碩壯的身材，沒有半根白髮，一雙放大的小腳，仍舊行走如飛。吳家阿婆曾經上四川青城山去聽過道，拜了上面白雲觀裡一位道行高深的法師做師父。這位老法師因為看上吳家阿婆天生異稟，飛昇時便把衣缽傳了給她。吳家阿婆在臺北家中設了一個法堂，中央供著她老師父的神像。神像下面懸著八尺見方黃綾一幅。據吳家阿婆說，她老師父常在這幅黃綾上顯靈，向她授予機宜，因此吳家阿婆可以預卜凶吉，消災除禍。吳家阿婆的信徒頗眾，大多是中年婦女，有些頗有社會地位。經濟環境不虞匱乏，這些太太們的心靈難免感到空虛。於是每月初一、十五，她們便停止一天麻將，或者標會的聚會，成群結隊來到吳家阿婆的法堂上，虔誠的唸經叩拜，布施散財，救濟貧困，以求自身或家人的安寧。有些有疑難大症、有些有家庭糾紛，吳家阿婆一律慷慨施以許諾，答應在老法師靈前替她們祈求神助。

「我的太太，我看你的氣色竟是不好呢！」吳家阿婆仔細端詳了徐太太一番，搖頭嘆息。徐太太低首俯面忍不住傷心哭泣，向吳家阿婆道出了衷腸話來。

「親媽，你老人家是看到的，」徐太太流著淚斷斷續續的訴說道：「我們徐先生和我結婚這麼久，別說破臉，連句重話都向來沒有過。我們徐先生是個爭強好勝的人，他一向都這麼說：『男人的心五分倒有三分應該放在事業上。』來臺灣熬了這十來年，好不容易盼著他們水泥公司發達起來，他才出了頭，我看他每天為公事在外面忙著應酬，我心裡只有暗暗著急。事業不事業倒在其次，求祈他身體康寧，我們母子再苦些也是情願的。誰知道打上月起，我們徐先生竟好像變了一個人似的。經常兩晚、三晚不回家。我問一聲，他就摔碗砸筷，脾氣暴得了不得。前天連兩個孩子都挨了一頓狠打。有人傳話給我聽，說是我們徐先生外面有了人，而且人家還是個有頭有臉的人物。親媽，我這個本本分分的人那裡經過這些事情？人還撐得住不走樣？」

「乾小姐，」吳家阿婆拍了一下巴掌說道：「你不提呢，我也就不說了。你曉得我是最怕兜攬是非的人。你叫了我聲親媽，我當然也就向著你些。你知道那個胖婆兒宋太太呀，她先生宋協理搞上個什麼『五月花』的小酒女。她跑到我那裡一把鼻涕一把眼淚要我替她求求老師父。我拿她先生的八字來一算，果然沖犯了東西。宋太太在老師父靈前許了重願，我替她唸了十二本經。現在她男人不是乖乖的回去了？後來我就勸宋太太：『整天少和那些狐狸精似的女人窮混，唸經做善事要緊！』宋太太就一五一十的把你們徐先生的事情原原本本數了給我聽。那個尹雪艷呀，你以為她是個什麼好東西？她沒有兩下，就能籠得住這些人？連你們徐先生那麼個正人君子她都有本事抓得牢。這種事情歷史上是有的：褒姒、妲己、飛燕、太真——這起禍水！你以為都是真人嗎？妖孽！凡是到了亂世，這些妖孽都紛紛下凡，擾亂人間。那個尹雪艷還不知道是個什麼東西變的呢！我看你呀，總得變個法兒替你們徐先生消了這場災難才好。」

「親媽，」徐太太忍不住又哭了起來，「你曉得我們徐先生不是那種沒有良心的男人。每次他在外面逗留了回來，他嘴裏雖然不說，我曉得他心裏是過意不去的。有時他一個人悶坐著猛抽菸，頭筋疊暴起來，樣子真唬人。我又不敢去勸解他，只有乾著急。這幾天他更是著了魔一般，回來嚷著說公司裡人人都尋他晦氣。他和那些工人也使脾氣，昨天還把人家開除了幾個。我勸他說犯不著和那些粗人計較，他連我也喝斥了一頓。他的行徑反常得很，看著不像，真不由得不叫人擔心哪！」

「就是說呀！」吳家阿婆點頭說道，「怕是你們徐先生也犯著了什麼吧？你且把他的八字遞給我，回去我替他測一測。」

徐太太把徐壯圖的八字抄給了吳家阿婆說道：

「親媽，全托你老人家的福了。」

「放心，」吳家阿婆臨走時說道，「我們老師父最是法力無邊，能夠替人排難解厄的。」

然而老師父的法力並沒有能夠拯救徐壯圖。有一天，正當徐壯圖向一個工人拍起桌子喝罵的時候，那個工人突然發了狂，一把扁鑽從徐壯圖前胸刺穿到後背。

徐壯圖的治喪委員會吳經理當了總幹事。因為連日奔忙，風濕又弄翻了，他在極樂殯儀館穿出穿進的時候，一逕拄著拐杖，十分蹣跚。開弔的那一天，靈堂就設在殯儀館裡。一時親朋友好的花圈喪幛白簇簇的一直排到殯儀館的門口來。水泥公司同仁輓的卻是「痛失英才」四個大字。來祭弔的人從早上九點鐘起開始絡繹不絕。徐太太早已哭成了癡人，一身麻衣喪服帶著兩個孩子，跪在靈前答謝。吳家阿婆卻率領了十二個道士，身著法衣，手執拂塵，在靈堂後面的法壇打解冤洗業醮。此外並有僧尼十數人在唸經超渡，拜大悲懺。

六

正午的時候，來祭弔的人早擠滿了一堂，正當眾人熙攘之際，突然人群裡起了一陣騷動，接著全堂靜寂下來，一片肅穆。原來尹雪艷不知什麼時候卻像一陣風一般的閃了進來。尹雪艷仍舊一身素白打扮，臉上未施脂粉，輕盈盈的走到管事檯前，不慌不忙的提起毛筆，在簽名簿上一揮而就的簽上了名，然後款款的步到靈堂中央，客人們都倏地分開兩邊，讓尹雪艷走到靈臺跟前，尹雪艷凝著神、斂著容，朝著徐壯圖的遺像深深的鞠了三鞠躬。這時在場的親友大家都呆如木雞。有些顯得驚訝，有些卻是忿憤，也有些滿臉惶惑，可是大家都好似被一股潛力鎮住了，未敢輕舉妄動。這次徐壯圖的慘死，徐太太那一邊有些親戚遷怒於尹雪艷，他們都沒有料到尹雪艷居然有這個膽識闖進徐家的靈堂來。場合過分緊張突兀，一時大家都有點手足無措。尹雪艷行完禮後，卻走到徐太太面前，伸出手撫摸了一下兩個孩子的頭，然後莊重的和徐太太握了一握手。正當眾人面面相覷的當兒，尹雪艷卻踏著她那輕盈盈的步子走出了極樂殯儀館。一時靈堂裡一陣大亂，徐太太突然跪倒在地，昏厥了過去，吳家阿婆趕緊丟掉拂塵，搶身過去，將徐太太抱到後堂去。

當晚，尹雪艷的公館裡又成上了牌局，有些牌搭子是白天在徐壯圖祭悼會後約好的。吳經理又帶了兩位新客人來。一位是南國紡織廠新上任的余經理，另一位是大華企業公司的周董事長。這晚吳經理的手氣卻出了奇蹟，一連串的在和滿貫。吳經理不停的笑著叫著，眼淚從他爛掉了睫毛的血紅眼圈一滴滴淌落下來。到了第二十圈，有一盤吳經理突然雙手亂舞大叫起來：

「阿囡，快來！快來！『四喜臨門』！這真是百年難見的怪牌。東、南、西、北——全齊了，外帶自摸雙！人家說和了大四喜，兆頭不祥。我倒楣了一輩子，和了這副怪牌，從此否極泰來。阿囡，儂看看這副牌可愛不可愛？有趣不有趣？」

吳經理喊著笑著把麻將撒滿了一桌子。尹雪艷站到吳經理身邊，輕輕的按著吳經理的肩膀，笑吟吟的說道：

「乾爹，快打起精神多和兩盤。回頭贏了余經理及周董事長他們的錢，我來吃你的紅！」

一九六五年春於美愛荷華城

——選自《臺北人》（爾雅，二〇〇四版）

◇作者簡介

白先勇，一九三七年出生於廣西南寧，台大外文系畢業，美愛荷華大學碩士，於美加州大學聖芭芭分校教授中國語文。現已退休。著有《臺北人》、《寂寞的十七歲》、《孽子》、《樹猶如此》等書。作品曾數度改編為電視、電影。二〇〇三年獲國家文藝獎。

白先勇是六〇年代「現代文學派」的代表作家，一九六〇年白先勇等人繼承老師夏濟安創辦《文學雜誌》的理想，成立「現代文學社」，以「試驗、摸索和創造新的藝術形式和風格」為創刊主張，發行五十二期後停刊，其所發掘培養的作家如王文興、陳映真、王禎和、黃春明、陳若曦、施叔青、林懷民等，在台灣文學史上都已有公認的貢獻。

◆作品賞析

〈永遠的尹雪艷〉是《臺北人》系列的第一篇，由於《臺北人》系列的經典位置及書的暢銷和改編成電影，本文開章第一句話「尹雪艷總也不老」也成了名言。

尹雪艷是上海百樂門舞廳的紅牌舞女，靠著「自己的旋律」風靡上海洋場，最後選擇金融界熱可炙手的洪處長下嫁，從紅牌舞女變成了洪夫人，但和國民政府倉惶南遷一樣，洪處長的八字抵不住尹雪艷的重煞，「一年丟官、兩年破產，到了臺北連個閒職也沒撈上」，即便如此，尹雪艷仍然活躍於台北的名流界。

雖然敘寫的主力是尹雪艷在台北的生活，但這棟位於台北仁愛路的尹雪艷公館，以及在其中出入的人，過的日子卻和台北沒什麼關連。在綢緞莊做旗袍，穿繡花鞋，看紹興戲，吃桂花湯糰，可說「尹雪艷周身都透著上海大千世界榮華的麝香」。

白先勇曾在接受訪問時提到《臺北人》中的台北是個框框，隱在框框後的回憶是整個大陸，〈永遠的尹雪艷〉正可做如是觀。在上海為尹雪艷犯了官商勾結重罪下獄槍斃的王貴生，到了台北成了被工人用扁鑽刺死的徐壯圖，當牌局上的徐壯圖的椅子被拉走，又來了兩位新客人，尹雪艷也是笑吟吟地說：「乾爹，快打起精神多和兩盤……我來吃你的紅！」彷彿這裡還是歌舞昇平的上海，彷彿國民政府沒有失去政權，十里洋場的富商權貴、在上海百樂門捧舞女的五陵年少也依舊夜夜笙歌，不管世局如何變化，尹雪艷永遠是尹雪艷。白先勇藉著永遠的尹雪艷把留連過去，無法面對遷移的人性，透視得酣暢淋漓。

延伸閱讀

1. 白先勇，〈遊園驚夢二十年〉，《聯合報》，二〇〇二年十二月二十五日。
2. 李奭學，〈永遠的臺北人——從白先勇在中央研究院文哲所的演講談起〉，《中央日報》，二〇〇三年四月二十八日。
3. 梅家玲編，〈永遠的白先勇〉，《中外文學》三五〇期，二〇〇一年七月。
4. 宋邦珍，〈試論「永遠的尹雪艷」人物形象塑造〉，《中國語文》五一三期，二〇〇〇年三月。

兒子的大玩偶

黃春明

在外國有一種活兒，他們把它叫做“Sandwich-man”。小鎮上，有一天突然也出現了這種活兒。但是在此地卻找不到一個專有的名詞，也沒有人知道這活兒應該叫什麼。經過一段時日，不知道那一個人先叫起的，叫這活兒做「廣告的」。等到有人發覺這活兒已經有了名字的時候，小鎮裡大大小小的都管它叫「廣告的」了。甚至於，連手抱的小孩，一聽到母親的哄騙說：「看哪！廣告的來了！」馬上就停止吵鬧，而舉頭東張西望。

一團火球在頭頂上滾動著緊隨每一個人，逼得教人不住發汗。一身從頭到腳都很怪異的、仿十九世紀歐洲軍官模樣打扮的坤樹，實在難熬這種熱天。除了他的打扮令人注意之外，在這種大熱天，那樣厚厚的穿著也是特別引人的；反正這活兒就是要吸引人注意。

臉上的粉墨，教汗水給沖得像一尊逐漸熔化的蠟像。塞在鼻孔的小鬍子，吸滿了汗水，逼得他不得不張著嘴巴呼吸。頭頂上圓筒高帽的羽毛，倒是顯得涼快地飄顫著。他何嘗不想走進走廊避避熱，但是舉在肩上的電影廣告牌，教他走進不得。新近，身前身後又多掛了兩張廣告牌；前面的是百草茶，後面的是蛔蟲藥。這樣子他走路的姿態就得像木偶般地受拘束了。累倒是累多了，能多要到幾個錢，總比不累的好。他一直安慰著自己。

從幹這活兒開始的那一天，他就後悔得急著想另找一樣活兒幹。對這種活兒他愈想愈覺得可笑，如果別人不笑話他，他自己也要笑的；這種精神上的自虐，時時縈繞在腦際，尤其在他覺得受累的時候倒逞強得很。想另換一樣活兒吧。單單這般地想，也有一年多了。

近前光晃晃的柏油路面，熱得實在看不到什麼了。稍遠一點的地方的景象，都給蒙在一層黃膽色的空氣的背後，他再也不敢穿望那一層帶有顏色的空氣看遠處。萬一真的如腦子裡那樣晃動著倒下去，那不是都完了嗎？他用意志去和眼前的那一層將置他於死地的色彩掙扎著：他媽的！這簡直就不是人幹的。但是這該怪誰？

「老闆，你的電影院是新開的，不妨試試看。試一個月如果沒有效果，不用給錢算了。海報的廣告總不會比我把上演的消息帶到每一個人的面前好吧？」

「那麼你說的服裝呢？」

（與其說我的話打動了他，倒不如說是我那副可憐相令人同情吧。）

「只要你答應，別的都包在我身上。」

（為這件活兒他媽的！我把生平最興奮的情緒都付給了它。）

「你總算找到工作了。」

（他媽的，阿珠還為這活兒喜極而泣呢。）

「阿珠，小孩子不要打掉了。」

（為這事情哭泣倒是很應該的。阿珠不能不算是一個很堅強的女人吧。我第一次看到她那麼軟弱而號啕的大哭起來。我知道她太高興了。）

想到這裡，坤樹禁不住也掉下淚來。一方面他沒有多餘的手擦拭，一方面他這樣想：管他媽的蛋！誰知道我是流汗或是流淚。經這麼一想，淚似乎受到慫恿，而不斷的滾出來。在這大熱天底下，他的臉肌還可以感到兩行熱熱的淚水簌簌地滑落。不抑制淚水湧出的感受，竟然是這般痛快；他還是頭一次發覺的哪。

「坤樹！你看你！你這像什麼鬼樣子！人不像人，鬼不像鬼，你！你怎麼會變成這個模樣來呢?!」

（幹這活兒的第二天晚上；阿珠說他白天就來了好幾趟了。那時正在卸裝，他一進門就嚷了起來。）

「大伯仔……」

（早就不該叫他大伯仔了。大伯仔。屁大伯仔哩！）

「你這樣的打扮誰是你的大伯仔！」

「大伯仔聽我說……」

「還有什麼可說的！難道沒有別的活兒幹啦？我就不相信，敢做牛還怕沒有犁拖？我話給你說在前面，你要現世給我滾到別地方去！不要在這裡汙穢人家的地頭。你不聽話到時候不要說這個大伯仔反臉不認人！」

「我一直到處找工作……」

「怎麼？到處找就找到這沒出息的鳥活幹了?!」
「實在沒有辦法，向你借米也借不到……」
「怎麼？那是我應該的？我應該的？我，我也沒有多餘的米，我的米都是零星買的，怎麼？這和你的鳥活何干？你少廢話！你！」
（廢話？誰廢話？真氣人。大伯仔，大伯仔又怎麼樣？娘哩！）
「那你就不要管！不要管不要管不要管——」
（呵呵，逼得我差點發瘋。）
「畜生，好好，你這個畜生！你竟敢忤逆我，你敢忤逆我。從今以後我不是你坤樹的大伯！切斷！」
「切斷就切斷，我有你這樣的大伯仔反而會餓死。」
（應得好，怎麼去想出這樣的話來？他離開時還暴跳地罵了一大堆話。隔日，真不想去幹活兒了。倒不是怕得罪大伯仔，就不知道為什麼灰心得提不起精神來。要不是看到阿珠的眼淚，使我想到我答應她說：「阿珠，小孩子不要打掉了。」的話；還有那兩帖原先準備打胎用的柴頭仔也都扔掉了；我真不會再有勇氣走出門。）

想，是坤樹唯一能打發時間的辦法，不然，從天亮到夜晚，小鎮裡所有的大街小巷，那得走上幾十趟，每天同樣的繞圈子，如此的時間，真是漫長得怕人。寂寞與孤獨自然而然地叫他去做腦子裡的活動；對於未來他很少去想像，縱使有的話，也是幾天以後的現實問題，除此之外，大半都是過去的回憶，以及以現在的想法去批判。

頭頂上的一團火球緊跟著他離開柏油路，稍前面一點的那一層黃膽色的空氣並沒有消失，他懨懨地感到被裹在裡面令他著急。而這種被迫的焦灼的情緒，有一點類似每天天亮時給他的感覺；躺在床上，看到曙光從壁縫漏進來，整個屋裡四周的昏暗與寂靜，還有那家裡特有的潮濕的氣味。他的情緒驟然地即從寧靜中躍出恐懼，雖然是一種習慣的現象，但是，每天都像一個新的事件發生。真的，每月的收入並不好，不過和其他工作比起來，還算是不差的啦。工作的枯燥和可笑，激人欲狂。可是現在家裡沒有這些錢，起碼的生活就馬上成問題。怎麼樣？最後，他說服了自己，不安的還帶著某種的慚愧爬了起來，坐在阿珠的小梳妝臺前，從抽屜裡拿出粉塊，望著鏡子，塗抹他的臉，望著鏡子，淒然的留半邊臉苦笑。白茫茫的波濤在腦子裡翻騰。

他想他身體裡面一定一滴水都沒有了，向來就沒有這般的渴過。育英國校旁的那條花街，妓女們穿著睡衣，拖著木屐圍在零食攤吃零食，有的坐在門口施粉，有的就茫然的倚在門邊，也有埋首在連環圖畫裡面，看那樣子倒是很逍遙。其中夾在花街的幾戶人家，緊緊地閉著門戶，不然即是用欄柵橫在門口，並且這些人家的門邊的牆壁上，很醒眼的用紅漆大大的寫著「平家」兩個字。

「呀！廣告的來了！」圍在零食攤裡的一個妓女叫了出來。其餘的人紛紛轉過臉來，看著坤樹頭頂上的那一塊廣告牌子。

他機械的走近零食攤。

「喂！樂宮演什麼啊？」有一位妓女等廣告的走過他們的身邊時問。

他機械的走過去。

「他發了什麼神經病，這個人向來都不講話的。」有人對著向坤樹問話的那個妓女這樣地笑她。

「他是不是啞巴？」妓女們談著。

「誰知道他？」

「也沒看他笑過，那副臉永遠都是那麼死死的。」

他才離開她們沒有幾步，她們的話他都聽在心裡。

「喂！廣告的，來呀！我等你。」有一個妓女的吆喝向他追過來，在笑聲中有人說：「如果他真的來了不把你嚇死才怪。」

他走遠了，還聽到那一個妓女又一句挑撥的吆喝。在巷尾，他笑了。

要的，要是我有了錢我一定要。我要找仙樂那一家剛才倚在門旁發呆的那一個，他這樣想著。

走過這條花街，倒一時令他忘了許多勞累。

看看人家的鐘，也快三點十五分了。他得趕到火車站和那一班從北來的旅客沖個照面；這都是和老闆事先訂的約，例如在工廠下班，中學放學等等都得去和人潮沖個照面。

時間也控制得很好，不必放快腳步，也不必故意繞近，當他走出東明里轉向站前路，那一班下車的旅客正好紛紛地從柵口走出來，靠著馬路的左邊迎前走去；這是他幹這活的原則，陽光仍然熱得可以烤番薯，下車的旅客匆忙的穿過空地，一下子就鑽進貨運公司這邊的走廊。除了少數幾個外來的旅客，再也沒有人對他感到興趣，要不是那幾張生疏而好奇的面孔，對他有所鼓勵的話，他真不知怎麼辦才好；他是有把握的，隨便捉一個人，他都可以辨認是外地的或是鎮上的，甚至於可以說出那個人大部份在什麼時間，什麼地方出現。

無論怎麼，單靠幾張生疏的面孔，這個飯碗是保不住，老闆遲早也會發現。他為了目前反應，心都顛了。

（我得另做打算吧。）

此刻，他心裡極端的矛盾著。

（開始那一段日子，路上人群的那種驚奇，真像見了鬼似的。）

「看哪！看哪！」

「他是誰呀？」

「那兒來的？」

「咱們鎮裡的人嗎？」

「不是吧！」

「唷！是樂宮戲院的廣告。」

「到底是那裡的人呢？」

（真莫名其妙，注意我幹什麼？怎麼不多看看廣告牌？那一陣子，人們對我的興趣真大，我是他們的謎。他媽的，現在他們知道我是坤樹仔，謎底一揭穿就不理了。這干我什麼？廣告不是經常在變換嗎？那些冷酷和好奇的眼睛，還亮著哪！）

反正幹這種活，引起人注意和被奚落，對坤樹同樣是一件苦惱。

他在車站打了一回轉，被游離般的走回站前路。心裡和體外的那種無法調合的冷熱，向他挑戰。坤樹的反抗只止於內心裡面咒詛而已。五六公尺外的那一層黃膽色的空氣又隱約的顯現，他口渴得喉嚨就要裂開，這時候，家，強有力的吸引著他回去。

（不會為昨晚的事情，今天就不為我泡茶吧？唉！中午沒回去吃飯就太不應該了，上午也應該回去喝茶。阿珠一定更深一層的誤會。他媽的該死！）

「你到底生什麼氣，氣到我身上來。小聲一點怎麼樣，阿龍在睡覺。」

（我不應該遷怒於她。都是吝嗇鬼不好，建議他給我換一套服裝他不幹，他說：「那是你自己的事！」我的事？真是他媽的狗屎！這件消防衣改的，已經引不起別人的興趣了，同時也不是這種大熱天能穿的啊！）

「我就這麼大聲！」

（嘖！太過分了。但是一肚子氣怎麼辦？我又累得很，阿珠真笨，怎麼不替我想想，還向我頂嘴。）

「你真的要逼人嗎？」

「逼人就逼人！」

（該死，阿珠，我是無心的。）

「真的？」

「不要說了！」嘶著喉嚨叫：「住嘴！我！我打人啦啊！」當時把拳頭握得很緊，然後猛力的往桌子搥擊。

（總算生效了，她住嘴了，我真怕她逞強。我想我會無法壓制地打阿珠。但是我絕對是無心的。把阿龍嚇醒過來真不應該。阿珠那樣緊緊地抱著阿龍哭的樣子，真教人可憐。我的喉嚨受不了，我看今天喝不到茶了吧？活該！不，我真渴著哪。）

坤樹一路想著昨晚的事情，不覺中已經到了家門口，一股悸動把他引回到現實。門是掩著，他先用腳去碰它，板門輕輕的開了。他放下廣告牌子，把帽子抱在一邊走了進去。飯桌上罩著竹筐，大茶壺擱在旁邊，嘴上還套著那個綠色的大塑膠杯子。她泡了！一陣溫暖流過坤樹的心頭，覺得寬舒了起來。他倒滿了一大杯茶，駛直喉嚨灌。這是阿珠從今年夏天開始，每天為他準備的薑母茶，裡頭還下了赤糖，等坤樹每次路過家門進來喝的。阿珠曾聽別人說，薑母茶對勞累的人很有裨益。他渴得倒滿了第二杯，同時心裡的驚疑也滿了起來。平時回來喝茶水不見阿珠倒不怎麼，但為了昨晚無理的發了一陣子牛脾氣的聯想，使他焦灼而不安。他放下茶，打開桌罩和鍋蓋，發覺菜飯都沒動，床上不見阿龍睡覺，阿珠替人洗的衣服疊得好好的。那裡去了？

阿珠從坤樹不吃早飯就出門後，心也跟著懸得高高的放不下來，本來想叫他吃飯的，但是她猶豫了一下，坤樹已經過了馬路了。他們一句話都沒說。阿珠揹著阿龍和平時一樣地去替人家洗衣服。她不安得真不知怎做才好，用力在水裡搓著衣服，身體的擺動，使阿龍沒有辦法將握在手裡的肥皂盒，放在口裡滿足他的吸吮。小孩把肥皂盒丟開，氣得放聲哭了。阿珠還是用力的搓衣服。小孩愈哭愈大聲，她似乎沒聽見；過去她沒讓阿龍這般可憐的哭著而不理。

「阿珠，」就在水龍頭上頭的廁所窗口，女主人喊她。

她仍然埋首搓衣服。

「阿珠。」這位一向和氣的女主人，不能不更大聲地叫她。

阿珠驚慌的停手，站起來想聽清楚女主人的話時，同時也意識到阿龍的哭鬧，她一邊用濕濕的手溫和的拍著阿龍的屁股，一邊側頭望著女主人。

「小孩子在你的背上哭得死去活來，你都不知道嗎？」雖然帶有點責備，但是口氣還是十分溫和。

「這小孩子。」她實在也沒什麼話可說。「給了他肥皂盒他還哭！」她放斜左邊的肩膀，回過頭向小孩：「你的盒子呢？」她很快的發現掉在地上的肥皂盒，馬上俯身拾過來在水盆裡一沾，然後甩了一下，又往後拿給阿龍了。她蹲下來，拿起衣服還沒搓的時候，女主人又說話了。

「你手上拿著的這一件紗是新買的，洗的時候輕一點搓。」

她實在記不起來她是怎麼搓衣服，不過她覺得女主人的話是多餘的。

好不容易把洗好的衣服晾起來，她匆匆忙忙地揹著阿龍往街上跑。她穿過市場，她沿著鬧區的街道奔走，兩隻焦灼的眼，一直搜尋到盡頭，她什麼都沒發現。她腦子裡忙亂的判斷著可能尋找到他的路。最後終於在往鎮公所的民權路上，遠遠的看到坤樹高高地舉在頭頂上的廣告牌，她高興的再往前跑了一段，坤樹的整個背影都收入她的眼裡了。她斜放左肩，讓阿龍的頭和她的臉相貼在一起說：

「阿龍，你看！爸爸在那裡。」她指著坤樹的手和她講話的聲音一樣，不能公然的而帶有某種自卑的畏縮。他們距離得很遠，阿龍什麼都不知道。她站在路旁目送著坤樹的背影消失在叉路口，這時，內心的憂慮剝了其中最外的一層。她不能明白坤樹這個時候在想些什麼，他不吃飯就表示有什麼。不過，看他還是和平常一樣的舉著廣告牌走；唯有這一點教她安心。但是這和其他令她不安的情形糅雜在一起，變得比原先的恐懼更難負荷的複雜，充塞在整個腦際裡。見了坤樹的前後，阿珠只是變換了不同的情緒，心裡仍然是焦灼的。她想她該回去替第二家人家洗衣服去了。

當她又替人洗完衣服回到家裡，馬上就去打開壺蓋。茶還是整壺滿滿的，稀飯也沒動，這證明坤樹還是沒回來過。他一定有什麼的，她想。本來想把睡著了的阿龍放下來，現在她不能夠。她匆忙的把門一掩，又跑到外頭去了。

頭頂上的火球正開始猛烈的燒著，大部份路上的行人，都已紛紛的躲進走廊。所以阿珠要找坤樹容易得多了。她站在路上，往兩端看看，很快的就可以知道他不在這一條路上。這次阿珠在中正北路的鋸木廠附近看到他了，他正向媽祖廟那邊走去。她距離坤樹有七八個房子那麼遠，偷偷地跟在後頭，還小心的提防他可能回過頭來。在背後始終看不出坤樹有什麼異樣，有幾次，阿珠借著走廊的柱子遮避，她趕到前面距離坤樹背後兩三間房的地方觀察他。仍然看不出有什麼異樣的地方。但是，不吃飯、不喝茶的事，卻令阿珠大大的不安。她一直不能相信她所觀察的結果，而深信一定有什麼，她擔憂著什麼事將在他們之間發生。這時阿珠突然想看看坤樹的正面。她想，也許在坤樹的臉上可以看到什麼。她跟到十字路口的地方，看坤樹並沒有拐彎而直走。於是她半跑的穿過幾段路，就躲在媽祖廟附近的攤位背後，等坤樹從前面走過來。她急促忐忑的心，跟著坤樹的逼近，逐漸的高亢起來。面臨著自己適才的意願的頃刻，她竟不顧旁人對她的驚奇，她很快的蹲到攤位底下，然後連接著側過頭，看從她旁邊閃過的坤樹。在這剎那間，她只看到不堪燠熱的坤樹的側臉，那汗水的流跡，使她也意識到自己的額頭亦不斷地發汗。阿龍也流了一身汗。

那包紮著一個核心的多層的憂慮，雖然經她這麼跟蹤而剝去了一些，而接近裡層的核心，卻敏感的只稍一觸及即感到痛楚。阿珠又把自己不能確知什麼的期待，放在中午飯的時候。她把最後的一家衣服也洗了。接著準備好中午飯，一邊給阿龍餵奶一邊等著坤樹。但是過了些時，還不見坤樹的影子踏進門，這使得她又激起極大的不安。

她揹著阿龍在公園的路上找到坤樹。有幾次，她真想鼓起勇氣，跟上前懇求他回家吃飯。但是她稍微一走近坤樹，突然就感到所有的勇氣又消失了。於是，她只好保持一段距離，默默地且傷心的跟著坤樹。這條路走過那一條路，這條巷子轉到另一條巷子，沿途她還責備自己，說昨晚根本就不該頂嘴，害得他今天這麼辛苦，兩頓飯沒吃，茶水也沒喝，在這樣的大熱天，不斷的走路……。她流著淚走幾步路，總得牽揹巾頭擦拭一下。

最後看到坤樹轉向往家裡走的路，她高興得有點緊張。她從另一條路先趕回到家門口的另一條巷口的地方，在那裡可以看到坤樹怎麼走進屋子裡，看他有沒有吃飯。坤樹走過來了。終於在門口停下來了。阿珠看到他走進屋子裡的時候，流出了更多眼淚，她只好用雙手掩面，而將頭頂在巷口的牆上，支柱著放鬆她的心緒。坤樹在屋裡的一舉一動，她都看在眼裡了。她也猜測到坤樹的心裡，正焦急地找她，這種想法，使她覺得多少還是幸福的。

當坤樹在屋裡納悶而急不可待的想踏出外面，阿珠揹著阿龍低著頭閃了進來。阿珠在對面竊視到坤樹喝了茶，一股喜悅地跨過來的時間，正好是坤樹納悶的整段。看到妻子回來了，另一邊看到丈夫喝了茶了，兩個人的心頭像同時一下子放了重擔。阿珠還是低著頭，忙著把桌罩掀掉，接著替坤樹添飯。坤樹把前後的廣告牌子卸下來放在一邊，將胸口的鈕子解開，坐下來拿起碗筷默默地吃了，阿珠也添了飯，坐在坤樹的對面用飯。他們一直沈默著，整個屋子裡面，只能聽到類似豬圈裡餵豬時的嚼嚼的聲音。坤樹站起來添飯，阿珠趕快地抬起頭看看他的背後，又很快的低下頭扒飯。等阿珠站起來，坤樹迅速的看了看她的背後，在她轉身過來之前，亦將視線移到別的地方。坤樹終於耐不住這種沉默：

「阿龍睡了？」他知道阿龍在母親背後睡著了。

「睡了。」她還是低著頭。

又是一段沉默。

坤樹看著阿珠，但是以為阿珠這一動將抬頭時，他馬上又把視線移開。他又說話了：

「今天早上紅瓦厝的打鐵店著火了你知道不知道？」

「知道。」

這樣的回答，坤樹的話又被阻塞了。又停了一會。

「上午米粉間那裡的路上死了兩個小孩。」

「唷！」她猛一抬頭，看到坤樹也正從飯碗裡將要抬頭時，很快的又把頭低了下去，「怎麼死的？」

她內心是急切想知道這問題的，但語調上已經沒有開始的驚嘆那麼來得激動。

「一輛運米的牛車，滑下來幾包米，把吊在車尾的小孩壓死了。」

坤樹從幹了這活以後，幾乎變成了阿珠專屬的地方新聞記者，將他每天在小鎮裡所發現的事情，一五一十地告訴她，有時也有號外的消息，例如有一次，坤樹在公園路看到一排長龍從天主教堂的側門排到路上，他很快的專程的趕回家，告訴阿珠說天主教堂又在賑濟麵粉了。等他晚上回來，兩大口的麵粉和一廳奶粉好好的擺在桌上。

雖然某種尷尬影響了他們談話的投機，但總算和和氣氣的溝通了。坤樹把胸釦扣好，打點了一下道具，不耐沉默地又說：

「阿龍睡了？」

（廢話，剛才不是說了！）

「睡著了。」她說。

但是，坤樹為了前句話，窘得沒聽到阿珠的回答。他有點匆忙的走出門外，連頭也不回的走了。這時阿珠才站在門口，搖晃著背後的阿龍，一邊輕拍小孩的屁股目送著丈夫消失。這一段和解的時間約有半個小時的光景，然而他們之間的目光卻沒有真正的接觸過。

農會的米倉，不但牆築得很高，同時長得給人感到怪異。這裡的空氣因巨牆的關係，有一團氣流在這裡旋轉，牆的巨影蓋住了另一邊的矮房，坤樹正向這邊走過來。他的精神好多了，眼前直穿到盡頭，再也看不到那一層黃膽色的阻隔，那麻木不覺的臂膀，重新恢復了舉在頭頂上的廣告牌子的重量感。他估量天色的時分和晚上的時間，埋怨此刻不是晚上，他實在想睡覺的事。他有這種經驗，只要這麼經過，他和阿珠之間的尷尬即可全消。其實為了消融夫妻之間的尷尬算是附帶的，不知怎麼，夫妻之間有了尷尬，而到了某一種程度的時候，性慾就勃發起來。這麼白亮的時光，真受坤樹咒詛，倉庫的四周，麻雀吱吱喳喳地叫個不停，他想到自己的童年，那時這一排矮房子還是一片空地，他常常和幾個小朋友跑到這裡打麻雀；當時他練得一手好彈弓。電線上的幾隻麻雀有的正偏著頭望他，他略微側著頭望上去，仍舊不變腳步地走著，側仰的頭和眼球的角度，跟著他每一步的步伐在變，突然後面有人跑過來的腳步聲，使他驚嚇得回轉過頭。這和他以前提防看倉庫的那位老頭子一樣。他為他這動作感到好笑。那位老頭，早在他在這裡來打麻雀的時候就死掉了，屍體還是他們在倉庫邊的井旁發現的。想啊想地，電線上的麻雀已落在他的後頭了。

一群在路旁玩土的小孩，放棄他們的遊戲，嘻嘻哈哈地向他這邊跑來，他們和他保持警戒的距離跟著他走，有的在他的前面，面向著他倒退著走。在阿龍還沒有出生以前，街童的纏繞曾經引起他的氣惱。但是現在不然了，對小孩他還會向他們做做鬼臉，這不但小孩子高興，無意中他也得到了莫大的愉快。每次逗著阿龍笑的時候，都可以得到這種感覺。

「阿龍，阿龍——」

「你管你自己走吧，誰要你撒嬌。」

「阿龍——再見，再見……」

他們幾乎每天都是這樣的在門口分手。阿龍看到坤樹走了他總是要哭鬧一場，有時從母親的懷抱中，將身體往後仰翻過去，想挽留去工作的父親。這時，坤樹往往由阿珠再說一句：「孩子是你的，你回來他還在。」之類的話，他才死心走開。

（這孩子這樣喜歡我。）

坤樹十分高興。這份活兒使他有了阿龍，有了阿龍教他忍耐這活兒的艱苦。

「鬼咧！你以為阿龍真正喜歡你嗎？這孩子以為真的有你現在的這樣一個人哪！」

（那時我差一點聽錯阿珠這句話。）

「你早上出門，不是他睡覺，就是我揹出去洗衣服。醒著的時候，大半的時間你都打扮好這般模樣，晚上你回來他又睡了。」

（不至於吧，但這孩子越來越怕生了。）

「他喜歡你這般打扮做鬼臉，那還用說，你是他的大玩偶。」

（呵呵，我是阿龍的大玩偶，大玩偶?!）

那位在坤樹前面倒退著走的小街童，指著他嚷：

「哈哈，你們快來看，廣告的笑了，廣告的眼睛和嘴巴說這樣這樣地歪著哪！」

幾個在後頭的都跑到前面來看他。

（我是大玩偶，我是大玩偶。）

他笑著。影子長長地投在前面，有了頭頂上的牌子，看起來不像人的影子。街童踩著他的影子玩，遠遠的背後有一位小孩子的母親在喊，小孩子即時停下來，以惋惜的眼睛目送他，而也以羨慕的眼睛注視其他沒有母親出來阻止的朋友。坤樹心裡暗地裡讚賞阿珠的聰明，他一再地回味著她的比喻：

「大玩偶，大玩偶。」

「龍年生的，叫阿龍不是很好嗎？」

（阿珠如果讀了書一定是不錯的。但是讀了書也就不會是坤樹的妻子了。）

「許阿龍。」

「是不是這個龍？」

（戶籍課的人也真是，明知道我不太熟悉字才請他替我填表，他還這麼大聲的問。）

「鼠牛虎兔龍的龍。」

「六月生的，怎麼不早來報出生？」

「今天才取到名字。」

「超出三個月未報出生要罰十五元。」

「連要報出生我們都不知道咧。」

「不知道？那你們怎麼知道生小孩？」

（真不該這樣挖苦我，那麼大聲引得整個公所裡面的人都望著我笑。）

中學生放學了，至少他們比一般人好奇，他們讀著廣告牌的片名，有的拿電影當著話題，甚至於有人對他說：「有什麼用？教官又不讓我們看！」他不能明白他的意思，但是他很愉快，看到每一個中學生的書包，脹得鼓鼓的，心裡由衷的敬佩。

（我們有三代人沒讀過書了。阿龍總不至於吧！就怕他不長進。聽說註冊需要很多錢哪！他們真是幸運的一群！）

兩排高大的桉樹的路樹，有一邊的影子斑花的映在路面，從那一端工業地區走出來的人，他們沒有中學生那麼興奮，滿臉帶著疲倦的神色，默默地犁著空氣，即使有人談笑也只是那麼小聲和輕淡。找這活幹以前，坤樹亦曾到紙廠、鋸木廠、肥料廠去應徵過，他很羨慕這群人的工作，每天規律的在這個時候，通過這涼爽的高桉路回家休息。除此之外，他們還有禮拜天哪。他始終不明白為什麼被拒絕。他檢討過。他是無論如何也想不通的。

「你家裡幾個人？」

「我和我的妻子，父母早就去世了。我的……」

「好了好了，我知道。」

（真莫名其妙！他知道什麼？我還沒說完咧。他媽的！好容易排了半天隊輪到我就問這幾句話？有些人連問都沒有，他只是點點頭笑一笑，那個應徵的人隨即顯得那麼得意。）

黃昏了。

坤樹向將墜入海裡的太陽瞟了一眼，自然而然不經心的快樂起來。等他回到樂宮戲院的門口，經理正在外面看著櫥窗。他轉過臉來說：

「你回來的正好，我找你。」

對坤樹來說，這是很不尋常的。他愣了一下，不安的說：

「什麼事？」

「有事和你商量。」

他腦子裡一時忙亂的推測著經理的話和此時那冷淡的表情。他小心的將廣告牌子靠在櫥窗的空牆，把前後兩塊廣告也卸下來，抱著高帽的手有點發顫。他真想多拖延一點時間，但能拖延的動作都做了，是他該說話了。他憂慮重重的轉過身來，那濕了後又乾的頭髮，牢牢地貼在頭皮，額頭和顴骨兩邊的白粉，早已被汗水沖淤在眉毛和向內凹入的兩頰的上沿，露出來的皮膚粗糙得像患了病。最後，他無意的把小鬍子也摘下來，眼巴巴的站在那裡，那模樣就像不能說話的怪異的人形。

經理問他說：

「你覺得這樣的廣告還有效果嗎？」

「我，我……。」他急得說不出話來。

（終於料到了。完了！）

「是不是應該換個方式？」

「我想是的。」坤樹毫無意義的說。

（他媽的完了也好！這樣的工作有什麼出息。）

「你會不會踏三輪車？」

「三輪車？」他很失望。

（糟糕！）

坤樹又說：「我，我不大會。」

「沒什麼困難，騎一兩趟就熟了。」

「是。」

「我們的宣傳想改用三輪車。你除了踏三輪車以外，晚上還是照樣幫忙到散場。薪水照舊。」

「好！」

（嗨！好緊張呀！我以為完了。）

「明天早上和我到車行把車子騎回來。」

「這個不要了？」他指著靠牆的那張廣告牌，那意思是說不用再這樣打扮了？

經理裝著沒聽到他的話走進去……。

（傻瓜！還用問。）

他覺得很好笑。然而到底有什麼好笑？他不能確知。他張大著嘴巴沒出聲的笑著。回家的途中，他隨便的將道具扛在肩上，反而引起路人驚訝的注視，還有那頂高帽挾在他的腋下的樣子，也是小鎮裡的人所沒見過的。

「看吧！這是你們最後的一次。」他禁不住內心的愉快，真像飛起來的感覺。

是很可笑的一種活兒哪！他想：記得小時候，不知道那裡來的巡迴電影。對了，是教會的，就在教會的門口，和阿星他們爬到相思樹上看的。其中就有這樣打扮著廣告的人的鏡頭；一群小孩子纏繞著他。那印象給我們小孩太深刻了，日後我們還打扮成類似的模樣做遊戲，想不到長大了卻成了事實。太可笑了。

「他媽的！那麼短短的鏡頭，竟他媽的這樣，他媽的可笑。」坤樹沿途想著，且喃喃自言自語地說個不完。

往事一幕一幕地又重現在腦際。

「阿珠，如果再找不到工作，肚子裡的小孩就不能留了。這些柴頭藥據說一個月的孕期還有效。不用怕，所有的都化成血水流出來而已。」

（好險哪！）

「阿珠，小孩子不要打掉了。」

（那麼說，那時候沒趕上看那場露天的電影，有沒有阿龍還是一個問題哪！幸虧我爬上相思樹看。）

奇怪的是，他對這本來想拋也拋不掉的活，每天受他咒詛不停，現在他倒有些敬愛起來。不過敬愛還是歸於敬愛，他內心的新的喜悅總比其他的情緒強烈得多。

「坤樹，你回來了！」站在路上遠遠望到丈夫回來的阿珠，出乎尋常的興奮地叫了起來。

坤樹驚訝極了。他想不透阿珠怎麼知道了？如果不是這麼回事，阿珠這般親熱的表現，坤樹認為太突然而過於大膽了；在平時他遇到這種情形，一定會窘上半天。

當坤樹走近來，他覺得還不適於說話的距離時，阿珠搶先的說：

「我就知道你走運了。」她好像恨不得把所有的話都說出來。坤樹卻真正的嚇了一跳。她接著說：

「你會不會踏三輪車？其實不會也沒關係，騎一兩趟就會熟的。金池想把三輪車頂讓給你咧。詳細的情形……」

他聽到此地才明白過來。他想索性就和她開個玩笑吧，於是他說：

「我都知道了。」

「剛看你回來的樣子，我猜想你也知道了。你覺得怎麼樣？我想不會錯吧！」

「不錯是不錯，但是——」他差一點也抑不住那令他快樂的消息，欲言又作罷了。

阿珠不安的逼著問：

「有什麼問題嗎？」

「如果經理不高興我們這樣做的話，我想就不該接受金池的好意了。」

「為什麼？」

「你想想，當時我們要是沒有這件差事，那真是不堪想像，說不定阿龍就不會有。現在我們一有其他工作，一下子就把這工作丟了，這未免太過分吧！」這完全是他臨時想出來的話。但經他說了出來之後，馬上覺察到話的嚴肅與重要性，他突然變得很正經，與其說阿珠了解他的話，倒不如說是被他此刻的態度懾住了。她顯然是失望的，但至少有一點義理支持她，她沉默的跟著坤樹走進屋子裡，在一團困惑的思緒中，清楚的意識到對坤樹有一種新的尊敬。可能提到和阿龍有關係的緣故吧，她很容易的接受了這種說法。

晚飯，他們和平常一樣的吃著，所不同的是坤樹常常很神祕的望著阿珠不說話，除了有一點奇怪之外，阿珠倒是很安心，她在對方的眼神中，隱約的看到善良的笑意。在意識裡，阿珠覺得她好像把坤樹踏三輪車以後的生活計畫都說了出來，而不顧慮有欠恩情於對方的利益，似乎自責得很厲害。坤樹有意要把真正好的消息，留在散場回來時告訴她。他放下飯碗，走過去看看熟睡的阿龍。

「這孩子一天到晚就是睡。」

「能睡總是好的囉。不然，我什麼事情都不能做，註生娘娘算是很幫我們忙，給我們這麼乖的孩子。」

他去到戲院工作了。

他後悔沒及時將事情告訴阿珠。因此他覺得還有三個小時才散場的時間是長不可耐的，也許在別人看來這是一件平凡的小事情。但是，對坤樹來說，無論如何是裝不了的，像什麼東西一直溢出來令他焦急。

（在洗澡的時候，差點說出來。說了出來不就好了嗎？）

「你怎麼把帽子弄扁了呢？」那時阿珠問。

（阿珠一向是很聰明的，她是嗅出一點味道來了。）

「嗅！是嗎？」

「要不要我替你弄平？」

「不用了。」

（她的眼睛想望穿帽子，看看有什麼祕密。）

「好，把它弄平吧。」

「你怎麼這樣不小心，把帽子弄得這麼糟糕。」

（乾脆說了算了。嘖！真是。）

這樣錯綜的去想過去的事情，已經變成了坤樹的習慣。縱使他用心提防再不這樣去想也是枉然的了。

他失神的坐在工作室，思索著過去生活的片段，即使是當時感到痛苦與苦惱的事情，現在浮現在腦際裡亦能撲得他的笑意。

「坤樹。」

他出神的沒有動。

「坤樹。」比前一句大聲地。

他受驚的轉過身，露出尷尬的笑容望著經理。

「快散場了，去把太平門打開，然後到寄車間幫忙。」

一天總算真正的過去了。他不像過去那樣覺得疲倦。回到家，阿珠抱著阿龍在外面走動。

「怎麼還沒睡？」

「屋子裡太熱了，阿龍睡不著。」

「來，阿龍——爸爸抱。」

阿珠把小孩子遞給他，跟著走進屋子裡。但是阿龍竟突然的哭起來，儘管坤樹怎麼搖，怎麼逗他都沒有用，阿龍愈哭愈大聲。

「傻孩子，爸爸抱有什麼不好？你不喜歡爸爸了嗎？乖乖，不哭不哭。」

阿龍不但哭得大聲，還掙扎著將身子往後倒翻過去，像早上坤樹打扮好要出門之前，在阿珠的懷抱中想掙脫到坤樹這邊來的情形一樣。

「不乖不乖，爸爸抱還哭什麼。你不喜歡爸爸了？傻孩子，是爸爸啊！是爸爸啊！」坤樹一再提醒阿龍似的：「是爸爸啊，爸爸抱阿龍，看！」他扮鬼臉，他「嗚魯嗚魯」地怪叫，但是一點用處都沒有。阿龍哭得很可憐。

「來啦，我抱。」

坤樹把小孩子還給阿珠，心突然沉下來。他走到阿珠的小梳妝臺，坐下來，躊躇的打開抽屜，取出粉塊，深深的望著鏡子，慢慢的把臉塗抹起來。

「你瘋了！現在你打臉幹什麼？」阿珠真的被坤樹的這種舉動嚇壞了。

沉默了片刻。

「我，」因為抑制著什麼的原因，坤樹的話有點顫然地：「我，我，我……。」

——選自《兒子的大玩偶》（皇冠，二〇〇二）

◆作者簡介

黃春明，一九三五年生，台灣宜蘭人，屏東師範畢業，曾任小學教員、記者、廣告企劃，曾獲吳三連文藝獎、《時報》文學獎小說推薦獎、國家文藝獎等。雖然也是現代文學的一員大將，但因他的作品中反映了五〇年代本土的現實面，而被歸為鄉土文學的代表作家。

黃春明特別關注台灣鄉村、土地及老人的問題，藉由一個個小人物的辛酸與掙扎、幽默與喜樂，表達出人們對命運的無奈、對世界的誤解，也讓讀者透過小琪、白梅、瑪莉等有名無名的人物，看到台灣六〇、七〇年代城鄉演變的鮮活風貌。著有《莎喲娜啦・再見》、《兒子的大玩偶》、《看海的日子》、《等待一朵花的名字》等書。近年除創作童話，製作兒童劇場外，並成立吉祥巷工作室，積極參與社區營造、田野調查，足見黃春明在現實人生中見證他作品中的人與土地。

◆作品賞析

具體展現六〇、七〇年代台灣城鄉的演變，以及西方商業與本土經驗的衝突，在黃春明的小說中，尤以〈兒子的大玩偶〉為最。

坤樹從事國外叫做Sandwich-man，台灣找不到專有名詞，就叫「廣告的」的工作，作者透過坤樹這個角色，以意識流的手法，鋪演小人物一天的生活。他幹這活兒，是太太阿珠的專屬的新聞記者，把小鎮大大小小的事向她傳播；坤樹這活兒，也是保住阿珠肚子裡的孩子的重要因素，因為有這工作，小孩不必打掉了；更重要的是，這活兒使坤樹成為兒子阿龍的大玩偶。但是坤樹幹這活兒的第一天開始，就後悔得急著想找另一樣活兒幹，因為這個工作他愈想愈可笑，別人不笑話他，他自己也要笑話自己，這樣精神自虐一年多後，終於有機會換工作了，但阿龍卻不認識卸了妝的坤樹，他只認識大玩偶的坤樹，於是深夜的坤樹，開始打臉化妝……

黃春明致力敘寫生活中隨處可見的小人物，把他們的卑微、喜樂，攤開在讀者面前，就像本文這位為生活低頭，卻擁有對妻兒深厚之愛的坤樹，小說最後坤樹開始打臉的一幕，正是把在現實中掙扎不認輸的小市民的心聲，深沉地吶喊出來。

◆延伸閱讀

1. 方瑜，〈面具之後——試論黃春明小說的「世界」〉，《台灣文藝》，一九七八年十月，頁六三－七一。
2. 姚一葦，〈論黃春明的「兒子的大玩偶」〉，《現代文學》，一九七二年十一月，頁五－二〇。
3. 楊照，〈試圖與悲劇周旋的小人物們〉，《中國時報》，一九九九年八月二十九日。
4. 葛浩文，〈台灣鄉土作家黃春明的創作〉，《海峽》，一九八二年。

一封未寄的情書

李　昂

（人類的語言、文字，在現代社會中，不斷受到日常的陳腔濫調、各種意識型態、不實宣傳的汙染，而至喪失它們的真義。）

G．L．：

現在是夜裡三點，躺在床上，窗外的雨聲仍不斷。這是怎樣多雨的一個春天，那瀟瀟的春雨從一月的冷寒裡直下到二月，甚且早該有暖意的三月天，四處鬱集著一片溼苦，像鬱抑的淚，流久了，也會有這般溼滯感覺。

是這樣的天氣及這樣的深夜給了我如許感動，讓我想寫這封信。你大概還不知道我是誰，我只不過是你生命中極其短暫的一個過客，甚且不曾佔有任何位置，人們會說：「連手都不曾拉過的愛情」，的確是這樣的。因而，我也不會在信後留下我的名字，如果你看完了信甚且記憶不起我是誰，我也將只感到一陣無言的淒苦。如果信都不足傳達出我想訴說與你的，那語言又如何！更何況，你我間隔著一整個太平洋，間隔著十多年的時日，即使真要訴說與你，也無從說起。

倒是渴望給你寫這封信，已有很長的一段時間，只不曾真正去著手。總是在夜裡，在獨處時會有這樣的想望，也總是壓抑著，因為知曉明晨醒來，又是陽光璀璨的另一天，那夜裡深摯的感動已遠去，會知覺昨夜想作的全然不必要，還不免些微的要嘲諷起自己。

當然也為著那免除不去的心中驚懼。過往對你的情愛已使得我一度成為公眾的笑談，再給你寫這樣的一封信，是否又會引起不必要的困擾，特別我現在的身分已然不同，這些，無寧十分的困擾著我。

（臺灣正處於轉型期的社會，也即是說，由農業社會要轉入工商業社會，在這個階段，社會價值觀自然會起很明顯的變化，表現於男女問題方面，雙重價值標準成為重要的討論課題。）

然而我無寧對你還有著一份不變的信心，使我在這個落雨的三月天深夜中，終於提筆給你寫這封信。在說出為何寫這封信的緣由之前，我要先告訴你，G・L・，你在我的過往中造成怎樣重大的，時間都不易克服的影響。

認識你的時候我未滿二十歲，對許多女孩子來說，原該是怎樣明麗的青春！她們喜愛漂亮的衣服，等待著去赴約會，在家中偷偷閱讀情書或等電話，再對著鏡子看到自己煥發的臉龐、燒灼的一雙眼睛，或者怔怔的瞧著鏡中的自己，梳了上千次頭髮，但心神早飛回到過往無數甜蜜的時刻。

比較不幸的是（的確是不幸，我真正明確知曉意義的在用這兩個字），我過早的有了一向為人們所稱許的才智，使得我整個少女時期，不曾看重那直接、簡單的歡樂，而一意的迷戀更高深的某種東西，某種所謂人類的精神領域。可是我要特別說明的是，我並非蓄意如此，只是被一股莫名的力量推繫著前往，我本身並不快樂，甚且悵然於我不能享有那樣年輕的歡樂。

於是，在大部分少女忙於約會的時候，我獨自作為一個旁觀者，並將自己藏身在無盡的小說中。是的，我讀小說，各式各樣的小說，從在此地被推崇為世界文學名著的女作家作品，讀到坊間的各式暢銷小說，有一類作品至今仍可笑的深深感動我，帶出廉價的眼淚與歡笑，那是一些中外通俗作家的暢銷書。

在這類小說中，我看到星星和火花，看到所有超乎實質生活的美好事物，在這些小說中，男女主角存活的目的和主要生命就是為了愛情。多美妙的一件事啊！愛情，特別是遭遇挫折與困境，再被強化的愛情——那有著無數擁抱、熱淚、愛與恨的愛情，是怎樣激動了我少女的心懷。只是我無論如何都不曾料到，這類愛情故事，已不知不覺中沉積於我的心中，在造成怎樣巨大的影響。

G．L．，你是否可以瞭解如此被愛情汙染的少女心懷？你看，我又用了「汙染」這個大字眼。但的確是的，我及其他許多同時期成長的婦女，的確被汙染了，不只被這類小說，還有其他各式媒體宣揚的戀愛方式。原因無它，在我們的成長過程中，通常先從閱讀中知道愛情，往後有機會再去談戀愛，我們從來不是與男性在一起，自然的培養出愛戀，我們的戀愛，永遠過早的被一些文字描寫的愛情模式先行決定，再不知不覺的依照著去實行。

（人類直接、自然、必要的關係即是男人與女人的關係，這是無需多說的。The direct, natural, necessary relation of human creatures is the relation of man to woman. The case could not be better stated.）

就在這種情形下我認識了你。那是怎樣光耀的一年呢！我現在回想起來，記憶中是個亮麗的秋天，你站在臺北市街，蓬蓬的金色陽光像簾幕般的充當你的背景，輝耀了你的顏面。那一年你剛自美國回來，由於早現的才華，在三十歲即拿得了比較文學的博士學位，並以殉道者的姿勢，宣佈你要回來臺灣，回到你南部的故鄉。

「在國外不論作成什麼對我來說都是假的，因為都是旁人的。」

你抑鬱的臉面透過演講、電視在敘說。

「可是回來不管作多少就算多少。」

我想你是深深的感動了我。六〇年代末期，我和一些自命有見地思想的朋友們，玩耍的方式大體仍是長夜飲酒清談歌唱，偶去趕幾場電影或到中山堂看表演（記不記得在那個時代裡，國父紀念館尚未落成作表演藝術的場所）。當時存在主義與心理分析雖然已不再是流行的熱門話題，我們仍會談到沙特、卡繆、容格，還有那個前衛的不結婚女子西蒙·德·波娃。

我們雖然一大夥男男女女常在一起，甚且徹夜不歸，但我們之間的關係真正是十分清白，我們尚未開放到玩男女間的性遊戲，我們對感情仍十分執著。總之，你一定還記得，那時被認為前衛的，大不了是女子留有一頭長直的黑髮，頹散的遮掩住大半邊臉，在「野人」、「天才」坐上半天，做作姿態的抽根煙、飲酒。

可是我們卻是茫漠，不抱持任何希望的，我們不見得很快樂，但也不曾縱情縱慾到要感到悲傷。那真是一個思想與精神的谷底，我們不會像六〇年代的知識分子為「存在」課題辯論得聲嘶力竭，要為虛無而自殺，這些問題已經過辯證確認無效並尋不到出路，另一方面我們也不可能像西方的青年，乾脆徹底的說，那我們就依賴迷幻藥吧！於是我們只有在臺北市街的咖啡館坐下來，淡淡的說，那我們就過活吧！

而我們知道我們活得十分茫漠。就在這個時候，我認識了你，是緣於一次演講吧！在南海路的美國新聞處。那時節整個鄉土文學的潮流尚未起來，美國在臺灣文藝圈成為文化引導者的地位未失，從海外回來的留學生是否到美國新聞處演講，多少關係著能否躋身入某個社交圈，某個講話夾用英文，吃晚餐的時候懂得喝葡萄酒，能吃各類 cheese 的社交圈。

就如同臺北有這樣的社交圈，我和朋友們當時也喜歡與來臺的美國人交往，我們會認識的多半是些中斷學業到此生活，或來學中文的學生，對美國的文化及許多事情，我無寧抱持著一種好奇與羨慕的心情。

寫到這裡，G．L．我要告訴你一件事情，我知道你一定會感到好笑，但，又有什麼關係呢？在我的少女時代，我對世界上其他國家同齡的青少年生活，曾極為羨慕，當中最讓我嚮往的是嬉皮。我並沒有勇氣模仿或學習他們的生活方式，但我卻嚮往他們能離棄社會、文化、家庭的那種反叛精神。

所以看到你來自美國，來自那個勇於嘗試、做種種新的追求的開放國家，看到你站在臺灣、臺北、南海路的美國新聞處演講廳的講臺上，以及，看到你穿著一身十分美國式成衣剪裁的簡便格子西裝，藍襯衫打上暗紅色的領帶，我想我的確是被迷惑了。

我聚精會神的聽你演講，仔細的蒐集你講的每一個字句，聽完演講後，我因為太過專注而腦中微感空茫，我繼續坐在椅子上一會，看著有人走向你私下問問題，看著你在一夥朋友呼擁下離去，才站起身走出已顯空蕩的美國新聞處演講廳。

南海路秋天的夜晚十分美麗，只那秋風中已有了涼意，我拉拉毛衣外套，沒什麼意識的朝植物園方向走去，腦中迴滿的仍是你的演講。

我承認當時的確感到震驚，你講演題目的拉丁美洲文學，不僅我過去從未曾觸及，你講演的方式也讓我吃驚，你分析拉丁美洲的政治、經濟、社會與文化，你談拉丁美洲的被殖民、被侵略與被掠奪，可是我總覺得你隱藏著什麼。在你那黑框眼鏡後閃爍的眼睛中，有一種什麼東西，或者是叫痛苦或不安的某種東西，阻止了你每句話，壓制了你的思想而轉換出一種抑鬱的淒苦神情。

是的，是這抑鬱的淒苦神情真正的打動了我的心，喚起了我作為一個女性，在過去從未被觸發的某種內在心懷，最重要的是，因而讓我對你感到愛憐，是的，的確是愛憐。

我不自覺的憐惜著你的不快樂，憐惜著每談到那些被壓迫的民族時臉上有的悲憫神情，憐惜著你對臺灣整個文化發展動向的憂心。在我那初次被喚醒的母性胸懷中，我多麼希望能撫平你愁苦的臉容，能帶給你安慰與歡笑，那怕只是片時片刻，任何的代價我都會願意付出。

（根據 Margaret Mead 女士對南太平洋土著所作的男女性格的研究和推論，顯示男性的「陽剛」與女性的「陰柔」，都是社會與文化塑造出來的某種類型，並不一定是天性使然。）

於是，我成為你講演的最忠實聽眾，任何一場演講，只要是公開，為我所得知，我一定去聽，我總選擇中間的人叢中位置，可以仔細的凝望你又不擔心被你發現。每回我都懷著滿心感動，遠遠的、隔段距離的看著你，在燈光輝煌的演講大廳中，在叢叢的人群中，我有著隱祕的心疼的快樂。

這情形從秋天持續到冬末。每次聽完演講，我總喜歡看著你離去，再獨自步行回家，由於你演講的場所並不固定，我幾乎在夜裡走遍大半個臺北市，我走過新生南路一段段被填滿的瑠公圳，看著逐漸縮小面積的水流與原種植杜鵑的兩岸，化為平整、齊一、八線道的柏油路面；看到青田街、麗水街一帶，一幢幢巨大、老樹森然的日式房子被鏟平，聳立起五層樓的高級公寓。

G．L．，我那時看到的，應該是整個臺北，或者說臺灣的變遷，只是我當時未曾知曉，我的眼中只有你，只有你那抑鬱淒苦的臉龐。

甚且你演講談論的，在聽過無數次後，也已失去它原有的震撼。畢竟，拉丁美洲太過遙遠，被壓迫與被剝削在我看到的經濟日益成長、生活愈來愈富足的當時臺灣社會，在我作為一個大學生的心中，無論如何都不具體。我雖知覺到隱藏在你演講後面某些你不曾直接言說的，但因著訊息不夠清楚，我仍然無從多作猜想。

因著談論這些問題，我發現你整個人似乎有了一個清楚的目標，我同樣不能明白究竟是什麼，但能感到因此你與我們有著巨大的差別。你沉穩、平寧，並願意真正著手去從事些事情，不像我們一夥朋友，只一天天工作完後，課餘由一個咖啡館坐到另一個咖啡館，永遠只是無盡的清談。

我是怎樣滿心的敬愛著你呵！你成了我整個生活的中心與心神上的支持。就這樣的，我追隨著你，從秋天到隆冬到春天臨近，從美國新聞處到各大專院校、甚且中學的演講廳，我永遠坐在臺下，隔段距離看著臺上的你，你也永遠遙不可及。

在我少女的心中毫無提防這樣會有愛情產生，我放縱自己為你在臺上的形象深自感動，任由自己思念你，渴望見到你。直到過完寒假，同樣是個瀟瀟春雨不斷的暮春時節，我得知你已經開始減少演講，準備接任一個綜合性雜誌的主編。

然後我發現我不再能隔一段時間即再見到你，不再能聽到你略低沉的聲音談黑人文學、拉丁美洲文學，不能再看到你那抑鬱淒苦的神情，欲說還休的牽引到臺灣當時的現狀。發現再見不到你時，那無邊無盡的思念波濤洶湧，無以排遣，我才知覺到你已如此深切存在我的心中，揮除不去。

我這才開始感到痛苦。

我想我對愛情是太缺乏經驗，不能及時盡力將你忘懷，相反的，我反倒利用我少女的細心與聰穎，找到繼續再見到你的機會。

我的朋友知曉我偶去聽你演講，對你頗有好感（當然沒有人知道我竟會那般狂亂的迷戀上你，我一向不喜歡吐露心事的個性，使我將對你的情感掩飾得很好，我也歡喜將這傷感的隱祕深埋於內心）。朋友只知道我對你演講的問題深感興趣，常說我是你的 fan，一個寫稿的朋友在得知你將出任《回顧與超越》的主編時，即告訴我有機會要帶我去見你。

如此我終於第一次站在你的面前，這麼臨近，我可以看到你黑框的眼鏡後閃爍變化的眼眸，隨著談話閃變出千千萬萬種神情。怎麼會有這樣的一個男人，有著這樣一雙眼睛，無時無刻不在顯現出最微細的心意，訴說著欲語還休的最深切感懷，而由於如此臨近，那片時間閃換的變化竟使我應接不暇。

那時節同樣也是落雨的暮春三月，瀟瀟的春雨淋落了仁愛路正盛開的木棉花，從雜誌社三樓的窗戶往外看，原設計為林蔭大道的仁愛路，由於綠樹新植不久，少去蓊鬱的蒼綠，倒是那木棉花，綿延一街橙紅的花朵，火燒一樣掠過整條市街。

（真正的愛情是建立在兩個自由人的彼此了解和認識上，愛人們應該去體會彼此間相同和相異之點，任何一方都不應該放棄因為自我而造成的差異，因而任何一方都不會遭受摧毀。）

那下午伴隨著窗外的雨聲，我聽著你談臺灣的鄉土文物、式微的農村生活、轉型期的社會，這是我第一次聽到你不再透過麥克風的話語，而我留意到你原來的聲音綿密低沉，十分動聽。

G‧L‧，我當然不再一一記得你說過的話，但這許多年來，當時你一再複述的，我仍印象深刻：「在文學藝術的創作上，如果我們一味跟隨西方，不管怎樣努力，絕對超越不了，因為我們只在學習西方。」你常喜歡這樣說：「將這類作品送到西方社會，同樣得不到重視，西方人怎麼會要看這類模仿的作品，他們要有中國特性的東西。」

然後我記得你總是一再強調：

「為什麼我們不以自己本身的文化，來創造屬於中國人的文學、藝術？為什麼我們一定要跟著西方？」

在八〇年代近中期，在事隔十幾年的今天，G・L・，我自然可以很清楚的看出你當時立論上的缺乏信心。今天在臺灣，有不少人已有了這樣的自信：第三世界的文學、藝術，由於評斷的價值取向不同，並不一定要經過第一世界的認同才證明其存在價值。而在當時，你雖提出對自己文化的重視，但最終的目的，仍為了要以此得到西方的認可；回歸自己民族的特性，多少也只為以一些異國情調，吸引西方人的重視罷了。

這種心態，就如同你會到美國新聞處講演拉丁美洲文學，絲毫不曾感受到當中的嘲諷意味；以及，你會那般致力於將所謂有特性的民族文化推廣到西方，想求得西方的認可再回頭來說服國人這自身文化的可貴。

G・L・，我知道你看到這裡，一定會感到不高興了，特別是你曾為你所作的付出如許多。我也知道，我沒有權利對你作這樣的批評，不，事實上，我並不是在批評你，我只在陳述一項事實。我們每個人，大都受限制於我們的時代，而你，我曾如此敬仰、並瘋狂的愛戀過的你，也自有著你的限制。

當時，在饑渴的我們的心中，你又引燃了怎樣的熱情啊！也許基礎上是出自對你的愛戀（這我並不想否認），我自願的隨同雜誌社去進行許多田野採訪。G・L・你還記不記得那真是整個回歸鄉土的起點呢！透過你主編的雜誌一連串追蹤採訪，你引介了對古老鄉土文物的緬懷，是你開始一連串介紹面臨拆除命運的老厝、即將沒落的捏麵人行業、流離的野臺戲。雖則那時候的文章總有著過度「夕陽、古厝」式的感懷，但你真正帶領我們走出臺北的咖啡館，這無論如何都是個重大的起步。

你常鼓勵我寫文章，我總羞怯的告訴你，我怕自己沒有這樣的才華，你會平和的笑笑說，又不要妳寫詩寫小說，從報導著手吧！不難呢！

我卻始終遲遲不敢動筆，只自告奮勇的在雜誌社幫忙作些校對等零星工作。在人手不足的其時，我是怎樣的希望能分擔你的辛勞，只要讓你眉眼間的抑鬱有片時疏緩，那怕怎樣辛苦的工作，我都願意為你擔承。

在雜誌社中我是有了經常見到你的機會，我隱祕的情愛暫時得到安置，我也十分自足於只要能經常見到你，可是，G・L・，也就在雜誌社中我得知了其他關於你的一切。

我得知你已結婚，深愛你的太太，為著某些原因，她必得暫時留在美國不能隨同你回來。這曾對我造成怎樣巨大的、摧折心懷的傷痛呵！我記得那時節已然是夏天，連著幾個月天氣晴朗，整個臺北市街火焚般的燥熱著，在沒有冷氣的辦公室裡，我卻一陣陣禁不住的冷汗直流。

G・L・，在我當時涉世未深的少女心懷中，有的是怎樣未沾塵俗的潔淨。得知你已結婚，我的第一個反應是無論如何你將不可能再愛我（我不否認我一再持留在你身邊，模糊的總希望終有一天你會知曉並能回報相等的情愛）。而你已結婚的事實，對當時的我，即意指著癡心妄想的愛戀已然失去所有的可能性。

（Montaigne 認為，婚姻是神聖的結合，任何從中取得的快樂應加以節制，並需以認真與嚴肅的態度處之。

齊克果則指出，愛情是由衷而出的自然感情，結婚則是一種決心；愛並不等於要結婚，愛很難成為責任。）

我是怎樣的將婚姻認為是情愛永恆、唯一的歸宿，而完全不曾考慮到婚姻的變化或婚姻外的情愛關係，因而那時節我唯一知覺的是，不管你將來是否會願意回報我相同的情愛，我也絕不可能扮演第三者的角色。

我這才真正體會到情愛可以造成怎樣巨大的傷害，特別明白知曉愛情已無望，可是又無從將自身的情感減低一絲一毫。我在牀上躺了幾天，不想也無從起身，那絕望的愛情如何分分秒秒在扎痛我的心，劇烈的痛苦使我甚且失去存活的意願，我躺到我的家人驚以為我染上不知名重病要送我住院，才從牀上起來，然後，另個困境立即的又圈限住我。

那是一當我從牀上下來，一個瘋狂的念頭即在我心中持留不去，那意念簡單的一再重複：我想見你，我要見到你，只是要見到你。

我同自己爭執了一天一夜，終還是敵不過心頭重重想見你的渴望，最後，我告訴自己（雖然多少知道在欺瞞自己），我只想再見你最後一次。

我略作收拾，才在鏡中看到自己。我多麼吃驚我整個樣子的巨大改變，我本來就不是一個美麗的女孩，這幾天以來大量的淚水與不得片刻安寧的心神，使得我失去了僅有的少女的光彩。我枯槁憔悴，但在其時，我沒有能力顧及這些，僅有的心意是無論如何能再見到你。

你不在辦公室，編輯們說你同朋友出去喝咖啡，至此我感到所有凝聚的心力耗竭，腳步不穩的跌坐下來，而我還能同辦公室裡的人解釋，我得了重感冒，我家人一直想送我到醫院，我不肯還溜出來玩。

我支持到回到家才病倒下來，我多希望就此一病不起，像那些愛情小說中所描寫的，可惜我只有輕微的發燒與感冒症狀，不幾天即好了。

我知道我必須慢慢將你忘懷。

我仍到雜誌社去，告訴你我病了一段時間，你關懷的要我多注意身體，自己卻微微的咳嗽起來。我這才刻意醒覺到，你回來這一年，有了怎樣巨大的改變！你那煥發的精神已然被臺北的生活所磨損，你的熱情與對事物尖銳的看法逐漸消逝，你不再像剛回國時指著一切看不慣的措施要求改革，你整個人明顯的委頓了下來。

「我好累，我需要休息。」你常常告訴我。「我真想回我南部的故鄉，到一個中學、小學教書，安靜的生活，什麼事都不用管。」

「回得去嗎？」我小心翼翼的問。

你看我一眼，眼中瞬時逃過一抹極古怪的神采，嘆口氣緩緩道：

「我想是回不去了。」

我珍惜與你之間有的這種了解，發現要將你忘懷是如何不容易。那無望的情愛像扎入肉中的尖刺，痛楚無比，但要拔除卻更困難，新滋生的肉已與它長在一起，再難挑除。

如此秋季到來、冬天過去，轉眼又是瀟瀟春雨不斷的暮春時節，那記憶中站在臺北市街，蓬蓬金色陽光充當背景的煥發身影不再，轉為的是疲累與困頓。

如果不是發生那事件，我不知道我將如何自這場情愛中掙離。G．L．，在過了如許多年，每當回想起來，那整個事情仍是如何的突兀和紛亂！現在再重提當年情形，也許對你仍是個極不愉快的記憶，但我毋寧相信，走過這段路，你會有更多的寬容和體諒。

我現在仍清楚記得，那時候由於剛趕完一期雜誌，我有幾天不曾到雜誌社，卻是有個深夜裡一位助理編輯突然來電話，說你幾天前已被捕，雜誌社則在那天下午受到全面搜查。

（某一個階級可以完全統治另一個階級，其原因大半在於這兩種階級的人的數目不同，多數持強壓迫少數。但女人並不像在美國的猶太人或黑人是少數民族；地球上女人和男人的人數一樣，甚且過之。

一般而論女人在今日的地位是低於男人的，她們的環境給她們較少的可能性去發展。很多男人希望這種情勢繼續下去；保守的資產階級仍然認為女人的解放對他們的道德觀和利益是一種威脅。）

那夜裡我睜眼到天亮，等待到估計有人上班的時間，我趕到雜誌社。推開雜誌社的門，首先我看到每一寸地方都有極力翻尋過的痕跡，辦公室空無一人，只有在你的辦公桌前，坐著一個婦人，正低頭緩緩收拾淩亂的書稿。

聽到開門聲，那女人抬起頭來，強烈的日光燈照著一張脂粉未施蒼白的臉，那片刻中無需言語，我即認出那是你的妻子。

我站在那裡，隔著一屋子搜索過的淩亂，與你的妻子相面對，而你不知正面臨怎樣的處境，甚且不知道你身在何方。屋外春雨稍歇，虛幻的浮現濛濛的日光，似乍然天明，所有的時間全錯置了起來。

是你妻子先出聲招呼，並站起身來，我直覺到她的削瘦和身量相當高，然後我才注意到她的五官端整一頭近肩的剪齊短髮，整個人平常清麗。

紛亂中我焦慮的問詢你的狀況，她平平的說尚不清楚，她的聲音輕和，聽來十分寧靜，只是尾音有著嘶啞。我反倒絮絮說起我在雜誌社幫忙，才會認得你種種。她仍淡淡點頭，平和的傾聽。然後我不知該再說什麼，只有表示沒什麼特別的事情要離去，她站在原處，但深深的朝我點頭，清楚的一字字說：

謝謝妳來。

走出雜誌社，有片刻我真不知要到哪裡，我的心急遽的跳動，明顯感到雙頰發紅但手腳痠軟，極度疲累中只茫茫走了一小段路，即在仁愛路中央噴水池旁的椅子坐下來。

雨歇後的天濛濛發白，但天空仍抑鬱昏灰，我坐著有一會，林蔭道旁車子疾馳，輾過潮溼的地面，有悶悶的水溼聲響。也不知有多少時間過去，不經意中偶抬起頭來，看到一街木棉花開得極不整齊，有的一樹花朵悉數被雨淋落地面，樹幹已長滿新葉，有的光禿的樹幹仍掛著殘花，有的花才在盛開。我模糊的想到該是較往常多的春雨，天氣難得放晴，木棉花不曾得到適度開展的天候，才會有如此殘象。

卻是在一年前，同樣的這條街道上，我曾看到一街匀匀盛開的木棉花，而那片刻中，於逐漸清澄起來的思緒中，我真正感覺到你在從我的生命中遠去，我糾纏的情結開始舒解。

可是我絲毫不快樂，心中有的只是無盡的虛空。

看到你太太坐在你書桌前的剎那間，我明白了我對你的情愛已然不在。只有她，你生命中合法的妻子，能在你去處未明的時候，坐在你的位置上，一張張、一頁頁的替你整理搜尋過的書稿；在將來，不管你將遭到怎樣的對待，也只有你合法的妻子，能站在法庭上替你辯護；甚且如果你被判刑，也只有她，你的妻子，能去探望你，為你送衣送食。

我第一次深切知覺夫妻間超越一切、無以取代的愛，特別當患難時刻到來。也由此，我得以掙離了那糾纏我一年多的激情。

可是G．L．，這並不表示我不再愛你，請相信我，在那些時候裡，我才知道我對你的情愛有多深遠。隨著時間過去，那心中空虛的失落感覺平撫，我才開始真正懂得對你的愛，只是這情愛超越了與你在一起的想望，除去了紛亂糾纏的癡心妄想，成為沉積在心中最深刻的深情，清朗無痕，卻也波瀾不起。

如此，在眾人摒棄你，深恐被牽連時，我胸中坦然，四處打聽關於你的一切，期望能知道你的近況，或可以對你有最微小的助益。十分可笑的是，當我已從這場情愛中掙離出來，才有傳言紛紛笑弄我對你的愛情。

我無暇顧及這些，我只關懷著你的安危，逐漸的，你在臺灣的行為得到澄清，雜誌社不再被視為有特殊目的，同樣風格的雜誌照常發行，除卻主編不再是你。

暮春裡春雨落盡，夏天到來，隨著天氣轉熱，關於你的事情不再是人們心口中隱祕的禁忌，最後傳出消息，你並非被捕，只是約談，緣由你在美國熟識的一個朋友有不常的舉動，才找你了解相關的一切。

紛紛的傳言中我得知你回到家中，你已獲美國籍的太太協助你申請出國，終於在五月底，我聽到你回美國的消息。

我一直不曾去見你，雖然曾為你平安無事十分欣喜，我總覺得一切俱已過去，再見你也只是徒然。

六月初我自大學畢業，隔年春天，我答應下嫁一個家裡為我安排的丈夫。

（大部分人都生長在一個典型的核心家庭裡：爸爸賺錢養家，媽媽照料家事與小孩，但現在，已經沒有標準家庭這回事了。

一九八〇年代家庭的多元性就像魔術方塊一樣複雜。想要把它轉回原來的狀態，也和魔術方塊一樣困難。）

我的答應下嫁並非像小說、電影中的愛情故事，心灰意冷的女主角任性的放棄自己。相反的，我是在對婚姻與家庭的崇高嚮往下作了這樣的決定。那一天在你辦公桌前看到你太太為你整理書稿的認定的親密關係，是怎樣的感動我，也使我以為在對你有過那般狂亂的愛戀後，除了婚姻生活中的長期伴侶外，將沒有人能取代我對你有過的情感。

我的丈夫善良、上進，兼具有許多作丈夫的美德，我則盡心作好一個妻子。除卻新婚之夜，當我要承接我生命中第一個男人，迴滿心懷的是你抑鬱的臉面與你那瞬息間閃換千萬種神采的眼神。

然而我婚後的生活無寧也平和安適，我的丈夫夥同朋友開始作貿易，那時節臺灣對外的貿易仍有市場可供開發，特別是所謂落後的地區。婚後六年，我們有了一個家庭追求的：汽車、房子、傭人，我則以我外文系畢業的英文能力，在我丈夫的公司裡作些英文書寫、翻譯工作，而在我丈夫逐漸為事業煩忙遲歸的夜晚裡，我開始寫作。

是的，G・L・，我開始寫作，如同你曾鼓勵我的，我不試圖寫小說、詩，我開始學習寫報導。過去雜誌社熟識的關係，使我有機會繼續四處去作採訪，其時「回歸鄉土」的口號響遍全臺灣，過去的生活、古老的行業、古厝，成了報紙爭相報導的熱門話題。

由著以往同你工作的經驗，當許多人極力頌揚所謂火熱熱的鄉土之情時，我已然可以揚棄這些，我深入到北門去探尋黑腳病的根源；我同山地服務隊到山地去，看到少數民族的文化如何被摧殘；我到精神病院，體會到什麼是非人的生活。G・L・，在作這些採訪的其時，我發現我更能了解你，了解你為何總喜歡談拉丁美洲、黑人文學，以及，你曾嘗試未竟的努力。

可是也由此，我知覺到我的婚姻生活在出問題。

走出窮困的山地部落，為了能及時趕回家，從南部搭飛機返臺北，回到我坐落在敦化南路、有傭人的家，我無法立即變換出另一種情緒和扮演另一個角色。同時我發現，我同我的丈夫之間越來越少相同的話題，我對如何將臺灣的產品推廣到非洲毫不熱衷，他則盡心事業，不耐煩聽我談孤兒、雛妓。

我曾努力想改進這種關係，也許我努力得不夠，因為不多久，我得知我的丈夫在外面另有女人，是個酒廊的小姐，據說年輕而且性感，當然更嘲諷的是，我還曾在探討色情問題的報導中，呼籲給風塵女郎適切的關懷和補助。

但這些都不重要，G・L・，我相信你能瞭解，給予我最大震撼的是我當時那種猛地被驚醒的驚嚇。我所信奉的、給予最崇高認定的婚姻中至親的關係，我認定最深刻的愛情，竟然只是欺騙。我再度感到我的世界分崩離析。

我的丈夫同我解釋，這只不過逢場作戲，他生意上往來的朋友皆如此，因為酒廊是個較容易談成生意的地方，他也只不過在那裡有個固定陪伴的女人，隨時可以中止這種關係。

我的抉擇自然十分困難，考慮再三，我提出從家人到朋友沒有任何人贊成的解決方式：我希望分居一段時間，略微僵持後，我的丈夫同意我的決定。

分居後我搬到他為我新租賃的較小公寓，他仍常來看我，出乎我原先想望的是，我無從拒絕的仍同他履行夫妻關係，雖則不免因想到他亦與其他女人作這樣的事而不快，我發現拒絕並不容易。然後，在結婚如許多年後，我知覺性在情愛關係中可以有怎樣的相關連。

分居使得我們的關係逐漸改善，如同當初談戀愛，我們又開始談許多事情，從我丈夫閃爍的話語間，我大致猜得他對婚姻的看法。他不會願意離婚，除了他愛我外，他和他的朋友們一樣相信，婚姻是一種生活方式，家庭不可侵犯，要玩耍則不如逢場作戲。

曾幾何時，我善良、上進的丈夫無視婚外關係的責任，是緣由他的個性、他的工作環境、還是整個社會風氣使然？只短短幾年間，難道所有的一切俱有了如此巨大的改變？我感到十分茫然了起來。

（一般而言，女性的自覺對婦女是否邁向解放之道有必然的關聯，只有當婦女能提出質疑，不再斷然的相信女人的命運完全被生理的、心理的、經濟的情況決定，只有當婦女對傳統宗教、哲學，甚且神話中所塑造的「永恆的女性」、「真正的女性化」懷疑，並探求這類說法的基礎根源，婦女才算走出了第一步。）

於是，多少為逃避面臨的諸多問題，我專心的又開始我的報導工作，寫了這許多年，在寫一篇文章即可稱為作家的臺灣文壇，我還算略有人知曉，分居後全心的努力，使我的成就獲得更多的肯定，就這樣的，我認識了夏。

夏是一本經濟性雜誌的發行人，像一些創業的年輕人，學校畢業後因為適當的時機與眼光，在雜誌創刊不久，即打開銷路並贏得讚賞。幾年來輾轉投資，在我認識他時，已然頗富資產。

認識夏是因為工作的關係，他找我為他的雜誌寫山區建水泥工廠對生態影響的報導，能在這樣有權威的雜誌寫文章，老實說，我感到受寵若驚。我全心的投入工作，因而有許多與他接觸的機會。我們一同到山區去探看工廠預定地，一起找尋專家開座談會，然後，我發現到他與你的相類似。

只有他有和你一樣敏細的知覺，永遠可以猜測到我最微細的情感變化，只有他像你那般的需要大量的注意、關懷與愛，卻又永遠覺得不夠，孩子似的要求更多。也只有他如同你在繁忙後，不小心感冒了，會賭氣似的，卻又珍惜自己萬分的同我這樣說：這幾天不預備出門，我要安心並專心地去生病，生病對我也是難得的休息。

G·L·，你一定會知道這些事情對我的意義，我先是感到眩然，接著是一陣驚懼，因為隨即我發現由著這與你的相類似，已然激發我狂亂的情愛，特別當我發現這情感並不只屬於我單方面。

我知道我愛他，如同我當年迷戀你一樣狂亂的愛著他，只是，在結婚八年後，我已能清楚的知道這回我面臨的。除卻他已婚、有兩個孩子外，我的身分也不是當年癡戀你的小女孩，我同我丈夫之間，還有待解決婚姻關係。

我也不再像當年對愛情全無經驗，我知道與夏之間的情感再發展下去，有一天我們必然不會滿足於只是知心的談話和瞭解，我們會要求進一步的相屬，到那個時候關聯到的將不只是兩個人，而是兩個家庭，至於受到傷害的是否會是我，我更全然沒有把握。

我感到害怕了起來。

每個人都覺察到我的不安，也以為是分居是必然的結果，許多人勸我不妨出國走走。開放觀光護照初期，旅遊原是社會上時髦與有錢有閒的表徵，曾幾何時，亦開始成為逃避的最好藉口。希圖著有所逃離，我決定到美國。

選擇美國並非刻意想再見到你，G‧L‧，這許多年來，少了你的音訊，只知道你在美國東部一所大學教書，我原安定的婚姻生活，也使我甚且不曾想到再見你。因而，當在紐約、在那嚴寒的雪夜中完全不期然的見到你，我不能自禁的熱淚盈眶。

見到你是在那次全美亞洲研究會議。到紐約後，我去拜訪以前在臺灣曾採訪過的一位知名學者，他頗有興致的要帶我去「瞧瞧熱鬧」，參加一次盛會。由於對這圈子不熟，到了那混雜著一屋子中美人群的大廳，我站在一旁閒閒瀏覽起周遭。

窗外隆冬裡大雪紛飛，飛雪中行來，在冷寒中自有著紛鬧的喜意，進入屋內，暖氣和人群更顯紛雜，然後，突然間，在全然無備中，我看到人群中的你。

那先是一種熟悉的感覺，卻又恍若無盡遙遠，立即在心頭引發一陣震顫，像心口猛地遭到重擊，待回過神來，才能確定果真是你。你顯然變了許多，雖則你還是穿著我初次見到你那類十分美國式剪裁的西裝，仍戴著黑框眼鏡，頭髮未曾灰白，臉上也未見皺紋，這許多年的歲月，似乎在你身上靜止未曾停留。可是你整個人卻十分不同，不僅毫無過往飛揚的神采，也沒有當你過度工作後那種疲累和困頓，只是一片清寂，一種繁華過後的寂寞，甚且該說是事過境遷的寂靜。

我靜靜看著你幾分鐘，在突來的一陣盈眶熱淚中，快步離開會場。屋外大雪紛飛，輕柔的雪片飄落臉面，寂然無聲，等到開始溶化，冷冽的水珠混著熱淚，紛然流下，時間稍久，只餘下冷寒的刺痛，再分不清是雪是淚。

淚眼中看著白色的雪片漫入積雪的雪地中不見蹤影，我清楚的知覺到，我的整個少女時期、整個與你相關連的過往，至此已然全數過去。

我不否認以往在我的生活中，我仍會想到你，那未曾終結的愛戀像午夜夢迴牀前青白的月光，清清冷寒總也未盡未了。特別是認識夏後，他與你的相類似更使我不能自禁的要想起你。直到那雪夜裡，在異鄉異地裡，在四周冰天雪地的隔絕荒寒中，間隔了近十年再見到你，卻似只為將一切作最後的終結，離去你持留在我心中的身影，並了卻最後一絲牽掛。

而在那片刻中，另個奇異的意念排除所有的紛亂思緒清晰浮現，我不能不再想起，當年只為聽聞你結婚，在巨大的心神摧折下，我立即想到該離開你，而幾年後，已婚的身分，我卻曾想不顧一切的同有妻、子的夏相戀，這當中該是怎樣的改變！

人總在離棄一些東西，只那片刻中站在白茫茫的雪地裡，淚眼中想到我離去了的少女時期的夢和感覺，第一次清楚意識到，在這當中，我必然的也已失去許多。

（男性無止無盡的墮落，表現在他對什麼是「女性」的認可上（他可能因誤解「女性」而壓迫女性）……人與人間直接、自然而必需的關係，即是男人與女人間的關係。）

(The infinite degradation in which man exist for himself is expressed in this relation to "the woman"…… The direct, natural, necessary relationship of man to man is the relationship of man to woman.)

回得臺北，走在仁愛路上，才猛地發現這些年來，當時林蔭道上的矮樹已然成蔭，兩旁添了許多高樓，也有了更多車輛與人群，而我，也不再是昔日對你癡迷的小女孩。

這就是為什麼我會同你寫這封信。G・L・，在過了如許多年後，我終於能真正面對過往，並願意自己來告訴你我所走過的這一長段路。而我相信，你會了解並珍惜你曾在我生命中造成怎樣重大的，時間都不易克服的影響！提筆寫這封信，我更要告訴你，雖則其時對你的情愛，使我曾深受痛苦並一度遭到嘲弄，可是現今，我終能很確切的說，我依舊斷然無悔。

也因而，如果有一天我接納了夏，G・L・，請相信我，那絕非我企圖在夏身上找尋過往未曾得到的情愛作為補償，而只是因為我愛他。自那個雪夜裡再見到你，見到你那般了然於心卻未再動心的寂靜，我才刻意知覺間隔在你我間十年的歲月與差異，至此我也方能真正離棄過往，無怨無尤。

也許夏的確與你相類似，那並不重要，我們每個人心中都有著某種執意的愛戀對象，只是幸或不幸的，夏與你一樣都屬這類型，因而在我心中引發如此激情。另一方面，G・L・，我知道我也不會忘懷或忽視與我相互扶攜，共同生活多年的丈夫，及那樣長時間培育起來，我一向給予最崇高認可的感情。

我知道終有一天，我必須有所選擇，也知道我將有一段漫長的路要走。可是，G・L・，如同我對你至今無悔的愛，我知道不管作何選擇，我都會毫不後悔的、堅確的走下去，我對自己有這樣的信心。

希望你能記起我是誰

C・T・

——選自《一封未寄的情書》（洪範，一九九四）

作者簡介

李昂，本名施淑端，台灣鹿港人，一九五二年生，美國奧勒岡州立大學戲劇碩士。十六歲發表〈花季〉成為現代文學一員之後，李昂的小說以強烈的時代感而經常引出社會議題，但卻無損其文學價值，至今寫作不斷，類型及題材迴異，李昂也是文壇中少數努力推介自己作品的作家，因此擁有包括英文、日文、德文、瑞典文等外文譯本，《殺夫》的外文譯本並多達十餘種。著有《禁色的暗夜》、《花季》、《殺夫》、《迷園》、《北港香爐人人插》、《自傳的小說》、《看得見的鬼》等等。

作品賞析

〈一封未寄的情書〉是一篇可以從許多角度去觀看的小說，其中有愛情、有情慾、有政治社會議題，也有女性成長。

愛情自然是本文的一重要題旨，自述者從未滿二十歲的少女，到為人妻的少婦，她對G・L・的青春痴戀也由濃轉淡，其中還有平和安適婚姻之戀及狂亂的婚外戀情，很樸實地把女性一生可能經驗的愛情涵括在內。

和愛情平行進行的還有G・L・的政治生命及現實人生的際遇，透過G・L・擔任文化雜誌的主編，到雜誌被查禁，G．L．黯然出國的這段過程，把台灣社會追求文化自主的變遷聯繫上。另外，李昂也以當時正引領風騷的女性主義的理論和自述者的成長亦步亦趨。

李昂寫著自述者所寫的信，事實上也是作者自己試圖追溯自身體驗的步履，當小說中的主角站在白茫茫的雪地上說著，「淚眼中想到我離去了的少女時期的夢和感覺，第一次清楚意識到，在這當中，我必然的也已失去許多。」成長的不只是自述者，也是作者李昂。

相較於《北港香爐人人插》太多讓人對號入座的空間以致減損其藝術成績，以及《看得見的鬼》以魅異題材直接越過小說技巧，我們反而可以從李昂這篇八〇年代的作品中去感受真摯而誠懇的小說藝術。

◇延伸閱讀

1. 賀淑瑋，〈性、空間與身份：論李昂小說的政治美學〉，《台灣文藝》，一九九六年八月二十日，頁三五－四九。
2. 黃秋芳，〈給不知名的收信人．李昂的「一封未寄的情書」〉，《自由青年》，一九八七年九月，頁三六－四一。
3. 黃毓秀，〈李昂與女性之謎〉，《中國時報》，一九九四年一月一日。

陪他一段

蘇偉貞

費敏是我的朋友，人長得不怎麼樣，但是她笑的時候讓人不能拒絕。

一直到我們大學畢業她都是一個人，不是沒有人追她，而是她都放在心裡，無動於衷。畢業後她進入一家報社，接觸的人越多，越顯出她的孤獨，後來，她談戀愛了，跟一個學雕塑的人，從冬天談到秋天，那年冬天之後，我有三個月沒見到她。

春天來的時候，她打電話來：「陪我看電影好嗎？」我知道她愛看電影，她常說那是一個活生生的世界在你眼前過去，卻不干你的事，很痛快。

她整個人瘦了一圈，我問她那裡去了，她什麼也沒說，仍然昂著頭，卻不再把笑盛在眼裡，失掉了她以前的靈活。那天，她堅持看「午後曳航」，戲裡有場男女主角做愛的鏡頭，我記得很清楚，不僅因為那場戲拍得很美，還因為費敏說了一句不像她說的話——她至少可以給他什麼。

一個月後，她走了，死於自殺。

我不敢相信像她那樣一個鮮明的人，會突然消失，她父母親老年喪女，更是幾乎無法自持。昨天，我強打起精神，去清理她的東西，那些書、報導和日記，讓我想起她在學校的樣子；費敏寫得一手灑脫不羈的字，給人印象很深，卻是我見過最純厚的人。我把日記都帶了回家，我不知道她的意思要怎麼處置，依她個性，走前應該把能留下的痕跡都抹去，她卻沒有，我想弄懂。

費敏沒有說一句他的不是，即使是在不為人知的日記裡。

她在採訪一個「現代雕塑展」上碰到他的——一個並不很顯眼卻很乾淨的人；最主要的是他先注意到她的，注意到了費敏的真實。費敏完全不當這是一件嚴重事，因為他過不久就要出去了，她想，時間無多，少到讓他走前恰好可以帶點回憶又不傷人。

但是，有一天他說：「我不走了。」那天很冷，他把她貼在懷裡，嘆著氣說：「別以為我跟妳玩假的。」口氣裡、心裡都是一致的——他要她。費敏經常說——一個人活著就是要活在熟悉的環境裡，才會順心。這是一件大事，他為她做了如此決定，她想應該報答他更多，就把幾個常來找她的男孩子都回絕了，她寫著——我也許是；也許不是跟他談戀愛，但是，這也該用心，交一個朋友是要花一輩子時間的。

費敏在下決心前，去了一趟蘭嶼，單獨去了五天，白天，她走遍島上每個角落，看那些她完全陌生的人和事，入夜，她躺在床上，聽浪濤單調而重複的聲音，她說——「怨憎會苦，愛別離苦」，這麼簡單而明淨的生活我都悟不出什麼，罷了。

我想起她以前常一本正經的說——戀愛對一個現代人沒有作用，而且太簡單又太苦！

果然是很苦，因為費敏根本不是談戀愛的料，她從來不知道「要」。

他倒沒有注意到她的失蹤，兩人的心境竟然如此不同，也無所謂了，她找他出來，告訴他——我陪你玩一段。

我陪你玩一段?!

從此，他成了她生活中的大部分。費敏不愧是我們同學中文筆最好的，她把他描繪得很逼真，其實她明白他終究是要離開的，所以格外疼他，尤其他是一個想要又不想要，是一個深沉又清明，像個男人又像孩子的人，而費敏最喜歡他的就是他的兩面性格，和他給她的悲劇使命，讓她過足了扮演施予者這個角色的癮。費敏一句怨言也沒有。

他是一個需要很多愛的人，有一天，他對費敏說了他以前的戀愛，那個使他一夜之間長大的失戀，那個教會他懂得兩性之間愛慾的熱情；費敏就是那個時候認識他的——他最痛苦的時候。他說——也許我談戀愛的心境已經過去了，也許從來沒有來過，但是我現在心太虛，想抓個東西填滿。費敏不顧一切的就試上了自己的運氣：他對她沒有對以前女友的十分之一好，但是，費敏是個容易感動的人。

開始時，他陪費敏做很多事，徹夜臺北的許多長巷都走遍了，黑夜使人容易掏心，她寫——他是一個驚嘆號，看著妳的時候都是真的。有次，他們從新店划船上岸時已經十一點了，兩個人沒說什麼開始向臺北走去，一路上他講了些話，一些她一輩子也忘不了的——我需要很多很多的愛。費敏見他眼睛直視前方，一臉的恬靜又那麼熾熱，就分外疼惜他起來。她一直給他。

他們後來好得很快，還有一個原因——他是第一個吻費敏的男孩。

她很動心。在這之前，她也懷疑過自己的愛，那天，他們去世紀飯店的群星樓，黃昏慢慢簇擁過來，費敏最怕黃昏，一臉的無依，滿天星星升上來，他吻了她。

有人說過——愛情使一個人失去獨立。她開始替他操心。

他有一個在藝術界很得名望的父親，家裡的環境相當複雜；他很愛父親，用一種近乎崇拜的心理，所以，把自己幾乎疏忽掉了，忘記的那部分，由費敏幫他記得，包括他們交往的每一刻和他失去的快樂。她常想，他把我放在那裡？也許忘了。

他是一個不太愛惜自己的人，尤其喜歡徹夜不眠；她不是愛管人的人，卻也管過他幾次，眼見沒效，就常常三更半夜起床，走到外面打電話，他低沉的嗓音在電話裡，在深夜裡讓她心疼，他說：我坐在這裡完全不知道該怎麼辦。費敏就到他那兒，用力握著他的手，害怕他在孤寂時死掉。因為他的生活複雜，她開始把世故、現實的一面收起來，用比較純真、歡笑的一面待他。那到底是他可以感受的層次。

費敏是一個很精緻的人，常把生活過得新鮮而生動；我記得以前在學校過冬時，她能很晚了還叫我出去，扔給我一盒冰淇淋，就坐在馬路上吹著冷風，邊發抖，邊把冰淇淋吃完，她說——冷暖在心頭。有時候，她會拎瓶米酒，帶包花生，狠命的拍門說——快！快！醉鄉路穩宜頻到，此外不堪行！生活對她而言處處是轉機。她不是一個多話的人，卻很能笑，再嚴重的事給她一笑，便也不了了之，但是她和他的愛情，似乎並不如此。

剛開始的時候，費敏是快樂的，一切都很美好。

春天來了，他們計畫到外面走走，總是沒有假期，索性星期五晚上出發，搭清晨四點半到蘇澳的火車。他們先逛遍了中山北路的每條小巷，費敏把笑徹底的撒在臺北的街道上，然後坐在車廂裡等車開。春天的夜裡有些涼意，他把她圈得緊緊的，她體會出他這種在沉默中表達情感的方式。東北部的海岸線很壯觀，從深夜坐到黎明，就像一場幻燈片，無數張不曾剪裁過的形象交織而過，費敏知道一夜沒闔眼的樣子很醜，但是他親親她額頭說——妳真漂亮。她確信他是愛她的。

南方澳很靜，費敏不再多笑，只默默的和他躺在太平洋的岸邊曬太陽，愛情是那麼沒有顏色、透明而純淨，她心裡滿滿的、足足的。他給了她很多第一次，她一次次的把它連起來，好的、壞的。費敏就是太純厚；不知道反擊，好的或壞的。

回程時，金馬號在北宜公路上拐彎抹角，他問她：「我還小，妳想過什麼時候結婚嗎？」她明明被擊倒了，卻仍然不願意反擊，是的，他還年輕，比她還小，他拿她的弱點輕易的擊倒了她，車子在轉彎時，她差點把心都吐出來。車子又快到了世俗、熱鬧的臺北時，她笑笑：「交朋友大概不是為了要結婚吧？」樣子真像李亞仙得知鄭元和高中金榜時，說道：「我心願已了，銀箏，將官衣誥命交與公子，我們回轉長安去吧，了我心願與塵緣。」那般剔透。

晶瑩剔透的到底只是費敏，他給了她太多第一次，抵不上他說一句「我需要很多很多愛。」時的震撼，是的，她不忍心不給。

回到臺北，她要他搭車先走，她才從火車站走路回家。第一次，她笑不出來，也不能用笑詮釋一切了。

第二天，他就打電話來叫她出去，她沒出門，她不能聽他的聲音，費敏疼他疼到連他錯了也不肯讓他知道，以免他難過的地步。他倒找上她家，看到費敏仍然一張笑臉，就講了很多話，很多給她安全感和允諾的話。費敏在日記裡寫著——都沒有用了，他雖然不是很好，卻是我握不住的。費敏的明淨是許多人學不來的，很少有人能像她一樣把事情的各層面看得透澈，卻不放在心上，而她的善解人意，便是多活她二十歲的人，也不容易做到。

以後，她還是笑，卻只在他眼前，笑容從來沒有改變過，兩個人坐著講話，她常常不知不覺地精神恍惚起來，他說：唉！想什麼？她看著他，愈發是恍如隔世。她什麼也不要想。

她常常問他——怎麼跟李眷佟分手的？他從來不說，就是說了，也聽出多半是假的。他總說——她太漂亮，或者她太不同於一般人，我跟不上。即使是假的，費敏也都記在心裡，她希望有天開獎時，對對自己手上的運氣。跟他談戀愛後，她把一切生活上不含有他的事物都摒棄一邊，看他每天汲汲於名利，為人情世故而忙，她就把一切屬於世俗的東西也摒棄。跟他在一起，家裡的事不提，自己的工作不提，自己的朋友不提，他們之間的濃厚是建立在費敏的單薄上，費敏的天地既只有他，所以他的天地愈擴大，她便愈單薄，完全不成比例。日子過得很快，他們又去了一趟溪頭，也是夜半。他對她呵護備至，白天，他們在臺中恣意縱情，痛快的玩了一頓，像放開韁繩的馬匹。

溪頭的黃昏清新而幽靜，罩了一層朦朧的面紗。他們選了很久，選了一間靠近林木的蜜月小屋，然後去走溪頭的黃昏，黃昏的光散在林中，散在他們每一寸細胞裡；他幫她拍了很多神韻極好的黑白照片，她仰著頭一副旁若無人、唯我獨尊的神氣。費敏的確不美，然而她真是讓人無法拒絕。我們一位會看相的老師曾經說過，費敏長得太靈透，不是福氣。但是，她笑的時候，真讓人覺得幸福不過如此，唾手可得。

夜晚來臨，他們進了小屋，她先洗了澡，簡直不知道他洗完時，該用什麼表情來面對他。她看了看書，又走到外面吸足了新鮮空氣，她真不知道怎麼跟他單獨相處。

他洗完澡出來時，她故意睡著了，他熄了燈，坐在對面的沙發裡抽煙，就那樣要守護她一輩子似的。在山中，空氣寧靜得出奇，他們兩個呼吸聲此起彼落特別大聲，她直起身說——我睡不著。他沒扭亮燈，兩個人便在黑暗裡對視著。夜像是輕柔的撢子，把他們心靈上的灰，拭得乾乾淨淨，留下一眼可見的真心。

她叫他到床上躺著，起初覺得他冷得不合情理，貼著他時，也就完全不是了，他抱著她，她抱著他，她要這一刻永遠留住的代價，是把自己給了他。

現在輕鬆多了，想想再也沒有什麼給他了。而第一次，她那麼希望死掉算了。愛情太奢侈，她付之不盡，而且越用越陳舊，她感覺到愛情的負擔了。

回去以後，她整天不知道要做什麼，腦子裡唯一持續不斷的念頭，就是——不要去想他。夜裡沒辦法睡，就坐在桌前看他送的蠟燭，什麼也不想的坐到天亮。她不能見他，想到自己總有一天會全心全意要佔有他方會罷手，就更害怕，她的清明呢？她一次次不去找他，但是下一次呢？有人碰到她說：「費敏，妳去那裡啦？他到處找妳。」她像被人抓到把柄，抽了一記耳光，但她依舊是一張笑臉。他曾經要求她留長髮，她頭髮長得慢，忍不住就要整理，這次，倒是留長了些。她回到家裡，又是深夜，用心不去想那句詩——揀盡寒枝不肯棲。拿起電話，她一個號碼慢慢的撥—七—〇—二—八—九

—七—四—。四字落回原處時，她面無表情，那頭—喂—，她說—嗨—，兩個人沒有聲音，終於她說——我頭髮留長了些。他仍然寂寞的想用力抱住她。他情緒不容易激動，這次卻只叫了——費敏，便說不下去。如果能保持清醒多好，就像坐在車裡，能不因為車行單調而昏昏欲睡，隨時保持清醒，那該有多好？她太了解他了，她不是他車程中最醒目的風景。費敏不是一個精打細算的人，對於感情更是沒有把握。放下電話，她到了他的事務所，在六樓，外面的車聲一輛輛劃過去，夜很沉重。他看著她，她看著他，情感道義沒有特別的記號，她不顧一切的重新拾起，再行進去。有些人玩弄情感於股掌，有些人局局皆敗，她就是屬於後者。

有天，她見到李眷佟，果然漂亮，而且厲害。她很大方的從他們身邊走過，拿眼睛瞅著他——沒有愛、沒有恨，也不把她放在眼裡，他原本牽著她的手，不知不覺收了回去。費敏沉住氣走到天橋上時，指指馬路，叫他搭車回去，轉過頭不管他怎麼決定，就走了。人很多，都是不相干；聲音很多，不知道都說些什麼。費敏一開始便太不以為意，現在覺得夠了。車子老不來，她一顆顆淚珠掛在頰上，不敢用手去抹，當然不是怕碰著舊創，那早就破了。車子來了，她沒上，根本動不了，慢慢人都散光了。她轉過身去，他就站在她後面，幾千年上演過的故事，一直還在演，她從來沒有演好，連臺步都不會走，又談什麼臺辭、表情呢？真正的原因，是這本劇本太老套，而對手是個沒有情緒的人，他牽著她，想說什麼，也沒說，把她帶到事務所，只是緊緊的抱著她，親她，告訴她——我不愛她。

費敏倒寧願他是愛李眷佟的，他的感情呢？

她覺得自己真像他的情婦，把一切都看破了，義無反顧的跟著他。

後來費敏隨記者團到金門採訪，那時候美匪剛建交，全國人心沸騰。她人才離開臺北，便每天給他寫信，在船上暈得要死，浪打在船板上，幾千萬個水珠開了又謝。她趴在吊床上，一面吐、一面寫——人魚公主的夢為什麼會是個幻滅，我現在知道了。到了金門，看到料羅灣，生命在這裡顯得悲壯有力，她把臺灣的事忘得乾乾淨淨，她喜歡這裡。

就在那一個月，她把事情看透了——這一生一世對我而言永遠是一生一世，不能更好，也不會更壞。她寫著。每天，他們在各地參觀、採訪，日程安排得很緊湊，像在跟砲彈比進度。她累得半死，但是在精神上卻是獨立的。離愛情遠些，人也生動多了，不再是黏黏的、模模糊糊的，那裡必須用最直覺、最原始的態度活著，她看了很多，反共的信心，刻苦的生活；看到最多的，是花崗岩，是海，是樹，是自己。

住在縣委會的招待所樓上，每天，吃完晚飯，砲擊前，有一段休閒時間，大家都到外面走走，三五成羣，出去的時候是黃昏，回來時黑暗已經來了。她很少出去，坐在二樓的陽臺上，腦子裡一片空白，看著這些人從她眼簾裡出現、消失。團裡有位男同事對她特別好，常陪著她，她放在心裡。碰過太多人對她好，現在，卻寧願生活一片空，她把一切都存起來，滿滿的，不能動，否則就要一瀉千里。

她寫信時，不忘記告訴他——她想他。

她買了一磅毛線，用一種異鄉客無依無靠的心情，一針一針打起毛衣來，灰色的，毛絨的，打到最後就常常發呆。寫出去的信都沒回音，她還是會把臉偎著毛衣，淚水一顆顆淌下來。那男同事看不慣，拖著她，到處去看打在堤岸上的海浪，帶她去馬山播音站看對面的故國山色，帶她去和住在碉堡裡的戰士聊天，去吃金門特有的螃蟹、高粱，但是從來不說什麼。一個對她好十倍，寵十倍，了解十倍的感情，比不上一句話不說讓她吃足苦頭的感情，她恨死自己了，十二月的風，吹得她心底打顫。

毛衣愈打到最後，愈不能打完，是不是因為太像戀愛該結束時偏不忍心結束？費了太多心，有過太多接觸，無論是好是壞，總沒有完成的快樂。終於打完了，她寄去給他。

回到臺北，她行李裡什麼都沒增加，費敏從來不收集東西，但是她帶回了金門特有的獨立精神。不想再去接觸混沌不明的事，他們的愛情沒有開始，也不用結束。

他現在更不放心在她身上了！

有天，採訪一件新聞，三更半夜坐車經過他的事務所，大廈幾乎全黑，只有他辦公室那盞罩著黃麻罩子的檯燈亮著，光很暈黃，費敏的心像壓著一塊大石頭透不過氣來。他父親是個傑出的藝術家，有藝術家的風範、骨氣、才情、專注和成就，但是在生活上很多方面卻是個低能的人，他母親則是個完全屬於這個世界的人。很多人不擇手段的利用他父親，他父親常常不明就裡，全力以赴的去吃虧上當，家裡的一切都靠他母親安排，愈加磨練了一副如臨大敵，處處提防別人的性情。他父親的際遇使他母親用全副精神關照他，讓他緊張。他很敬重父親，自己的事加上父親的事，忙得喘不過氣來。現在，夜那麼深了，他不知道又在忙什麼？一定是坐在桌前，桌上計畫堆了老高，而他一籌莫展。無論做什麼，他都不願意別人插手。

費敏需要休息一陣了，她自己知道，他一定也知道。

費敏從此把自己看守得更緊。日子過得很慢，她養成了走路的習慣，漫無目的地走。她不敢一個人坐在屋裡，常常吃了晚飯出去走到報社，或者週末、假日到海邊吹風，到街上被人擠得更麻木。

從金門回來後二個月，她原本活潑的性情完全失去了，有天，她必須去採訪一個文藝消息，到了會場，才知道是他和父親聯合辦雕塑展的開幕酒會，海報從外面大廈一直貼到畫廊門口，設計得很醒目。她不能不進去，因為他的成功是她要見的。展出的作品沒有什麼，由他父親的作品，更加襯托出他的年輕，但是，她看得出，他的作品是費心掙扎出來的，每一件都是他告訴過她的——讓我們的環境與我們所喜愛的人生緊緊地結合在一起。人很多，他站在她一進門就可以看見的地方，二個月沒見，他一定是倒過又站了起來，站得挺直。她太熟悉他了，他的能力不在這方面，所以總是在掙扎，很苦。這些作品不知道讓他又吃了多少苦，但是，他沒有把它們放在眼裡，她不敢再造次。真的要忘掉他說的——我需要很多的愛。他們之間沒有現代式戀愛裡的咖啡屋、畢卡索、存在主義，她用一種最古老的情懷對他，是黑色的、人性的。他們兩人都能理解的，矛盾在於這種形式，不知道是進步了，還是退步了。

他走了過來，她笑笑。他眼裡仍然是寂寞，看了讓她憤怒，他到底要什麼？

他把車開到大直，那裡很靜，圓山飯店像夢站在遠方，他說——費敏，妳去那裡了，我好累。她靠著他，知道他不是她的支柱，她也不是他的，沒有辦法，現在只有他們兩人，不是他靠著她，就是她靠著他，因為只有人體有溫度，不會被愛情凍死。

他問費敏——那些作品給妳感覺如何？費敏說——很溫馨。他的作品素材都取自生活，一籃水果，一些基本建材，或者隨時可見的小人物，把它整理後發出它們自己的光，但是，藝術是不是全盤真實的翻版呢？是不是人性或精神的再抒發呢？以費敏跑過那麼久文教採訪的經驗來說，她清楚以人性的眼光去創造藝術，並不就代表具有人性，必須藝術品本身具備了這樣的能力，才可以感動人。他的確年輕，也正因為他的年輕，讓人知道他掙扎的過程，有人會為他將來可見的成熟喝采的。

她不願意跟他多說這些，她是他生活中的，不是思想層次中的，他不喜歡別人干涉他的領域，他更有權利自己去歷練。夜很深，他們多半沉默著、對視著。兩個月沒見，並沒有給他們彼此的關係帶來陌生或者親近。他必須回家了，他母親在等門。以前，由費敏說——太晚了，走吧！現在，他的夜特別珍貴，不能浪擲。他輕輕的吻了她，又突然重重的擁她在懷裡，也許是在為這樣沒結果的重逢抱歉。

以後，她開始用一種消極的方式拋售愛情，把自己完全亮在第一線，任他攻擊也好，退守也好，反正是要陣亡的，她顧不了那麼多了。

他生日到了，他們在一起已經整整渡過一年，去年他生日，費敏花了心思，把他常講的話，常有的動作和費敏對他的愛，記了一冊，題名——意傳小札。另外，用錄音帶錄了一卷他們愛聽的歌，費敏自己唱，有些歌很冷僻，她花了心血找出來。她生日時，他給了她一根蠟燭，費敏對著蠟炬哭過幾百次；這次，費敏集了一百顆形狀特殊的相思豆給他；那天晚上，他祖母舊病復發，他是長孫，要陪在跟前，他們約好七點見，他十一點才來，費敏握著相思豆的手，因為握得太緊，五指幾乎扳不直，路上人車多，時間愈過去，她的懊悔愈深。

他突然出現在她眼前時，費敏已經麻木了。他把車停在外雙溪後，長長噓了一口氣，開始對她說話，說的不是他的祖母，而是李眷佟，她父親病了；連夜打電話叫他去，他幫她想辦法找醫生，西醫沒辦法，找中醫，白天不成，晚上陪著，而他自己家裡祖母正病著。費敏不敢多想，有些人對自己愛著的事物渾然不覺，她想到那次在街上李眷佟的神情，她捏著相思豆的手把相思豆幾乎捏碎。他看費敏精神恍惚，搖搖她，她笑笑，他說：費敏，說話啊？

費敏沒開口，她已經沒有話可說了。她真想找個理由告訴自己——他不要妳了！可是她有個更大的理由——她要他。

他問費敏：有錢嗎？借我二萬。她爸爸的事情要用錢，不能跟媽要。費敏沒有說話，他就沒有再問了。

第二天，費敏打電話給他——錢還要用嗎？她給他送去了。他一個人在事務所裡，那裡實在就是一個藝廊，他父親年輕時和目前的作品都陳列在那兒，整幢房子是灰色的，陳列櫃是黑色的，費敏每次去，都會感覺呼吸困難，像他這一年來給她的待遇。他伸了長長的腿靠坐著書桌，問費敏：錢從那裡來的？從那個對她很好的男同事手裡。費敏當然不會告訴他，淡淡的說——自己的。這一次，他很晚了還不打算回去，費敏看他累了，想是連夜照顧祖母，或者李眷佟生病的父親？她要他早點回去休息，臨走時，他說——費敏，謝謝。看得出很真心。

費敏知道李眷佟父親住的醫院，莫名的想去看看她，下班後，在報社磨到天亮，趁著晨曦慢慢走到醫院，遠遠的，他的車停在門外。

他是個懷舊的人？還是李眷佟是個懷舊的人？而她呢？她算是他的新人嗎？那麼，那句——只見新人笑不見舊人哭，該要怎麼解釋呢？

太陽出來了，她的心也許已經生鏽了。

費敏給他最大的反擊也許就是——那筆錢是從他的情敵處借來的。說來好笑，她從他情敵處借來的錢給她的情敵用。

情至深處無怨尤嗎？這件事，費敏隻字不提。

過年時，她父親表示很久沒見到他了。為了他們的期望，費敏打電話給他——來拜年好嗎？費敏的父母親很滿意。然後她隨他一起回他家。那天，他們家裡正忙著給他大姊介紹男朋友，他祖母仍然病著，在屋內愈痛愈叫，愈叫愈痛，家裡顯得沒有一點秩序，她被冷落在一旁，眼看著生老病死在她眼前演著。她一個人走出他們家，巷子很長，過年的鞭炮和節奏都在進行，費敏一直很羨慕那些脾氣大到隨意摔別人電話、發別人瘋的人，戀愛真使一個人失去了自己嗎？

後來在報上看到李眷佟父親的訃聞，他們終於沒能守住她父親出走的靈魂。她打電話去，他總不在，那天李的父親公祭，她去了，他的車停在靈堂外，李眷佟哭得很傷心，那張漂亮的臉，塗滿了悲慟的色彩，喪父是件大慟，李需要別人分攤她的悲哀，正如費敏需要別人分攤她的快樂，同樣不能拒絕。而他說——我不愛她。

是嗎？她不知道！

多少年來，她在師長面前，在朋友面前，都是個有分量的人；在他面前，費敏的心被抽成真空，是透明的。在日記裡，費敏沒有寫過一次他說愛她的話，但是，他會沒說過嗎？即使在他要她，她給他的情況下？費敏是存心給他留條後路？他們每次的「精神行動」不能給他更多的快樂，但是他太悶，需要發洩，她便給他，她自己心理不能平衡；實體的接觸，精神的接觸，都給她更多的不安，但是，她仍然給他。

事情並沒有因此結束，費敏放心不下，怕誤會了他，卻又不敢問，怕問出真相。他們保持每個星期見一次面，現在費敏是真正不笑了，從什麼時候開始她不會笑的？她也不知道。兩個人每次見面，幾乎都在他車裡，往往車窗外是一片星光，費敏和他渡過的這種夜，不知道有多少。她常常想起群星樓外的星星，好美，好遠。他們之間再也沒有提起李眷佟，除了完全放棄他才能拯救自己外，其他的方法費敏知道不會成功，她索性不去牽扯任何事情。有一天，費敏說，出去走走好嗎？那段時間他父親正好出國，事情比較少，他母親眼前少了一個活靶，也很少再攻擊，他便答應了。

他們沒走遠，只去了礁溪，白天，他們穿上最隨便的衣服，逛街，逛寺廟，晚上去吃夜市，小鎮給費敏的感覺像沉在深海中的珍珠，隱隱發光；入了深夜，慢慢往旅館走，那是一幢古老的日式建築。月光沉澱在庭園裡，二個人搬了籐椅、花生和最烈的黃金龍酒，平靜的對酌著，淺淺的講著話。「開始」和「結束」的味道同出一轍，愛情的滋味，有好有壞，但是費敏分不出來。

回到臺北，等待他的是他父親返國的消息，等待費敏的是南下採訪新聞的命令。

費敏臨行時，給他打了電話，他說——好，我來送妳。費敏問——一定來？他答：當然。她從十二點最後一班夜車發出後，便知道他不會來了。火車站半夜來過三次，二次是跟他。夜半的車站仍然生命力十足，費敏站在「臺北車站」的「站」字下面沒有動過，夜晚風涼，第一班朝蘇澳的火車開時，她一點感覺也沒有了。時間過得真快，上次跟他去蘇澳似乎才在眼前。高雄的採訪成了獨家漏網。

她回家後就躺下了，每天瞪著眼睛發高燒，咳嗽咳得出血；不敢勞累父母，就用被子蒙住嘴，讓淚水順著臉頰把枕頭浸得濕透。枕頭上繡著她母親給她的話——夢裡任生平。費敏的生平不是在夢裡，是在現實裡。

病拖了一個多月，整個人像咳嗽咳得太多次的喉嚨，失去常性，但是外面看不出來。她強打起精神，翻出一些兩人笑著的相片，裝訂成冊，在扉頁抄了一首徐志摩的〈歌〉——當我死去的時候，親愛，你別為我唱悲傷的歌，我墳上……要是你甘心忘掉我……

那本集子收的照片全是一流的，感覺之美，恐怕讓看到的人永遠忘不了，每一張裡的費敏都是快樂的，甜蜜的。

她送去時，天正下雨。他父親等著他，他急著走，費敏交給他後，才翻開，整個人便安靜了下來，眼裡都是感動，不知道是為集子裡的愛情還是為費敏。她笑笑，轉身要離去時，告訴他——「你放心，我這輩子不嫁便罷，要嫁就一定嫁你！」雨下得更大，費敏沒帶傘，冒著雨回去的。這是她認識他後，所說過最嚴重的一句話。

她曾經寫著——我真想見李眷佟。他們去礁溪時，她輕描淡寫的問過他，他說——我們之間早過去了，我現在除了爸爸的事，什麼心都沒有！說來奇怪，我以前倒真愛過她。

她還以為，明白存在他們之間的問題是什麼呢？她真渴望有份正常的愛。見不見她其實都一樣了。

國父紀念館經常有文藝活動，費敏有時候去，有時候不去。她常想把他找去一起欣賞，鬆鬆他太緊的弦，但是，他們從來沒有機會。那天，她去了，是名聲樂家在為中國民歌請命的發表會，票早早賣完了，門口擠滿沒票又想進場的人群。費敏站在門口，體會這種「群眾的憤怒」，別有心境。群眾愈集愈多，遠遠的他走過來，和李眷佟手握著手，他們看起來不像是遲到了四十分鐘，不像是要趕場音樂會，他們好像多的是時間，是費敏一輩子巴望不到的。費敏離開了那裡，國父紀念館的風很大，吹得費敏走到街上便不能自已的全身顫抖，怎麼？報應來得那麼快！她還記得上次他們牽著手碰見李，如果李愛過他，那麼，她現在知道李的感覺了。

晚上，她抱著枕頭，壓著要跳出來的心。十二點半，她打個電話去他家，他母親接的，很直截了當的告訴她——沒回來，有事明天再打。他們最近見面，他總是緊張母親等門，早早便要回去，也許，他母親騙她的。

他們最後一次見面是在群星樓，他一看到她便說——昨天我在事務所一直忙到十二點多……。費敏不忍心聽他扯謊下去，笑笑的說——騙人。他一怔，她便說——音樂會怎麼樣？

他們怎麼開始的，費敏不知道，也許從來沒有結束過，但是，都不重要了，他們之間的事是他們的，不關李眷佟的事，費敏望著他那張年輕、乾淨的臉，這個世界上有很多演壞了的劇本，不需要再多加一個了。費敏不敢問他——你愛我嗎？也許費敏的一切都夠不上讓他產生瘋狂的愛，但是，他們曾經做過的許多事，說過的許多話，都勝過一般愛情的行為。他可能是太健忘了，可能是從來沒有肯定過，也許他們在一起太久了，費敏一句話也沒多提，愛情不需要被提醒，那是他的良知良能。群星樓裡有費敏永遠不能忘記的夢；他們一直坐到夜半，星星很美，費敏看了個夠，櫻桃酒喝得也有些醉了。

她習慣了獨自擋住寂悶不肯撤離，現在，沒有什麼理由再堅守了。她真像坐在銀幕前看一場自己主演的愛情大悲劇，拍戲時是很感動，現在，抽身出來，那場戲再也不能令她動心，說不定這卻是她的代表作。

日記停在這裡，費敏沒有再寫下去，只有最後，她不知道想起什麼，疏疏落落的寫了一句——我需要很多很多的愛。

（原載六十八年十一月十、十一日〈聯合副刊〉）

——選自《陪他一段》（洪範，一九九六）

◇作者簡介

蘇偉貞，一九五四年生。廣東番禺人，政治作戰學校影劇系畢業，曾服務於陸軍和中央廣播電台，並曾任《聯合報・副刊・讀書人》版主編，現任成功大學中國文學系教授。曾獲《聯合報》文學獎、《中央日報》文學獎、第一屆《時報》文學百萬小說評審團推薦獎等。著有小說作品《陪他一段》、《離家出走》、《紅顏已老》、《世間女子》、《有緣千里》、《離開同方》、《沉默之島》、《魔術時刻》等。早年擅寫愛情小說的蘇偉貞，近年作品屢屢挑戰小說藝術的高峰，九十一年以〈日曆日曆掛在牆壁〉一文，同時入選爾雅版及九歌版小說選，並為九歌版年度選選為年度小說家。

◆作品賞析

在討論蘇偉貞的小說時，因為蘇偉貞的《離開同方》、《有緣千里》是如此明顯的有「濃濃的眷村文學味兒」，常常將她的小說歸類為眷村文學，並且說「早期的眷村小說往往被視同於描寫兒女情長的閨秀小說而未引起人們的注意」，但換一個角度來說，蘇偉貞的愛情小說是不是因為「往往被視同於眷村小說而未引起人們的注意」？

蘇偉貞是擅長寫情的，她的愛情很冷，和她的筆一樣冷。費敏愛上了一個需要很多很多愛的男人，這男人還有一位他說不愛她卻還常一起手牽手的前女友。費敏一開始就對他說，「我來陪你玩一段」，當然後來證實這一段費敏陪不起，也玩不起，女人常在愛情裡扮演理解的角色，於是只得獨個承擔愛情裡寂寞的部份，這種感覺只有女人能懂，因為愛情一向是女人獨有的。〈陪他一段〉裡的費敏就是。她也需要很多很多的愛。

在蘇偉貞這第一本小說集中，洪範出版社寫下的編者按語是，「文筆細緻圓融，描寫人物事件活躍生動，呼之欲出，老成獨到，尤其她處理人情事故之從容周延」，相較於蘇偉貞近期作品的實驗性、前衛性以及以後現代躋身流行論述，〈陪他一段〉裡人物似乎被某種宿命的力量所主宰，那種氛圍毋寧是更迷人的。

◆延伸閱讀

1. 吳婉茹，〈蘇偉貞——致力探索情愛真相〉，《八十年代台灣女作家小說中女性意識之研究》（淡大中文所碩士論文），一九九四年一月，頁一七一－一七八。

2. 洪淑苓，〈歲月的痕跡〉，《文訊月刊》，一九八五年八月，頁四二－四五。

3. 胡錦媛，〈向內在心靈世界探索〉，《聯合報》，一九九五年六月十五日。

想我眷村的兄弟們

朱天心

我懇請你，讀這篇小說之前，做一些準備動作——不，不是沖上一杯滾燙的茉莉香片並小心別燙到嘴，那是張愛玲〈第一爐香〉要求讀者的——，至於我的，抱歉可能要麻煩些，我懇請你放上一曲《Stand by me》，對，就是史蒂芬・金的同名原著拍成的電影，我要的就是電影裡的那一首主題曲，坊間應該不難找到的，總之，不聽是你的損失哦。

那麼，合作的讀者，我們開始吧。

即使沒看過原著沒看過電影的你，應該也會立時被那個歌詞敘事者小男生的口吻吸引住吧，一個無聊悠長的下午，他跟屁蟲的尾隨幾個大男生去遠處探險，因為據說那裡有一具不明死因的男屍，他覺得又驚險又不大相信又拜託真到目擊的那一刻不要嚇得尿褲才好，於是他鼓足勇氣反覆立誓似的提醒自己：我不怕，我不怕，我一點也不怕，只要你在我這一國，我他媽的一顆眼淚也不會掉！

……歌聲漸行漸遠，畫面上漸趨清楚的是一個，我不知道該如何形容她，青春期的大女孩，或小女人，第一次的月經來潮並沒有嚇倒她，她正屏著氣——全沒留意客廳裡傳來的蜂王黑砂糖香皂的電視廣告音樂——專心的把手探在裙下用力拉扯束在裙裡的襯衫，直至確定鏡中的自己胸脯又如小學時候一般平坦，她放心的衝出家門，仍沒看一眼電視畫面上的英倫口香糖廣告，十六歲的甄妮穿著超短迷你裙，邊舞邊唱著「我的愛，我的愛，英倫心心口香糖……」

她跑到村口，冬天有陽光的禮拜六午後，河口沙洲鳥群似的群聚著十幾二十名從兵役期年紀到國小一年級不等的男孩子，村口兩尊不明用途的大石柱之間，凌空橫扯出一條紅布幅，上書「本村全體支援×號候選人×××」，襯著藍色的天空迎風獵獵作響，好像每隔幾年總要張掛那麼幾天，她要到差不多二十年後，離她擁有公民投票權十幾年以後，才百感交集回想起那情景，並初次投下與那紅布條不同政黨的一票。

她盤桓在他們周圍，像一隻外來的陌生的鳥，試圖想加入他們，多想念與他們一起廝混扭打時的體溫汗臭，乃至中飯吃得太飽所發自肺腑打的嗝兒味，江西人的阿丁的嗝味其實比四川人的培培要辛辣得多，浙江人的汪家小孩總是臭哄哄的糟白魚、蒸臭豆腐味，廣東人的雅雅和她哥哥們總是粥的酸酵味，很奇怪他們都絕口不說「稀飯」而說粥，愛吃「廣柑」就是柳丁。更不要說張家莫家小孩山東人的臭蒜臭大蔥和各種臭蘸醬的味道，孫家的北平媽媽會做各種麵食點心，他們家小孩在外遊蕩總人手一種吃食，那個麵香真引人發狂……

可是半年多來不知哪裡不對了，這些朝夕相處了十多年的夥伴，真的是朝夕相處，像弟弟，就常在她家玩得忘了回家，就跟她們家小孩一起排排睡。毛毛還是她目睹著出生的，那時她跟好多大人小孩擠在毛毛家臥室門口看毛媽慘叫，那次毛毛哥哥得意得什麼樣子，恣意的嚴密挑選與他一國的才准進去觀賞。還有大她一歲的阿三，她與他默默甜蜜的戀愛了快十年。還有大頭，沒有一次不與她大吵或大打出手收場的，不分敵友對她的態度變得說不上來的好奇怪。

她百思不得其解，自認做得無懈可擊，好比她確信經血是有氣味的，她便無時無刻不謹慎選擇站在下風處，以防氣味四散；好比她發現再無法阻止胸脯的日益隆起，痛哭之餘日日展開與它的搏鬥，偷過母親的絲巾把它緊緊捆綁住，或衣服裡多穿一件小學時的羊毛衫把它束得平平的，有一回廝打時被誰當胸撞了一記，當場迸出眼淚差點沒痛暈過去；她甚至偷父親的菸，跟他們一起抽，學他們邊抽邊藏菸的方法，以為因此取得了與他們共同犯罪的身分，她甚至不願意好好讀書，說不上來的以為功課破破的或許較利於他們的重新接納她。

當然，要到差不多十年之後，在她大學畢了業，工作了，考慮接受男友的婚約時，才能持平的看待當年那些男孩，不，或該說男人，怎麼可能當她的面談論、揣測她胸脯的尺寸，交換著因為不知道而無限膨脹神祕引人的性知識，業務機密似的口傳誰家當兵回來的老大刻在機場那邊的外省掛混，下次誰惹了麻煩或跟哪個村子結了樑子可以找他出面擺平；還有唯一在市區裡唸私立中學的大國說車過中山北路看到潘家二姊跟一個美國大兵黏著走路，騷得！隨即每個人把積壓老久的髒話、獸性大發的存貨出清，深喉嚨一樣的口上得到了快感；也有同樣姊姊光明正大結交了美軍男友並快論婚嫁的馬哥，用媽媽的百雀齡面霜抹成「岸上風雲」中馬龍白蘭度的髮型，教幾個年紀大些的男孩一種剛自未來姊夫處學來的新式舞步，可那舞步屢屢被村口唐家開得好大聲的「田邊俱樂部」電視節目中，觀眾所唱的難聽歌聲所擾亂；還有沿著廣場邊緣踱步，一手捲著數學代數課本一手不時在空中演算的丁家老二，每做完一題便又開始跟他們MIT個不完，丁老二的物理老師總愛像回教徒膜拜聖地麥加似的熱烈講述有關 MIT 的種種神話，聽熟了丁老二的二手傳播的她，要到七十年代初期，才知道 MIT 的當代意思，不是她熟如家珍的麻省理工學院，而是 Made in Taiwan。

因此，不會有人像她一樣，為童年的逝去哀痛好幾年，乃至女校唸書時，幾個要好的同學夜宿某死黨家，同床交換祕密的描摹各自未來白馬王子的圖像時，輪到她，她一反其他人的對學歷、血型、身高、星座、經濟狀況的嚴密規定，她說：「只要是眷村男孩就好。」

黑暗中，眼睛放著異光，夜行動物搜尋獵物似的。

那一年，她搬離眷村，遷入都市邊緣尋常有一點點外省、很多本省人、有各種職業的新興社區，河入大海似的頓時失卻了與原水族間各種形式的辨識與聯繫，仍然滯悶封閉的年代，她跟很多剛學吉他的學生一樣，從最基礎簡單的歌曲彈唱起，如《Where have all the flowers gone》，並不知道那是不過五、六年前外頭世界狂飆一場的反戰名歌，她只覺那句句歌詞十分切她心意，真的，所有的男孩們都哪裡去了，所有的眷村男孩都哪裡去了？

她甚至認識了一大堆本省男孩子，深深迷惑於他們的篤定，大異於她的兄弟姊妹們，她所熟悉的兄弟姊妹們，基於各種奇怪難言的原因，沒有一人沒有過想離開這個地方的念頭，書唸得好的，家裡也願意借債支持的就出國深造，唸不出的就用跑船的方式離開；大女孩子唸不來書的，拜越戰之賜，好多嫁了美軍得以出國。很多年以後，當她不耐煩老被等同於外來政權指責的「從未把這個島視為久居之地」時，曾認真回想並思索，的確為什麼他們沒有把這塊土地視為此生落腳處，起碼在那些年間她自認為尋找出的答案再簡單不過，原因無他，清明節的時候，他們並無墳可上。

他們居住的村口，有連綿數個山坡的大墳場，從青年節的連續春假假日開始，他們常在山林冶遊，邊玩邊偷窺人家掃墓，那些本省人奇怪的供品或祭拜的儀式、或悲傷肅穆的神情，很令他們暗自納罕。

那時候，山坡的梯田已經開始春耕，他們小心的避免踩到田裡，可是那田埂是個難走的，一踩一灘水，其實那時候到處都是水，連信手折下的野草野花也是莖葉滴著水，連空氣也是，潮濛濛的，頭髮一下就濕成條條貼在頰上。平常非必要敬而遠之的墳墓，忽然潮水退去似的露出來，他們仗著掃墓的人氣一一去造訪，比賽搶先唸著墓碑上奇怪拗口的刻字，故意表示膽大的就去搜取墳前的香支鮮花……

可是這一日總過得荒荒草草，天晚了回家等吃的，父母也變得好奇怪，有的在後院燒紙錢，但因為不確知家鄉親人的生死下落，只得語焉不詳的寫著是燒給×氏祖宗的，因此那表情也極度複雜，不敢悲傷，只滿佈著因益趨遠去而更加清楚的回憶。

原來，沒有親人死去的土地，是無法叫做家鄉的。

原來，那時讓她大為不解的空氣中無時不在浮動的焦躁、不安，並非出於青春期無法壓抑的騷動的氾濫，而僅僅只是連他們自己都不能解釋的無法落地生根的危機迫促之感吧。

他們的父母，在有電視之前而又缺乏娛樂的夜間家庭相聚時刻，他們總習於把逃難史以及故鄉生活的種種，編作故事以饗兒女。出於一種複雜的心情，以及經過十數年反覆說明的膨脹，每個父家母家都曾經是大地主或大財主（毛毛家祖上有的牧場甚至有五、六個臺灣那麼大），都曾經擁有十來個老媽子一排勤務兵以及半打司機，逃難時沿路不得不丟棄的黃金條塊與日俱增，加起來遠超過俞鴻鈞為國民黨搬來臺灣的……

曾經有過如此的經歷、眼界，怎麼甘願、怎麼可以就落腳在這小島上終老？

不知在多少歲之前，他們全都如此深信不疑著，而不知在多少年之後，例如她，漸與幾個住在山後的本省農家同學相熟，應她們的邀約去作功課，很吃驚她們日常生活水平與自己村子的差距：不愛點燈、採光甚差連白日也幽暗的堂屋、與豬圈隔牆的毛坑、有自來水卻不用都得到井邊打水。她們在曬穀場上以條凳為桌作功課，她暗自吃驚原來平日和她搶前三名的同學每天是這樣作功課、準備考試的。

作完功課，她們去屋後不大卻也有十來株柚子樹的果林玩辦家家，她看到同學的母親完全農婦打扮、口上發著哩哩聲在餵雞鴨，看著同學父親黃昏時在曬場上曬什麼奇怪藥草，她覺得惆悵難言。

後來每年她同學庄裡一年一度的大拜拜都會邀她去，她漸漸習慣那些豐盛卻奇怪的菜餚，也一起跟著農家小孩擠看野臺戲，聽不懂戲詞但隨他們該笑的時候一起笑。從不解到恍惚明白他們為何總是如此的篤定怡然。

村裡的孩子，或早或遲跟她一樣都面臨、感覺到這個，約好了似的因此一致不再吹噓炫耀未曾見過的家鄉話題，只偶爾有不更事的小鬼誇耀他阿爺屋後的小山比阿里山要高好幾倍時，他們都變得很安靜，好合作的假裝沒聽見，也從來沒有一個人會跳出來揭穿。

便趕緊各自求生吧。

男孩子們通常都比較早得面臨這個問題，小學六年級，在國民義務教育還沒有延長成九年之前，他們好吃驚班上一些本省的同學竟然可以選擇不考試不升學（儘管他們暗自頗為羨慕），而回家幫家裡耕田，或做木工、水電工等學徒。而他們，眼前除了繼續升學，竟沒有他路可走，少數幾個好比陳家大哥寶哥，有一年一家電影公司在山上相思林拍武俠片時，他從圍觀看熱鬧的到自願以一個便當的代價拍一個挨男主角踢翻的鏡頭，到幫他們扛道具上卡車，到工作隊離開時他連換洗衣褲都沒帶的跟著走了。

這個不知為什麼顯得很駭人的例子傳誦村裡十數載，簡直以為他就這樣死了，要到差不多二十年後，他們之中有看影劇版習慣的人，便會在影劇版最不起眼的一個小角落發現他才四十出頭就肝癌英年早逝身後蕭條只遺一個幼稚園兒子的消息，才知道原來他這些年跟他們一樣一直存活著，一直在某電視臺做戲劇節目的武術指導。

「噢，原來你在這裡……」她邊翻報紙喟嘆著。

彼時報紙的其他重要版面上，全是幾名外省第二代官宦子弟在爭奪權力的熱鬧新聞，她當然都仔細閱讀，卻未為所動，也不理會同樣在閱報的丈夫正因此大罵她所身屬的外省人（她竟然違背少女時代給自己的規定，嫁給了一個本省男人）。

其實這些年間，她曾經想起過寶哥，僅僅一次，在新婚那夜。

那時丈夫正把鬧完洞房的同事朋友給送出門，她沒力氣再撐起風度聽他們的笑謔，便獨自先返回臥室，不點燈，怕面對那陌生之感，也有些害怕即將要發生的事。這固然與她尚是處子之身有關，但大概是這幽黯陌生的新居臥室的緣故，她忽然遺失掉長期以來做個現代都會女性、性知識只會過分充足的身分，立時回到了另一間同樣昏暗的陌生臥室，寶哥家的臥室，她大概是小學二三年級，正和寶哥的妹妹、貝貝一干自組的黃梅調劇團在翻找毛巾被單扮古裝，她正在地上找髮夾時，隨手拾起一本沒有封皮的舊書，她好奇的湊在五燭光的燈泡下翻閱，那是一本用粗俗挑逗的筆調寫的性知識書，對她而言聞所未聞，因此看得十分專注，看到教導男子如何挑動處女，以及把處女弄破時要如何止血，好像曾聽到貝貝的警告：「那個是我哥的，他不准人家看嘅。」

她看到教人由嘴唇、乳房、以及坐姿判斷處女與否時，她忽然才感覺到四周非常安靜，她抬頭，看到房門處有個高大的身影，也才發覺貝貝她們什麼時候全跑光了，但她立刻感覺出那個穿著父親軍汗衫的身影是寶哥，她棄了書，小聲的喊了一聲寶哥，寶哥也不答話，慢慢，又好像很快的走近她，呼吸聲好大，走到近燈處，她被他那雙像貓一樣發出燐光的眼睛嚇傻了。

然後其實什麼事也沒發生，她靈巧迅速的跑出那間臥室，跑出寶哥家，跑到日光下，那段記憶，便像底片見了光，一片空白，那些第一次對性事的固陋、村俗的印象，便牢牢給關在那間臥室，甚至日後在光天化日下看到寶哥也無啥殊異之感，因此竟然真的再沒想起過他，直到新婚夜。那時她想，寶哥作夢也不會想到吧，竟然有個女孩子在一生中重要的那一刻時光裡曾想到他，儘管是那樣一種奇怪的方式。

其實不只寶哥，還有很多很多的男人，令很多很多的女孩在她們的初夜想到他們。他們大多叫做老張、或老劉、或老王（總之端看他們姓什麼而定）。

通常一個村子只有這樣一名老×，因為他單身，又且遠過了婚齡大概再沒有成家的可能，又往往僅是士官退伍，無一技之長，便全村合力供養他似的允許他在村口的村自治會辦公室後頭搭一間小違建，貼補他一點錢，自治會的電話由他接，一些開會通知由他挨家挨戶送，路燈壞了也由他修，他村的半大男生結夥來本村挑釁時，他會適時出來干預，冬天在村外圍一堆小孩看他烤一隻流浪來的小黑狗，夏天在發出濃烈毒香的夾竹桃樹下剝蛇皮煮蛇湯的，就是老×。

他們通常大字不識一個，甚至不識自己的名字和手臂上刺青的「殺朱拔毛」、「反共抗俄」，但他們是村裡諸多小孩的啟蒙師，他有講不完的剿匪戰役、《三國》《水滸》、或鄉野鬼怪故事，儘管他們的鄉音異常嚴重，可是小孩們不知怎麼都聽得懂；儘管他們的住屋像個拾荒人家，可是小孩簡直覺得那是個寶窟，有很多用桐油擦得發亮的子彈頭（你若願意在停電的夜晚跑過可怕的公墓山邊、替他到大街上買一瓶酒回來的話，他大概會送你一顆），有不明名目的勳章，有各種處理過的蟲屍蛇皮，有用配給來的黃豆炒成的零嘴兒，還一定有撲克牌、殘缺不全的象棋或圍棋，而且他會教你下，替你算命。

然而，總要不了太久（端看那名老×的性欲和自制力而定），常出沒其間的小孩們就會起一種微妙的變化，當孩子們裡必然會有的那個比較好吃、或嬌滴滴愛撒嬌、或膽怯不敢違拗大人的……，我們叫她小玲吧，當小玲也來老×的破巢時，其他小孩便如同動物依本能的遠離一隻受傷病痛的同伴似的遠遠離開小玲，離開小屋……

大多數小孩並不知道空氣中的不安和危險是什麼，只有那幾個膽大些的小男生，終於有一天，會躲在窗外好奇偷窺，他們通常會看到老×與小玲做奇怪的事，不是他褪去衣褲，就是把小玲也褪去衣褲，這些老×通常因為自己的性能力以及謹慎怕事的緣故，不致把小玲弄流血或弄到晚上洗澡時會被母親發現的地步，但通常小男生們不及看到這裡就已經全跑掉了，基於一種好像闖了禍的心情，他們都不告訴其他同伴，甚至也不警告自己的姊姊妹妹，而且他們仍然出沒老×的小屋，有時聽故事或下棋的空檔，會剎那間失神，盯著老×的褲襠並回憶他的大雞巴，沒有任何評價的只覺得哇操他真是一頭大獸王！

至於小玲，早晚有一天，會在與女伴交換祕密時講出老×對她做的事，她得到的反應通常有兩種，一是對方立時也眼淚汪汪、抓緊她的手，不管以後她們還有沒有再去老×處，但童年時光裡她們大概會是一對最要好的朋友。不過比較多的反應是，對方漸聽漸露出陌生警戒的目光，悄悄退去，遠離，不一定會洩漏出去這個祕密，但同伴們都動物一樣的迅速感受到這個訊息，一點不想探究的也離小玲遠遠的，任她自生自滅。

但是好奇怪的這些訊息永遠只能橫的傳開，都不會讓小她們幾歲的弟弟妹妹們知道，因此每一屆都無可避免的或多或少有幾名小玲。當唸中學的老小玲發現妹妹及其同伴有些神祕難言的行跡時，比較大膽的老小玲就會喝斥妹妹：「叫你們不要去老×家玩！」「你小心讓媽知道了好看！」

罵完不禁奇怪為什麼自己從來沒想過告訴媽媽。每一個小玲差不多都如此，以致那些老×們都得以安然活到二十、三十年後，當這些小玲們陸陸續續結婚，或與心愛男友的第一次，都會想起那個遙遠年代遙遠村子遙遠小屋的老×，比較傳統保守的小玲們擔心自己的處女膜可還完好，健康開朗些的小玲們則流下衷心快樂的淚水，深深感激撫在自己身上的、不再是一雙遲疑卻又貪婪的蒼老的手，而是如此的年輕有力、清潔、有決心……

這些自然是老×們想都想不到的，因為在那一刻的同時，老×們正全心全意發愁手膀上的那些刺青可要如何去掉、以利於他們的返鄉探親。有大膽些的人便率先去整型外科處割掉那片刺青的皮膚，所以，假若你在八七－八八年間，在街上看過年近七十，單手膀上裹著白紗布繃帶的外省老男人，沒錯，他就是老×，……連你都無法想像吧，他們正是多少女孩在初夜會想起的男人，當然，至此我們已不用去追究她們是基於何種心情了。

看到這裡，你一定會問，那媽媽呢？媽媽們哪兒去了？都在幹什麼？不然怎麼會如此的疏於照顧保護子女？

媽媽們大概跟彼時普遍貧窮的其他媽媽們一樣忙於生計，成天絞盡腦汁在想如何以微薄的薪水餵飽一大家子。若是大陸來的媽媽，會在差不多來臺灣的第十年，變賣盡最後一樣金飾後，在那一年的農曆新年一橫心，把箱底旗袍或襖子拿出來改給眾小孩當新衣，毋須丈夫們解說該年九月的雷震事件，或是進一步的洩漏軍機，她們比什麼人都早的已與朝中主政者一樣自知回不去了。

媽媽們通常除了去菜場買菜是不出門的，收音機時代就在家聽「九三俱樂部」和「小說選播」，電視時代就看「群星會」和「溫暖人間」，要到誰怕誰的時代才較多人以麻將為戲，不再理會眷補證上印的可怕罰則（例如第一次抓到斷糧×個月，第二次抓到……），通常法太嚴則不行，若有誰家明目張膽傳出麻將聲，幾天後，該鄰官階最大的那位太太就會登門不經意的閑聊懇談一番，當然，若打麻將的那家就是該鄉或該村官階最高的，也就是住家坪數最大、最先拆掉竹籬笆改蓋紅磚圍牆、最先有電視的那家，此事大約就不了了之了。

但往往媽媽們的類型都因軍種而異。

空軍村的媽媽們最洋派、懂得化妝，傳說都會跳舞，都會說些英文。陸軍村的媽媽最保守老實，不知跟待遇最差是否有關。海軍村的打牌風最盛，也最多精神病媽媽，可能是丈夫們長年不在家的關係。憲兵村的媽媽幾乎全是本省籍，而且都很年輕甚至還沒小孩，去他們村子玩的小孩會因聽不懂閩南語、而莫名所以的認生不再去。

最奇怪的大概是情報村，情報村的爸爸們也是長年不在家，有些甚至村民們一輩子也沒見過。他們好多是廣東人，大人小孩日常生活總言必稱戴先生長戴先生短，彷彿戴笠仍健在且仍是他們的大家長。

情報村的媽媽們有的早以寡婦的心情過活，健婦把門戶的撐持一家老小，我們可依其小孩的年紀差距推斷出丈夫每次出勤的時日長短。另有些神經衰弱掉的媽媽們則任一窩小孩放野牛羊似的滿地亂跑，自生自滅。做小孩的都很怕學期開始時必須填的家庭調查表，有一個長年考第一名的女孩甚至快要受不了的伏桌痛哭起來，深怕別人發現她的與眾不同，因為父親工作要掩護身分的關係，一家都跟母親的姓，她覺得很難堪，乃至曾有一名小玲以老×的事與她交換最高機密時，她都違背約定的堅不吐實。

至於那些為數不少、嫁了本省男子、而又在生活中屢感不順遂——例如丈夫們怎麼不如記憶中的外省男孩肯做、必須分擔家事，因此斷定他們一定受日據時代大男人主義遺風影響所致：例如每逢選舉，她都必須無可奈何代替國民黨與丈夫爭辯到險險演成家庭糾紛——因而會偶覺寂寞的想念昔日那些眷村男孩都哪兒去了的女孩兒們，我在深感理解同情之餘，還是不得不提醒妳們，不要忘了妳曾經多麼想離開這個小村子，這塊土地，無論以哪一種方式。

記不記得妳在成長到足以想到未來的那個年紀，儘管妳還正在和村中的某個男孩戀愛，那些個乘涼或看「晶晶」連續劇、父母因此無暇顧及的夏日夜晚，滿山的情侶（之前或之後，妳會在田納西・威廉電影裡發現到幾乎一模一樣的情景，保守、炎熱、父權、壓抑的南方小鎮裡那些在夜間冶遊、無法說明自己的心靈和身體在飢渴些什麼的大男孩大女孩），你們在喧天的蟬聲裡一面發高燒似的熱烈探索彼此年輕的身體，一面在心裡暗暗告別，自然大多的告別是因為沒考上學校的男孩就要去服役或唸軍校了，但更多時候，是女孩們片面好忍心的決定。

記不記得？妳，錯過時機尚未走成的女孩——五十年代，嫁黑人嫁GI去美國的；六十年代，出國唸書或去當歌星影星，因為發現唯有此業是收穫耕耘可以大不成比例，宜於經濟起飛年代一無本錢而想一夜致富的人從事——，妳漸漸很不耐煩老在村口克難球場群聚終日的那些等待兵役期、抽菸打屁、除了打球無所事事的幼時玩伴（儘管他們曾經是妳太想一道溷跡終老的夥伴），並非因為你行經那兒時，總會飄出幾句發自其中一名剛屆青春期的男生洩慾式的髒話，影射你的身材尺寸或器官、或大喊一聲：「×××的蜜斯！」也並非有些男孩變得粗壯似野獸、並且也發出野獸一樣很讓妳覺得陌生不安的目光和嗓音……

妳只隱隱覺得，那些幼時常與你一道在荒山裡探險開路冶遊的夥伴，不再足以繼續做妳意欲探險外面世界的夥伴，妳甚至不願意承認妳快看不起他們、覺得他們對未來簡直有點不知死活。

於是，妳會在離家唸大學或開始就業時，很自然的被那些比起妳的眷村愛人顯得土土的、保守沉默的本省男孩所吸引，儘管他們之中也多有家境比眷村生活還要窘困，或比眷村男孩的動輒放眼中國、放眼世界的四海之志要顯得胸無大志得多，但他們的安穩怡然以及諸多出乎妳意料的對事情的看法，都使得妳窒悶的生活得以開了一扇窗，透了口氣。儘管多年後妳細細回想，當初所感到的窒息鬱悶也許並非全然因為眷村生活的緣故。

離開眷村而又想念眷村的女孩兒們，我深深同情妳們在人群中乍聞一聲外省腔的「他媽的（音踏、馬的）」時所頓生的鄉愁，也不會嘲笑有人甚至想登尋人啟事尋找幼年的夥伴或甚至組個眷村黨，因為妳不甘願承認只擁有那些老出現在社會版上、僅憑點滴資料但照眼就能認出的兄弟們（如×台生，山東人，籍設高雄左營、或岡山、或嘉義市、或楊梅埔心、或中和南勢角、或六張犁、南機場……那些個從南到北、自西徂東、有名的大眷村集結之地）。也不願意搭計程車時，聽到司機問：「妳要去ㄉㄚˇ裡？」以及一遇塞車就痛罵國民黨和民進黨的，妳望著他後腦勺的幾莖白髮，當下可斷定他是那批氣宇軒昂意氣洋洋、專修班出來還志願留營以盡忠報國，而後中年退伍不知如何轉業的×家×哥……，除此之外，眷村的兄弟們，你們到底都哪裡去了？

所以妳當然無法承受閱報的本省籍丈夫在痛罵如李慶華、宋楚瑜這些權貴之後奪權鬥爭的同時，所順帶對妳發的怨懟之氣，妳細細回想那些年間你們的生活，簡直沒有任何一點足以被稱做既得利益階級，只除了在推行國語禁制臺語最烈的時代，你們因不可能觸犯這項禁忌而未曾遭到任何處罰、羞辱、歧視（這些在多年後妳丈夫講起來還會動怒的事），儘管要不了幾年後，你們很快就陸續得為這項政策償債，你的那些大部分謀生不成功的兄弟們，在無法進入公家機關或不讀軍校之餘，總之必須去私人企業或小公司謀職時，他們有很多因為不能聽、講臺語而遭到老闆的拒絕。

大概非眷村，或六十年代後出生的本省外省人都無法理解，很多眷村小孩（尤其他們居住的若是個有菜市場、有小商店、飲食店及學校等的大眷區），在他們二十歲出外讀大學或當兵之前，是沒有「臺灣人」經驗的，只除了少數母親是本省人，因此寒暑假有外婆家可回的，以及班上有本省小孩且你與他們成為朋友的。至於為數眾多的大陸籍媽媽們，十數年間的唯一臺灣人經驗就是菜市場裡那幾名賣菜的「老百姓」，因此她們印象中的臺灣人大致可分為兩種：會做生意的，和不會做生意的。

正如妳無法接受被稱做是既得利益階級一樣，妳也無法接受只因為妳父親是外省人，妳就等同於國民黨這樣的血統論，與其說妳們是喝國民黨稀薄奶水長大的（如妳丈夫常用來嘲笑妳的話），妳更覺得其實妳和這個黨的關係彷彿一對早該離婚的怨偶，妳往往恨起它來遠勝過妳丈夫對它的，因為其中還多了被辜負、被背棄之感，儘管終其一生妳並未入黨，但妳一聽到別人毫無負擔、淋漓痛快的抨擊它時，妳總克制不了的認真挑出對方言詞間的一些破綻為它辯護，而同時打心底好羨慕他們可以如此沒有包袱的罵個過癮。

然而其實妳並非沒有過這種機會，記不記得有幾次妳單獨攜小孩回娘家的時候，妳不也是如此在晚飯桌上邊看電視新聞邊如此大罵國民黨嗎?只因為從政治光譜上來看,此時沒有人(妳丈夫)站在妳的左邊,所以妳可以難得快樂的扮個無顧忌的反對者,只因為妳很放心這種時候妳的右邊總會有人(妳老爸)出來,為這個愛恨交加、早該分手的黨辯護。

妳大概不會知道,在那個深深的、老人們煩躁嘆息睡不著的午夜,父親們不禁老實承認其實也好羨慕妳們,他多想哪一天也能夠跟妳一樣,大聲痛罵媽拉個B國民黨莫名其妙把他們騙到這個島上一騙四十年,得以返鄉探親的那一刻,才發現在僅存的親族眼中,原來自己是臺胞、是臺灣人,而回到活了四十年的島上,又動輒被指為「你們外省人」,因此有為小孩說故事習慣的人,遲早會在《伊索寓言》故事裡發現,自己正如那隻徘徊於鳥類獸類之間,無可歸屬的蝙蝠。

總而言之,你們這個族群正日益稀少中,妳必須承認,並做調適。

然而其實只要妳靜下心來,憑藉動物的本能,並不困難就可在汪洋人海裡覓得昔年失散、或遭妳遺棄的那些兄弟們的蹤跡:那個幹下一億元綁票案的主謀,妳在還來不及細看破案經過以及他的身分簡介時,只見他向記者們琅琅上口的詩句:「慷慨歌燕市,從容作楚囚,引刀成一快,不負少年頭。」妳不是脫口而出:「啊,原來你在這裡!」

初中那年,妳們不是曾經被一個新來的國文老師所迷惑,只因為那位五十來歲、一口湖北腔的單身男老師總喜歡講課本以外的東西,他就曾經含著眼淚,以平劇花臉的腔調誦完少年汪精衛這首刺攝政王失敗的〈獄中口占〉,妳不是還邊認真的把全詩抄在課本空白處,邊疑惑妳所學過民國史裡的大漢奸賣國賊、怎麼也有這種看似像個人的時候,那個國文老師大概正因為老是觸犯此類禁忌之故,學期結束就又他調。

多年後，妳猜他絕對不知道自己當年曾開啟多少熱血少年的心志，又或讓他們以為找到了使他們動機看似神聖正義的理由。

所以，原來當初那些盤據在村口、妳覺得他們只敢跟自己人或別眷村好勇鬥狠、卻沒膽出去闖盪世界的×哥×弟們，就在他們中間，就在妳要棄絕他們的同時，有人正在磨刀霍霍，結群結黨，暗暗在全島幹下無頭搶案數十起並殺人如麻，破案時，妳不須細看報上的說明他們這個強盜集團是新竹光復路某某眷村的子弟，妳僅憑他戴著手銬腳鐐的相貌就可呼出他的小名；乃至十數年後遠赴美國深信自己是為國鋤奸的×哥，妳絲毫不吃驚他僅僅不過想印證那句奉行半生的：「引刀成一快，不負少年頭！」

當然村口的那些兄弟們不盡都是如此之輩，一名溷跡其中、跟其他很多人一樣去跑船的沈家老大，二十年後，妳不難在報上的訪問他中，清楚嗅出他的眷村味兒，當大約舉國都不相信他要把那塊唐榮舊址變更為商業用地並非只為了賺取暴利，而是想蓋一幢他做海員時在其他美麗的國家看到的美麗建築時，大概只有妳相信他所說的是真話，並驚嘆且同情這名身價百億的成功證券商，為何還可憐兮兮如妳們十數年前、對國家如此抽象卻又無法自拔的款款深情。

類似此的還有那個、有沒有？好像是第五鄰第一家，在家門口開個早餐攤，常幫媽媽洗洗弄弄找錢的王家煊哥，三十年後，妳每見他以財政部長的身分在報章、電視等媒體大力推銷他的政策時，妳以女性的直覺並不懷疑他的操守、用心、專業有何問題。只是他那股言談間瀰漫不去「以國家興亡為己任」的濃濃眷村味兒，讓你覺得因為太熟悉了而反倒心煩意亂，但畢竟也每足以讓你百感交集的喟嘆「噢，原來你在這裡，眷村的兄弟」。

所以，那些兄弟們，好的、壞的（從法律觀點看）、成功的、失敗的（從經濟事功看）、存在的、不存在的、有記憶的、遺忘症的、記憶扭曲的……，請容我不分時代、不分畛域的把四九－七五（蔣介石消逝、神話信念崩潰的那一年）凝凍成剎那，也請權把我們的眼睛變做攝影機，我已經替你鋪好了一條軌道，在一個城鎮邊緣尋常的國民黨中下級軍官的眷村後巷，請你緩緩隨軌道而行——音樂？隨你喜好，不過我自己配的是一首老國語流行歌〈今宵多珍重〉，上過成功嶺的男生都該會記得吧，每天晚上入睡前營區放的：南風吻臉輕輕，飄過來花香濃；南風吻臉輕輕，星已稀月迷濛……

我們開始吧——

不要吃驚，第一家在後院認真練舉重的的確是，對，李立群……，除了喘氣聲，他並沒發出任何噪音，因此也沒吵到隔壁在燈下唸書的高希均和對門的陳長文、金惟純、趙少康……

我們悄聲而過，這幾家比較有趣得多，那名穿著阿哥哥裝在練英文歌的是歐陽菲菲，十六歲但身材已很好的她，對自己仍不滿意，希望個兒頭能跟隔壁的白嘉莉一樣。當然你不會吃驚看到第四家的白嘉莉正披裹著床單當禮服，手持一支仿麥克風物在反覆演練：「各位長官、各位來賓，今天我要為各位介紹的是……」

別看呆了！你。第五家湊在小燈泡下偷看小說的那個小女孩也很可愛，她好像是張曉風、或愛亞、或韓韓、或袁瓊瓊、或馮青、或蘇偉貞、或蔣曉雲、或朱天文（依年齡序），總之她太小了，我分不出。

當然不是只有女孩子才愛看閑書，我們跳過一家，你會發現也有個小兄弟在看書，什麼？你連蔡詩萍和苦苓都分不出!?都錯了，是張大春，所以我們頂好快步通過，免得遭他用山東粗話噌，是啊！他打從小就是這個樣兒……

隔壁剛作完功課、正專心玩辦家家的一對小男生小女生，看不出來吧，是蔡琴和李傳偉。當然也有可能是趙傳和伊能靜。

第九家，一名小玲默默在洗澡。

第十家，漆黑無人，因為在唸小學的正第、正杰兄弟倆陪母親去索討父親託人遺下的安家費，他們就是我們提起過的情報村的，打從他們一家遷居至此，村民們就從沒有看過他們的父親，直至差不多三十年後……

第十一家……

（我倆臨別依依，要再見在夢中。）

……

啊！

想我眷村的兄弟們。

——選自《想我眷村的兄弟們》（麥田，一九九八）

作者簡介

朱天心，一九五八年生，山東臨朐人，在學生時代即以描敘北一女生活的《擊壤歌》成名，這本書也成為校園文學的代表作，曾主編《三三集刊》，並多次榮獲《時報》文學獎及《聯合報》小說獎，現專事寫作。著有《方舟上的日子》、《擊壤歌》、《昨日當我年輕時》、《未了》、《時移事往》、《我記得……》、《小說家的政治周記》、《二十二歲之前》、《學飛的盟盟》、《古都》、《漫遊者》等。朱天心從青春的《擊壤歌》之後，每一部作品都有突破以往成績的實驗，近作多以一顆遊蕩的老靈魂心靈出發，以喃喃自語刻畫時代的變遷。

作品賞析

本文從題目〈想我眷村的兄弟們〉，很自然就會被歸類為眷村文學，在許多對眷村文學的討論中，一般說來，會給予眷村文學這些期待——鄉愁的捨棄、繼承與超越；聚、散因緣；困境與叛離；父親取象的蛻變等主題，朱天心這篇〈想我眷村的兄弟們〉，固然有聚散因緣，有困境與叛離，有鄉愁的超越，但本文不同於其他眷村文學之處，在於作者在審視與省思的過程中，更多的是對眷村的戀戀不捨，對自己的成長往事的戀戀不捨。

朱天心用一貫的娓娓道來的語調夾敘夾議地歷數那些眷村兄弟們，一開始，他們是自述者成長時 Stand by me 的夥伴，一位初長成的女孩被兄弟們疏離，即使兄弟們離棄她，她在叛離眷村後，仍然執意要嫁「只要是眷村男孩就好」;然後是沒入浩瀚人海後,邊翻報紙邊喟歎「噢,原來你在這裡……」,陳家老大寶哥,老X與小玲,幹下一億元綁票案的主謀,財政部長王家煊哥……,都是自述者的眷村兄弟。

顯然,朱天心對日漸消失在人群中的眷村仍有無法割捨的情懷,在反省中充滿對眷村的理解、同情和無奈,因此,她反覆體味和描寫所謂「濃濃的眷村味兒」,但在這股讓眷村兄弟們一眼就可認出來的眷村味兒中,我們也彷彿看到所謂五年級在前瞻與回顧中撿拾所遺落的歲月。

◆延伸閱讀

1. 王德威,〈老靈魂裡的新鮮人——評朱天心「想我眷村的兄弟們」〉,《眾聲喧嘩以後》(麥田),頁六三—六六。
2. 何寄澎,〈朱天心「想我眷村的兄弟們」〉,《幼獅文藝》,一九九二年八月,頁六七—一一〇。
3. 吳婉茹,〈朱天文、朱天心——從無悔的情愛追求到人生理想的幻滅〉,《八十年代台灣女作家小說中女性意識之研究》(淡大中文所碩士論文),一九九四年一月,頁一七九—一九〇。

少女小漁

嚴歌苓

據說從下午三點到四點，火車站走出的女人們都粗拙、兇悍，平底鞋，一身短打，並且複雜的過盛的體臭脹人腦子。

還據說下午四點到五點，走出的就是徹底不同的女人們了。她們多是長襪子、高跟鞋，色開始敗的濃妝下，表情仍矜持。走相也都婀娜，大大小小的屁股在窄裙子裡滾得溜圓。

前一撥女人是各個工廠放出來的，後一撥是從寫字樓走下來的。悉尼的人就這麼叫：「女工」、「寫字樓小姐」。其實前者不比後者活得不好。好或不好，在悉尼這個把人活簡單活愚的都市，就是賺頭多少。女工賺的比寫字樓小姐多，也不必在衣裙鞋襪上換景，錢都可以吃了，住了，積起來買大東西。比方，女工從不戴假首飾，都是真金真鑽真翠，人沒近，身上就有光色朝你尖叫。

還有，回家洗個澡，蛻皮一樣換掉衣服，等寫字樓小姐們仍是一身裝一臉妝走出車站票門，女工們已重新做人了。她們這時都換了寬鬆的家常衣裳——在那種衣裳裡的身子比光著還少拘束——到市場拾剩來了。一天賣到這時，市場總有幾樣菜果或肉不能再往下剩，廉價到了幾乎實現「共產主義」。這樣女工又比寫字樓小姐多一利少一弊：她們掃走了全部便宜，什麼也不給「她們」剩。

不過女人們還是想有一天去做寫字樓小姐。穿高跟鞋、小窄裙，畫面目全非的妝。戴假首飾也吧，買不上便宜菜也吧。

小漁就這樣站在火車站，身邊擱了兩隻塑料包，塞滿幾葷幾素卻僅花掉她幾塊錢。還有一些和她裝束差不多的女人，都在買好菜後順便來迎迎丈夫。小漁丈夫其實不是她丈夫（這話怎麼這樣難講清？）和她去過證婚處的六十七歲的男人跟她什麼關係也沒有。她跟老人能有什麼關係呢？就他？老糟了、肚皮疊著像梯田的老義大利人？小漁才二十二歲，能讓丈夫大出半個世紀去嗎？這當然是移民局熟透的那種騙局。小漁花錢，老頭賣人格，他倆合夥糊弄反正也不是他們自己的政府。大家都這麼幹，移民局僱不起那麼多勞力去跟蹤每對男女。在這個國家別說小女人嫁老男人，就是小女人去嫁老女人，政府也恭喜。

又一批乘客出來了，小漁脖子往上引了引。她人不高不大，卻長了高大女人的胸和臀，有點豐碩得沉甸甸了。都說這種女人會生養，會吃苦勞作，但少腦筋。少腦筋往往又多些好心眼。不然她怎麼十七歲就做了護士？在大陸——現在她也習慣管祖國叫「大陸」，她護理沒人想管的那些人，他們都在死前說她長了顆好心眼。她出國，人說：好報應啊，人家為出國都要自殺或殺人啦，小漁出門乘涼一樣就出了國。小漁見他走出來，馬上笑了。人說小漁笑得特別好，就因為笑得毫無想法。

他叫江偉，十年前贏過全國蛙泳冠軍，現在還亮得出一身漂亮的田雞肉。認識小漁時他正要出國，這朋友那朋友從三個月之前就開始為他餞行。都說：以後混出半個洋人來別忘了拉扯拉扯咱哥兒們。小漁是被人帶去的，和誰也不熟，但誰邀她跳舞她都跳。把她貼近她就近，把她推遠她就遠，笑得都一樣。江偉的手在她腰上不老實了一下，她笑笑，也認了。江偉又近一步，她抬起臉問：「你幹嘛呀？」好像就她一個不懂男人都有無聊混蛋的時候。問了她名字工作什麼的，他邀她周末出去玩。

「好啊。」她也不積極也不消極地說。

星期日他領她到自己家裡坐了一個鐘頭，家裡沒一個人打算出門給他騰地方。最後只有他帶她走。一處又一處，去了兩三個公園，到處躲不開人眼。小漁一句抱怨沒有。他說這地方怎麼淨是大活人，她便跟他走許多路，換個地方。最後他們還是回到他家，天已黑了。在院子大門後面，他將她橫著豎著地抱了一陣。問她：「你喜歡我這樣嗎？」她沒聲，身體被揉成什麼形狀就什麼形狀。第二個周末他與她上了床。忙過了，江偉打了個小盹。半醒著他問：「你頭回上床，是和誰？」

小漁慢慢說：「一個病人，快死的。他喜歡了我一年多。」

「他喜歡你你就讓了？」江偉像從髮梢一下緊到腳趾。小漁還從他眼裡讀到：你就那麼欠男人？那麼不值什麼？她手帶著心事去摩挲他一身運足力的青蛙肉，「他跟渴急了似的，樣子真痛苦、真可憐。」她說。她拿眼講剩下的半句話：你剛才不也是嗎？像受毒刑；像我有飯卻餓著你。

江偉走了半年沒給她一個字，有天卻寄來一信封各式各樣的紙，說已替她辦好了上學手續，買好了機票，她拎著這一袋子紙到領事館去就行了。她就這麼「八千里路雲和月」地來了。也沒特別高興、優越。快上飛機了，行李裂了個大口，母親見大廳只剩了她一個，火都上來了：「要趕不上了！怎麼這麼個肉脾氣？」小漁抬頭先笑，然後厚起嗓門說：「人家不是在急嘛？」

開始的同居生活是江偉上午打工下午上學，小漁全天打工周末上學。兩人只有一頓晚飯時間過在一塊。一頓飯時間他們過得很緊張，要吃、要談、要親暱。吃和親暱都有花樣，談卻總談一個話題：等有了身分，咱們幹什麼幹什麼。那麼自然，話頭就會指到身分上。江偉常笑得乖張，說：「你去嫁個老外吧？」

「在這兒你不就是個老外？」小漁說。後來知道不能這麼說。

「怎麼啦，嫌我老外？你意思沒身分就是老外，對吧？」他煩惱地將她遠遠一扔。沒空間，扔出了個心理距離。

再說到這時，小漁停了。留那個坎兒他自己過。他又會來接她，不知問誰：「你想，我捨得把你嫁老外嗎？」小漁突然發現個祕密：她在他眼裡是漂亮人，漂虎。她既不往自己身上費時也不費錢。不像別的女性，狠起來把自己披掛得像棵聖誕樹。周末，唐人街茶點鋪就晃滿這種「樹」，望去像個聖誕林子。

江偉一個朋友真的找著了這麼個下作機構：專為各種最無可能往一塊過的男女扯皮條。「要一萬五千呢！」朋友警告。他是沒指望一試的。哪來的錢，哪來的小漁這樣個女孩，自己湊錢去受一場蹧賤。光是想像同個豬八戒樣的男人往證婚人面前並肩站立的一刻，多數女孩都覺得要瘋。別說與這男人同出同進各種機構，被人瞧、審問，女孩們要流暢報出男人們某個被捂著蓋著的特徵。還有宣誓、擁抱、接吻，不止一回、兩回、三回。那就跟個不像豬八戒的男人搭檔吧？可他要不那麼豬八戒，會被安安生生剩著，來和你幹這個嗎？還有，他越豬，價越低。一萬五，老頭不瘸不瞎，就算公道啦。江偉就這麼勸小漁的。

站在證婚人的半圓辦公桌前，與老頭並肩拉手，小漁感覺不那麼恐怖。事先預演的那些詞，反正她也不懂。不懂的東西是不過心的，僅在唇舌上過過，良知臥得遠遠，一點沒被驚動。

江偉偽裝女方親友站在一邊，起初有人哄他「鍾馗嫁妹」、「范蠡捨西施」，他還笑，漸漸地，誰逗他他把誰瞪回去。小漁沒回頭看江偉，不然她會發現他這會兒是需要去看看的。他站在一幫黃皮膚「親戚老俵」裡，喉節大幅度升降，全身青蛙肉都鼓起，把舊貨店買來的那件西裝脹得要綻線。她只是在十分必要時去看老頭。老頭在這之前染了髮，這錢也被他拿到小漁這兒來報帳了。加上租一套西裝，買一瓶男用香水，老頭共賴走她一百圓。後來知道，老頭的髮是瑞塔染的，西裝也是瑞塔替他改了件他幾十年前在樂團穿的演奏服。瑞塔和老頭有著頗低級又頗動人的關係。瑞塔陪老頭喝酒、流淚、思鄉和睡覺。老頭拉小提琴，她唱，儘管唱得到處跑調。老頭全部家當中頂值價的就是那把提琴了。沒了琴托，老頭也不去配，因為配不到同樣好的木質，琴的音色會受影響。老頭是這麼解釋的，誰知道。沒琴托的琴靠老頭肩膀去夾，仍不很有效，琴頭還是要脫拉下來，低到他腰以下。因此老頭就有了副又淒楚又潦倒的拉琴姿態。老頭窮急了，也沒到街上賣過藝，瑞塔逼他，他也不去。他賣他自己。替他算算，如果他不把自己醉死，他少說還有十年好活，兩年賣一回，一回他掙一萬，到死他不會喝風啜沫。這樣看，從中剝走五千圓的下作「月佬」，就不但不下作並功德無量了。

耍了一百圓無賴的老頭看上去就不那麼賴了。小漁看他頭髮如漆，梳得很老派；身上酒氣讓香水蓋掉了。西裝穿得周正，到底也倜儻過。老頭目光直咄咄的，眉毛也被染過和梳理過，在臉上蓋出兩塊濃蔭。他形容幾乎是正派和嚴峻的。從他不斷抿攏的嘴唇，小漁看出他呼吸很短，太緊張的緣故。

最後老頭照規矩擁抱了她。看到一張老臉向她壓下來，她心裡難過起來。她想他那麼大歲數還要在這醜劇中這樣艱辛賣力地演，角色對他來說，太重了。他已經累得喘不上氣了。多可悲呀——她還想，他活這麼大歲數只能在這種醜劇中扮個新郎，而沒指望真去做回新郎。這輩子他都不會有這個指望了，所以他才把這角色演得那麼真，在戲中過現實的癮。老頭又乾又冷的嘴唇觸上她的唇時，她再也不敢看他。什麼原因，妨礙了他成為一個幸福的父親和祖父呢？他身後竟沒有一個人，來起鬨助興的全是黃皮膚的，她這邊的。他真的孤苦得那樣徹底啊。瑞塔也沒來，她來，算是誰呢。當小漁睜開眼，看到老頭眼裡有點憐惜，似乎看誰毀了小漁這麼個清清潔潔的少女，他覺得罪過。

過場全走完後，人們擁「老夫少妻」到門外草坪上。說好要照些相。小漁和老頭在一輛碰巧停在草坪邊緣的「本茨」前照了兩張，之後陪來的每個人都竄到車前去喊：「我也來一張！」無論如何，這生這世有那一刻擁有過它，就是誇口、吹牛皮，也不是毫無憑據。只有江偉沒照，慢慢拖在人群尾巴上。

小漁此時才發現他那樣的不快活。和老頭分手時，大家拿中國話和他嘻哈：「拜拜，老不死你可硬硬朗朗的，不然您那間茅房，我們可得去佔領啦……」江偉惡狠狠地嘎嘎笑起來。

當晚回到家，小漁照樣做飯炒菜。江偉運動筷子的手卻是瞎的。終於，他停下散漫的談天，叫她去把口紅擦擦乾淨。她說哪來的口紅？她回來就洗了澡。他筷子一拍，喊：「去給我擦掉！」

小漁瞪著他，根本不認識這個人了。江偉衝進廁所，撕下了截手紙，扳住她臉，用力擦她嘴唇連鼻子臉頰也一塊扯進去。小漁想：他明明看見桌上有餐紙。她沒掙扎，她生怕一掙扎他心裡那點憋屈會發洩不淨。她想哭，但見他伏在她肩上，不自恃地飲泣，她覺得他傷痛得更狠更深，把哭的機會給他吧。不然兩人都哭，誰來哄呢。她用力扛著他的哭泣，他燙人的抖顫，他衝天的委屈。

第二天清早，江偉起身打工時吻了她。之後他仰視天花板，眼神懵著說：「還有三百六十四天。」小漁懂他指什麼。一年後，她可以上訴離婚，再經過一段時間出庭什麼的，她就能把自己從名義上也撤出那婚姻勾當。但無論小漁怎樣溫存體貼，江偉與她從此有了那麼點生分；一點陰陽怪氣的感傷。他會在興致很好時冒一句：「你和我是真的嗎？你是不是和誰都動真的。」他問時沒有威脅和狠勁，而是虛弱的，讓小漁疼他疼壞了。他是那種虎生生的男性，發蠻倒一切正常。他的笑也變了，就像現在這樣：眉心抽著，兩根八字紋順鼻兩翼拖下去，有點尷尬又有點歹意。

江偉發覺站在站口許多妻子中的小漁後馬上堆出這麼個笑。他們一塊往家走。小漁照例不提醒她手裡拎著兩個大包。江偉也照例是甩手走到樓下才發現：「咳，你怎麼不叫我拿！」然後奪去所有的包。小漁累了一樣笑，累了一樣上樓上很慢。因為付給老頭和那個機構的錢一部分是借的，他倆的小公寓搬進三條漢子來分擔房租。一屋子腳味。小漁剛打算收拾，江偉就說：「他們花錢僱你打掃啊？」

三條漢子之一在製衣廠剪線頭，一件羊毛衫沾得到處是線頭，小漁動手去摘，江偉也火：「你是我的還是公用的？」

小漁只好硬下心，任它臭、髒、亂。反正你又不住這兒，江偉常說，話裡梗梗地有牢騷。好像小漁情願去住老頭的房。「結婚」第二周，老頭跑來，說移民局一清早來了人，直問他「妻子」哪去了。老頭說上早班，下次他們夜裡來，總不能再說「上夜班」吧？移民局探子又看見了幾件女人衣裙，瑞塔的，他拿眼比試衣裙長度，又去比試結婚照上小漁的高度，然後問：「你妻子是中國人，怎麼盡穿義大利裙子？」

江偉只好送小漁過三條街，到老頭房子裡去了。老頭房雖破爛卻是獨居，兩間臥室。小漁那間臥室的衛生間不帶淋浴，洗澡要穿過老頭的房。江偉嚴格檢查了那上面的鎖，還好使，也牢靠。他對她說：老東西要犯壞，你就跳窗子，往我這兒跑，一共三條街，他攆上你也跑到了。小漁笑著說：不會的。江偉說憑什麼不會？聽見這麼年輕女人洗澡，癱子都起來了！

「不會的，還有瑞塔。」小漁指指正陰著臉在廚房炸魚的瑞塔說。瑞塔對小漁就像江偉對老頭一樣，不掩飾地提防。小漁搬進去，老頭便不讓她在他房裡過夜，說移民局再來了，故事就太難講了。

半年住下來，基本小亂大治。小漁每天越來越早地回老頭那兒去。江偉處擠，三條漢子走了一條，另一條找個自己幹裁縫的女朋友，天天在家操作縫紉機。房裡多了噪音少了髒臭，都差不多，大家也沒什麼囉嗦。只是小漁無法在那裡讀書。吃了晚飯，江偉去上學，她便回老頭那兒。她在那兒好歹有自己的臥室，若老頭與瑞塔不鬧不打，那兒還清靜。她不懂他們打鬧的主題。為錢？為房子漏？為廚房裡蟑螂造反？為下水道反芻？為兩人都無正路謀生，都逼對方出去奔伙食費？活到靠五十的瑞塔從未有過正經職業，眼下她幫闊人家做義大利菜和糕餅。她賺多賺少，要看多少家心血來潮辦義式家宴。

偶然地，小漁驚覺到他倆吵一部分為她。有回小漁進院子，她已習慣摸黑上門階。但那晚門燈突然亮了。進門見老頭站在門裡，顯然聽到她腳步趕來為她開的燈。怕她摔著、磕碰著？怕她膽小怕黑？

怕她鄙薄他：窮得連門燈也開不起？她走路不響的，只有悄然仔細的等候，才把時間掐得那麼準，為她開燈。難道他等候了她？為什麼等她，他不是與瑞塔頑脾頑得好好的？進自己屋不久，她聽見「哞」一聲，瑞塔母牲口一樣嚎起來。然後是吵。吵吵吵，義大利語吵起來比什麼語言都熱烈奔放解恨。第二天早晨，老頭縮在桌前，正將裝「結婚照」的鏡框往一塊茬，玻璃沒指望茬上了。她未敢問怎麼了。怎麼了還用問？她慢慢去撿地上的玻璃渣，跟她有過似的。

「瑞塔，她生氣了？」她問。老頭眼從老花鏡上端、眉弓下端探出來，那麼吃力。可不能問：是為你給我開了門燈（愛護？關切？獻殷勤？）本來這事就夠不三不四了，她再問；再弄準確些，只能使大家都窘死。

老頭聳聳肩，表示：還有比生氣更正常的嗎？她僵站一會，說：「還是叫瑞塔住回來吧？」其實並不難混過移民局的檢查，他們總不會破門而入，總要先用門鈴通報。門鈴響，大家再做戲。房子亂，哪堆垃圾裡都藏得進瑞塔。不不不。老頭越「不」越堅決。小漁斂聲了。她擱下隻信封，輕說：「這兩周的房錢。」

老頭沒去看它。

等她走到門廳，回頭，見他已將鈔票從信封裡挖出，正點數。頭向前伸，像吃什麼一樣生怕掉渣兒而去就盤子。她知道他急於搞清錢數是否如他期待。上回他漲房價，江偉跑來和他討價還價，最後總算沒動粗。這時她見老頭頭頸恢復原位，像吃飽吃夠了，自個兒跟自個兒笑起來。小漁只想和事，便按老頭要的價付了房錢，也不打算告訴江偉。不就十塊錢嗎？就讓老頭這般沒出息地快樂一下吧。

瑞塔吵完第二天準回來，接下來的兩三天會特別美好順溜。這是老頭拉琴她唱歌的日子。他們會這樣拉呀唱的沒夠：攤著一桌子碟子、杯子，一地紙牌、酒瓶，垃圾桶臭得瘟一樣。小漁在屋裡聽得感動，心想：他們每一天都過得像末日，卻在琴和歌裡多情。他倆多該結婚啊，因為除了他們彼此欣賞，世界就當沒他們一樣。他倆該生活在一起，誰也不嫌誰，即使自相殘殺，也可以互舔傷口。

據說老頭在「娶」小漁之前答應了娶瑞塔，他們相好已有多年。卻因為她夾在中間，使他們連那一塌糊塗的幸福也沒有了。

小漁心裡的慚愧竟真切起來。她輕手輕腳走到廚房，先把垃圾袋拎了出去。她總是偷偷幹這些事，不然瑞塔會覺得她侵犯她的主權，爭奪主婦位置。等她把廚房清理一淨，洗了手，走出來，見兩人面對面站在窗口。提琴弓停了，屋裡還有個打抖的尾音不肯散去。他們歌唱了他們的相依為命，這會兒像站著安睡了。小漁很感動、很感動。

是老頭先看見了小漁。他推開正吻他的瑞塔，張惶失措地看著這個似乎誤闖進來的少女。再舉起琴和弓，他僅為了遮掩難堪和羞惱。沒拉出音，他又將兩臂垂下。小漁想他怎麼啦？那臉上更迭的是自卑和羞愧嗎？在少女這樣一個真正生命面前，他自卑著自己，抑或還有瑞塔，那變了質的空掉了的生命——似乎？這種變質並不是衰老帶來的，卻和墮落有關。然而，小漁委屈著尊嚴，和他「結合」，也可以稱為一種墮落。但她是偶然的、有意識的；他卻是必然的、下意識的。下意識的東西怎麼去糾正？小漁有足夠的餘生糾正一個短暫的人為的墮落，他卻沒剩多少餘生了。他推開瑞塔，還似乎怕他們醜陋的享樂唬著小漁；又彷彿，小漁清新的立在那兒，那麼青春、無殘，使他意識到她不配做那些，那些是小漁這樣有真實生命和青春的少女才配做的。

其實那僅是一瞬。一瞬間哪裡容得下那麼多感覺呢？一瞬間對你抓住的是實感還是錯覺完全不負責任。這一瞬對瑞塔就是無異常的一瞬。她邀請小漁也參加進來，催促老頭拉個小漁熟悉的曲子，還給小漁倒了一大杯酒。

「太晚了，我要睡了。」她謝絕：「明天我要打工。」

回到屋，不久聽老頭送瑞塔出門。去衛生間刷牙，見老頭一個人坐在廚房喝酒，兩眼空空的。「晚安。」他說，並沒有看小漁。

「晚安。」她說：「該睡啦，喝太多不好。」她曾經常這樣對不聽話的病人說話。

「我背痛。我想大概睡得太多了。」

小漁猶豫片刻還是走過去。他赤著膊，骨頭清清楚楚，肚皮卻囊著。他染過的頭髮長了，花得像蘆花雞。他兩隻小臂像毛蟹。小漁邊幫他揉背邊好奇地打量他。他說了聲「謝謝」，她便停止了。他又道一回「晚安」，並站起身。她正要答，他卻拉住她手。她險些大叫，但克制了，因為他從姿式到眼神都沒有侵略性。「你把這裡弄得這麼乾淨；你總是把每個地方弄乾淨。為什麼呢，還有三個月，你不就要搬走了嗎？」

「你還要在這裡住下去啊。」小漁說。

「你還在門口種了花。我死了，花還會活下去。你會這樣講，對吧？」

小漁笑笑：「嗯。」她可沒有這麼想過，想這樣做那樣做她就做了。老頭慢慢笑。是哪種笑呢？

人絕處逢生？樹枯木逢春？他一手握小漁的手，一手又去把盞。很輕地喝一口後，他問：「你父親什麼樣，喝酒嗎？」

「不！」她急著搖頭，並像孩子反對什麼一樣，堅決地撮起五官。

老頭笑出了響亮的哈哈，在她額上吻一下。

小漁躺在床上心仍跳。老頭怎麼了？要不要報告江偉？江偉會在帶走她之前把老頭鼻子揍塌嗎？「老畜牲，豆腐撿嫩的吃吶？」他會這樣罵。可那叫「吃豆腐」嗎？她溫習剛才的場面與細節，老頭像變了個人。沒了她所熟悉的那點淡淡的無恥。儘管他還赤膊，齷齪邋遢，但氣質裡的齷齪邋遢卻不見了。他問：你父親喝酒嗎？沒問你男友如何。他只拿自己和她父親排比而不是男友。也許什麼使他想做一回長輩。他的吻也是長輩的。

周末她沒對江偉提這事。江偉買了一輛舊車，為去幹掙錢多的養路工。他倆現在只能在車上做他倆的事了。「下個月就能還清錢。」他說，卻仍展不開眉。看他膚色曬得像土人，汗毛一根也沒了，小漁緊緊摟住他。似乎被勾起一堆窩囊感慨，她使勁吻他。

十月是春天，在悉尼。小漁走著，一輛發出拖拉機轟鳴的車停在她旁邊。老頭的車。

「你怎麼不乘火車？」他讓她上車後問。

她說她已步行上下工好幾個月了，為了省車錢。老頭一下沉默了。他漲了三次房錢，叫人來修屋頂、通下水道、滅蟑螂，統統都由小漁付一半花銷。她每回接過帳單，不吭聲立刻就付錢，根本不向江偉吐一個字。他知道了就是吵和罵，瞪著小漁罵老頭，她寧可拿錢買清靜。她瞞著所有人吃苦，人總該不來煩她了吧。不然怎樣呢？江偉不會說，我戒菸、我不去夜總會、我少和男光棍們下館子，錢省下你好乘車。他不會的，他只會去鬧，鬧得贏鬧不贏是次要的。「難怪，你瘦了。」在門口停車，老頭才說。他一路在想這事。她以為他會說：下月你留下車錢再交房錢給我吧。但沒有這話，老頭那滲透貧窮的骨肉中不存在這種慷慨。他頂多在買進一張舊沙發時，不再把帳單給小漁了。瑞塔付了一半沙發錢，從此她便盤據在那沙發上抽菸、看報、染腳趾甲手指甲，還有望獃。

一天她望著小漁從她面前走過，進衛生間，突然揚起眉，笑一下。小漁淋浴後，總順手擦洗浴盆和臉盆。梳妝鏡上總是霧騰騰濺滿牙膏沫；檯子上總有些毛渣，那是老頭剪鼻孔毛落下的；地上的彩色碎指甲是瑞塔的。她最想不通的是白色香皂上的汙穢指紋，天天洗，天天會再出現。她準備穿衣時，門響一下。門玻璃上方的白漆剝落一小塊，她湊上一隻眼，卻和玻璃那面一隻正向內窺的眼撞上。小漁「哇」一嗓子，喊出一股血腥。那眼大得吞人一樣。她身子慌張地往衣服裡鑽，門外人卻嘎嘎笑起來。攏攏神，她辨出是瑞塔的笑。「開開門，我緊急需要用馬桶！」

瑞塔撩起裙子坐在馬桶上，暢快淋漓地排瀉，聲如急雨。舒服地長吁和打幾個戰慄後，她一對大黑眼仍咬住小漁，嚼著和品味她半裸的身子。「我只想看看，你的奶和臀是不是真的，嘻……」

小漁不知拿這個連內褲都不穿的女人怎麼辦。見她慌著穿衣，瑞塔說：「別怕，他不在家。」老頭現在天天出門，連瑞塔也不知他去忙什麼了。

「告訴你：我要走了。我要嫁個掙錢的體面人去。」瑞塔說。坐在馬桶上趾高氣揚起來。小漁問，老頭怎麼辦？

「他？他不是和你結婚了嗎？」她笑得一臉壞。

「那不是真的，你知道的！……」和那老頭「結婚」？一陣濃烈的恥辱襲向小漁。

「哦，他媽的誰知道真的假的！」瑞塔在馬桶上架起二郎腿，點上根菸。一會就灑下一層煙灰到地上。「他對我像畜生對畜生，他對你像人對人！」

「我快搬走了！要不，我明天就搬走了！……」

再一次，小漁想，都是我夾在中間把事弄壞了。「瑞塔，你別走，你們應該結婚，好好生活！」

「結婚？那是人和人的事。畜生和畜生用不著結婚，牠們不配結婚，在一塊配種，就是了！我得找那麼個人：跟他在一塊，你不覺得自己是個母畜生。怪吧，跟人在一塊，畜生就變得像人了；和畜生在一塊，人就變了畜生。」

「可是瑞塔，他需要人照顧，他老了呀……」

「對了，他老了！兩個月後法律才准許你們分居；再有一年才允許你們離婚。剩給我什麼呢？他說，他死了只要能有一個人參加他的葬禮，他就不遺憾了。我就做那個唯一參加他葬禮的人？」

「他還健康，怎麼會死呢？」

「他天天喝，天天會死！」

「可是，怎麼辦，他需要你喜歡你……」

「哦，去他的！」

瑞塔再沒回來。老頭酒喝個很靜。小漁把這靜理解成傷感。收拾衛生間，小漁將瑞塔的一隻空粉盒扔進垃圾袋，可很快它又回到原位。小漁把這理解為懷念。老頭沒提過瑞塔，卻不止一回脫口喊：「瑞塔，水開啦。」他不再在家裡拉琴，如瑞塔一直期望的：出去掙錢了。小漁偶爾發現老頭天天出門；是去賣藝。

那是個周末，江偉開車帶小漁到海邊去看手工藝展賣。那裡有人在拉小提琴，海風很大，旋律被颳得一截一截，但小漁聽出那是老頭的琴音。走了大半個市場，並未見拉琴人，總是曲調忽遠忽近在人縫裡鑽。直到風大起來，還來了陣沒頭沒腦的雨，跑散躲雨的人一下空出一整條街，老頭才顯現出來。

小漁被江偉拉到一個冰淇淋攤子的大傘下。「咳，他！」江偉指著老頭驚詫道。「拉琴討飯來啦。也不賴，總算自食其力！」

老頭也忙著要找地方避雨。小漁叫了他一聲，他沒聽見。江偉斥她道：「叫他做什麼？我可不認識他！」

忙亂中的老頭帽子跌到了地上。去拾帽子，琴盒的按鈕開了，琴又摔出來。他撿了琴，捧嬰兒一樣看它傷了哪兒。一股亂風從琴盒裡捲了老頭的鈔票就跑。老頭這才把心神從琴上收回，去攆鈔票回來。

雨漸大，路奇怪地空寂，只剩了老頭，在手舞足蹈地捕蜂捕蝶一樣捕捉風裡的鈔票。

小漁剛一動就被捺住：「你不許去！」江偉說：「少丟我人。人還以為你和這老叫花子有什麼關係呢！」她還是掙掉了他。她一張張追逐著老頭一天辛苦換來的鈔票。在老頭看見她，認出渾身透濕的她時，摔倒下去。他半蹲半跪在那裡，仰視她，似乎那些錢不是她撿了還他的，而是賜他的。她架起他，一邊回頭去尋江偉，發現江偉待過的地方空蕩了。

江偉的屋也空蕩著。小漁等了兩小時，他未回。她明白江偉心裡遠不止這點彆扭。瑞塔走後的一天，老頭帶回一盆吊蘭，那是某家人搬房扔掉的。小漁將兩隻凳疊起，登上去掛花盆，老頭兩手掌住她腳腕。江偉正巧來，門正巧沒鎖，老頭請他自己進來，還說，喝水自己倒吧，我們都忙著。

「我們，他敢和你『我們』？你倆『我們』起來啦？」車上，江偉一臉噁心地說。「倆人還一塊澆花，剪草坪，還坐一間屋，看電視的看電視，讀書的讀書，難怪他『我們』……」小漁驚唬壞了：他竟對她和老頭幹起了跟蹤監視！「看樣子，老夫少妻日子過得有油有鹽！」

「瞎講什麼？」小漁頭次用這麼炸的聲調和江偉說話。但她馬上又緩下來：「人嘛，過過總會過和睦……」

「跟一個老王八蛋、老無賴，你也能往一塊和？」他專門挑那種能把意思弄誤差的字眼來引導他自己的思路。

「江偉！」她喊。她還想喊：你要冤死人的！但洶湧的眼淚堵了她的咽喉。車轟一聲，她不哭了。生怕哭得江偉心更毛。他那勁會過去的，只要讓他享受她全部的溫存。什麼都不會耽誤他享受她，痛苦、惱怒都不會。他可以一邊發大脾氣一邊享受她。「你究竟是個什麼樣的女人呢？」他在她身上痙攣著問。

小漁到公寓樓下轉，等江偉。他再說絕話她也絕不回嘴。男人說出那麼狠的話，心必定痛得更狠。

她直等到半夜仍等個空。回到老頭處，老頭半躺在客廳長沙發上，臉色很壞。他對她笑笑。

她也對他笑笑。有種奇怪的會意在這兩個笑當中。

第二天她下班回來，見他毫無變化地躺著，毫無變化地對她笑笑。他們再次笑笑。到廚房，她發現所有的碟子、碗、鍋都毫無變化地擱著，老頭沒有用過甚至沒有碰過它們。他怎麼啦？她衝出去欲問，但他又笑笑。一個感覺舒適的人才笑得出這個笑。她說服自己停止無中生有的異感。

她開始清掃房子，想在她搬出去時留下個清爽些、人味些的居處給老頭。她希望任何東西經過她手能變得好些；世上沒有理應被糟蹋掉的東西，包括這個糟蹋了自己大半生的老頭。

老頭看著小漁忙。他知道這是她在這兒的最後一天，這一天過完，他倆就兩清了。她將留在身後一所破舊但宜人的房舍和一個孤寂但安詳的老頭。

老頭變了。怎麼變的小漁想不懂。她印象中老頭老在找遺失的東西：鞋拔子、老花鏡、剃鬚刀。有次一把椅子散了架，椅墊下他找到了四十年他一直在找的一枚微型聖像，他喜悅得那樣曖昧和神祕，連瑞塔都猜不透那指甲大的聖像所含的故事。似乎偶然地，他悄悄找回了遺失了更久的一部分他自己。那一部分的他是寧靜、文雅的。

現在他會拎著還不滿的垃圾袋出去，屆時他會朝小漁看看，像說：你看，我也做事了，我在好好生活了。他彷彿真的在好好做人：再不捱門去拿鄰居家的報看，也不再敲詐偶爾停車在他院外的人。他仍愛赤膊，但小漁回來，他馬上找衣服穿。他仍把電視音量開得驚天動地，但小漁臥室燈一黯，他立刻將它擰得近乎啞然。一天小漁上班，見早晨安靜的太陽裡走著拎提琴的老人，自食其力使老人有了副安泰認真的神情和莊重的舉止。她覺得那樣感動：他是個多正常的老人；那種與世界、人間處出了正當感情的老人。

小漁在院子草地上耙落葉時想，他會好好活下去，即使沒有了瑞塔，沒有了她。無意中，她瞅進窗裡，見老頭在動，在拚死一樣動。他像在以手臂拽起自己身體，很快卻失敗了。他又試，一次比一次猛烈地試，最後妥協了，躺成原樣。

原來他是動不了了！小漁衝回客廳，他見她，又那樣笑。他這樣一直笑到她離去；讓她安安心心按時離去？……她打了急救電話，醫生護士來了，證實了小漁的猜想：那雨裡的一跤摔出後果來了，老頭中了風。他們還告訴她：老頭情況很壞，最理想的結果是一周後發現他還活著，那樣的話，他會再一動不動地活些日子。他們沒用救護車載老頭去醫院，說是反正都一樣了。

老頭現在躺回了自己的床。一些連著橡皮管和瓶子的支架豎在他周圍。護士六小時會來觀察一次，遞些茶飯，換換藥水。

「你是他什麼人？」護士問。對老頭這樣的窮病號，她像個仁慈的貴婦人。

老頭和她都賴著不說話。電話鈴響了，她被饒了一樣拔腿就跑。

「你東西全收拾好了吧？」江偉在一個很吵鬧的地方給她打電話。聽她答還沒有，他話又躁起來：「給你兩鐘頭，理好行李，到門口等我！我可不想見他！……」你似乎也不想見我，小漁想。從那天她攙扶老頭回來，他沒再見她。她等過他幾回，總等不著他。電話裡問他是不是很忙，他會答非所問地說：我他媽的受夠了！好像他是這一年唯一的犧牲。好像這種勾當單單苦了他。好像所有的割讓都是他做的。「別忘了，」江偉在那片吵鬧中強調：「去問他討回三天房錢，你提前三天搬走的！」

「他病得很重，可能很危險……」

「那跟房錢有什麼相干？」

她又說，他隨時有死的可能；他說，跟你有什麼相干？對呀對呀，跟我有什麼相干。這樣想著，她回到自己臥室，東抓西抓地收拾了幾件衣服，突然擱下它們，走到老頭屋。

護士已走了。老頭像已入睡。她剛想離開，他卻睜了眼。完了，這回非告別不可了。她心裡沒一個詞兒。

「我以為你已經走了！」老頭先開了口。她搖搖頭。搖頭是什麼意思？是不走嗎？她根本沒說她要留下，江偉卻問：你想再留多久？陪他守他、養他老送他終？……

老頭從哪裡摸出張紙片，是張火車月票。他示意小漁收下它。當她接過它時，他臉上出現一種認錯後的輕鬆。

「護士問我你是誰，我說你是房客。是個非常好的好孩子。」老頭說。

小漁又搖頭。她真的不知自己是不是好。江偉剛才在電話裡咬牙切齒，說她居然能和一個老無賴處那麼好，可見是真正的「好」女人了。他還對她說，兩小時後，他開車到門口，假如門口沒她人，他調車頭就走。然後他再不來煩她；她願意陪老頭多久就多久。他再一次說他受夠了。

老頭目送她走到門口。她欲回身說再見，見老頭的拖鞋一隻底朝天。她去擺正它時，忽然意識到老頭或許再用不著穿鞋；她這分周到對老頭只是個刺痛的提醒。對她自己呢？這舉動是個藉口；她需要藉口多陪伴他一會，為他再多做點什麼。

「我還會回來看你……」

「別回來……」他眼睛去看窗外，似乎說：外面多好，出去了，幹嘛還進來？

老頭的手動了動。小漁感到自己的手也有動一動的衝動。她的手便去握老頭的手了。

「要是……」老頭看著她，滿嘴都是話，卻不說了。他眼睛大起來，彷彿被自己的不知天高地厚唬住了。她沒問——「要是」是問不盡的。要是你再多住幾天就好了。要是我死了你會記得我嗎？要是我幸運地有個葬禮，你來參加嗎？要是將來你看到任何一個孤伶伶的老人，你會由他想到我嗎？

小漁點點頭，答應了他的「要是」。

老頭向裡一偏頭，蓄滿在他深凹的眼眶裡的淚終於流出來。

——原載民國八十一年四月三～五日《中央日報・副刊》

——選自《少女小漁》（爾雅，二〇〇三版）

◈作者簡介

嚴歌苓，一九五八年生於上海，曾入解放軍服務，一九八六年加入中國作家協會，一九八九年赴美，入哥倫比亞藝術學院，獲英文寫作碩士學位，現專事寫作，並加入美國編劇協會，從事電影編劇。嚴歌苓一九九〇年開始在台灣發表作品，以獲《中央日報》文學獎的〈少女小漁〉崛起台灣文壇，並連獲《聯合報》小說獎，《中國時報》百萬小說獎等國內重要文學獎，作品多部改編成電影，搬上銀幕。著有《少女小漁》、《草鞋權貴》、《人寰》、《扶桑》、《誰家有女初養成》、《密語者》、《金陵十三釵》等書。

作品賞析

台灣六〇年代一度非常流行留學生文學以及移民文學，當時的台灣社會封閉，一旦出國留學或移民，就和家鄉萬里阻隔，許多人甚至客死他鄉，而一些在低層社會努力爭一紙居留權的故事，就成了移民文學敘寫的主題。〈少女小漁〉也可說是移民文學的一支。

大陸女孩小漁需要一張綠卡，潦倒的老藝術家需要金錢還債，小漁的男友出一萬五千美元「典妻」，婚姻在三人之中做了一次最純粹的交換。故事卻開始在婚姻關係必須落實的時候，因為移民局追查，小漁不得不搬進老藝術家的家和老藝術家、老藝術家的女友瑞塔同居。瑞塔和老頭漸行漸遠，她說要「嫁個掙錢的體面人去」；小漁也和男友江偉漸行漸遠，他一邊大發脾氣一邊享受小漁，邊問：「你到底是什麼樣的女人呢？」當老頭生病住院時，小漁並未棄他而去，反而陪伴在他身邊，嚴歌苓以東方人的內斂式溫情浸潤著一顆顆被欲望遮蓋著的乾枯心靈。

嚴歌苓稱自己為「中國文學的游牧民族」，游牧指從地理到心理的社會位置，也是因為這種地理到心理的社會位置的游牧，讓嚴歌苓的留學生作品不同於台灣六〇年代的留學生文學。而她簡潔洗練的文字，如「她拿眼講剩下的半句話：你剛才不也是嗎？像受毒刑；像我有飯卻餓著你」，更讓她的小說有了耐人尋味的敘事魅力。

◇延伸閱讀

1. 于青，〈嚴歌苓情懷〉，《中華日報》，一九九八年十二月二日至五日連載發表。
2. 康正果，〈移根的況味——論嚴歌苓的新移民小說〉，《中央日報》，一九九六年十月十六日。
3. 陳雨航，〈少女小漁〉，《爾雅人》，一九九六年七月一日
4. 嚴歌苓，〈弱者的宣言——我寫「少女小漁」〉，《中央日報》，一九九五年八月二十五日

消失的球

張啟疆

「球不見了，不見了……」

回來後，我氣喘心悸地告訴另一個仍陷在漩渦中的自己。時間的黑洞正在蔓延擴裂。多年前的變化球呼呼撲向眉睫，不再是遙遠的童年旁註。

我的右臂瘀青，左眼淌血，西裝沾滿泥塵與草屑。緊閉的唇，死守著斷斷的齒根。

全辦公室同事驚訝地望著我——這個辦公桌前忽而呢喃，忽而咆哮，忽然消失，忽然又變得遍體鱗傷的傢伙。

陳國雄正快步通過大門，走向我。手中揑著十分鐘前我遞出的那張簽呈，像是握一把劍。他的表情羼雜著焦急、不解、發自善意的憤怒和某種接近嘲諷的同情。

一九九一年初夏的陽光，潑進我和他之間，因逆光而顯得虛幻的視域。

1

日婆兜頭兜腦罩下來。很不巧，打擊區的位置正好頂住陽光。

一匹金蛇般的光練低切過外角，我還沒看清楚，已聽到背後裁判的吼叫：「死快西！三幸馬達！」我惡幹一聲，才六月天，暑假還沒到，天氣熱得像一鍋沸魚湯，我們是鍋裡滾爛跳腳的魚。

緊接著，小虎、小羅也被三振。三上三下。

・

「陳國雄」三個字首次出現在人事公告欄時，著實令我心裡起了一陣漣漪。雖然取這個名字的人何止千百，而我尚未一睹其人的廬山真面目；然而，當時不知為什麼，我竟有股電光火石的感覺，我甚至確定，這個陳國雄就是那個陳國雄。

2

我感覺我的眼睛冒出了火，一連投出九個惡狠狠的快速直球，結束第四局的比賽。比數零比零。我揚揚下巴，盯著對方投手，那個矮矮黑黑髒髒醜醜的小個子，意思是：你們這些臭TK的髒腳也別想踏上壘包。

・

陳國雄身高一八二（比我高半個頭），膚色黝黑，肩膀厚實如城牆，眼眉唇鼻稜線分明，瞳孔烏亮有神，不笑的圓臉隨時保持微笑的神韻。舉止沉穩，言談井然有序，邏輯分明。在辦公室從不談論私人恩怨是非。

他來公司不滿三個月，已調薪二次，並超越開發部第二組十一位同仁，成為我們的組長。關於他直升機式的竄升事實，曾引起包括我在內不下數十回合的明誹暗謗，槍言彈語。他的私生活，每天私人電話的次數，受上司賞識的程度和忠厚的外貌，一概成為眾矢之的。乃至於，優異的交際長才、溝通技巧、出勤狀況、不合群的辦事效率，都構成一種「陰謀的偽裝」。我前座那位山東老鄉長甚至掩唇力言，凡是沒有國民黨身分、無法測試其忠誠度的「草地郎」，不適用於我們這種代表國家的半官方貿易機構。

不過，關於他的一切，我一直缺乏惡之欲其死的攻擊欲望。如果說我對他懷著什麼情結，不是因為他擋住我這個尸位素餐者的晉升之路，而是更抽象、悠遠、渺茫的某種東西。尤其，當我窺知他的家庭背景——他父親是土財主，擁有一塊相當十個眷村（面積）的土地。那塊地全部蓋成高樓大廈。那塊地，就在我那消失的老家後面，曾經是我小時候奔馳流汗幹架痛哭的草地棒球場。

3

草地盡頭騰起一片扭動的青煙。

青煙下方是轟然奔流的大水溝，我們稱之為「河」。河的兩岸夾峙著高聳過頂的芒草，遠看宛如一弧綠色的碑界。對我們而言，「過河」是至尊無上的榮耀，當砲彈般的飛球穿越那道地平線，也就是突破臂力與幻想的疆界。

看來，今天這場僵持不下的投手戰，非得靠那種神來一棒不能解決。我搗著劇痛的手臂，隱隱感覺，我和那小個子表現得愈神勇篤定，內心愈恐懼。我們之中總得有人在最後關頭癱跪投手板，將頭埋入沙堆、淚水和喊不出的絕望中。

「誰輸陣，誰就永遠滾出球場！」我想到賽前的毒誓，一把搿過小虎手中的汽水冰，仰脖灌盡。ＴＫ陣營又爆出嘰哩呱啦的輕蔑笑聲。大砲被三振，而且因揮棒過猛，摔了個大馬趴。他甩掉棒子，悻悻然回營時，臉上青一片紅一片黃一片。我搭拉他的肩，幫他揩去臉上的沙土。沙土下是密密麻麻淌血出膿的青春痘。

暑假過後，大砲就要去士校報到。或許，那是個尊嚴的開始，他將變一個人，大砲的成績爛得連放牛班都想放他的牛。在他那客家媽媽口中，他是「不成猴」，成天跟狐群狗黨鬼混，一輩子甭想繼承他老爸在大二擔斷一條腿的榮耀，更比不上村子前排那些足不出戶的私中寶寶，可能在十年後「學成歸國」的神氣。「狐群狗黨」包括我、小虎、小羅、阿東、馬眼、郎中、操八、騷屄等九人小組，剛好構成一支百戰百輸的棒球隊。一年前，我們省下租小本、打彈子的零用錢，合資買下九具合成皮手套、二根蛀裂的木棒，一盒脫普球，轉戰東西南北方圓五公里內所有正式或非正式ＴＫ球隊。結果一樣。日薄西山時，我們九人一列呆坐河邊水泥管上，垂頭、無言地傳遞同一根菸；唾溼的濾嘴，怎麼吸都是一股苦味。或者，藉故找對方開幹。結果一樣。天黑後，一群斷了腕骨黑著眼眶的「不成猴」躡手躡腳洄回村裡，迎接另一場來自父母的開罵；內容包括〈青年守則〉十二條、反攻復國救中華、用功讀書去美國和打棒球沒出息等等。事後證明，他們說的每一句自相矛盾的話都正確無誤。如果我能預見五年、十年後的自己，或許就不會為了那個撈什子變化球搞到幾乎父子反目。

昨晚，父親照例又是一頓數落：「你知不知道下個月你就要高中聯考？你知不知道全台灣的應考生都在通宵達旦最後衝刺？你知不知道考不上高中再瞎混三年就得去當兵，一輩子甭想功成名就。與其當兵，不如考軍校，可是你要人沒人品，論德沒德性，蔣總統都不會要你……」

我惦著最近的連敗紀錄，那可比「蔣總統」重要，悶聲說：「我會打棒球。」

「打棒球？孩子，打棒球是臺灣小孩的玩意兒，又髒又野，幹嘛去瞎攪和，除非當上國手。你一小就死了娘，爺爺去年又過了世，哪天老爸爸我也走了，看你怎麼辦？不如趁早發憤讀書，將來謀個一官半職，可能還有機會蒙蔣總統召見……」

「那黃清輝、鄭百勝他們也是ＴＫ，蔣總統還不是一樣召見他們。」

「ㄊㄧ ㄎㄟ？什麼是ㄊㄧ ㄎㄟ？喂！喂！這麼晚你去哪裡？」

我跑到村門口空地，經過另一番衝擊與波折後，整夜對著灰磚牆練投。為了那場我生命中最珍貴的球賽，我不能留下絲毫遺憾。我狠命地投，愈投愈快，反彈回來的白光，宛如旭日初綻的芒焰，瀟灑穿越我的憂黯心事、不被重視的童年，以及我不想面對的未來，我死命投著，直到那球擦破手皮，染滿血漬；直到那球超越了光速，不再反彈，消失在牆中。

·

「你有沒有眼睜睜看著什麼消失的經驗？我是說，你有沒有突然發現遺失了重要的東西，而且是再也尋不回了？譬如，生長的故鄉老宅、童年的某個玩具、一張代表性的照片、一位至親好友的生命、一段回憶，或者……」

陳國雄升任組長那晚，我們這個十一人小組非常黃鼠狼地邀他到蜀魚館聚餐，以示慶賀、巴結，順便投石問路。陳國雄倒是十分豪爽而坦然處在各省鄉音之間，十打紹興、不下二十回合的打通關，乃至滿桌子的皮笑肉不笑都不能幹倒他。

那晚，很意外地，趁著散席的酒酣耳熱，我和他又相約到附近一家PUB飲些調酒。我想，我和他心中都有些待查證的疑惑，有些欲言又止。

和適才的鬨鬧氛圍正好相反，我們窩在吧臺的高腳椅上，安靜地與自己的酒杯對視。

隔著淺紅色的酒液，我憂傷地凝望當年那場幾已模糊湮淡的賽事。

我一定喝多了。我好像紅著眼睛、麻著舌頭問他一串子關於「生命」、「回憶」、「消失」的狗屁問題（或許是在心中問我自己）。當我說到「……或者，你有沒有眼睜睜看著一只急飛的球……」，他突然開口：「你很像我的一位朋友。」聲音遙遠而清醒。

「朋友？」我的表情一定有些慌亂。

「從前的朋友。一位我始終不知道姓名的好投手。」

我避開他的目光。酒杯中的球賽變成一團漩渦。

那一剎那，我的心裡幾乎湧起恨意。

「你確定是朋友？」

「朋友。」聲音清醒而遙遠。

4

「誰跟你是朋友?」小虎一巴掌甩開那小個子的手臂。

小個子居然挨近暴跳中的小虎，輕拍他的肩膀，說：「不要這麼激動嘛！大家……大家都是朋友。」

小虎今天三次上場都被三振。他長得短小而結實，下盤碩重，像一頭憤怒的臘腸狗。他是我們村子「永恆的第四棒」，今年夏天已擊出七支全壘打。可能是手太短，剛才他被一只外角滑球騙得大揮棒落空，氣得掄起球棒，猛「操」本壘板，操到第四下時，突然喀嚓一聲，球棒硬生生斷成兩截，棒頭呼呼砸向小個子的膝蓋，被小個子彎腰接個正著。

小虎摔開對方投手的動作，立刻激起兩陣的緊張。大夥兒一下子聚擠在本壘的兩側，推拉吼罵亂成一片。對方一個大傢伙鼓起胸肌，滿嘴「幹你娘」，豎起中指，猛戳小虎的後腦勺，我衝上前，一肘子拱開他，拉回小虎，忍著氣說：「要操就操那不帶把兒的陰球，幹嘛操斷自己的槌子。」

不過，今天我也是三次三振。說良心話，小個子的球路著實陰刁莫測，是上乘的變化球。以他的身材（比我矮半個頭），能把球投到這種地步，可能是一種天分。小羅曾形容他的球路「像一頭齜牙咧嘴的八叉蛇」，的確，他投球時氣定神閒，面露冷笑，既不掄拳劈腿也不破喉喊叫，腰一擰，臂一擺，就是一群金蛇竄進你的褲襠和腋窩之間，教人分不清哪一頭蛇才是真的。待你一驚之後，發覺那只是幻影，已經被判出局。面對他放出的毒蛇，我總是凝聚全宇宙的能量，搵緊球棒，期待一舉擊破那唯一真實的蛇頭。我和他對陣十二場，只擊出一支陽春全壘打（十二場比賽我方唯一的一分），其餘十一場三十三個打數全遭三振。小虎、小羅他們更是連球毛都摸不著。

後來我聽說，小個子率領的TK隊和我們一樣，喜歡轉戰各地；不同的是，他們從未輸過。不過我們也從未怕過。我甚至不後悔，明知今天的比賽必輸，還是敢拿「退出球場」當作破釜沉舟的賭注。我不後悔。我老爸修理我時，我不會因害怕而停止偷偷練球；我的班導拎著成績單指著我冒汗的鼻尖百般辱罵時，我會用微茌的眼睛回瞪他。昨晚小個子親自跑來下戰書，我即明白，我和他，外客幫和TK隊之間，是需要一種屬於男人的，類似決鬥的象徵行為來解決一切。

我一直不肯相信「惺惺相惜」這句話。仇念往往要比寬恕、友愛來得乾淨俐落，天長地久，易於貫徹奉行，或在激越的心中反覆彩排、推演，用以支托百無聊賴的生命。甚至，賡續我們上一代一肚子冤仇忿恨無處報的栖惶。

我寧願用一輩子的時間恨陳國雄，恨十五年前「解決一切」後又衍生、蔓爬、盤根錯結的一切。陳國雄就任組長以來，一直對我的遲到、早退、輕忽散漫和間歇性躁怒視而不見。前幾天，我被人密告拿廠商回扣，這位陳組長未經查證，即堅持為我辯白。我知道他是憑直覺相信我；他可能不知道，在這之前，我剛利用山東老鄉長的「憤世嫉俗」，造了一個他陳某人趁公務之便，牟利自家關係企業（他老頭搞高科技電子，擁有一棟辦公大樓，七家衛星工廠）的謠。他愈是無視（寬恕！）我的卑劣，愈像是存心挑起舊怨，十五年前，以及十五年來加諸於我的種種挫敗。陳國雄的出現，害我原形畢露，無地自容。我愈是憎恨他，愈是口是心非地加入挖牆腳集團的搧風點火（並且成為受害者），也就愈不能原諒自己。我掉進回憶的漩流中，瞠視著齷齪、頹廢而又耻於齷齪的不斷翻騰的自己。

就像此時此刻，陳國雄快步向我走來，表情恍如奔赴一場決鬥。我卻看到三個月前，初進辦公室大門的他——英俊可憎，多禮而傲氣逼人，眼神因笑意而閃爍著狡黠的穿透之光。我完全認不出這張長大後的面孔；但我確定是他。正因為他的眼神，當他神色自若地走向我們，我反倒覺得是我氣急敗壞衝向他；他只是等在那裡。一直都等在那裡。

5

昨晚，我衝進人堆，架開急怒的小虎時，一眼瞥見一對烏亮閃爍的瞳子。

小個子正被咱們的弟兄團團圍住。

他那黑黝黝、醜巴巴的小臉環視著四周火辣辣的眼瞳，竟似毫無畏色。嘴唇閉成一條筆直的線。他是來下戰書的。理由是：咱們婦聯的小羅率眾堵在他們學校的後門，見人就捶，捶完了還擋郎，擋不到郎則再拖到停車場克爛飯。小個子說，他們西松幫不想玩陰的報復，只想和不要臉的婦聯來一場光明正大的棒球決戰。誰輸陣，誰就夾起卵葩，自動從地球表面消失。

「我操你媽，你知不知道你現在在什麼地方？」小虎指指右手邊刻著「婦聯新村」的大理石碑：「講話這麼囂張？」說完掄起拳頭就要劈過去。

我再次拉住小虎，同時斥退張牙舞爪的小羅、騷屄他們。一方面是因我不想倚多勝少，另方面，我看出村對面冰店裡至少有一打右手藏在書包裡的TK，目光一致，盯著我們。

當時，不知為何，我的腦海一直迴盪著五分鐘前老爸罵我的話：「蔣總統都不會要你……」

我捋緊小虎蠢蠢欲動的臂膀，一面壓抑自己再也按捺不住的怒氣。我狠狠瞪著小個子敵意環伺下依舊鎮定的眼瞳，瞪著對街冰店裡一屋子的賊頭龜腦、刀光閃動；狠狠咀嚼著我自己被提前宣判的命運。一股莫名的血海深仇，瞬間燃遍身上每一個毛細孔。

不知為何，我忽然又想起一年前那個「克爛飯」的悲慘的下午。那天好像是清明節，我和阿東、小羅到小個子念的國中打籃球，突然圍上來二三四十個操扁鑽戴老虎指獐頭鼠目的痞子，當頭那個最矮的起手就給我一耳光：「聽說你這個外省仔很罩，素不素？還當人家老大，素不素？」

「是又怎樣？」我的回答是一個上仰三十度角的下巴。結果換來正中鼻梁的一拳，左右腿脛骨各補上一腳，我一個踉蹌，幾乎跪在地上，冰雹般的拳腳、唾液和老虎指，綿綿密密砸在我身上。

小羅、阿東早已伏地求饒，所有的淩遲，集中在我堅持站立的身體。當我努力護住要害和血流如注的鼻骨，並且無望地等待死亡時，不意間瞥見人堆外一線朦朧的閃光，一種介於嘲諷、同情或者其他什麼的詭異的目光，穿越拳頭與仇恨，狠狠盯進我的內裡。

當時，我垂下雙手，忘了疼痛，有樣什麼東西在更深處鞭笞淌血。我望著那位素未謀面而用眼神默默憐憫我的小個子，任人飽揍而不自覺。小個子灼閃閃的目光，刺穿我的傷口，刺傷我薄弱的自尊心。

我咬咬牙，接住那雙變化球般閃亮的瞳子：

「告訴你背後那群『不想玩陰』的痞子：明天，下午一點，草地棒球場，誰輸陣，誰就永遠滾出球場。」

•

「別忘了！明天下午一點，赴蘇考察團行前會議，少了你可不行。」昨晚臨下班時，陳國雄堅定地拍擊我的肩膀（整個下午他忙著替我向上司闢謠）。我則始終保持背對他的姿勢。

那天的確是清明節，我不會記錯，一九七五年四月五日。我永遠不會忘記，十六年前那個清明節的上午，所有的報紙、電視乃至天空，一片黑魘而崩亂的回憶。那天也是爺爺在世間的最後幾天。爺爺似乎忘了自己的垂危，整個早上，揪著父親反覆哭訴：「這可怎麼好哇？完了！完了！中國完了！」父親不停地低聲勸慰：「爸爸，老蔣總統雖然走了，但我們還有小蔣。」

「小蔣怎麼成？他連兵都沒帶過，怎麼帶我們打回大陸？」

那天下午，爺爺蹭進廁所，撞見斷了鼻骨歪了下巴偷偷洗傷的我。他眨巴著老眼，投來一種極為陌生、驚恐的瞪視，伸出手，穿過我身體，在空氣中揮了揮，然後嗚咽、流淚。彷彿我不存在，彷彿我是個死不瞑目的幽靈。

爺爺嚥氣前，又忽然瞋直了眼珠，預言般地唸叨著：「說是咱們眷村要拆了是不是哇？說是拆了以後我們配不到國民住宅，得花錢買是不是哇？我們怎麼買得起，兒子呀！」

「爸爸，您先別管這麼些了，要拆也是明後年的事。而且，黨一定會配給我們的，會配的，會的，會的……」

父親說錯了。「黨」並沒有配房子給我們；眷村改建，也不是「明後年的事」，而是延擱到十三年後，小蔣逝世的民國七十七年，也就是我那一輩子相信「蔣總統帶我們回大陸」的老爸爸撒手西歸的第二年。老爸爸的遺言是：將他的骨灰，供在「為黨國貢獻一生」換來的新家裡。

6

直到夜闌人靜，小虎等一夥人作鳥獸散，我仍待在村門口練投。

我死命將球拋入黑夜。灰白駁朽的老牆，沉沉地回應我的心聲。

小個子離去時，回頭，丟給我意味深長的一瞥，彷彿在說：不管比什麼，你們輸定了。就在那時，一陣窸窣聲和哐噹聲爆起，至少三打以上的人影，從對街冰店、轉角書店和書店旁的暗巷竄出，揮舞著長短不一的刀鉤鍊棍，揚長而去。

小虎的臉色轉青，膝蓋打抖。其餘的人縮起手悄悄後退。

我不害怕，只是感到絕望。因為我竟然相信了小個子的暗示。漫漫惡夜，我獨立村門口，瞪視著一公里外草地上毒辣辣的陽光，第二天沸騰滾爛的血戰。

投向老牆的第一球，傳回一聲裂帛，我掉下第一滴淚。

不好，不好。球有點曲。不夠筆直。不是男子漢的球路。

第二球，是老爸的諄諄教誨：「你知道不知道全臺灣的初中生現在在做什麼？」

還是不夠直，也不夠快。我只投直球，快速直球。

第三球反彈回來擊落牙齒，我聽見斷裂的齒根對發怵的我說：蔣總統不會要你。我喃喃唸著：但那是個好球。

第四球，快速直球，視線糊掉了，球也滑了。

第五球，快速直球，像一束光。

第六球，一道白光。

第七球、第八球、第九球……數不清的第無數個球，無數道燃燒的光。

白光漸漸變成紅焰，宛如旭日光芒。球染紅了。當那線極速彈回的光穿破手套擊中胸膛，濺起汗花、淚沫，我聽見疲疲不堪的身體對不服輸的大腦說：沒有用的，你的一生已經輸掉了。

「我一定會贏。我從來沒有投得那麼好過。」話一出口，我發現我面對的是一九九一年的時空，以及，一張空白的簽呈。我坐在不到四坪大租來的房間裡，愣視著日光燈閃爍的光條和漫天舞動揮之不去的回憶。

我漸漸明白：想要擺脫當年那一仗的夢魘，唯有再打一場當年的戰役。

三個月前，當我在人事公佈欄看到「陳國雄」，即預知這一戰的不可避免。因為在那之前不久的一個晚上，小虎退伍跑來找我，在發了三瓶高粱的牢騷後，突然插進一句：「還記不記得陳國雄？」

「陳國雄？」

「就是當年那個又醜又黑專投陰刁球的小個子。媽的，這小子不簡單，我在少年感化院時，認識的一大票臺客都是他的弟兄，聽說後來他還是臺大畢業，我操！」

當時，我整個人雷住了。手中的酒瓶無知無覺地掉落，散碎一地，將近十五年來，第一次，我掉進時光隧道，回到那座早已不存在的球場。

我一直以為，我已經忘記那場賽事，忘記後來聯考落榜、謀職不順，以及眷村拆除後一輩子為房租發愁的諸般事實。

眼前的這份差事，是老爸爸動用生前僅存的「黨政關係」，所能賜給我最好的庇蔭。我就在這庇蔭中瞎混、腐爛，學習遺忘自己。

進入這個貿易機構四年，我沒有女人，不交朋友，也不爭取進修升職的機會。倒是常常陪山東老鄉長猛灌雙鹿五加皮，彼此嗅聞由酒嗝、胃酸、嘔吐物、喋喋不休的唾沫和爛紅的眼珠子所發酵混醞的那種接近腐屍的氣息。或者，聽他說：

「什麼三月政爭？奶奶的早就密謀好了，李登輝之後就是連戰啦，咱們蔣二公子一輩子甭想當上『臺灣國』的總統。這就叫做他奶奶的『本土化』，小伙子聽清楚了嗎，本土化！你姓蔣都無用……」

我呆滯地望著老鄉長臉上麻亂的渦紋和酒糟鼻子，其實正在豎耳傾聽四年前父親臨終時夾纏不清的遺言：「我不再指望你什麼了，好好工作，好好做人，知道嗎？記得把我的骨灰放在新家裡……對了！你知不知道全臺灣的應考生正在做什麼？不要再打棒球了，聽話。」當時我說不出一句話，流不出一滴淚，卻在四年後某個時空錯亂的夜晚，當我抖著手寫不成一封最簡單的辭呈時，近乎嚎啕地對父親的亡靈吼叫：「但那是個好球，我從來沒有投得那麼好過。」

7

最後一道白光，三振對方最後一名打者時，我的腦袋突然陷入一片空白。就像今天清早那石破天驚的最後一擲。

我依稀明白，某種至關緊要的什麼，在那一剎那完成，而且毀滅。

那時，黎明的鋁光一線線刺穿我乾涸的身體與意志，那血漬斑斑的最後一球剛出手，我整個人不支倒地，然而，那球卻筆直停在半空中，逆著光，兀自打旋……不，或者說，是以一種肉眼無法辨識的速度，在另一度空間迂迴前進。陽光刺痛我的眼，只是，我發現，在感到疼痛之前，球的光軌凌駕了光的線條，超越了光的速度，我和牆之間，忽然剝現層層疊障的空間，裡三圈外三環的閘門；那球衝破第一道屏風，屏風上浮貼著我驚愕的眼瞳，第二間暗室藏著若干年後我憔悴的背影，第三個窗口則出現一張三十歲的愁容，四十歲的模糊的側臉……每一個我愕視著破窗而逝的球軌；球軌串成我的命運跡線。我的一生就繫在那停格不前同時又無情衝刺的極速一擲。當球抵達終點的一瞬間，整面老牆應聲崩毀，坍崩處漩出一口黑窟窿，那球沒入黑洞之中，從此銷匿無蹤。

我一定是面孔朝下，硬挺挺地砸向泥草地。遠方響起若有似無的回聲：「球不見了。」

周圍哄亂起來，好像有一堆人七手八腳抬起我的身體；而我甚至找不到自己的頭。我聽見小虎的聲音：「肯定是昨晚練得太兇了，不過，我從沒看他投得那麼好過。我操！無安打，無人上壘，十七個狗娘雜碎被他三振，他媽的，為什麼這一場不是世界冠軍爭霸戰？」

我好不容易睜開眼睛，看見主審的鼻子：「七局結束，零比零，你們打平，要不要延長？」我偷偷舞動手臂，發覺手臂抬不起來；握拳，拳頭像是灌了水銀，再也握不緊。

TK陣營又發出刺耳的嘲笑聲，五、六個狗娘雜碎對我比出不堪的手勢；我聽見自己的胸腔和腦門，傳來喀嚓喀嚓，類似骨頭斷裂的回響。

「我操你的祖宗十八代，要幹就來幹，誰鳥誰！」小虎大聲回應對方的叫陣。

・

「不要說了，小虎。」

三個月前酗高粱的那個夜晚，為了這句重複十次以上的哀求的話，我差點砸破小虎的頭。

小虎喝掉第一瓶高粱時，只是在抱怨部隊、牢獄中的一些瑣事。他乾一杯，我陪一杯。他訴說自己的不幸與對整個社會的不滿時，他灌一杯，我喝雙份。小虎的臉變成豬肝紅，話題轉到去年大砲攜械逃亡被軍法槍斃，這件我早已知道的事實時，我連乾三杯悶酒輕聲說：「不要說了。」

「他媽的這世界太詭異，他老頭在大二擔被老共炸掉一條腿，他卻死在自己人的槍桿子下。」小虎好像聽不見我的話。

小虎不要再說了。

「反倒是以前那些不帶種的，如今混得比誰都好。聽說前兩年小羅搞房地產噱翻了天，還帶著阿東、騷屄他們搞股友社，操！想到以前小羅偷雞摸狗擋郎的龜模樣我就有氣，你還拚老命罩他們，結果你猜他們背後怎麼說你——」

小虎我懇求你他媽的別再說了。

「再看看你，以前『釘孤支』你跳第一個，現在好像連髒話都不會說了……什麼？為什麼不要說？你老頭一直是村裡的模範長官，你不是說他的獎章足足塞滿一皮箱，結果又怎麼樣？他的寶貝兒子窩在這種發霉生蛆的地方……他媽的你讓我說完，跟我這個下三濫的狐朋狗友，喝他奶奶的雞槌子的臭高粱。你老頭如果地下有知……」

「我操你媽你妹子操你大姨媽你八嬸婆你還說？還說？」我一把抓起酒瓶，順勢就要劈向小虎的腦袋——

那一瞬間，我發覺我的手臂根本抬不起來，當然也砍不下去。我應該安靜地坐著，或者躺平。我的氣怒再也激不起鬥志。這具三十歲酗於縱酒的皮囊，已經不適合「釘孤支」。

小虎的紅臉瞬間退潮，驚愣愣地回瞪我；迷糊的醉眼裡，夾纏著我模糊的戰慄。

那只酒瓶就這麼僵懸空中，直到小虎吐出一個名字：陳國雄。

8

「阿雄，免驚，死豬仔投手已經軟糕糕啊啦，送伊一支再見轟不爛。」場邊的嘲笑聲浪愈來愈大。

手臂還是抬不起來。小個子的銀色鋁棒，在打擊區閃閃發光，像一頭霍霍逼來的毒蟒。

八局下半，我只投兩球，被擊出兩支安打，二、三壘有人，無人出局，小個子什麼雄的，可能是這場比賽的最後一棒。

手臂抬不起來。但是我必須抬起來，撐到底，因為我們沒有投手可換。

我背對打擊區，偷偷擦拭臉上的鼻涕、冷汗和冰糊糊拭不掉的一大片泡沫。

過去一年將近一百場比賽，每到最後都是這種感覺：臂肘重得像鉛塊，被擊中的球，卻一一長出翅膀，劈劈拍拍飛向我背後遙遠廣闊的天空。輸的最慘的一次是三十六比零，比數最接近而下場最淒涼的可能是今天這場。這一百場敗戰，都是由我主投。我們沒有投手。守一壘的小虎啞著嗓門叫我撐下去。外野邊陲的阿東、小羅，一個望著場外的某處發呆，一個索性靠上土堤假寐。我知道他們都跑累了。

抬不動的手臂還是得抬起來。我一把抹去臉上不斷滋生的水沫，舉臂，抬頭，旋腰——我突然強烈地希望，打擊區那根銀棒、手中那投不出的「軟糕糕」的球、這座球場、頭頂上的天空甚至我的生命，統統在這一瞬間消失。

．

「我之所以選擇自動消失，是因為我疑惑：為什麼當年那場球賽，不能僅只是一場球賽？為什麼那個快速球會憑空消失？我的答案，可能遺失在四平街的戰役、太原五百完人的事蹟、徐蚌會戰的沉痛……我沒有答案。我的生命裡只有『蔣總統萬歲』的庭訓。『殺朱除毛』的啟蒙，每一樁伴隨我長大而又與我無關的朦朧的結，這些天殺的中國人殺中國人的故事。」

昨晚，我在辭呈的說明欄寫下這堆文字，準備今天一大早遞上去，然後頭也不回走出辦公室。我和父親的亡靈爭議了大半夜，又繼續辱罵三個月前不識時務的小虎，最後還是忍不住爬起來，刪掉這段肯定沒有人看得懂的胡言亂語。

其實，我害怕的是：萬一，萬一被「小個子」一眼看穿……那該死的眼神，會害我永遠逃不出那座球場。

我靜靜蹲在投手板旁。四周的景致無情地轉動，轉成一道道急漩渦。

小個子開始繞場時，中外野的阿東整個人撞在土堤上，氣呼呼地甩手套；主審揮轉手臂，ＴＫ陣營大喊「轟不爛啦！再見轟不爛」時，小虎頭一個癱坐在地，殺豬似地嚎哭起來。日婆無聲地墜落，彷彿為追逐那只全壘打飛球，在西方地平線跌成一灘血雲。

我安靜蹲著，蹲在闇紅色的渦心之中。

比賽結束。

9

我很平靜。十五年來解決不了的夾纏糾葛，如今都該告一段落，或者歸零。就像手中這張千辛萬苦寫成的不著一詞的辭呈。

其實，我的辭職毫無道理。再想，還是沒道理。有人會說我是東窗事發，畏罪潛逃。有人會認為我是受不了栽贓，憤而辭職。我擔心的是由於缺少積蓄，我的菸蟲、酒癮、咖啡癖和五臟神會立刻陷入困頓。

我的一輩子，大概都將活在毫無道理之中。辭職的前一晚，我從酒罐、菸屁、破茶皿和舊陶壺中翻出蒙塵的骨灰罈，聽見老爸的抱怨：如今我可是真的走了，看你怎麼辦？我請求父親原諒我蹧蹋了他賜給我的最後、也是最好的安排。我說，眷村拆除後，我忽然忘掉很多事情，連關於眷村老宅的惡夢也省了。我想不起老家紅門上第一道剝落的漆色，低矮密網的屋簷，潮霉的榻榻米，朝東窗沿每天清晨光影交錯的曖昧與肯定；忘了我的童年、傳說中的身世、已消失的祖先和我之間的關聯，那扇坍毀的老牆，被我一再刺傷的老爸爸的望子成龍的心。我尤其記不住，午夜醒來，乍見老爸爸的亡靈，面對虛幻的眷村故鄉傾訴另一個故鄉點滴的那種耄態……我漸漸明白，我不是失憶，而是不存在，既不屬於祖父的過去，也不見容於父親的未來。辭職，只是證明我的不存在，這樁千真萬確的事實。

我又對小虎說，別再他媽的烏龜王八了，有種，就學學風城那票狠將，敢搶、敢殺、敢吃子彈。不成，就要有志氣開計程車，當水泥工。好一個水泥工，老爸爸、偉大的六年國建和大臺北捷運工程已經開始，同樣是「為國效勞」，您不會反對的，不是嗎？至不濟，我去擺地攤，跑警察，我的臺灣話已經練到可以在街頭喊價的地步，只是有點「講膾輪轉」，聽起來像變化球。

我對自己說：比賽結束。童年再見。

10

戰爭卻剛開始。內野區打成呼天搶地的一片。原因是，半分鐘前，小個子的再見全壘打掉進河裡，阿東站在土堤上大喊：「球不見了。」那是我們鏖戰一年後僅賸的一顆球。

小羅衝回來，揪住小個子的衣領：「操你媽，你給我把球吐出來，吐出來！」

「幹你娘，未見笑，自己死豬仔沒路用，還敢在這喊東喊西？」ＴＫ陣營一古腦兒全衝出來，三拳兩腳就將小羅揍成一隻蝦米。「就算還恁一百粒球，恁還是沒卵葩會塞槓，你娘咧，攏總給你爸死出球場。」

我們的人也殺上去。然而，本壘後、看臺外更多鼓譟的「觀眾」跟著跳進戰圍。我看見自己人一個個倒下去，倒在我身邊；哀號聲、追撞聲、咒罵聲穿梭包圍蹲在投手板旁麻然的我，就像爺爺死前穿過我的身體，沒有人察覺我的存在。我看見小虎獨自追逐手持球棒的小個子，一直追到外野，遭到對方反手一擊，當場跪倒，被緊隨而至的幾個傢伙圍毆、踐踏。小個子扔掉球棒，站在一旁，彷彿不安也像是得意，視線卻投向三壘後方血流滿面的側影。

這時，我發覺另一個自己其實正在三壘附近奮戰。當我看到小虎的慘狀、小個子近乎貓哭耗子的表情時，不知哪裡湧起的一股氣力，顧不得周圍密匝匝的拳腳，我闖出人堆，向小個子衝去——一腔子沒有方向的憤怒，迫使我朝向甚至不知道姓名的對手尋仇。小個子大概被我的模樣嚇到了，轉身就跑，我更是拚命地追。我連踢帶踹甩開兩個企圖攔截我的大傢伙，追上土堤。左眼角的血水淹蓋了視線，日婆的殘暉，逆著水流，撒出血濛濛的厚網。我咬緊小個子闇糊的背影，分不清自己是在追還是在逃，衝向世界的另一面。

・

一九九一年初夏的陽光，潑進我和陳國雄之間，因燃燒而扭結的對視。他氣急敗壞地奔向我，手中的簽呈，握成臉上虬結的劍眉；我卻在另一個世界快步逃開。陳國雄，你如果上道，也請「不著一詞」讓我離去，莫要虛情假意或真心誠意地留難我。你諒解也好，迷惑也罷，就是這樣。朋友，我早已遠離戰場，失去故鄉，千萬別再逼我回去。真的，相信我，我的一生，從來沒有投得這麼好過。

11

小個子繼續跑，我繼續追；激湍的河面浮滾著一線白光，很像是球，在另一端與我競速賽跑。

小個子的背影漸漸清晰，我跑得上氣不接下氣，只想停下腳步，停止這場沒有終點的追逐。但停不下來。我的腳好像脫離了身體，好像是雙腳硬拖身體前進，背後是一股令我恐懼的迫力。一陣風逼上來，突然間，我的身體莫名其妙膨脹起來，一寸寸脹大，上半身脹破童年的衣裳，露出蒼黃、布滿疣斑的皮肉，奔馳的雙腿則變得鬆垮無力。汗水化為酒泡，空洞的怒氣迅速被新生的菸臭、腐味和某種酸液淹蓋。河面映出我的臉，鬈亂的髮鬚盤踞原先灰青的大平頭，五年後、十年後、二十年後不斷切換快速老化的頹顏……我只感到虛脫欲嘔，但腳步還是停不下來。

三十歲的我繼續追逐十五歲的小個子。河的盡頭是一處廢鐵工廠，河水在這裡打出一個漩，轉入轟隆的下水道。我和小個子幾乎同時癱倒，然後撲向對方、扭打、翻滾，滾到黑汙汙的漩渦邊。我壓在他身上，不斷揮拳，他踢我的肚子，推開我，轉身掙爬；我又壓上去，猛揍他的臉，邊打邊流淚，哭著叫自己停手，但發不出聲音。我和小個子盲目地互毆，痛苦地大叫，就在我抓起一塊破磚，即將砸上他的黑臉之際，他搶到一根鏽鐵棍，對準我的小腹，吼道：「滾！滾！不要在我家的地上打我。」

我還來不及會意，又聽到一句如雷的轟鳴：「你們這些外省仔，統統滾回大陸去。」

我呆著眼，張大了嘴，忘了手中的武器；也忘記哭泣。

就在這時，那掉進河裡流失的球忽然又冒出，甚至在渦面上方跳了幾跳。我和小個子一齊望向那穿越伏流、泥沼與暗汙的球體。那球白亮得出奇，如蓮花般，繼續穿過小個子與我驚愕的眼瞳，在急速收縮消失的黑窟窿中浮滾，綻放……

——原載一九九二、一、六～八《中央日報・副刊》

——選自《消失的□□》（九歌，一九九六）

作者簡介

張啟疆，一九六一年生，安徽桐城縣人，台灣大學商學系畢業，曾任雜誌記者、副刊主編，現專事寫作，曾獲《聯合報》小說獎、《中國時報》文學獎、《中央日報》文學獎、梁實秋文學獎等各重要文學獎的大獎。著有《如花初綻的容顏》、《小說、小說家和他的太太》、《消失的□□》、《導盲者》等書。

張啟疆以精緻的文字寫戰爭、血腥的意象，用文字的震撼營造出都市文學中典型的荒謬情境，《導盲者》一書中藉殘缺者的缺陷，質疑所謂正常人的殘缺，已經將寫作觸角由感官的耽溺擴大到各種生存方式的意義，同時他以小說化的散文，或散文化的小說，顛覆傳統對散文真實性的要求，已對現代文學史發生影響。

作品賞析

收在《消失的□□》中的〈消失的球〉被本土文學大老葉石濤譽為「有深度地談到省籍對立」，眷村文學中不乏針對此論點加以闡釋的，但本文以曾風靡一時的棒球運動，巧妙地以球暗喻人生的競逐，更使本文有突出於其他眷村文學的成績。〈消失的球〉一方面描寫眷村子弟與本地農家子弟，各自成幫結隊，在各方面相互競爭乃至相互鬥爭，而在一場球賽失敗的陰影緊緊籠罩著小說中作為眷村子弟的敘述者，十五年後，球場爭競已成往事，戰場卻仍在，當年的對手躍升為今日的上司時，當年的挫敗依然左右著敘述者的抉擇。

當然眷村子弟也有發跡者，那位當年心浮氣躁、好高騖遠的陳小弟，靠著十分努力和十二分的鑽營，爬到總經理的高位，童年生活卻從未遠離，他總憂心今日的成功只是一場夢，自己還是那位作弊得逞而幻想日後投機致富的陳小弟，然後陳總經理漸漸習慣對自己的影子交談，看在旁人眼中，他成了「自己對自己說故事的老爺爺」。

崛起於八〇年代各大文學獎的張啟疆，在八〇年代盛行的都市文學創作中據有一席之地，但在一系列「消失的□□」的作品中，卻已擺脫都市文學的樊籠，呈現已經倒塌、消失、重建的軍眷區，和隨它一起消失的時代和價值觀。

◆延伸閱讀

1. 吳達芸，〈戰爭記憶再見——評張啟疆「消失的□□」〉，《聯合文學》，一九九七年三月一日。
2. 林燿德，〈消失在八〇年代——張啟疆現象〉，《期待的視野——林燿德文學短論集》，幼獅文化，一九九三年。
3. 齊邦媛，〈無鄉無愁的今日眷村文學——我看「消失的□□」〉，《中華日報》，一九九七年一月十三日。
4. 鄭明娳，〈弔詭的懸棺——張啟疆的眷村小說〉，《自由時報》，二〇〇二年十二月七日。

秀才的手錶

袁哲生

小時候，最令我懷念的，就是陪秀才去寄信的那一段時光。

每當秀才寫好一封信的時候，總不會忘了找我一起去寄；如果我正在廟埕那邊和武雄他們打乾樂的話，秀才就會騎著他的大鐵馬咿咿歪歪地在大路當中繞圈子，直到我穩穩地抓住車後的鐵架子，像隻青蛙似地彈上車尾之後，秀才便會像一頭乾巴巴的水牛那樣拱起背脊，死命地踩著踏板，往郵局的方向狂奔而去。

秀才之所以這樣拚命趕路是有原因的，他要趕在郵差出現之前把信投進郵筒裡去。在我們燒水溝這個地方，秀才可是少數幾個戴了手錶的人。那是一只鐵力士的自動錶，秀才沒事便舉起手來甩兩下，然後把手腕挪近耳朵旁邊傾聽那滴滴答答的聲音。這是秀才告訴我的，自動錶裡面有一個心臟，需要人不時地刺激它一下，否則便會停止跳動死翹翹了。

我敢發誓，在整個燒水溝，只有我一個人摸過秀才的手錶。秀才所以會放心地讓我戴他的手錶，原因就在於我對手錶一點好感都沒有。有一次，武雄趁秀才在樹下打瞌睡的時候，用樹枝去勾他的錶鍊，結果秀才像瘋了似地追著他跑。那一幕情景令我印象深刻，因為我從來沒有看過一個能夠跑得比狗還快的小孩。

每次去寄信，我和秀才就會比賽誰能正確地猜中郵差出現的時間，當然，每次都是我贏，所以秀才便百思不解地，一次又一次地找我去寄信。秀才熟知郵差收信的時間，而且他還有鐵力士，按照他的說法，那只「鐵力克士」手錶應該會為他贏得比賽才是。但是，秀才始終不知道，我可是靠我的耳朵贏他的。秀才失敗的原因就在：他以為這個世界就像黃曆上記載的一樣，是按照精確的時間在進行著的。但這是戴上手錶的人才有的想法，像我阿公、阿媽、還有武雄他們就不這麼認為。說實在的，誰知道下一分鐘會發生什麼事情呢？

我從來沒有把我的想法告訴秀才，一方面，因為他是長輩的關係；另一方面，只要秀才繼續充滿迷惑地輸給我，我就有吃不完的金柑仔糖和烏梨仔，何必多費唇舌呢？其實，郵差也是一個少數戴了手錶且又守時的好人，可是，他總不可能那樣準時地於某時某分某秒便出現在郵筒旁吧？我能夠準確地猜中郵差出現的時間，那是因為我真真實實地「聽」見他來了。

郵差和秀才一樣，騎著一臺破舊的大鐵馬，因為他一直懶得為它上點油，所以騎起來鍊條吱嘎吱嘎的，辨認起來一點也不困難。

從小我的聽力就很好，雖然還稱不上順風耳，不過，即使隔了好幾條大路，一旦有任何異狀，我馬上就能和涼亭仔腳的那隻癩皮狗同時豎起耳朵來，用一種專注而負責的態度向遠方「聽」去。不是我在臭蓋，這個本事，連阿公都很佩服我。還在上幼稚園之前，我便已通過了連番嚴格的考驗。只要遠遠地從大路的盡頭出現了一陣灰灰的人影，我一「聽」就知道是辦喪事的，或是辦喜事的，而且屢試不爽。

這都是阿進仔的功勞。

阿進仔是賣粉圓冰的，推著一臺雙輪小板車，兩個大鐵筒，一頭放粉圓，一頭放碎冰，車頭桿上吊著一只小銅鈴，走起來叮叮地響，清脆的鈴聲裡還混雜了陶碗、鐵匙相互碰撞、擠壓的顫抖聲，那聲音真是嘩嘩地激人嘴饞。不是我在吹牛，在那個年頭的炎炎夏日裡，阿進仔在燒水溝可是比七爺、八爺還要神氣的傢伙。

而我總是整條街第一個發現阿進仔的小孩。

「阿公，我要吃粉圓冰。」

「囝仔人有耳沒嘴，知毋？」

阿公斜睨著我，將手上那把鋒利的剃刀自客人沾滿白色泡沫的下巴移開，然後在一條黑油油的皮革上霍霍地刮了兩下。

「阿媽，我要吃阿進仔的粉圓冰。」

「憨孫仔喲，哪有粉圓冰啦？」

阿媽坐在光線明亮的涼亭仔腳，一邊對我說話，一邊還揀著手上的四季豆，可是她沒有發現，癩皮狗姆達已經高高地豎起牠那一雙毛茸茸的爛耳朵了。

正當阿媽還在疑惑的時候，阿進仔的鈴聲已緩緩地逼近，而我幼小的心靈裡，也立刻浮現了一幅即將一再重演的景象：當我端著一碗甜滋滋、香ＱＱ又透心涼的粉圓冰，坐在角落裡的小板凳上獨享時，阿公必定會從工作當中抽空回過頭來，不屑地露出一副想要掩藏食慾的表情，與我四目相對。就在我圈起手臂來保護我的粉圓冰時，阿公總是吐出那一百零一句的評語：

「吃乎死卡贏死無吃！」

其實聽力好又不是我的錯，就像秀才老是輸掉比賽也不能怪我的道理是一樣的。

倚賴手錶的人聽力怎麼會好得起來呢？

有幾點我始終弄不清楚的是：秀才是誰？他住在哪裡？家裡還有什麼人？他的錢從哪裡來？為什麼大家都叫他秀才？還有，為什麼在這麼多小孩之中，秀才偏偏挑中了我？

或許在秀才眼中，我也一樣只是一堆問號而已。不過，有一點我很確定的是，秀才不一定和大人們口中所說的一樣，是個成天遊蕩，不事生產的廢人。套句阿公常常用來批評我的話，這種人只是「放雞屎的」。意思就是說，別指望我們這種人會下雞蛋了。

我覺得在這種惡毒的批評之中，帶有很濃厚的嫉妒成分。

這種話用來教示我還勉強可以通過，用在秀才身上就太苛薄了點。

秀才可是生活得很認真的人，在燒水溝，像他這個年紀（三十？四十？或者五十？）就戴上了手錶，又努力工作的人可是沒幾個。我說秀才工作認真可是有憑有據的，人家每隔幾天就用毛筆寫一封信，厚厚的一封哩！雖然我不知道信裡面和信封上寫的是什麼（因為那時候我還不識字），可是我的眼力也是很不錯的，至少我看得出來秀才的字寫得很用力，也很漂亮，比阿公請算命仙仔寫在價目表上的字要強得多了。

可是偏偏郵差（另外一個工作認真的人）卻說，秀才不貼郵票也就算了，那些信封上的地址根本就是秀才自己發明的。「全臺灣島根本就無這個所在」，每當郵差把厚厚一疊信退還給守候在郵筒旁的秀才時，便會重複這一句話。這個時候，秀才總是低頭沉默不語，把信交給我拿著，然後載我到水窟仔那邊去，拿糖果給我吃。

水窟仔是位於糖廠後方鐵枝路邊的一個廢魚塭，四周長滿了高大的芒草，從外邊看不見裡面原來是一個大水塘。到了水窟仔那邊，秀才把鐵馬沿著鐵枝路旁的碎石坡推下去，然後用力扛起鐵馬，帶著我從芒草叢的缺口鑽進去，再把我們藏在魚塭旁邊的兩枝竹釣竿取出來。這個時候，我就用那個撿來的鳳梨罐頭，從一處鬆軟的泥土裡掏挖出幾條孔武有力的蚯蚓來，準備一邊吃糖果，一邊釣青蛙。

不是我在吹牛，釣青蛙我就比秀才厲害得多了；這樣說，也不太精確，這種成績是很難比較的，因為秀才從來就沒有釣到半隻青蛙過，連一次也沒有。糖果也是被我一個人吃光光的。

我最記得是，不論春夏秋冬，秀才總是穿著全套的，厚厚的大西裝，坐在水塘邊的一塊大石頭上，呆呆地拿著一枝綁了蚯蚓的竹釣竿去「餵」青蛙。那種蠢方法，釣不上青蛙是應該的，可是一年四季都穿著那套又黑又臭的大西裝就不太應該了。我猜那套衣服是秀才他阿爸結婚那天穿的，因為我阿公也有相同的一套，而且也是從來不洗（至少我沒有看他洗過），不過，每年只有過農曆春節的那幾天才看他穿一下。像秀才這種穿法就不太像話了，在這一點上，他可就沒什麼時間觀念了，不像是一個手上戴了手錶的人該做的事。然而，這種穿法也有好處，冬天防風，夏天防蚊子，而且永遠不必買衣服。

釣上來的青蛙，我都會用一大截從水面撈起的濕草莖，細細地纏繞住蛙腿，綁成一串提回家，送給阿公、阿媽當禮物。阿媽總是擔心我的安全，叫我「下次少釣一點」，她怕我萬一淹死了，就沒辦法跟我老爸、老媽交代了。阿公就比較過分了，最愛喝青蛙湯的是他，不停地罵人的也是他。他總是命令我以後不准再跟「空秀才仔」鬼混，並且警告我，下次再去釣青蛙的話，要把我的腳骨打斷（就像他對付那些青蛙一樣）。

這種忘恩負義的口氣讓我非常不滿，天下豈有白吃的青蛙？這般的情緒積壓久了，一旦時機成熟的時候，我怎麼會捨得放棄可以小小教示他一下的機會呢？

這一天，機會終於來了。

雖然阿公時常把「生死由命，富貴在天」這句話掛在嘴邊，不過，每年他還是忍不住會去仙仔那裡算一次命。往常都是在農曆年底的時候，當所有的顧客都已經來剃過頭、刮過鬍子，耳朵也掏乾淨了之後，阿公便會若有所失地從抽屜裡抓出幾張鈔票，往大樹公那兒走去。雖然我待在家裡照常能夠清清楚楚地聽見他們說了什麼（大樹公才多遠？也不過隔一、兩百公尺罷了。），不過我還是希望跟阿公一起去看看那隻小白文鳥咬紙籤的絕活，我只是想要在一旁輕輕摸一下小鳥的翅膀而已。那年，阿公去得特別早，（生意不好？）他不讓我跟。我心想，不跟就不跟，命不好還怕人家知道？燒水溝有幾個好命的？去到那裡，仙仔還不是那句老話：「我講啊，時也，運也，命也。做一天的牛，就拖一天的犁，一枝草就啊有一點露也。好業是果，前世是因，龍配龍，鳳配鳳，歪嘴雞是不免想要吃好米啊——」我就恨自己的下巴沒有一撮白色的山羊鬍子，要不然，做個囝仔仙來過過癮也不壞。

不過，那年算命的結果卻不一樣，他們說話的內容，我和癩皮狗姆達都聽見了。

「舊曆十一月十九日和廿九日會有大地動，當中一次會把臺灣島震甲裂做兩半……。」

「可憐哦，不知是頂港或是下港會沉落去海底哦，唉！雞仔鴨仔死甲無半隻哦，僥倖哦……。」

就在算命仙仔「唉哦、唉哦」的嘆息聲中，我聽到阿公默默地起身，輕輕靠上長板凳，拍拍他的大肚子，踏著沉重的腳步往回走來。

仙仔這幾句全新的臺詞可是天助我也。我喜孜孜地搬出高腳凳和小板凳，取出圖畫紙和一盒蠟筆，坐在涼亭仔腳畫起畫來。在我畫畫的時候，姆達很乖巧地坐在一旁吐舌頭，好像在為我的計畫高興著。「僥倖哦——僥倖哦——」我一邊拿起一枝蠟筆來塗塗抹抹，一邊還忍不住在心中模仿仙仔說話的語氣。阿公沉重的腳步聲愈來愈大，好像也在為我加油似的。

「猴死囝仔在創啥？」

「沒啊，人在畫尪仔啊！」

「這是啥？」

「厝啊。」

「厝哪會是紅色的？」

「沒啊，火燒厝啊。」

「沒待沒誌，哪會火燒厝？」

「啊就地動啊，灶腳就火燒啊！」

「啊這些擱是啥？」

「人啊。」

「人哪會攏總跑出來？」

「跑命啊！」

「你黑白講、亂亂畫，誰甲你講會地動？」

「沒啊，畫好玩的啊！」

「畫什麼死人骨頭，畫符仔仙你，啊這是叼位，頂港還是下港？」

「我哪會知啦，黑白畫的啊！」

就在阿公氣急敗壞地沒收了我所有的蠟筆，並且把我的「傑作」撕成七七四十九片的時候，我終於首次嘗到了當算命仙的美妙滋味了。

那天吃晚飯的時候，阿公滿面嚴肅地宣布了一個重大的決定：他要買一只手錶。

這個決定，立刻遭到了阿媽的強烈反對，她說，這一年辛辛苦苦存下來的錢是要拿來買大同電鍋的，況且，一個剃頭的師傅根本就用不到手錶，而一臺大同電鍋卻可以用上好幾十年都不會壞呢！

「你七月半的鴨子不知死活。」聽到阿媽說大同電鍋可以用「好幾十年」的時候，阿公終於忍不住光火了起來。

「你才是老番顛咧！」阿媽的語氣，充分表達了她對電鍋的喜愛。

「啪」地一聲，阿公把竹筷子往桌上用力一按，「你查某人是知啥米，你是要我打乎人看是哞，你——」說到這裡，阿公怒氣未平地朝我瞪了一眼，似乎是怕我聽見或是看見了什麼事，一副天機不可洩漏的模樣。

「買電鍋卡好啦，阿媽要電鍋，我嘛要電鍋，你又不是空秀才仔，要手錶要創啥？」

聽到我說「空秀才仔」，阿公的臉色看起來和豬肝非常接近，我知道我的計畫肯定會成功了。

「駛伊娘仔，空秀才仔都有手錶，是按怎我不行有？你爸就是要買手錶啦，阿無seh是要按怎？」

隔天，阿公到菜市仔口的鐘錶行買了一只精工牌的自動錶，那是他生命中的第一只手錶，在他的想法裡，那也可能是他的最後一只手錶了。

自從戴上手錶，阿公的內心似乎平靜了不少，雖然他每天的作息還是一模一樣，生意也沒有好起來，但是手錶卻是那樣活生生地讓他安心著。他不時地舉起來瞧瞧時間，那枝細細的秒針慢吞吞地走著，老半天才繞一圈，繞個六十圈也才一小時。時間變慢了，阿公似乎得到了安慰，他閒來無事時便會用手掌輕輕地撫摩著晶亮的錶面，好像交到了一個知心的好朋友。

這是暴風雨前的寧靜，我知道。這場計畫終歸是我贏，我在心裡算計著，舊曆十一月十九遲早要來的，到時候，那只全新的精工牌手錶就會像一條大水蛭似地令人憎惡不已。也就是說，阿公早晚會發現到，只要一戴上手錶，他就注定和秀才一樣，只能呆呆地守候在大郵筒旁，感慨這個世界實在太不準時了。

當然，像秀才這種人是不會停止寫信的，這就是我知道我一定會贏的最大原因。接下來的日子，我照常地吃我的金柑仔糖，釣我的青蛙，打我的乾樂，日子一時還沒有太大的改變。倒是隔壁武雄家有一些不同了。自從阿公買了手錶之後，武雄他老爸火炎仔也吵著要買一只，為了這事，火炎仔打了他老婆麗霞仔好幾回，不過麗霞仔體力好，韌性強，所以火炎仔的手錶始終沒買成。

每個人的身體裡面原本就有一只手錶，這是我從火炎仔身上驗證得到的道理。自從火炎仔確定他買不成手錶之後，只要阿公的剃頭店門開著的時候，每隔一小時，火炎仔便會從他做紅龜粿的工作中抽身，走到店門外的涼亭仔腳張望著。這時候，先是姆達豎起了耳朵，然後便會聽到火炎仔用他粗大的嗓門對阿公叫嚷著：

「水木仔，現在兩點對嗕？」

「水木仔，三點到了未？」

「四點了是嗕？」

「五點對嗕？」

火炎仔出現的時間是如此地準確，阿公也只有看一眼手錶，然後點點頭的份兒了。阿公點完頭後，火炎仔便會露出一抹詭異的笑容，然後欣然地返回他的工作崗位，接著才是姆達滿意地垂下牠的那雙爛耳朵，繼續打盹兒。

頭幾天，這樣的猜時間遊戲還有點趣味，可是再來就不這麼好玩了。對於火炎仔這種貪小便宜，近乎不勞而獲的行為，阿公漸漸地不耐煩了起來。

「水木仔，現在六點正對不對？」

「你哭爸啊！」

「火炎仔，裡面坐啦！」對於阿公這種態度，阿媽感到非常失禮。

「免啦，免啦，問一下時間而已。」火炎仔仍舊帶著那抹笑臉返回家去。

由於阿公的不友善態度，火炎仔變得收斂了些。他改成每兩個小時才來探頭探腦一次，還是一樣的準確無誤。

「水木仔，十點是毋？」

「不知啦。」

「十二點到了對毋？」

「看衰啊！」

……

阿媽認為阿公是吃老愈番顛了，我可不這麼認為。我知道，十一月十九已經愈來愈接近了。

十一月十六那一天，我和秀才正在水窟仔釣青蛙，一隻大青蛙咬住蚯蚓，我正要提釣竿時，突然，地動了——

先是水面輕輕地盪了一下，接著是猛烈地搖擺，握在手上的釣竿，好像水面上的蜻蜓那樣橫衝直撞起來。

我匆忙甩掉釣竿，趴倒在地上，對大石頭上仍然傻楞楞的秀才大叫：

「秀才，地動了，快走！」

我永遠忘不了秀才當時的樣子。他躲在他的大西裝裡，身體瑟縮著，雙手依舊直挺挺地死命握著釣竿，一臉茫然……。

地動過去之後，秀才全身依然發抖不止，我只好幫他把鐵馬推到大廟埕那兒去放。我拿糖給秀才，他不吃；叫他回家，他也沒有反應。後來，還是郵差剛好騎著鐵馬經過大廟口，秀才的眼睛一亮，才回過神來。見郵差經過，這一驚非同小可，秀才立刻跨騎上他的鐵馬，不等我跳上車架，便嘎吱嘎吱地往郵筒那兒狂奔而去。我想，可能是他口袋裡還有一封要寄的信吧；我本來想跟上去看看的，可是武雄正好奉命前來叫我回家了。

接下來的兩天，舊曆十一月十七、十八也是一樣的情形，接連三天地震，可把大家都嚇著了。阿公一逕地摩擦著他的手錶，擦得錶面、錶鏈都油光滿面了，終於，他下定決心要把算命仙仔說的話告訴阿媽了。

十八那天晚上，我在我的小房間裡，聽到阿公和阿媽房裡傳來窸窸窣窣收行李的聲音和低沉的交談。

「不行了，要快送回去，下港要沉落去了。」

「你不通黑白想啦，仙仔的話𣍐準啦，又不是不曾地動過。」

「恁查某人知影啥？待誌嚴重啊恁甘知？」

「由在您講啦，你歡喜就好啦！」

「卡早睏啦，明早天光我就坐火車帶他回去。」

「按迡也好啦，唉！」

阿媽這一聲「唉」，倒著實令我發慌了起來。沒想到，最後我倒成受害者了。想到隔天就要告別燒水溝了，我的心情頓時哀傷起來，這時候，如果癩皮狗姆達再吹上幾聲狗螺的話，我一定會孤單地流下淚來的。武雄欠我的三顆乾樂怎麼還我？沒有了我，誰陪秀才去寄信呢？誰來釣青蛙給阿公、阿媽呢？到了明年夏天，我就聽不到阿進仔賣粉圓冰的叮叮聲了……。

雖然我並沒有戴手錶，但是，該來的還是要來的。十九日透早，吃過阿媽的地瓜稀飯配菜脯，我和阿公一人提了一個花布包袱，往火車站的方向走去。我們出門的時候，阿媽和姆達在涼亭仔腳上目送我們離去，在阿公的催促下，我只能回過頭去跟他們揮了兩次手。

熹微的日頭從燒水溝那邊照過來，我和阿公一大一小的身影淡淡地投映在大路上，好像一支分針和一支時針被聯結在一起慢慢地走動著。

對於畫圖的惡作劇，我開始感到懊悔了。

我們沿著大路走，穿過一大片甘蔗園，再順著鐵枝路往糖廠的方向走去。阿公叫我要注意有沒有火車開過來，還鄭重地警告我，待會兒坐上火車，不准吵著要買牛奶糖或是茶葉蛋。我覺得這樣很不公平，為什麼阿公就可以在火車上要一杯熱茶，而且下車時還把杯子收到包袱巾裡面去？

我說要放尿，阿公一直看他的手錶，頻頻地催促我：

「卡緊咧啦，猴死囝仔，慢牛多屎尿！」

其實我也不是故意的，可是阿公愈看錶，我的尿就愈多，到了後來，阿公自己也想尿了。

「閃卡邊一點兒知毋？注意看有火車無。」說完這句話，阿公放下手上的包袱，往鐵道旁的芒草叢裡鑽進去，接著就只聽到芒草莖相互摩擦發出窸窸窣窣的聲音，聲音一直往裡面游走過去，然後在一處較稀疏的地方靜止了下來。

「注意看火車，知呣，我要放屎。」直到阿公隔空說完這句話，四周才真的安靜下來。天空清潔溜溜的，連一朵雲都沒有，只有一隻老鷹在不遠處的上方兀自盤旋著。我往鐵軌延伸的方向望去，兩條直直的黑線在遠方交會成一個尖尖的小點，什麼鬼影子也沒有。

火車不會準時開出來的，這我早就知道了。即使全燒水溝的人都戴上手錶了，火車還是火車，郵差還是郵差，當然，我也還是我。要知道火車到底來了沒有，還是要用「聽」的才準。

我拎著我的花布包袱，站到鐵軌中間的枕木上，蹲下來把耳朵貼在鐵軌上。除了聞到石塊間隱隱發出的鐵銹、鳥糞和乾草的味道之外，一點動靜也沒有。

我隨手撿起一把小石塊，往阿公的方向擲去。

「猴死囝仔，你討皮痛是呣？」

「不是我啦！」我把手掌圈在嘴邊，大聲對草叢吼去。

「不是你，要不甘是鬼是嗎？」

「不是我啦，是空秀才仔啦！」

「你甲我騙猶仔，等一下你就知死！」

太陽又昇高了一些，路旁的芒草也愈來愈密集。我們繼續沿著鐵枝路走去，再轉個小彎，經過一個小平交道，就到水窟仔了。

火車依舊沒有來。

一陣灰灰的人影出現在前方，他們聚集在鐵道上。

「出待誌了，走卡緊咧！」阿公又望了一眼手錶，催促我加快腳步。

「在水窟仔那兒！」我伸長了脖子說。

火車穩穩地停在鐵軌上。好幾個派出所的員警聚在火車前方，他們交頭接耳地說著話，我清清楚楚地聽到其中一個人講說：

「這個空秀才仔！」

我和阿公一起看見了秀才的大鐵馬歪歪扭扭地倒在鐵道邊的斜坡上，而秀才則在另一頭，他的身上蓋了一張大草蓆，只露出半截手臂在外面。

他們把郵差也找來了。郵差說，昨天他告訴秀才，郵局的信都是用火車一布袋一布袋地載走的，秀才聽了很歡喜，就說他要自己去寄他的信。

秀才的信是用一個大飼料袋裝著的，袋子大概被撞得飛到半空中才掉下來，信飄落了一地，像是一大落長方形的厚紙板，鋪撒在鐵道旁的一排小黃花上。

阿公不讓我靠近秀才。

我猜，秀才一定是大清早便在水窟仔這兒守候火車的，就在他久久等不到火車，而把鐵馬牽到鐵枝路上往回走的時候，火車來了。我想，或許秀才死前的最後一刻，正好舉起他的手腕在看時間也說不定。

我從來沒有告訴過阿公，我們是在相同的那一年，各自擁有了屬於自己的手錶。那天，就在他們圍在一起討論秀才的死因時，我在靠近水窟仔的祕密入口處撿到了秀才的手錶。我知道秀才是要把這只錶送給我的，要不然他不會把他的手從草蓆底下伸出來。

我並沒有戴那只手錶。我也沒有告訴他們，秀才就是因為戴了手錶，所以才會聽力不好的。並不是我不想告訴他們，而是他們不會相信我的。

我從來不知道秀才的信裡面到底寫了些什麼，我也不知道秀才是誰？住在哪裡？又為什麼在這麼多小孩之中，偏偏選中了我。

那天和阿公依照原路走回家之後，我就把秀才的手錶藏在床板下面的一個夾層裡。

奇怪的是，從此以後我的聽力變得不如從前了。有的時候，睡到半夜，我會夢見秀才被火車追撞的那一刻，「轟」的一聲把我從噩夢之中驚醒，然後我的耳畔便會一直嗡嗡地響起那句話來：

「這個空秀才仔！」

在這個時候，我便會掀開床單，掀起一塊床板，取出秀才的手錶來搖一搖，再貼近耳朵聽那「滴答滴答」的聲音。

秀才說的沒錯，每一只手錶裡面都有一個心臟，需要人不時地刺激它一下，否則便會停止跳動死翹翹了。

偶爾，我還會一個人獨自回到水窟仔那邊釣青蛙。當我孤單地握著一枝釣竿，等待青蛙上鉤的時刻，四周更顯得一片死寂。在那種全然安靜無聲的下午時光裡，有時竟會讓我誤以為自己早已經喪失了聽覺。

我很懷念小時候陪秀才去寄信的那一段時光，如果可能的話，我很想親自告訴他，其實，我們每個人的身體裡面本來就有一只手錶，只要讓自己安靜下來，就可以清楚地聽見那些「滴答滴答」的聲音正毫不遲疑地向前狂奔著。

（八十八年「《時報》文學獎」短篇小說首獎）

——選自《秀才的手錶》（聯合文學，二〇〇〇）

◆作者簡介

袁哲生（一九六六～二〇〇四），文化大學英文系、淡江大學西洋語文研究所碩士。曾任《自由時報・副刊》主編、《FHM》雜誌總編。曾獲《時報》文學獎、《中央日報》文學獎、《聯合報》文學獎。著有《靜止在樹上的羊》、《寂寞的遊戲》、《秀才的手錶》等書。

袁哲生是新生代小說家中，少數在文字和題材都有鄉土意象的作者，當許多新世代創作者多耽溺於村上春樹、米蘭昆德拉或卡爾維諾式的文體時，袁哲生獨樹一幟的文字表現更顯獨特，當袁哲生英年早逝，這種文風只有寄望於新一代創作者來延續。

◆作品賞析

有一個年代，許多地方都有這樣的人，猶查某和空秀才，他們因為各種不同的原因偏離自己的生活軌道，但卻沒有完善的社會機構去處理這些沒有家人或家人無力照料的人，於是他們在鄉野間浪遊，五〇、六〇年代成長的人都有被大人恐嚇的經驗，「不快點回家，空的、猶仔會把你捉去喔」，當這樣的台詞換成「你不乖，叫警察捉去關喔」時，空的、猶仔才漸漸轉入陰暗的角落，被人徹底遺忘。

袁哲生透過空秀才這位台灣鄉間經常可見的人物，召喚他的童年，他的鄉愁，同時他也和他的空秀才一起成長，自述者和空秀才同一年，各自擁有屬於自己的手錶，當空秀才死於寄信途中的鐵軌上時，自述者（或說袁哲生）才想要對空秀才說出從未說的話，「我們每個人的身體裡面本來就有一只手錶，只要讓自己安靜下來，就可以清楚地聽見那些『滴答滴答』的聲音……。」

袁哲生讓我們看到一種鄉土文學的寫法，不必遍紙方言，不必庸俗、典型的鄉土人物，我們的土地、我們的鄉親就躍然紙上。當我們在閱讀〈秀才的手錶〉時，不禁要去思索，在都市化、現代化的台灣，我們的空秀才、猶查某要躲到哪裡去？

◆延伸閱讀

1. 李奭學，〈時間的翼車在背後追趕〉，《聯合報》，二〇〇〇年九月十一日。
2. 徐秀慧，〈去政治：去歷史與背離父祖〉，《中央日報》，二〇〇〇年十一月二十一日。
3. 張素貞，〈以詼諧、靈異點染的風土人物誌〉，《中央日報》，二〇〇〇年九月四日。
4. 陳芳明，〈新世代的迎新與懷舊——袁哲生「秀才的手錶」印象記〉，《深山夜讀》，聯合文學，二〇〇一年三月，頁一六六—一六八。

三民文學饗宴

散文新四書

一部結合季節嬗遞與人生境遇的散文選本

48篇作品×48位作者

涵括當代重要散文作家，讓你對當代散文有全面而精準的認識

人生的週期和自然界一樣，自然界的變化就是人生的道理；自古以來，季節和人生成為文學書寫的重要題材。本書除呈現作家生平概略與整體創作風貌外，同時加入主編對作家的認識，提供讀者另一個親近作家的角度。並深入淺出賞析文本，從作者的寫作方法切入，讓讀者可由此文本學習散文創作。

春之華　林黛嫚　編著

春天是起點，季節的起點，人生的起點。本書選文就從這樣的意象出發，讓作家們用他們的方式來回顧自己的青春年少，林海音古老的童玩已經隨她而逝，我們只能在文章中讓這些童玩再活一次；王鼎鈞寫了數百萬言後，文字才和白紙聯繫上，成為一則傳奇；詹宏志的童年，父親回家不回家有大不同；張曉風交給這個社會一個孩子，做母親的對孩子即將面對的歡欣憂煩十分關切；黃春明的「地牛翻身」地震說法是永遠的童話……。

選文中的十三篇文章就像一座花園，承載著十三位作家的繁華青春，小王子的作者聖修伯里說，「每個大人都曾經是小孩」，就讓我們像孩子一樣留連細賞吧。

夏之豔　周芬伶　編著

人生之夏，是生命力昂揚的時節，感覺變得敏銳，世界也對我們開展。生命的故事訴說不盡，也創造無數文學家。本書中選出十一家，集中描寫生命力之昂揚：季季〈鷺鷥潭已經沒有了〉寫出文學與愛情的盛夏，以一場饗宴達到頂點，卻也空惘與危厄在其後；蔣勳的〈故事〉，聽故事的小孩變成說故事的作家，說故事的母親變成自我的化身……。

夏日不盡然只是充滿著熱情，夏日本身就預謀著冬日的淚水，也或許夏日生下來就是為了用吻去安撫人生冬日的淚水。夏日無盡，讓我們希望散文會成為那個吻。

秋之聲　陳義芝　編著

《秋之聲》是一本主題貫連、情韻各異的散文集。十二位著名作家的心靈極光，幽靜而熠耀，遙遠卻懾人。

楊牧、林文月、席慕蓉的成就，久經傳誦；舒國治、陳列、何寄澎、徐國能為跨世紀拔尖寫手；陳黎、陳芳明、陳大為堪稱詩人散文家代表；周芬伶兼具小說家身分，謝旺霖彷彿探險家行腳，氛圍同樣迷人。其中有野地感思、書房懷想，也有海上停泊、公路奔馳的見聞；西藏天葬招來的鷹鷲，拍翅在生與死的氣流裡……十二段人生，示範了十二種寫文章的方法。

本書由陳義芝主選，逐篇賞析文意、結構、筆法，對應作家的精神嚮往，最能抉發創作的奧祕，清新可誦。

冬之妍　廖玉蕙　編著

本書選文標準，以文字精鍊靈動、內容溫暖幽默為主，作家從琦君以降，依年齡序為余光中、康芸薇、劉大任、劉靜娟、吳晟、黃碧端、林懷民、平路、陳義芝、田威寧和黃信恩等十二家。就年齡層分布而言，分屬老中青三代；就文章內容而論，以人際為範疇，親情為大宗。十二篇文章各具特色，篇篇雋永有味。

廖玉蕙懷抱著「晚來拭淨南窗紙，便覺斜陽一倍紅」的心情，從眾多刻劃老年心境或傷痛悼亡的文章中披沙揀金，集結成冊，像擦拭南窗般，冀望讓讀者看到繽紛似剪，崢嶸如畫的冬容和最圓、最紅也最美的夕陽。

青春散文選

吳岱穎、凌性傑　編著

本書精選三十位當代名家及高中散文獎得主作品，希望學生透過大量閱讀不同類型的現代散文，重新取回深度閱讀文學作品的能力。每篇作品均有兩位作者的深入解析，或者針對文章作法，或者揭露創作意圖，或者提示文學觀念、觸發不同的思考。不同於課堂上制式的閱讀，而是試圖以更輕鬆多元的方式，帶領讀者找回對文學的喜愛。

文學使我們認識人性，認識每一個個別的人。它幫助我們理解世界，也理解自己。使自我擴大與提升，走出混沌蒙昧，讓我們更加完整。在文學之中，我們可以感受他人的感受，遭遇我們這一生不會遭遇的種種，因而有了更加完整的同情與悲憫。

新詩遊樂園

陳美芳　主編

本書為結合中國文學與資優教育專業之創作，內容兼顧新詩的「規律」與「變異」，前者強調新詩創作與賞析的基礎，包含新詩的用字遣詞與謀篇，新詩的聲韻、意象，與新詩賞析；後者強調新詩的延伸與變形，包含圖像詩、散文詩，及新詩與其他藝術領域的跨界交流。

為求廣面展現新詩創作的風貌，全書引用數十位詩人近百首詩作，除盡可能完整引用新詩外，並附有詩人簡介，讓讀者認識其詩其人。本書各章，均隨文本內容，設計多類型的思考與寫作活動，並力求完整闡述新詩的讀賞與創作策略，期待讀者結合閱讀與寫作，參與多層次的創作。

神探作文：讓作文變有趣的六章策略

林黛嫚、許榮哲　著

What（是什麼）、Why（為什麼）、How（如何做）、else（反之如何）四個辦案步驟如何和寫作扯上關係？如何利用辦案步驟寫出一篇好的作文呢？本書的主角福爾摩斯接到德文郡警長的邀請，請他到德文郡來解決一件奇案。隨著案情越來越離奇，福爾摩斯面對這些懸疑難解的問題，竟然採用「作文」這個武器來與歹徒周旋！到底福爾摩斯如何利用寫作技巧來破案呢？快翻開《神探作文》，跟著福爾摩斯，一起當個「作文神探」吧！

文學小事——廖玉蕙教你深度閱讀與快樂寫作

廖玉蕙　著

廖玉蕙分享自身教學及寫作經驗，提供實際操作策略並例舉最新文體，揭櫫「讓語文教育回歸家常」理念，帶領讀者推開心靈之窗，放入奔湧的文學江流，眺望字句裡的壯闊蒼茫，寫下真誠的自我對話。

從文言到白話，從古典取材到簡訊寫作，廖玉蕙實踐生活中的悅讀、樂學與勤寫。融經典於日常，強調寫作應該來自心有所感，文學才能成就傾聽世界的可能。國文課不再是生硬的記誦，而是學生們遊覽文學風光的浩瀚江河。

國家圖書館出版品預行編目資料

台灣現代文選／向陽,林黛嫚,蕭蕭編著.－－四版一刷.－－臺北市：三民，2022
面；　公分.－－(文學流域)

ISBN 978-957-14-7427-4（平裝）

863.3　　111003711

文學流域

台灣現代文選

編著者	向陽　林黛嫚　蕭蕭
發行人	劉振強
出版者	三民書局股份有限公司
地址	臺北市復興北路 386 號 (復北門市) 臺北市重慶南路一段 61 號 (重南門市)
電話	(02)25006600
網址	三民網路書店 https://www.sanmin.com.tw
出版日期	初版一刷 2004 年 5 月 修訂三版三刷 2018 年 4 月修正 四版一刷 2022 年 5 月
書籍編號	S811230
ISBN	978-957-14-7427-4

三民書局